LE LIVRE DES PASSAGES

ALEX LANDRAGIN

LE LIVRE DES PASSAGES

Traduit de l'anglais
par Caroline Nicolas

ROMAN

le cherche midi

Direction éditoriale : Arnaud Hofmarcher
Coordination éditoriale : Fabienne Reichenbach
et Marie Misandeau

Titre original : *Crossings*
Éditeur original : Picador, une maison de Pan Macmillan Australia Pty Ltd

La citation p. 338 est tirée du roman *Les Heures* de Michael Cunningham, traduction par Anne Damour, Belfond, 1999.

Conception graphique : Justine Dupré
Composition : Nord Compo
Dépôt légal : avril 2025
ISBN 978-2-7491-8182-0

92, avenue de France – 75013 Paris
info@lisez.com

À la Baronne

Alex Landragin est relieur, fils de relieur, et vit à Paris.

LE LIVRE DES PASSAGES

(Composé de trois manuscrits)

L'ÉDUCATION D'UN MONSTRE

LA CITÉ DES OMBRES

CONTE DE L'ALBATROS

Atelier de reliure Landragin et Fils
12 bis, rue des Bernardins
Paris

Si tu veux vivre sur cette terre, que sept fois enfante ta mère !

Attila József, extrait du poème « Le Septième »
in À cœur pur, traduction de Kristina Rády, Le Seuil, 2008.

SOMMAIRE

PRÉFACE

Je n'ai pas écrit ce livre. Je l'ai volé.

Il y a de cela plusieurs étés, j'ai reçu, à mon atelier de la rue des Bernardins, un coup de téléphone de l'illustre bibliophile et collectionneuse de livres, Beattie Ellingham. Elle souhaitait me confier la reliure d'un manuscrit sur feuilles volantes qu'elle me présenta comme le fleuron de sa collection. Il n'y avait aucune contrainte de temps ou de budget, me dit-elle, mais une condition, à laquelle j'acceptai de me plier : je ne devais pas lire le manuscrit. Celui-ci était selon elle d'une valeur inestimable, et je devais le relier en conséquence. Nous nous mîmes d'accord sur une reliure dans ce qu'on appelle le style Cosway, à contreplats doublés, décorée de perles, et fabriquée avec des matériaux qu'elle me fournirait.

Je connaissais Beattie Ellingham depuis toujours. Elle appartenait aux Ellingham de Philadelphie. Elle avait épousé un aristocrate belge mais, devenue veuve tôt, avait repris son nom de jeune fille et ne s'était jamais remariée. Elle partageait son temps entre son appartement du boulevard Haussmann et sa propriété en Belgique. En privé, et affectueusement, ma femme et moi la surnommions la Baronne, bien qu'il n'y ait en réalité absolument rien de pompeux ou d'affecté dans ses manières. La Baronne était ma plus ancienne et ma plus fidèle cliente, comme elle l'avait été pour mon père avant qu'il me lègue son atelier de reliure. Au cours d'une longue vie de collectionneuse, elle avait constitué l'une des plus belles bibliothèques privées au monde consacrées à Charles Baudelaire. C'était plus qu'une collectionneuse ; même le terme « bibliophile » ne lui rendait pas justice. Son intérêt confinait à l'obsession. Elle vouait à ses livres la même passion que les autres membres de sa classe aux chevaux ou aux vins. Elle accordait autant d'importance à la reliure d'un livre qu'à son contenu. Pour elle, la reliure était un art et le relieur, un artiste presque à l'égal de l'écrivain. Une reliure de belle facture, faite sur mesure, aimait-elle à dire, était le plus beau compliment qu'on puisse faire à un livre. Chaque fois que je travaillais sur une de ses commandes, elle venait à l'atelier pour en observer la progression d'un œil intéressé, sans jamais intervenir. Pour elle, c'était un plaisir que de voir un livre rare renaître dans une reliure d'égale rareté. Et, sa fortune étant inépuisable et sa collection destinée à sa seule jouissance personnelle, elle aimait écouter sa fantaisie, quitte d'ailleurs à dépasser parfois les limites de ce qui était autorisé par la loi. J'avais déjà relié pour elle une rare édition arabe du *Spleen de Paris* dans un cuir issu d'une peau de panthère noire, et une édition illustrée clandestine des *Fleurs du Mal* en peau d'alligator, avec des incrustations en python d'eau.

Trois jours après son appel, le manuscrit me fut livré par un jeune homme en scooter. Il n'ôta pas son casque, qui assourdissait sa voix et camouflait son visage. Il me tendit un paquet contenant le manuscrit et le cuir que je devrais utiliser pour le relier. Je plaçai immédiatement le tout dans un coffre-fort que j'ai au-dessus de l'atelier.

Il y a de nombreuses décisions à prendre lorsqu'on relie un livre, à commencer par le choix des matériaux. Incrustations, appliques, dorures, gaufrages, coutures, estampillage, feuilles de garde, ex-libris, plats, tranches, frontispice, tranchefile, colle, marbrage, coffret, première de couverture : tout cela représentait des choix sur lesquels la Baronne, malgré toute la confiance qu'elle m'accordait, aimait à être consultée avant que tout travail puisse être entamé. Ce soir-là, j'ouvris le paquet pour en examiner le contenu. Sept perles iridescentes se déversèrent de leur pochette en velours noir. Le cuir était teint en rouge corail. La miniature sur ivoire n'était pas, comme c'est traditionnellement le cas dans une reliure de style Cosway, un portrait, mais une illustration stylisée, à l'encre noire, d'un œil ouvert. Enfin, je pris en main le manuscrit lui-même. Même quand il a reçu l'ordre exprès de ne pas lire le texte, le plus scrupuleux des relieurs ne peut s'empêcher d'entrevoir certains mots, certains bouts de phrase. Dans ce cas précis, ce fut le titre, écrit à la main, qui me sauta aux yeux : *Le Livre des passages.* Dessous se trouvait une longue suite de nombres sans queue ni tête, également notée à la main, sans rapport apparent avec le manuscrit. Celui-ci était constitué de ce qui semblait être trois documents différents, tous écrits à la main en français, bien que l'un d'eux soit considérablement plus ancien que les deux autres, et d'une main différente. Il paraissait avoir connu une existence mouvementée : beaucoup de ses pages étaient froissées, pliées ou piquées d'humidité, et le papier lui-même, jaunissant, dégageait l'odeur âcre de chocolat et de noix du vieux papier qui commence à se décomposer.

Je mis une semaine à rappeler la Baronne, un peu plus longtemps que d'habitude, et lorsque je le fis, un homme dont je ne reconnus pas la voix décrocha le téléphone et m'informa qu'elle venait de décéder, d'une mort paisible, dans son sommeil. Lorsque je m'enquis de la date de ses obsèques, il me répondit qu'elles avaient eu lieu la veille, dans sa propriété belge. Sous le coup de la surprise, j'oubliai de lui demander ce que je devais faire du manuscrit.

La communauté des collectionneurs de livres n'est pas grande, et les nouvelles circulent vite. Deux jours plus tard, alors que je longeais le fleuve par le quai de la Tournelle, je rencontrai Morgane Rambouillet, une *bouquiniste**[1] des bords de Seine spécialisée dans les romans d'amour du dix-neuvième dont, je le savais, la Baronne avait été une fidèle cliente. Elle était fébrile d'excitation. D'après elle, la Baronne n'était absolument pas morte dans son sommeil. Elle avait été assassinée et, qui plus est, son corps avait été retrouvé sans ses yeux. Je frémis en entendant cela, me rappelant la miniature sur ivoire qui était arrivée avec le manuscrit dix jours plus tôt. Je rentrai en hâte chez moi pour chercher plus d'informations en ligne. La notice nécrologique du *Monde* répétait la version des événements qui m'avait été donnée au téléphone – une mort paisible, dans son lit – tandis que celle du *Figaro* faisait tout bonnement l'impasse sur les circonstances de cette dernière. La seule allusion à la sinistre fin de la Baronne se trouvait dans un court article du journal belge *L'Écho*, publié le lendemain de l'incident. Même pour un œil inexercé, cela donnait l'impression que les détails de sa mort avaient été étouffés.

Pendant des jours après cela, je discutai de l'affaire avec ma femme. Ce qui m'obsédait, non moins que le meurtre d'une des dernières *grandes dames** de Paris, était de savoir

1. Les mots en français dans le texte original sont indiqués en italique et suivis d'un astérisque pour leur première occurence. (Toutes les notes sont de la traductrice.)

ce qu'il était advenu de ces deux merveilles d'agate grise, sur lesquelles s'étaient extasiés tous ceux qui avaient connu la Baronne : ses yeux. Mon père m'avait raconté que dans sa jeunesse, bien qu'elle ne soit pas particulièrement jolie, ses yeux avaient valu à Beattie Ellingham d'être qualifiée de grande beauté. Ils étaient la source de son charme, peut-être même la clef de son destin. Son mariage au baron de Croÿ s'était tristement terminé, mais ses yeux n'avaient jamais perdu leur brillance ni leur félinité.

Ma femme, qui avait toujours été plus pragmatique que moi, jugeait parfaitement compréhensible qu'on m'ait menti au téléphone. « Il faut qu'ils pensent à la réputation de la famille, m'expliqua-t-elle. Ils ne vont pas raconter au premier inconnu qui téléphone qu'elle a été mutilée et assassinée. » Nous conclûmes que la Baronne devait s'être trouvée mêlée à quelque affaire crapuleuse en rapport avec sa passion. Les livres rares peuvent faire ressortir le pire chez les gens. Naturellement, cela nous mena tous deux à la même pensée, presque trop horrible à envisager : se pouvait-il que le meurtre de la Baronne soit lié, d'une façon ou d'une autre, au manuscrit désormais entreposé dans mon coffre-fort ?

Dans les semaines qui suivirent, j'attendis les instructions du notaire – qu'il s'agisse d'honorer la commande ou de renvoyer le manuscrit à son nouveau propriétaire, quel qu'il soit. Mais personne ne me contacta. Si je m'abstins de révéler de moi-même qu'il m'avait été confié, ce ne fut pas entièrement par intérêt, mais aussi par crainte. Évidemment, je ne souhaitais pas que ma famille connaisse, par ma faute, le même sort que la Baronne. Il n'y avait qu'une personne au monde, hormis ma femme, en mesure de savoir où se trouvait le manuscrit : l'homme qui me l'avait livré – et je n'avais pas vu son visage. Je n'étais même pas sûr qu'il se soit agi d'un homme. Étant donné la valeur de l'ensemble, j'étais persuadé que le notaire finirait par me contacter, et je laissai donc le manuscrit en l'état.

Plusieurs mois passèrent avant que j'admette enfin la possibilité que personne ne viendrait à sa recherche. Il était, par hasard, arrivé en ma possession. Je décidai que la condition posée par la Baronne ne s'appliquait plus. Maintenant qu'il m'appartenait, même provisoirement, j'étais autorisé à le lire. Un soir d'hiver, je parcourus fébrilement, d'une seule traite, les trois histoires du manuscrit dans l'ordre dans lequel je les avais trouvées. La première, « L'Éducation d'un monstre », se présente comme une nouvelle écrite par Charles Baudelaire, bien que la postérité n'en ait gardé aucune trace, hormis une brève allusion en note dans le journal intime du poète. L'écriture, pourtant, semble authentique, à défaut de l'histoire elle-même, pour des raisons qui deviendront claires aux yeux des lecteurs. Le deuxième texte, « La Cité des ombres », est une sorte de roman noir à suspense dont l'action, en apparence narrée par Walter Benjamin, se déroule à Paris dans les années 1940, et dans lequel « L'Éducation d'un monstre » joue un rôle central. Le troisième, « Conte de l'albatros », le plus étrange des trois, se présente quant à lui comme l'autobiographie d'une sorte d'enchanteresse immortelle.

Et c'est ainsi qu'après avoir lu le manuscrit j'entrepris, seul dans la lumière diffuse de l'aube, de le relier. Au bout du compte, je choisis une reliure conventionnelle, quelconque, dans un cuir de cheval qu'on appelle en France « peau de chagrin », teint en rouge cardinal. Il ne faisait aucun doute pour moi qu'il s'agissait d'un ouvrage de grande valeur, peut-être même inestimable, comme la Baronne l'avait affirmé. Mais les circonstances dans lesquelles il m'était parvenu laissaient à penser qu'il n'était pas dans son intérêt de trop attirer l'attention.

Une fois qu'il fut relié, ma femme le lut à son tour. En voyant la suite de nombres griffonnée sur la première page, elle devina immédiatement qu'il s'agissait en réalité d'une pagination alternative, que nous baptisâmes « l'ordre de la Baronne ». Ce fut celui que ma femme suivit pour lire le manuscrit. Lorsqu'elle l'eut terminé, elle m'encouragea vivement à le relire de cette façon. À ma stupéfaction, je découvris un livre totalement différent, non pas tant un recueil de nouvelles qu'un roman – et pas n'importe quel roman. Mais il était déjà relié et, au vu de son ancienneté et de sa fragilité, nous décidâmes que *Le Livre des passages* devait rester dans l'ordre où je l'avais reçu – celui où vous allez également le trouver, cher lecteur. Vous allez devoir décider vous-même si vous souhaitez le lire comme un recueil de nouvelles vaguement liées entre elles, ou comme un roman.

Les circonstances de la mort de l'écrivain Walter Benjamin (né à Berlin, Allemagne, en 1892 ; mort à Portbou, Espagne, en 1940) sont bien connues. Après avoir fui Paris à la mi-juin – le jour même, vraisemblablement, de l'arrivée des troupes d'occupation allemandes –, Benjamin passa deux mois à Lourdes, dans les Pyrénées, avant de gagner Marseille pour tenter de trouver un bateau en partance pour l'Amérique. Lorsqu'il n'y réussit pas, il retourna dans les Pyrénées à la mi-septembre et se joignit à un petit groupe de Juifs allemands qui espéraient franchir illégalement la frontière avec l'Espagne.

En atteignant le village de pêcheurs de Portbou le 26 septembre, le groupe se vit initialement refuser l'entrée dans le pays. Benjamin, qui avait des problèmes cardiaques et se savait recherché par les nazis, apprit qu'il serait reconduit de force en France dès le jour suivant. Ce soir-là, dans une chambre d'hôtel, il ingéra une dose mortelle de morphine. Le lendemain, les autres membres de son groupe se virent finalement, inexplicablement, accorder le droit d'entrer en Espagne.

Après la guerre, des rumeurs commencèrent à circuler au sujet d'un manuscrit que Benjamin avait sur lui au moment de sa mort, et qui aurait ensuite disparu. D'après une témoin qui avait franchi la frontière avec lui, Benjamin avait passé les montagnes avec une valise et une sacoche en cuir à l'épaule. Lorsqu'on lui avait demandé ce que cette dernière contenait, il avait répondu qu'il s'agissait d'un manuscrit qui avait plus de valeur à ses yeux que sa propre vie. Alors que la réputation de Benjamin grandissait après la guerre, les conjectures au sujet du manuscrit et de son contenu firent de même.

Je ne peux pas, en toute conscience, affirmer que cet ouvrage est le manuscrit perdu de Walter Benjamin. Sa provenance est trop incertaine, son contenu trop fantastique. Mais c'est exactement ce qu'il *prétend* être ; et rien dedans qui soit vérifiable ne contredit cette affirmation. Partons donc du principe que l'ouvrage est réellement ce qu'il semble être. Il ne peut être décrit autrement que comme un *roman.* Nous savons que Benjamin était un fin lettré et qu'il a même co-écrit, anonymement, un roman policier. Nous savons que son français était impeccable, et certainement à la hauteur de la tâche. Malgré tout, publier le manuscrit sous son nom serait inconcevable. C'est pourquoi, faute d'un autre nom

– et peut-être, pour être parfaitement honnête, par vanité de bibliophile –, j'ai décidé de le publier sous le mien propre, avec un avertissement qui prend la forme de cette préface. À strictement parler, je ne suis que le père adoptif de ce manuscrit trouvé – mais il n'existe pas de tests génétiques pour ces derniers. Si l'éthique de ma décision est suspecte, j'ai au moins la certitude d'être légalement en terrain solide : comme cela fait maintenant plus de soixante-dix ans que Benjamin est décédé, l'ouvrage (s'il est vraiment authentique) est, selon la loi française, libre de droits.

Je suis convaincu que la Baronne n'a jamais eu l'intention de publier son manuscrit : elle souhaitait le faire relier pour son plaisir personnel. S'il vous faudra encore attendre pour connaître les circonstances – et les raisons, et l'historique – de la publication du *Livre des passages*, sachez que la décision de procéder à celle-ci n'a pas été prise à la légère. Ne serait-ce que pour des raisons de provenance, je suis conscient qu'elle suscitera la controverse, du moins dans les sphères les plus obscures du monde universitaire et de la bibliophilie. Ayant désormais une connaissance intime de l'ouvrage, j'estime qu'il peut être interprété d'au moins sept façons : comme une histoire imaginée – un ouvrage anonyme, donc, de *fiction* ; comme une plaisanterie, une farce, une devinette complexe, inexplicablement inventée par Benjamin lui-même ; comme un canular, une mystification fabriquée de toutes pièces par un tiers inconnu ; comme le délire d'un homme à la santé déclinante et soumis à une écrasante pression mentale ; comme une allégorie ou une fable complexe et souterraine ; comme quelque énigmatique message codé adressé à un destinataire inconnu ; ou comme des mémoires à peine déguisés. Je suis trop proche désormais de cette histoire pour avoir une opinion objective. Je dois avoir envisagé chacune de ces possibilités au moins une fois, pour certaines plusieurs fois, et je ne sais pourtant toujours pas ce qu'il en est.

À L'ADRESSE DU LECTEUR

Comme la préface le précise, ce livre peut être lu de deux façons : conventionnellement (c'est-à-dire, de la première page à la dernière), ou en suivant l'ordre de la Baronne. Ceux qui opteront pour celui-ci trouveront, à la fin de chaque chapitre, un numéro entre accolades (comme celui au bas de cette note) indiquant à quelle page passer ensuite. Les lecteurs de l'ordre de la Baronne commenceront ainsi à la page 209. À titre de référence, la pagination de cet ordre est détaillée ci-dessous. Ceux qui décideront de lire le roman de la manière conventionnelle n'auront qu'à tourner la page.

Pagination de l'ordre de la Baronne :

209 – 75 – 219 – 91 – 27 – 239 – 113 – 39 –
275 – 53 – 133 – 297 – 63 – 333 – 153 – 393 –
177 – 445 – 197 – 215

☞ *{209}*

L'ÉDUCATION D'UN MONSTRE

UN ÉPISODE HONTEUX

Alors que j'écris ces mots, il me vient à l'esprit que je n'ai jamais connu récit plus *incroyable* que celui que je m'apprête à vous relater, ma chère enfant. Et pourtant, rien de ce que j'ai écrit n'a jamais été aussi vrai. Paradoxe, tout n'est que paradoxe. Peut-être ai-je définitivement perdu la raison. Voyez-vous, étant jeune, j'ai contracté la vérole, sûrement auprès de Jeanne Duval. Ce fléau est connu pour réduire ses victimes à la folie dans leurs vieux jours, de sorte qu'ils ne savent plus distinguer le réel de l'imaginaire. Je vis dans l'ombre constante de ma démence imminente. Mais comme vous allez l'apprendre, ce n'est pas la seule façon dont Jeanne continue à me hanter. D'ailleurs, si je vous écris, c'est à cause de Jeanne.

Nous nous connaissons, vous et moi. Je suis l'homme que vous avez rencontré cet après-midi à l'église Saint-Loup, en compagnie de Madame Edmonde. Vous vous appelez Mathilde. Vous êtes une jeune fille de seize ans maussade et bovine. Malgré les assurances données à Madame Edmonde par les religieuses qui vous ont confiée à sa garde, vous savez à peine lire. Certes, vous êtes capable de reconnaître les lettres de l'alphabet, mais on ne peut guère appeler cela lire. Vous savez griffonner votre nom, mais on ne peut guère appeler cela écrire. Je garde cependant l'espoir que Madame Edmonde sait ce qu'elle fait. Je n'ai pas le choix.

Comme vous le savez, je suis poète. J'ai quarante-trois ans, bien que j'en paraisse beaucoup plus, en raison de nombreuses années de privations. Le succès, du moins sa version mondaine, m'a jusqu'à présent échappé, malgré l'excellence de mes vers. En avril de l'an passé, souffrant d'une mauvaise santé et d'un profond vague à l'âme, je quittai Paris, où j'avais vécu presque toute ma vie, déterminé à passer le restant de mes jours en exil à Bruxelles. Je m'étais d'une façon ou d'une autre convaincu que j'y aurais plus d'avenir. Je marchais sur les traces de mon éditeur et ami cher, Auguste Poulet-Malassis, qui avait quitté Paris dans l'espoir de gagner de l'argent en publiant de la pornographie – le censeur belge est moins prude que son homologue français – et en la rapportant en France sous le manteau. Je m'y rendis empli d'un allant que je n'avais pas ressenti depuis ma jeunesse.

À mon arrivée, je louai une chambre dans un vieil hôtel décrépit appelé le Grand Miroir, simplement parce que j'aimais son nom étrange et poétique. Il avait fort peu d'autres qualités. Je demandai la chambre la moins chère. Elle était au troisième et dernier étage, accessible par un tortueux escalier en colimaçon. S'y trouvaient un petit lit au matelas de vieille paille humide, un divan en lambeaux, un bureau bancal, un poêle qui émettait plus de fumée que de chaleur, et une commode. Au moins pouvais-je, par une fenêtre solitaire, observer les nuages qui passaient lentement dans le ciel, au-dessus des toits et des cheminées de la ville. C'était l'une des rares consolations qui me restaient. Tant que je vois un bout de ciel, je peux supporter presque toutes les épreuves.

J'avais espéré que mon exil volontaire mettrait un terme aux humiliations quotidiennes de mon existence parisienne. Mais en réalité, mes perspectives à Bruxelles n'étaient pas meilleures qu'ailleurs. Je fus rapidement rattrapé par les infortunes que j'avais cru laisser derrière moi : froid, humidité, indigence, maladie et calomnie. Je ne réussis pas à garder la maîtrise de mes dépenses, et la seule raison pour laquelle les propriétaires de l'hôtel, Monsieur et Madame Lepage, m'ont autorisé à rester est qu'ils pensent, si je meurs, pouvoir obtenir sur l'héritage que je laisse le paiement de leur dû – avec des intérêts bien entendu. Ils n'espèrent pas seulement ma mort, ils comptent sur son imminence.

Le soir où cette histoire commence, au début du mois dernier – ce mois étant celui de mars 1865 –, je dînais chez Madame Hugo. Celle-ci a toujours fait preuve d'une bonté sans faille à mon égard, en dépit de mes accès de mauvaise humeur épisodiques. Comme moi, son époux est en exil, mais il vit dans le confort à Guernesey avec sa maîtresse, jouant le rôle de héros national.

Sa femme partage une grande maison bourgeoise rue de l'Astronomie avec son fils et la famille de ce dernier. Une petite colonie de Parisiens s'est formée dernièrement à Bruxelles, malgré le manque de sophistication de cette ville. Nous avons fui le petit-neveu de Napoléon et ses prélats trop zélés. Comme Auguste était lui aussi invité à dîner chez Madame Hugo, il me rejoignit à mon hôtel et nous nous rendîmes chez elle ensemble, à pied, comme nous l'avions déjà fait tant de fois, bras dessus, bras dessous, au cas où l'un de nous trébucherait sur un pavé – les rues ici sont dans un état lamentable. Alors que nous marchions, en nous plaignant de la Belgique comme à notre habitude, je sentais l'humidité des pavés s'infiltrer dans mes chaussures par des trous apparus dans les semelles, que par manque d'argent je n'avais pas fait réparer. En arrivant aux abords de la résidence des Hugo, Auguste me conjura de résister à l'envie de me lancer dans une de mes diatribes habituelles, et de préserver mon honneur ainsi que le sien, lié au mien par notre amitié.

La bonne, Odette, ouvrit la porte et nous fit entrer au chaud et à la lumière. Une réconfortante odeur de viandes rôties régnait dans toute la maison. Nous étions huit ce soir-là. En plus d'Auguste et de moi-même, de Madame Hugo, de son fils et de l'épouse de celui-ci, il y avait un trio de jeunes femmes dont j'oubliai immédiatement le nom. Je baisai la main de notre hôtesse en m'inclinant exagérément. Du vin fut servi au salon – un mauvais vin, bien entendu, dans des verres minuscules. Lorsque nous prîmes place à la table, je baissai la tête et consacrai toute mon attention à la soupe – un excellent consommé. J'entendis une conversation littéraire s'engager autour de moi et évitai soigneusement de m'y joindre. Je ne me souciais que de porter mes cuillerées de soupe à ma bouche. Je ne touchai pas au pain, sachant qu'il serait mou, spongieux et brûlé, comme toujours dans ce pays.

Malgré tous mes efforts pour garder mes pensées centrées sur cette simple tâche, elles ne cessaient de vagabonder plus ou moins loin au gré de leurs envies. Sans en avoir ni l'intention ni le souhait, j'entendis une des trois dames me demander ce que je pensais de la Belgique. Auguste l'interrompit et tenta de réorienter la conversation vers un autre sujet, mais une autre des trois demoiselles répéta la question à peine une minute plus tard, au moment même où, par coïncidence, j'avais fini mon consommé.

Cette fois, je ne pus résister à la tentation. Je pris le temps de préparer ma réponse pendant que la domestique ôtait mon assiette à soupe et la remplaçait immédiatement (comme c'est ici la coutume) par une assiette du bœuf bouilli qu'on sert à tous les repas. Une expression suppliante déformait le visage d'Auguste. Je l'ignorai.

« Par où commencer ? me lançai-je, en m'essuyant la bouche avec ma serviette et en dévisageant les trois demoiselles devant moi. Tout d'abord, dans ce pays, les gens ont le visage pâle et malformé. Leur mâchoire est étrangement bâtie et fait montre d'une menaçante imbécillité. À tous les niveaux, ils sont paresseux et lents. Presque tout le monde porte un pince-nez ou est bossu. La physionomie des habitants est molle et flasque. Le Belge typique est mi-singe, mi-mollusque. Il est indélicat et obtus, facile à opprimer mais impossible à briser. Il déteste rire mais le fera pour vous donner à croire qu'il vous a compris. Dans ce pays, la beauté est méprisée, tout comme la vie de l'esprit. Le bonheur est du mimétisme hasardeux. Le non-conformisme est un crime odieux. La danse consiste à sauter sur place en silence. Personne ne parle le latin ni le grec, la poésie et la littérature sont tenues en horreur, et on n'étudie que pour devenir ingénieur ou banquier. Les paysages sont comme les femmes : gras, plantureux, humides et sombres. La vie est insipide. Cigares, légumes, fruits, cuisine, regards, chevelures : tout est fade, triste, morne et soporifique. Les chiens sont les seules créatures à être vraiment en vie. »

Hormis un rire gêné à un bout de la table, mes provocations ne suscitèrent que le silence.

« Quant à Bruxelles, continuai-je, il n'y a rien de plus triste qu'une ville sans rivière. Chaque ville, chaque pays, a sa propre odeur. Paris sent la choucroute, Le Cap, le mouton. Il y a des îles tropicales qui sentent le santal, le musc ou l'huile de coco. La Russie sent le cuir, Lyon, le charbon.

L'Orient, de manière générale, sent le musc et la charogne. Bruxelles, elle, sent le savon noir. Les chambres d'hôtel, les lits, les serviettes, les trottoirs : tout sent le savon noir. Les immeubles ont des balcons, mais on n'y voit jamais personne. Le seul signe de vie est donné par les commerçants qui nettoient leurs devantures, ce qui semble être une obsession nationale, même quand il pleut à verse.

— Charles, s'il te plaît, entendis-je Auguste murmurer entre ses dents.

— La différence entre Paris et Bruxelles est qu'à Paris on a le droit de fréquenter une maison close mais non de lire des choses sur le sujet. À Bruxelles, c'est précisément le contraire. C'est une petite ville où grouillent la jalousie et la calomnie. Du fait de leur indolence et de leur incapacité à l'action, les habitants vouent un intérêt excessif aux affaires des autres – et tirent plaisir de leurs infortunes. Les rues, bien que dépourvues de vie, parviennent à être plus bruyantes que celles de Paris, à cause des pavés inégaux, des immeubles mal bâtis, de l'étroitesse des voies publiques, de la brutalité excessive de l'accent local, de l'impolitesse ambiante, des sifflements constants et des chiens qui aboient. Les boutiques n'ont pas de vitrines. La flânerie, si chère aux gens doués d'imagination, est impossible : il n'y a rien à voir, et les rues sont impraticables. Tout est ruineux, hormis les loyers. Le vin est une curiosité, bu non pour son goût mais par vanité et conformisme, pour singer les Français. Quant à la nourriture, tout est bouilli, jamais rôti, et noyé de beurre rance. Les légumes sont exécrables. L'assaisonnement, pour le cuisinier belge, se limite au sel. »

Je marquai un temps. Ma diatribe avait jusqu'à présent recueilli quelques rires nerveux et un ou deux sons de désapprobation de la part de Madame Hugo. Les trois demoiselles devant moi paraissaient incertaines de la réaction qu'il leur fallait avoir, ne sachant si ce numéro était destiné à amuser ou à insulter. Une fois de plus, j'entendis, de loin, Auguste supplier :

« Charles, je t'en prie, arrête avec ces bêtises. »

Mais lorsque je suis de cette humeur, je ne peux pas me retenir.

« Il n'y a pas de femmes dans ce pays. Pas de femmes, et pas d'amour ; nulle galanterie masculine et nulle modestie féminine. Les femmes sont physiquement comparables à des moutons : pâles, le cheveu jaune, avec d'énormes gigots suiffeux – sans parler de l'atrocité de leurs chevilles. Elles semblent incapables de sourire, probablement en raison de quelque récalcitrance musculaire congénitale et de la structure de leurs dents et mâchoire...

— Assez ! » Cette fois, c'était Charles Hugo qui m'avait interrompu, repoussant brutalement sa chaise pour se lever, le visage empourpré, les poings serrés et tremblant de rage. « Je ne laisserai pas mes invitées se faire humilier ainsi ! »

Il jeta sa serviette sur son assiette et sortit à grands pas de la pièce, où un silence glacial s'installa. Les trois demoiselles étaient écarlates, et deux d'entre elles avaient les larmes aux yeux.

« Charles, me dit Auguste, je t'en prie, prenons congé. »

Auguste proposa de me raccompagner au Grand Miroir. Je m'attendais à ce qu'il me semonce pour nous avoir de nouveau fait honte, à lui et moi, avec mes facéties, mais il se contenta de bourrer sa pipe et de la fumer en silence tandis que nous avancions en nous tenant par le bras sur les pavés rendus glissants par la nuit brumeuse. La proximité de mon ami, le parfum du tabac qui se consumait et la quiétude glaciale de la nuit apaisèrent mes nerfs.

Tout en marchant, je mis ma main libre, engourdie par le froid, dans la poche de mon manteau et sentis sous mes doigts un papier doux et épais. Je m'arrêtai et le sortis pour le regarder à la lumière d'un bec de gaz. C'était un billet pour une somme de pas moins de cent francs, vraisemblablement glissé dans ma poche par Madame Hugo lorsque nous nous étions dit au revoir. J'en fus enchanté : je serais en mesure de me racheter du laudanum le matin venu. Je suggérai à Auguste d'aller prendre un verre dans une taverne pour nous réchauffer. Il s'arrêta à son tour et me regarda avec une expression étrange, où se lisaient autant l'affection que la tristesse.

« Non, mon ami, me dit-il. Je crois que je vais regagner mon foyer, retrouver ma femme et mes enfants. »

Foyer. Femme. Enfants. Ses mots me piquèrent au vif. Si seulement j'avais pu être digne de prononcer une phrase aussi simple. Il me serra dans ses bras et s'en alla sans ajouter un mot, les épaules voûtées, crispées par le froid et l'inquiétude. Alors qu'il s'éloignait dans la pâle lueur des réverbères par cette glaciale nuit bruxelloise, je vis pour la première fois à quel point lui aussi, mon ami de toujours, mon éditeur et mon protecteur, mon plus fidèle allié et mon plus proche confident, était un homme défait. Il était évident qu'il m'avait, sans que je m'en rende compte, sans peut-être le remarquer lui-même, rejoint dans les rangs des vaincus. Une mystérieuse alchimie œuvre en l'homme qui a goûté à l'amertume d'une des défaites sans appel de la vie. Il se tasse et se voûte, ses énergies vitales lui échappent goutte à goutte, il se rend compte que ses meilleures années sont derrière lui. Tandis que j'avais prophétisé ma propre fin toute ma vie, m'y préparant et savourant son avant-goût, la défaite était pour lui nouvelle et étrange. Son palais n'y était pas habitué. Pire encore, la faute m'en revenait en partie. Il avait perdu une petite fortune à publier mes poèmes, à les défendre au tribunal lorsque le censeur avait jugé indécents plusieurs d'entre eux qui traitaient de l'amour saphique, puis à mettre l'ensemble au pilon lorsque nous avions perdu le procès. Alors que sa silhouette se fondait dans la brume, même le chapeau sur sa tête me parut plus petit, et ses épaules semblaient avoir disparu sous l'écharpe qu'il avait enroulée autour de son cou.

Seul à présent, je descendis la rue des Paroissiens en direction du Grand Miroir, relevant mon col pour me protéger de la bruine. Les rues étaient vides et silencieuses, à l'exception du soupir du gaz brûlant dans les lampes et d'un bruit de pas pressés derrière moi de temps en temps. Brusquement, je glissai sur un pavé et me retrouvai les deux pieds dans une flaque, avec de l'eau jusqu'aux chevilles.

Alors que je tournais au coin d'une rue menant à la gare, pataugeant pitoyablement d'une flaque à l'autre, j'entendis l'écho d'une imposante voiture quelque part devant moi, dans une rue proche. Elle déboucha dans la mienne et je la vis brusquement qui fonçait vers moi. Dans ma hâte à m'écarter de son chemin, je me tordis la cheville gauche sur un pavé saillant et, déséquilibré, je tombai la tête la première dans la neige fondue, avec les deux chevaux qui arrivaient droit sur moi. J'étais en train de me redresser dans l'intention de me jeter dans le caniveau lorsqu'une roue percuta mon épaule droite, me faisant de nouveau perdre l'équilibre et tourner sur moi-même, pour atterrir – cette fois sur le dos – dans une autre flaque. Il va sans dire que la voiture continua sa route, tournant à gauche dans la rue des Colonies sans que le cocher, très probablement, se soit rendu compte qu'il venait de renverser, et avait même failli achever, le plus grand poète lyrique de l'époque.

Étendu sur le dos dans la boue, le manteau peu à peu imbibé d'eau glacée, j'eus la conviction que ma vie approchait enfin de sa pitoyable conclusion. Il me vint à l'esprit que j'aurais dû plonger dans l'autre sens, *sous* les sabots des chevaux plutôt que hors de leur chemin. Allongé là dans cette flaque, sur ces pavés glissants, dans cette ville étrangère, par cette froide nuit, tous mes espoirs anéantis, je trouvai la perspective de mon trépas imminent étonnamment réconfortante. Sous l'effet du froid et de l'humidité, je me mis à trembler avec une violence qui résistait à toute tentative de contrôle. Bientôt, cependant, la douleur de mes blessures commença à s'estomper, les battements affolés de mon cœur ralentirent, et ma respiration se calma quelque peu. Je me rendis compte que je n'allais pas mourir à l'instant même. Mon existence maudite allait se poursuivre, du moins dans l'immédiat. Lorsque je compris cela, je me mis à hurler, abreuvant d'injures cette ténacité de la vie qui semble primer sur tous les instincts plus sages qu'on puisse avoir. Et une fois lancé, je continuai à jurer avec abandon, enfilant les imprécations comme des perles sur un collier, sur des guirlandes que je jetai à la tête de Victor Hugo, de Madame Hugo, de ses fils, de ses invitées. Je maudis le Grand Miroir et Bruxelles, la Belgique et les Belges. Je maudis le roi de Belgique et, pour faire bonne mesure, l'empereur de France. Je maudis les hommes, les femmes, l'engeance masculine et l'engeance féminine. Je maudis la poésie, la littérature, l'art et l'amour, et lorsque j'eus fini de maudire tout cela, je maudis également la vie et Dieu lui-même. Et c'est alors que je maudissais ce dernier que je remarquai la silhouette d'un homme portant chapeau melon et cape. Un visage hâve et moustachu se pencha au-dessus de moi pour m'étudier de plus près.

« Souffrez-vous, monsieur ?

— Je ne saurais dire, répondis-je, mais il semble que je sois incapable de me redresser.

— Attendez, me dit-il, laissez-moi vous aider. » Il se baissa pour m'attraper sous les aisselles, par-derrière. Il sentait le savon noir. « Je vais compter jusqu'à trois. Un, deux, trois. »

Je me retrouvai debout et l'inconnu relâcha lentement sa prise pour me laisser porter seul le poids de mon corps. Je ressentis immédiatement une vive douleur à la cheville gauche et lâchai un cri étranglé. Il dut me rattraper avant que je ne retombasse.

« Vous êtes blessé, monsieur, et vos blessures doivent être soignées. Laissez-moi vous ramener chez ma maîtresse pour que vous y receviez le repos et l'assistance médicale dont vous avez besoin. »

Naturellement, mon premier réflexe fut de refuser, et d'insister pour continuer ma route vers la taverne. Mais une vague de fatigue s'abattit soudain sur moi et je n'eus plus qu'une envie, dormir.

« Oui, répondis-je en vacillant avant de m'affaler dans ses bras. Du repos et de l'assistance. C'est précisément ce dont j'ai besoin. »

DE TOUCHANTES RETROUVAILLES

Depuis le début de ma vie d'adulte, je suis sujet à des accès d'une sorte de démence nocturne ; réveillé en sursaut par les terreurs de ma vie onirique, je me retrouve assis dans mon lit dans le noir, moite de sueur de la tête aux pieds. Dès que j'ouvre les yeux, le rêve coupable se dissipe invariablement, ne laissant derrière lui que d'infimes traces : le sable blanc de lointains tropiques, un imposant volcan, une mer agitée par la tempête, des fleurs au parfum capiteux, un navire toutes voiles déployées... Et par-dessus tout, des yeux. Des yeux couleur d'obsidienne, dont j'ai rêvé si souvent que je les vois avec une parfaite netteté même quand je suis éveillé. En temps normal, cela m'arrive alors que je dors dans mon propre lit et, reconnaissant rapidement mes alentours, je suis capable de me ressaisir, d'allumer une chandelle, peut-être d'ouvrir un livre ou d'écrire, jusqu'à ce que je retombe dans les bras de Morphée. Autrefois, j'aurais trouvé Jeanne allongée à côté de moi, me regardant de ses envoûtants yeux noirs, réveillée par le raffut que j'avais fait, et elle m'aurait demandé de quoi j'avais rêvé ; et lorsque je lui aurais raconté, elle aurait interprété mes visions selon quelque invraisemblable mythologie païenne de son invention, où elle et moi étions les âmes réincarnées d'un ancien oiseau-dieu, jusqu'à ce que je sombre de nouveau dans le sommeil.

Or il se trouve que cette nuit-là, je fus réveillé en sursaut par un autre cauchemar. Sauf que, l'ayant abandonnée depuis longtemps, je n'avais plus Jeanne pour me réconforter. Et le lit dans lequel je me trouvais m'était inconnu. Au lieu de la paillasse humide et bosselée sur laquelle je dormais au Grand Miroir, c'était un lit Médicis à baldaquin, en chêne finement sculpté, tendu de brocarts d'or et de pourpre. Le matelas était le plus épais et le plus moelleux qu'il m'ait été donné de goûter. La lumière douce d'une lampe à huile révélait un boudoir aristocratique. Le plafond à caissons était doré à la feuille et, dans chaque coin de la pièce, des camélias d'un rouge profond jaillissaient de vases orientaux. J'entendais le crépitement des braises rougeoyant dans un âtre à l'autre bout de la pièce. La tête embrumée par les opiacés, il me fallut un certain temps pour me rappeler la suite d'événements qui m'avait mené là : une collision avec la roue d'une voiture, une chute dans une flaque au milieu d'une rue pavée, puis le secours inattendu d'un inconnu.

Je voulus me retourner dans mon lit et fus immédiatement assailli par un essaim de douleurs : une à la tête, une autre dans le dos, une autre encore à la hanche droite et surtout, un lancinement terrible dans la cheville gauche. Lentement, j'essayai de me lever, mais la douleur me força à me rasseoir. Je fis une nouvelle tentative, et finis par trouver sous mes pieds une paire de pantoufles en laine. Je traversai la pièce en boitant pour atteindre un divan de velours sur lequel était posée une robe de chambre rouge vermillon brodée d'arabesques. Mes effets personnels n'étaient nulle part en vue. Je m'approchai de la fenêtre en clopinant et ouvris les lourds rideaux de satin. J'avais supposé que c'était le petit matin, mais je fus ébloui par la lumière d'un soleil radieux après la neige. Je me trouvais au rez-de-chaussée d'un manoir situé soit à la campagne, soit à l'orée de la ville. Sous mes yeux, une cour fleurie hibernait sous un manteau de neige. Alors que ma chambre était ornée des plus éclatantes couleurs, le monde extérieur était un daguerréotype de noir et de blanc.

Dans un coin de la pièce, à côté du divan, se trouvait un petit secrétaire avec plume et encrier, une clochette en cuivre brillant et plusieurs feuilles en *papier japon**. Sur celle du dessus étaient griffonnés quelques mots. Je me laissai tomber dans le fauteuil pour les lire : *Monsieur, j'espère que vous avez bien dormi. Giacomo se tient à votre disposition pour vous aider. Vous pouvez l'appeler en sonnant la cloche. Madame Edmonde.*

Je suivis les instructions qui m'étaient données et, presque aussitôt, la porte s'ouvrit en grinçant. Un large plateau d'argent entra en flottant dans la pièce, suivi du majordome qui l'apportait, dont le visage moustachu était aussi impénétrable qu'un masque mortuaire. C'était l'inconnu qui m'avait sauvé la veille au soir.

Les meilleurs domestiques ont une aptitude presque magique à prévenir les désirs de leur maître, et Giacomo revint quelques instants après que j'eus terminé mon café pour me guider vers une pièce adjacente où se trouvait une baignoire. Il m'aida à prendre mon bain, me rasa et, une fois que je me fus séché, me vêtit d'habits de la plus belle qualité : le genre de costume qu'on aurait pu se faire tailler chez Staub ou Humann, une chemise et une cravate de chez Boivin, une épingle de cravate de chez Janesich et une canne de chez Verdier, avec une poignée en argent massif en forme de tête de canard. Il fut un temps, lorsque j'étais un jeune dandy, où j'aurais été fier de porter pareils atours. Mais à présent, à l'automne syphilitique de ma vie, je me faisais l'effet d'une poupée habillée pour quelque carnaval pitoyable.

Ainsi, assis devant le feu dans mon costume, méditai-je un moment sur ce développement, avant que Giacomo ne réapparût pour m'annoncer que le déjeuner était servi. Il m'aida à m'asseoir dans un fauteuil sur roulettes et me poussa dans un long couloir étincelant jusqu'à une salle à manger où, aux extrémités d'une grande table, étaient posés deux couverts.

« Madame Edmonde prie monsieur de bien vouloir l'excuser, m'expliqua Giacomo d'un ton impassible. Elle a été retenue de manière inattendue et se joindra à monsieur dès que possible. En attendant, elle vous implore de commencer à déjeuner sans délai. »

Je mangeai, comme si je n'avais rien mangé depuis des jours, toutes sortes de viandes rôties, de fromages et de confitures, de caramels et de tartes, le tout arrosé de bon vin, de café et de brandy. La salle à manger était décorée de façon encore plus fastueuse que ma chambre : dorures formant des nœuds de ruban sur les murs, plafond à caissons en losanges, parquet à motifs complexes, une cheminée en marbre, et d'autres camélias, dans tous les coins. Les fenêtres donnaient sur la même cour que ma chambre, et les murs étaient presque entièrement couverts de tableaux de qualité représentant diverses scènes maritimes et coloniales.

Enfin, alors que je fumais un cigare, Giacomo m'annonça l'arrivée de Madame Edmonde. Il ouvrit les portes à l'autre bout de la pièce et la silhouette élancée d'une jeune femme portant une somptueuse robe noire apparut. Son visage était masqué par un voile de tulle sombre épinglé à la couronne de tresses épaisses qui parait sa tête. J'essayai de me lever mais une douleur aiguë dans ma cheville coupa court à mon effort de galanterie. Elle s'approcha de la table d'un pas hésitant, presque timide. Il y avait une grâce subtile et féline dans ses mouvements, qu'accompagnait le froufrou du velours de sa robe. Elle continua d'avancer pour venir s'arrêter juste devant moi.

« Je vous en prie, monsieur, restez assis », me dit-elle. Sa voix était étouffée, comme si elle me parvenait d'une bien plus grande distance que celle à laquelle elle se trouvait. « Je crois comprendre que vous souffrez, et de toute façon je ne supporte pas les excès de formalité. »

Giacomo l'aida à s'asseoir à l'autre bout de la table. Elle me demanda si j'avais mangé à ma faim ; je lui assurai que oui, et la remerciai de son hospitalité. Mes habits, me dit-elle, avaient été mis à blanchir. Je lui demandai ce qu'il était advenu de ma montre à gousset.

« Elle était cassée, me répondit-elle. Elle a été envoyée chez un horloger pour y être réparée.

— J'espère que vous pardonnerez mon audace, madame, mais je brûle de curiosité. Qui êtes-vous ?

— Je m'appelle Madame Edmonde de Bressy.

— De Bressy… Votre nom ne m'est pas familier.

— C'est sans importance.

— Pourquoi faites-vous preuve d'une telle générosité envers un parfait inconnu ?

— Vous n'êtes pas un parfait inconnu.

— Nous connaissons-nous ?

— D'une certaine manière.

— Je ne me souviens pas d'avoir déjà rencontré une Madame Edmonde, ou même une Mademoiselle Edmonde.

— Cela ne change rien au fait que nous avons déjà eu l'occasion de nous connaître, dans un passé lointain.

— Peut-être, si vous me montrez votre visage, vous reconnaîtrai-je.

— Je vous assure que cela ne fera aucune différence », répondit-elle.

Mais elle porta malgré tout les mains à son voile pour le soulever et le rabattre sur son crâne, révélant un visage hideusement défiguré, ressemblant davantage à la face d'un monstre rencontré dans un rêve qu'à celle d'un homme ou d'une femme. Parmi les vivants, les seuls visages que j'aie vus qui y soient comparables sont ceux immortalisés sur les daguerréotypes en vogue à Paris il y a quelques années, et qu'on peut encore parfois trouver sur les étals des *bouquinistes* des bords de Seine, représentant les physionomies déformées de certains infortunés résidant à l'hôpital de la Salpêtrière. C'était comme si quelque démon avait tiré ses yeux vers le bas et simultanément poussé son nez vers le haut et la droite. Sa bouche était distendue en diagonale. La peau de son visage semblait avoir été ravagée par les flammes dans la partie inférieure, et son menton avait disparu. Comme c'était déjà presque la tombée de la nuit, elle était éclairée par les bougies, et les ombres projetées par celles-ci accentuaient les sillons de ce visage comme ridé avant l'âge.

Je ne savais quoi dire, et un silence épais comme la neige s'abattit entre nous. Ce fut Madame Edmonde qui finit par le rompre.

« Vous pouvez profiter de mon hospitalité aussi pleinement et aussi longtemps que vous le désirez, dit-elle en rabattant son voile. Vous n'êtes pas retenu prisonnier. Vous êtes libre de vos déplacements. Vous pouvez rester aussi longtemps que vous le souhaitez, partir quand vous le voulez – maintenant, demain ou la semaine prochaine. Lorsque vous déciderez de le faire, une voiture vous sera fournie pour vous ramener à votre hôtel. » *Votre hôtel*, notai-je ; elle en savait bien plus sur moi que moi sur elle. « Si vous décidez de rester, continua-t-elle, je vous dévoilerai à mon sujet tous les mystères que vous voudrez. Mais si vous choisissez de regagner votre logement ce soir, je n'ai qu'une chose à vous dire.

— Et quelle est-elle, je vous prie ? »

Elle resta parfaitement immobile. D'une façon ou d'une autre, bien qu'ils soient cachés par son voile, je sentis qu'elle avait les yeux fixés sur moi.

« Monsieur, écoutez attentivement ce que j'ai à vous dire. Toutes les histoires que Jeanne Duval vous a racontées sont vraies. Absolument toutes. Ce n'étaient pas des fantasmagories. Ce n'étaient pas des hallucinations. Ce n'étaient pas des inventions ou des mensonges. Quant à Jeanne, elle n'était pas une aliénée, une hystérique ou une Shéhérazade. Elle n'était pas un fantôme ni une goule. C'était une diseuse de vérité. Et vous feriez bien d'en tenir compte. »

Avec la plus grande grâce et la plus grande dignité, elle se releva et, me souhaitant une bonne soirée, se dirigea vers la porte.

Je restai d'abord bouche bée, mais réussis à lui lancer à la hâte une dernière question avant qu'elle ne disparût.

« Comment se fait-il que vous sachiez tout cela ? Sur Jeanne, sur moi, sur ce qui s'est passé entre nous ? »

Mon hôtesse s'arrêta sur le seuil de la pièce et répondit sans se retourner :

« Je ne devrais pas avoir à vous l'expliquer. Vous le savez déjà. »

Et sur ces mots, elle s'en fut, me laissant retourner dans ma chambre avec l'aide de Giacomo. En dépit de tout le laudanum que j'avalai cette nuit-là, je ne réussis pas à trouver le sommeil, plongé à la place dans un dédale de souvenirs que, depuis mon départ de Paris, j'avais fait de mon mieux pour oublier. À présent, ils revenaient avec une telle force que je craignais qu'ils ne me consumassent entièrement.

Le lendemain matin, je fus réveillé par un cauchemar. Je sonnai Giacomo, qui m'aida à sortir de mon lit et, de nouveau, à prendre mon bain et me vêtir. Il me poussa dans mon fauteuil à roulettes jusqu'à un salon désert et me servit une tasse de thé. Cette pièce-ci était meublée d'acajou et de velours, et décorée de façon aussi exubérante que la salle à manger de la veille. Dehors, la neige commençait à fondre sous le soleil de la fin de l'hiver. Assis dans mon fauteuil, je bus mon thé à petites gorgées, en attendant avec fébrilité l'arrivée de Madame Edmonde.

Lorsqu'elle apparut quelques minutes plus tard, elle était toujours voilée. Sa robe était aussi sombre et somptueuse que celle de la veille. Nous nous souhaitâmes le bonjour tandis qu'elle s'asseyait dans un fauteuil à côté du mien, avec cette grâce satinée que j'avais remarquée chez elle. Giacomo lui servit une tasse de thé. Je notai que son voile était une source de pouvoir, car il empêchait de discerner précisément la direction de son regard. Mon désir d'observer mon hôtesse n'était pas dû à une curiosité malsaine mais aux fiévreuses méditations de la nuit blanche que je venais de passer. Avec ce voile, pareille observation était impossible.

Ce n'est qu'une fois Giacomo ressorti de la pièce qu'elle reprit notre conversation.

« Comment vous sentez-vous aujourd'hui, monsieur Baudelaire ? Mieux ?

— Absolument pas. Je n'ai presque pas dormi, et je puis à peine me mouvoir sans l'aide de votre majordome.

— Quelle est, je vous prie, la cause de votre insomnie ? Le lit n'est-il pas à votre goût ?

— Mon manque de sommeil n'a rien à voir avec le lit, qui de fait est le plus confortable que j'aie jamais connu. La cause en est l'énigme que vous m'avez posée hier.

— C'était moins une énigme que l'exposition d'un fait.

— C'était une énigme, et j'ai passé la nuit à en chercher la réponse.

— Alors je crains que vous n'ayez perdu votre temps. L'énigme est sa propre réponse. »

Je sentis la colère m'envahir brusquement, un défaut que j'ai toujours eu, mais qui n'a fait qu'empirer avec l'âge. Je laissai passer la vague avant de continuer.

« Vous avez dit que tout ce que Jeanne m'avait raconté était vrai. Pas *tout*, sûrement ?

— J'ai dit que toutes ses histoires étaient vraies. Jeanne n'était pas incapable de mentir, mais pour certaines choses, sa parole était un point d'honneur.

— Si vous en savez autant que vous l'affirmez, vous savez également à quel point ses histoires étaient fantasmagoriques.

— Je connais leur nature.

— Jeanne croyait à la transmigration des âmes.

— Oui. Elle appelait cela un *passage*.

— Et pourtant, vous maintenez que ses histoires sont vraies.

— De toute évidence.

— Vous me pardonnerez si je vous demande la preuve de ce que vous savez. »

Madame Edmonde soupira.

« Par où commencer ? Vous parlerai-je de Koahu et d'Alula, et de l'amour qu'ils avaient l'un pour l'autre ? Ou de l'île d'Oaeetee, du chef Otahu et du sage Fetu ? Vous parlerai-je du *Solide*, de son capitaine, Marchand, du chirurgien Roblet et du marin Joubert ? »

Je la regardai avec incrédulité.

« Et l'albatros ? Que savez-vous à ce sujet ? »

J'eus la nette impression qu'avec cette question j'avais réussi à tirer ma propre flèche à travers son voile. Elle baissa la tête.

« Ah, oui, l'albatros. Vous voulez parler de la légende de la chouette et de la sterne blanche », dit-elle en relevant la tête.

Je ne pus cacher ma stupéfaction.

« Comment se fait-il que vous ayez une telle connaissance de toutes ces histoires ?

— Oh, Charles, si je vous le dis, ne réagirez-vous pas avec votre dédain habituel ?

— Les histoires de Jeanne étaient des contes pour enfants – les délires d'une aliénée ! » m'exclamai-je en tapant de mon poing crispé sur le bras de mon fauteuil.

Madame Edmonde resta parfaitement immobile, puis finit par demander, presque dans un chuchotement :

« Vous souvenez-vous de la dernière fois que vous avez vu Jeanne ?

— Comment pourrais-je l'oublier ?

— À combien de personnes en avez-vous parlé ?

— À personne. »

Comment aurais-je pu en parler à qui que ce soit ? J'avais trop honte.

« Si je vous racontais la scène maintenant, cela constituerait-il une preuve suffisante ? »

Je hochai la tête.

« Oui. Je suppose que oui. »

Et pourtant, je n'avais pas envie de l'entendre.

« Vous veniez de vous réveiller d'un de vos cauchemars. Jeanne entreprit de vous réconforter, comme elle l'avait fait pendant toutes ces années. Mais ce matin-là, vous refusâtes de la laisser faire. Ses récits avaient depuis longtemps cessé de vous apaiser. Et ce jour-là, vous étiez particulièrement inconsolable. » Madame Edmonde marqua un temps. « Vous rappelez-vous comment vous réagîtes ? »

J'acquiesçai avec honte.

« Oui, murmurai-je. J'en ai bien peur.

— Vous vous emportâtes. Vous lui dîtes qu'elle était hystérique, que vous devriez la faire enfermer, que si elle n'arrêtait pas avec ses inepties, vous la feriez interner à la Salpêtrière. »

Je baissai la tête. Tout cela était vrai.

« Bien entendu, ce n'était pas la première fois que vous perdiez votre calme. Mais ce jour-là, les choses furent différentes, n'est-ce pas ?

— Oui, acquiesçai-je dans un gémissement. Oui, en effet.

— Et elles furent différentes en cela que tu enlevas ta ceinture et que tu commenças à me battre. »

J'ouvris instinctivement la bouche, autant pour protester que pour me défendre, mais, tiraillé entre ces deux réflexes, je ne pus que balbutier, incapable de trouver les mots nécessaires à la tâche.

« Tu déchiras ma robe dans le dos et tu me fouettas, encore et encore, jusqu'à ce que j'aie la peau zébrée de sang. Et te rappelles-tu ce que tu me dis en faisant cela ?

— Non, je vous en prie, ne...

— Tu me dis que tu me fouettais comme l'esclave que j'étais, comme l'esclave que je serais toujours.

— Assez ! » m'écriai-je. En dépit de mes blessures, je me levai d'un bond et gagnai la fenêtre donnant sur la cour en claudiquant. La douleur qui m'étreignait le cœur me fit oublier celle que me procurait ma cheville. « Vous prétendez me faire croire que vous êtes Jeanne ? » Je me retournai pour la regarder, mais aucune réponse n'émana de derrière le voile. « Comment une telle chose serait-elle possible ? Cela va à l'encontre des lois fondamentales de la nature ; de la science et de la physique. Je ne peux tout simplement pas accepter l'idée que la femme qui me parle à l'instant en était avant cela une autre, une femme que je connaissais intimement, avec laquelle j'ai partagé les meilleurs et les pires moments de ma vie. C'est absolument n'importe quoi – la pire absurdité qui soit.

— Toi qui es poète, ne vois-tu pas que la faculté de procéder à un passage réside en chaque âme humaine ? Quand tu regardes une autre personne dans les yeux, ne ressens-tu pas, au fond de toi, comme un besoin d'aller vers elle, si puissant qu'il t'effraie ? Ne détournons-nous pas le regard lorsque nous sommes en bonne société, précisément à cause du vertige qui vient du fait de plonger les yeux dans ceux d'autrui ? Et ce vertige n'est-il pas tant la peur du passage que celle du désir d'y procéder ? Nos âmes ne sont-elles pas constamment tournées vers l'autre, désespérément en quête de la liberté que représente ce passage ?

— Et maintenant, vous osez suggérer que cette aptitude, absolument trop étrange pour qu'on y croie, est à la portée du premier imbécile venu ?

— Oui, elle est en chacun de nous ; seulement il faut de nombreuses années d'entraînement pour se lancer dans le processus, et plus encore pour le maîtriser complètement. L'apprentissage doit en être entamé tôt, le plus tôt possible, dès que l'enfant commence à marcher et parler. Passé ce moment, cela devient presque impossible. Mais le *potentiel* existe en chaque être humain. »

Je me retournai complètement vers la femme dont la voix semblait flotter jusqu'à moi depuis l'autre côté, non d'une pièce, mais d'un océan.

« La connaissance du passage a pratiquement disparu, continua-t-elle. Et pourtant, dans l'Antiquité, beaucoup d'individus la possédaient. Les mythes et les légendes ont survécu : toutes ces histoires de métamorphoses sont des vestiges d'une époque où la pratique du passage était une chose banale.

— Assez ! Je ne supporte plus ces inepties. » Je lui tournai de nouveau le dos pour tenter de reprendre mon sang-froid. « Madame Edmonde, ma raison ne tient déjà plus qu'à un fil. Souhaitez-vous donc me voir sombrer dans la folie une fois pour toutes ?

— Charles, tu m'appelais ta Shéhérazade. Te souviens-tu de ce que faisait Shéhérazade ?

— Elle racontait au roi une nouvelle histoire toutes les nuits, pour l'empêcher de l'exécuter comme il l'avait fait de toutes ses épouses précédentes.

— La différence entre elle et moi est que mes histoires n'avaient pas pour objectif de sauver ma vie, mais la tienne. De te préparer à ton prochain passage.

— Vous vous méprenez sur mon compte. Je n'ai pas peur de la mort. En fait, je l'attends avec impatience.

— Charles, tu ne peux pas mourir. Il faut que tu reviennes avec moi.

— Que je revienne où ?

— Sur l'île. »

À ce mot, ma vue se brouilla subitement et je sentis une larme chaude rouler inexplicablement sur ma joue. Je m'approchai d'Edmonde et m'accroupis lentement à côté d'elle. Elle se tenait si immobile qu'il m'était impossible de deviner ce qu'elle ressentait derrière son voile.

« Oh, Jeanne, lâchai-je dans un souffle, prenant sa main dans la mienne pour la baiser. Comme tu m'as manqué ! Il ne se passe pas un jour sans que…

— Charles, je vous en prie, murmura-t-elle en retirant sa main. Je ne suis plus Jeanne. Je suis Edmonde. »

Je portai les mains à son voile pour le soulever lentement. Sous mes yeux réapparut la face hideuse que j'avais découverte la veille au soir. Un vieux maître flamand eût-il peint le visage de la Mort elle-même qu'il n'aurait guère pu trouver meilleur modèle. Et pourtant, je ne ressentis pas la répulsion qui s'était emparée de moi précédemment ; à la place, je décelai en mon âme les frémissements d'une affection ancienne.

« Je fus Jeanne autrefois, dirent ces lèvres déformées et flétries. Je fus belle autrefois. Mais je ne le suis plus. Dans ma laideur, j'ai découvert ma liberté. Et maintenant, je vous offre la vôtre. Je suis venue à Bruxelles spécialement dans ce but. J'ai loué ce logement avec pour seul objectif de vous retrouver et de vous offrir un autre passage. Croyez-moi, Charles, croyez-moi et faites-moi confiance. Je vais vous organiser un nouveau passage. Un passage avec quelqu'un de jeune et de fort. Puis, ensemble, nous retournerons sur l'île. Et, d'une façon ou d'une autre, nous trouverons un moyen de réparer les dommages que nous avons causés. »

UN CANDIDAT ADÉQUAT

Après être retourné au Grand Miroir, je n'eus aucune nouvelle de Madame Edmonde pendant plusieurs jours. C'était ainsi qu'elle avait prévu les choses. « Continuez votre vie comme avant », m'avait-elle dit d'un ton impératif, lorsque nous avions discuté de nos plans. « Attirez aussi peu l'attention sur vous que possible. Ne laissez personne soupçonner que votre fortune a changé. » Giacomo m'avait redonné mes vieux vêtements et souliers – nettoyés et raccommodés – et j'avais quitté le manoir comme j'y étais entré, juste un peu plus propre et remplumé.

Edmonde avait pris la responsabilité de me trouver un candidat pour un passage. Avant que nous nous quittions, elle m'avait encouragé à envisager d'y procéder avec une jeune femme, avançant qu'il serait ainsi plus facile de me trouver une candidate adéquate. Mais j'étais opposé à cette idée. Quel homme sain d'esprit aurait choisi d'être une femme ?

Mon retour au Grand Miroir causa l'émoi chez le gérant, Lepage, et sa femme. À l'évidence, ils avaient conclu que j'avais disparu sans payer ma note. Je leur remis vingt francs pour calmer leurs inquiétudes – Edmonde m'avait donné un peu d'argent, en me conseillant de le dépenser prudemment – mais pas davantage, pour ne pas éveiller leurs soupçons.

J'avais reçu de strictes instructions. En prévision de ce qui devait venir, il me fallait mettre par écrit tout ce que je savais sur le passage, tout ce qu'elle m'en avait dit ainsi que tout ce que Jeanne m'avait raconté sur le sujet. « Ainsi, après votre prochain passage, m'avait-elle expliqué, vous aurez toutes les preuves nécessaires concernant votre identité et l'endroit d'où vous venez, de sorte que si nous sommes de nouveau séparés, vous n'aurez pas besoin de consacrer une vie entière à reconstituer la vérité à partir d'indices grappillés dans vos cauchemars. » Et donc, sur son beau papier japon, j'entrepris d'écrire l'histoire que vous êtes en train de lire, en commençant par le dîner chez Madame Hugo avant d'enchaîner sur l'accident qui avait suivi, le secours que m'avait apporté un inconnu, et enfin ma rencontre avec Edmonde. J'écrivais constamment, obsessivement, raturant tout pour recommencer, comme c'est l'habitude des poètes, et brûlant les brouillons dans le poêle pour empêcher la gérante de les lire. Par le passé, j'aurais peut-être protesté contre l'absurdité de la notion qu'on pouvait passer d'un corps à un autre, et j'étais encore parfois assailli de doutes. Mais marchant comme je le faisais dans la vallée de l'ombre de la mort, je m'abandonnai totalement à l'idée. J'étais certain que les réminiscences de la vie de Jeanne que m'avait citées Edmonde constituaient la preuve irréfutable que sa thèse, si ridicule soit-elle, était vraie. La chance de vivre à nouveau, dans un corps jeune, d'échapper aux griffes de l'indigence, de la démence et de la mortalité, et peut-être surtout, de me racheter de mes échecs passés… Tout cela, pris ensemble, représentait une tentation à laquelle je ne pouvais pas – et, peut-être, ne devais pas – résister.

Je retrouvai ma vie d'ermite. Je passais mes journées au lit, à écrire. Après quelques jours, je commençai à craindre de n'avoir plus jamais de nouvelles d'Edmonde. J'envisageai de retourner au manoir où elle m'avait hébergé, mais je me rendis compte que je ne savais absolument pas comment le retrouver. Lorsque sa lettre arriva enfin, plus d'une semaine après que nous nous fûmes quittés, elle était écrite sur du papier ordinaire, sans en-tête ni adresse de retour. L'enveloppe donnait l'impression d'avoir été ouverte à l'aide de vapeur avant d'être recachetée. Le gérant de l'hôtel, suspectai-je, espérant y trouver de l'argent. Edmonde avait pensé à cette éventualité : nous étions convenus de nous écrire dans une sorte de code, incompréhensible pour tout autre que nous.

Cher Charles,

Veuillez me pardonner le fait que cette lettre a mis plus longtemps à vous parvenir que je ne l'aurais souhaité. Je fais tout mon possible pour trouver la personne correspondant à votre description. Même en d'autres circonstances, organiser pareille rencontre s'avérerait compliqué, mais l'obstacle de ma physionomie ne fait qu'ajouter à la difficulté. Vous m'avez demandé de vous trouver un jeune homme bien portant doué d'un talent littéraire. J'ai fait ma tournée des universités et des séminaires de la ville et n'ai déniché aucun personnage de cette espèce. Je vais maintenant m'aventurer plus loin, dans les provinces et les plus petites villes, et vous écrirai dès que j'aurai trouvé un candidat. Gardez patience et ne désespérez pas. Sincèrement vôtre, etc.

Trois jours plus tard arriva sa missive suivante. Elle aussi montrait des signes d'avoir été ouverte illicitement.

Prenez le train de neuf heures pour Charleroi mardi prochain. Je vous y retrouverai.

À la gare du village, debout à côté du guichet, Edmonde, voilée comme toujours, semblait le centre sombre du monde qui tournait autour d'elle, indifférente au chaos bruyant et enfumé qui s'empare d'une gare dans les moments suivant l'arrivée d'un train. Mais lorsqu'elle m'aperçut qui me dirigeais vers elle en boitant (je marchais encore avec une canne), elle entra brusquement en action. Elle me prit par le bras et m'entraîna dehors, au milieu du fracas des chevaux, des bogheis et des cochers, pour me mener au café du village.

« Il s'appelle Fernand Roux, me dit-elle. Il est exactement ce que vous avez demandé : jeune, éduqué, d'une famille d'ecclésiastiques. Il est en bonne santé, n'est atteint ni par la vérole ni par la consomption. Et c'est un séminariste. Après son ordination, il souhaite partir dans les colonies convertir les indigènes.

— Que sait-il de nos intentions ?

— Seulement que votre âme a besoin d'être sauvée, répondit-elle. Ce qui n'est pas faux. »

Nous entrâmes dans le café. Edmonde regarda autour d'elle un moment puis, sans lâcher mon avant-bras, s'avança vers un jeune homme assis seul à une table de bois. Il était si maigre et anguleux d'apparence qu'il me faisait moins penser à un homme qu'à une mante religieuse, avec une barbe clairsemée et des cheveux plutôt longs, soigneusement coiffés de façon à lui retomber sur un œil. En raison de sa taille peu commune, il avait adopté une posture constamment voûtée, et semblait être plié sur sa chaise plutôt qu'assis dessus.

« Bonjour, monsieur Roux. Permettez-moi de vous présenter mon ami, Monsieur Baudelaire. »

Roux se leva, et me domina brusquement de toute sa taille. Mes yeux lui arrivaient aux épaules. Nous inclinâmes la tête et nous serrâmes la main. La sienne était moite et sans caractère. Un lourd silence régna pendant que je sortais mon mouchoir pour essuyer la mienne.

« Madame Edmonde me dit que vous êtes en quête d'aide spirituelle, finit par dire le jeune homme, d'une voix aiguë et nasillarde qui, suspectai-je, était censée paraître urbaine.

— En effet », répondis-je, puis nous retombâmes dans un silence involontaire. Je jetai un coup d'œil impuissant à ma complice mais, son visage étant voilé, n'y trouvai aucun indice sur la façon de procéder. « Et vous suivez des études religieuses ?

— Mais oui, assurément, je suis résolu à servir la mission de Dieu sous les tropiques : vivre parmi les sauvages du Congo, sauver l'âme des cannibales, les amener dans la lumière du Christ, et ainsi de suite. »

Il entreprit de me décrire, d'un ton pincé et affecté, l'avenir vertueux qui l'attendait. Son discours ne donnait pas tant l'impression d'une vocation que d'une sotte vanité, et pourtant il n'était absolument pas conscient de l'effet qu'il produisait. Tout en l'écoutant, je commençai à envisager la possibilité d'habiter ce corps allongé, de parler avec cette voix geignarde, d'utiliser ces longs doigts grêles comme des pattes d'araignée pour chaque tâche, de baisser la tête chaque fois que je devais passer une porte. Ce n'étaient pas des réflexions agréables. Peignerais-je mes cheveux, dans ce nouveau corps, de la même façon ? Parlerais-je sur le même ton insupportable ? Si je ne conservais aucun souvenir de mes existences antérieures et que j'investissais pareil corps, à quel destin me condamnais-je ? De son côté, il ignorait complètement ce qui l'attendait, si nous devions mettre nos desseins à exécution. Il allait entrer dans mon corps, qui vacillait au bord de la décrépitude permanente. Ce n'était guère un meilleur sort que le mien. L'idée d'un passage avec lui me parut subitement indécente.

« Charles ? » entendis-je Edmonde demander.

Le jeune séminariste devait avoir arrêté de parler et m'avoir posé une question que, perdu dans mes méditations, je n'avais pas entendue. Je feignis une rage de dents et pris congé.

Lorsque Madame Edmonde me rejoignit dehors quelques instants plus tard, j'étais adossé au mur du café, profondément perturbé. Elle me prit par le bras et nous entreprîmes de retourner à la gare.

« Quel est le problème, Charles ? me demanda-t-elle. Êtes-vous mécontent du fruit de mon labeur ?

— L'homme est un nigaud, cela ne fait aucun doute. L'idée de vivre dans ce corps m'est intolérable. Mais il y a d'autres considérations en jeu : si nous devions entreprendre un passage, son âme mourrait dans la souffrance de mon corps et, tout méprisable qu'il soit, je n'y peux consentir, surtout si cela devait se réaliser à son insu. Cela ressemblerait trop à du vol. Je préfère ne pas faire de passage du tout, mourir et en finir. »

Nous entrâmes dans la salle d'attente de la gare et Edmonde m'aida à m'asseoir.

« Charles, vous aviez stipulé un homme, et pas n'importe quel homme : un homme en bonne santé et instruit. Concevez-vous combien il est difficile de persuader pareille personne de prendre au sérieux l'idée même d'un passage ? Et même si c'était possible, de le convaincre ensuite de se séparer de son corps, surtout pour en adopter un malade et fragile ? Il n'est pas un homme dans toute l'Europe qui accepterait pareille chose. » Même avec l'écran de son voile, je pouvais sentir la colère qui irradiait d'elle. « Si vous déclarez maintenant que vous ne procéderez au passage qu'avec une personne qui s'y prêterait en connaissance de cause, vous me rendez la tâche presque impossible. Car qui croirait pareille histoire ? Il vous a fallu, à vous, plus de vingt ans pour me croire.

— Je ne peux pas y consentir.

— Très bien, dit-elle avec un soupir. Je vais trouver quelqu'un qui souhaite la mort. Mais Charles, je vous en conjure, les rues regorgent de jeunes femmes désespérées dont la situation est si difficile que la mort leur apparaît préférable à la vie. Réfléchissez-y. »

Nous nous quittâmes en désaccord.

Lors de mon retour à Bruxelles, ce même soir, je fus d'abord seul dans le compartiment. Avec les mots d'Edmonde qui résonnaient encore à mes oreilles, mes douleurs se réveillèrent, plus intenses que jamais. J'avalai un flacon entier de laudanum pour les atténuer et sombrai dans une somnolence euphorique. Lorsque le train s'arrêta à Genappe, deux jeunes femmes entrèrent dans mon compartiment. Elles semblaient être sœurs. En entrant, elles me saluèrent, en français, d'un « Bonsoir, mon père ». Ce n'était pas la première fois qu'on me prenait pour un homme d'Église, sûrement en raison de ma figure lugubre et de mes habits sombres. Les deux demoiselles s'assirent en face de moi et, sans me prêter plus d'attention, se lancèrent dans une conversation privée en flamand. Comme je leur étais invisible, elles étaient assez naturelles dans leur comportement. Je les observai discrètement, pour ne pas en diminuer la spontanéité. J'étais assis de telle façon que je paraissais regarder les pâturages défiler par la fenêtre, mais comme il faisait noir, il n'y avait pas grand-chose à voir, hormis le reflet sur la vitre de l'intérieur éclairé du compartiment. Je fixai plus particulièrement mon attention sur l'image inversée des deux femmes, et écoutai cette langue étrange, qui m'avait toujours rappelé le gargouillis d'un ruisseau. J'étudiai leur féminité – leur voix, leurs mouvements, les vêtements qu'elles portaient, l'intimité qu'elles savouraient. Entouré de femmes tous les jours de ma vie, je n'avais pourtant jamais cessé d'être stupéfié par leur étrangeté. Qu'est-ce que cela fait, me demandais-je, d'être une femme ? Qu'est-ce que cela fait d'être capable de donner la vie ? Je m'étais toujours flatté, en tant qu'homme littéraire, d'avoir les ressources imaginatives pour répondre à ces questions poétiquement – et j'avais toujours cru que la poésie était le seul moyen à ma disposition pour y répondre. Mais l'écriture seule peut-elle combler le fossé qui sépare les hommes des femmes ? Pour la première fois de ma vie, j'étais disposé à admettre que je n'en étais pas sûr ; et de cet aveu découla une succession de pensées qui, le temps que j'arrive à Bruxelles, m'avaient mené à une conclusion diamétralement opposée à l'opinion que j'avais eue en quittant Charleroi. Si un passage était effectivement possible, qu'avais-je à perdre en explorant cette autre manifestation de la grande dualité humaine ? La femme. La féminité. En observant ces deux sœurs, j'avais été, pour la première fois, intrigué par les possibilités d'un tel échange – par la pensée de ne plus être prisonnier du tombeau de la masculinité : enfin la liberté, la délivrance de ce cachot de violence, d'ambition et de concupiscence ! La seule personne de ma connaissance dont la vie avait été plus éprouvante que la mienne était Jeanne – et j'avais fortement contribué à ses difficultés. Je décidai que je ne pouvais moralement justifier mon refus de la féminité par nulle raison autre que la lâcheté.

☞ {*133*}

UNE CANDIDATE INADÉQUATE

Alors que j'attendais la prochaine missive d'Edmonde, je continuai – entre deux accès de névralgie, où j'étais trop diminué par le laudanum pour ne serait-ce que prendre ma plume en main – d'écrire les mots que vous êtes en train de lire. Malgré la souffrance que j'endurais, j'éprouvais une sorte de sérénité extatique qui m'avait jusqu'alors été inconnue. Mes cauchemars, qui m'avaient torturé tout au long de ma vie, n'étaient plus une tribulation. Ils avaient laissé place à des rêves lucides et réconfortants. Mon corps et mon âme se détachaient l'un de l'autre. L'un était perclus de douleur et mourant, tandis que l'autre commençait à anticiper avec excitation son prochain voyage.

Edmonde m'avait conseillé d'éviter tout visiteur, de peur que je ne révèle notre projet. Mais lorsque Auguste frappa un matin à ma porte, à l'improviste, je n'eus le cœur de le chasser, sachant que c'était peut-être la dernière fois que je le verrais. Il entra, me vit allongé dans mon lit, affaibli par la douleur et le laudanum, et fronça les sourcils.

« Tu es souffrant ?

— Oh, ce n'est rien de nouveau, mon ami, lui répondis-je. Simplement la névralgie qui me tourmente depuis toutes ces années.

— As-tu assez de laudanum ? »

Je souris et acquiesçai d'un air somnolent.

Il s'approcha de la table à écrire, où s'étalaient des liasses de pages, celles-là mêmes que vous êtes en train de lire, et entrepris de les parcourir du regard.

« Qu'est-ce que cela ? » me demanda-t-il. Il souleva la page de titre. « Une nouvelle ? "L'Éducation d'un monstre". »

Je réussis, je ne sais comment, à me lever du lit pour lui prendre la page des mains, avant de rassembler le reste et de tout glisser dans un tiroir.

« Elle n'est pas prête.

— As-tu recommencé à écrire ?

— Oui, mais personne ne peut la lire. » Il me regarda avec curiosité. « Pas tant qu'elle n'est pas achevée. »

Il plissa les yeux d'un air soupçonneux.

« Quel est le souci, Charles ? Tu n'es pas si timide au sujet de ton travail, d'ordinaire. »

Je me laissai retomber sur mon lit pendant qu'il s'asseyait sur la seule chaise de la pièce.

« Il n'y a aucun souci, je t'assure. Je te la montrerai en temps voulu, et tu seras très impressionné. Cela fait longtemps que tu me suggères d'écrire des nouvelles. J'ai suivi ton conseil. Avec ce texte, la fortune va enfin nous être favorable, je te le garantis. »

Il sourit un peu tristement. Il m'avait déjà entendu tenir ce genre de discours.

« Je suis ravi de l'entendre, Charles. »

Je ne supportais pas l'idée de le voir pour la dernière fois sans lui dire adieu.

« Je… Je m'apprête à partir en voyage, Auguste. »

Je ne pus cacher un tremblement dans ma voix.

« Où donc ? »

Je n'avais pas réfléchi à cela. Où partais-je ?

« Sous les tropiques.

— Pour quoi faire ?

— Cela fait des années que je souhaite m'y rendre, comme tu le sais. »

Je pouvais voir que mon ami ne me croyait pas, mais qu'il faisait semblant, comme si j'avais enfin perdu la raison et qu'il fallait me brosser dans le sens du poil.

« Je vois, dit-il. Et quand comptes-tu partir ?

— D'un jour à l'autre maintenant.

— Je suis désolé de l'apprendre. As-tu récemment reçu de l'argent ? »

Ah, l'argent. Je n'y avais pas réfléchi non plus.

« Oui – de ma mère. Elle m'en a envoyé il y a quelques jours. Je vais gagner Rotterdam en train, et de là, j'embarquerai pour les Indes.

— Eh bien, il faut que tu viennes dîner avant ton départ, pour dire au revoir à la famille.

— Oui, avec plaisir. »

Auguste se releva.

« Je suppose que je ferais mieux d'y aller. » Il s'éclaircit la voix. « Viens dîner demain soir.

— Je n'y manquerai pas, mon ami, merci. »

Je fus navré de le voir partir.

Livré de nouveau à moi-même, je me redressai péniblement, ressortis ma liasse de feuilles du tiroir et me remis au travail, écrivant dans mon lit, entouré de pages et de bouteilles vides ; et c'est ainsi que je me réveillai le lendemain matin, en entendant la gérante m'appeler en frappant à ma porte.

« Une lettre est arrivée pour vous », dit-elle en entrant avec un plateau, sur lequel se trouvaient du café, du pain et une enveloppe.

Elle commença à faire des remarques sur le désordre qui régnait dans ma chambre, mais je la congédiai. La lettre était d'Edmonde et, comme précédemment, on pouvait voir qu'elle avait été ouverte avant de m'être remise. J'envisageai de faire une remarque bien sentie à Madame Lepage concernant le respect de ma vie privée, puis je me rappelai mes arriérés et revins sur ma décision. Dès qu'elle fut ressortie, je déchirai l'enveloppe.

Cher Monsieur Baudelaire,

Veuillez m'excuser du retard avec lequel je vous envoie cette lettre. J'effectuais la mission dont nous avons parlé. Jusqu'à aujourd'hui, mes efforts n'avaient abouti à rien, mais je peux enfin déclarer que j'ai fait la connaissance d'une candidate adéquate. Je vous attendrai demain après-midi à la gare de Namur. Le train part de Bruxelles à dix heures et quart.

Je n'allai pas dîner chez Auguste ce soir-là. Je lui envoyai un mot expliquant que j'étais un peu souffrant et que je passerais plutôt chez lui le lendemain soir. Mais je n'honorai pas non plus ce rendez-vous. À la place, sous un ciel septentrional gris et froid, je quittai le Grand Miroir au matin sans autre bagage qu'une sacoche contenant ce texte, une plume, un petit flacon d'encre, plusieurs bouteilles de laudanum et un peu d'argent. Je hélai un boghei et dis au conducteur de m'emmener à la gare.

L'église Saint-Loup de Namur, où je devais rencontrer mon nouveau corps, est une merveille sinistre et galante, à l'intérieur brodé de noir, de rose et d'argent. De la gare, où elle était venue m'attendre – immobile sur le quai comme un lugubre sablier –, Edmonde m'y amena sans rien me dire de la personne que je m'apprêtais à rencontrer, hormis qu'il s'agissait d'une jeune femme pleinement informée de ce qui était sur le point de se passer.

Une jeune fille de seize ans tout au plus était assise sur le premier banc. À notre approche, elle se retourna. C'était, bien sûr, vous. Vous étiez extrêmement quelconque et portiez un fichu blanc et une robe de couvent. Il y avait quelque chose de découragé et de maussade dans votre expression, comme si vous aviez régulièrement reçu des coups au cours de votre vie. Votre teint était pâle et vos cheveux couleur de paille ; la seule note de couleur dans votre apparence était la rougeur de vos joues, qui vous donnait l'air d'être constamment embarrassée. Vous vous levâtes en mordillant nerveusement votre lèvre inférieure.

« Charles, dit Edmonde, je vous présente Mathilde Roeg. » Vous fîtes la révérence. « Mathilde, voici Monsieur Baudelaire, l'homme dont je vous ai parlé.

— Enchantée, monsieur, *crénom** ! » dîtes-vous en vous inclinant de nouveau.

Je remarquai immédiatement, avec un frisson, l'intonation basse et chantante d'un accent de la classe ouvrière belge, ponctuée de cette ridicule exclamation : crénom.

« Tout le plaisir est pour moi, répondis-je en inclinant la tête. Je crois comprendre que Madame Edmonde vous a expliqué la nature de notre projet. Avez-vous la moindre question ?

— Non, monsieur. » Son léger cheveu sur la langue était hautement comique. « La dame m'a dit qu'est-ce qu'on allait faire, crénom ! Vous voulez me regarder dans les yeux quelques minutes, et puis elle m'emmènera et j'aurai une vie de luxe. »

Je me demandai s'il était possible que, malgré les explications d'Edmonde, vous n'ayez pas totalement compris ce qui vous avait été proposé.

« Êtes-vous sûre que ce soit ce que vous voulez ?

— Oui, crénom ! Ça me dérange pas du tout. Les hommes ont toutes sortes d'étranges appétits.

— Savez-vous lire et écrire ?

— Oui, monsieur ! Les sœurs m'ont bien appris, monsieur, crénom !

— La lecture, l'écriture et la religion, certainement », soupirai-je. Je sortis un morceau de papier de ma poche de pantalon, le dépliai et vous le tendis. « Pouvez-vous me lire ceci à voix haute ? »

Vous le regardâtes un long moment, comme si les lignes écrites dessus l'étaient dans une langue étrangère, avant de commencer à lire d'une voix hésitante, le rouge de vos joues devenant de plus en plus profond alors que vous peiniez à prononcer les mots que vous ne reconnaissiez pas.

Souvent, pour s'amuser, les hommes d'équipage
Prennent des albatros, vastes oiseaux des mers,
Qui suivent, indolents compagnons de voyage,
Le navire glissant sur les gouffres amers.

Pauvre enfant, vous aviez déjà buté sur le titre, et cela ne fit qu'empirer par la suite.

« Arrêtez, je vous en conjure ! m'exclamai-je avant même que vous soyez arrivée à la moitié de votre laborieux effort. Vous massacrez mes mots ! » Je vous arrachai le papier des mains et me frottai le front pour atténuer la douleur qui avait brusquement percé le brouillard de laudanum. « Merci, mon enfant, c'est bien suffisant.

— Crénom, j'ai pas compris un traître mot. Qu'est-ce que c'est ?

— Un poème, répondis-je hargneusement. Savez-vous seulement ce qu'est un poème ?

— Bien sûr que oui. Sœur Bernadette nous en a fait apprendre un par cœur, sur Jésus. Mais pourquoi êtes-vous allé en écrire un sur un oiseau ? Et c'est quoi, un albatros, de toute façon ?

— Une sorte de grand goéland, répondit Edmonde. Merci, Mathilde, vous vous êtes très bien exécutée. Allez donc nous attendre dehors, et nous vous rappellerons très vite. »

Vous hochâtes la tête, fîtes la révérence et vous dirigeâtes d'un pas traînant vers la grande porte de l'église. Vous étiez à peine sortie que j'explosai.

« Impossible ! Tout simplement impossible ! Sotte, dénuée de charme, allergique à la poésie, et c'est à peine si elle sait aligner trois mots. Cet accent est épouvantable, et ne parlons pas de ce juron : crénom, crénom ! Elle est insupportable.

— C'est une troncation de *sacré nom**. En tant que poète, vous en appréciez sûrement la créativité. »

Mon corps entier tremblait comme un violon.

« Je sais parfaitement ce que veut dire le mot. Là n'est pas la question. Le problème est que non seulement cette jeune fille est hideuse, mais elle n'a aucun sens du beau. Et qu'est-ce qu'une femme sans beauté ? »

Cette dernière phrase avait à peine passé mes lèvres que je me rendis compte de la cruauté dont je venais de faire preuve.

Edmonde s'assit à côté de moi et me prit les mains.

« Mon cher Charles, croyez-vous donc que je ne me suis jamais posé cette question ? » Je levai les yeux vers elle. Elle avait repoussé son voile. La laideur de son visage était de nouveau pleinement exposée, moquant ma souffrance et la colère qu'elle avait engendrée. « Tout ce que je vous demande, c'est de vivre. Et tout ce qu'elle veut, c'est mourir. Elle me l'a dit elle-même.

— Pourquoi ?

— Parce qu'elle est enceinte – et pas pour la première fois. Elle a été obligée d'abandonner le précédent enfant aux religieuses ; c'est là que je l'ai trouvée, emprisonnée dans la laverie d'un couvent. Elle n'avait même pas eu le droit de tenir son enfant un instant dans ses bras avant qu'on ne le lui enlève. Depuis, elle est rongée par le désespoir, et a tenté de mettre fin à ses jours à plusieurs reprises. La même chose va se produire. Son enfant grandira dans un orphelinat. Elle refuse cela. Elle veut qu'il ne manque de rien en grandissant.

— Comment avez-vous fait pour la sortir du couvent ?

— J'ai dit à la prieure que je cherchais à élever dans la société une fille déchue, que je la formerais et l'éduquerais pour qu'elle devienne ma secrétaire particulière. La prieure considère Mathilde comme une cause perdue, ce à quoi je lui ai répondu qu'une cause perdue était exactement ce que je recherchais.

— Et que lui avez-vous dit de la nature du passage ?

— Tout. »

Il est deux heures dix du matin. Je suis allongé dans un lit à l'étage de la seule auberge de Namur, épuisé, à peine capable de tenir ma plume, entouré de flacons vides de laudanum et de pages sur lesquelles j'ai griffonné, à la lueur d'une chandelle, la fin de cette histoire, la plus belle et la plus vraie qu'il m'ait été donné de conter. Edmonde occupe la chambre voisine. Nous vous retrouverons demain à la splendide église où nous nous sommes rencontrés aujourd'hui. Edmonde m'assure que je suis capable de procéder au passage, que j'en ai la faculté en moi, même si je ne m'en souviens pas. Tout ce que j'ai à faire, dit-elle, c'est de vous regarder dans les yeux pendant quelques minutes. Rapidement, un sentiment de joie pétillante s'emparera de nous, et le passage se fera naturellement, sans effort. Si, lorsque nous nous verrons demain, rien de la sorte n'advient, j'aurai simplement été trompé par une farceuse ou une folle. Mais si un passage a bien lieu, si les choses se déroulent comme l'a prédit Edmonde, alors cette nouvelle en constituera le témoignage, afin que dans le cas où vous ne vous rappelleriez vos vies précédentes que dans vos rêves, vous puissiez y trouver le souvenir et la preuve de l'homme que vous fûtes autrefois.

Charles Baudelaire, Namur, Belgique
Jeudi 15 avril 1865

☞ {*333*}

LA CITÉ DES OMBRES

LE CIMETIÈRE

Elle se tenait devant la tombe du poète au cimetière du Montparnasse, une cigarette aux lèvres, perdue dans ses pensées. C'était un splendide après-midi de mai à Paris – pas le Paris d'aujourd'hui, vaincu et humilié, mais celui d'il y a peu de temps encore ; une ville pourtant déjà bien lointaine et à jamais perdue. Elle portait une robe de soie noire à motifs de fleurs d'hibiscus rouges. La peau de ses bras nus était dorée, ses cheveux noir de jais roulés en chignon. C'était presque l'heure de la fermeture, je me souviens. Je passais devant elle dans l'allée du cimetière, en direction de mon appartement. Je lui jetai un coup d'œil sans ralentir – même si je ressentis peut-être un soupçon d'hésitation, une pointe de désir, une envie fugace de m'arrêter, de l'approcher, de lui demander pourquoi elle se tenait là, devant cette tombe en particulier, une tombe sur laquelle je m'étais moi-même recueilli de nombreuses fois, en ce jour de semaine ensoleillé et déjà trop chaud. Le ciel était d'un azur pur et éclatant. J'avais la cravate à moitié dénouée et ma veste sur l'épaule. La tombe devant laquelle elle se tenait était celle de Charles Baudelaire, le poète auquel j'avais, d'une certaine façon, consacré les plus belles années de ma vie.

C'était le lundi 27 mai 1940 – il n'y a pas même quatre mois, et pourtant cela pourrait aussi bien avoir été il y a des années, des lustres, une éternité. Dix-sept jours plus tôt, après avoir tenu le monde en haleine pendant neuf mois, les Allemands avaient fini par lancer leur invasion de la Belgique et de la France, traversant la forêt d'Ardenne avec leurs tanks, contournant la célèbre ligne Maginot, franchissant la Meuse avant que les Français aient pu détruire les ponts – ou bien la défense française avait-elle été sabotée par des traîtres, comme beaucoup le croyaient ? En un peu plus de deux semaines, les Allemands avaient acculé les armées de trois nations contre la Manche. Toute retraite était coupée à Boulogne et Calais, et Dunkerque était la prochaine sur la liste.

J'avais arrêté de lire et d'écouter les informations. Je n'aurais même pas dû me trouver là, dans ce cimetière. J'aurais dû avoir déjà quitté Paris. J'étais un réfugié après tout, un Juif, un Allemand. Mes papiers n'étaient pas en règle. C'étaient des papiers de substitution. Plus les Allemands approchaient et plus j'étais en danger. Depuis plusieurs semaines, une valise noire attendait derrière la porte d'entrée de mon appartement, me rappelant chaque jour que je ferais mieux de partir, de disparaître. Mais on se lasse de fuir. Je ne pouvais m'y résoudre. J'essayais de ne pas y penser. J'étais dans le déni, plus préoccupé par le passé que par le présent. Depuis des années, je travaillais sur un livre qui demeurait inachevé. Cela me donnait une excuse pour rester, pour continuer de déambuler dans ces rues que je connaissais si bien, dans une flânerie sans fin, en communion secrète avec les fantômes du passé, prêt à rejoindre leurs rangs, à devenir une autre présence spectrale dans cette cité des ombres. Si cela ne suffisait pas, je ne manquais pas d'excuses plus terre à terre : l'arrivée imminente d'un télégramme, une demande de visa en cours, une lettre de recommandation à solliciter, le chaos régnant dans les gares. Et au moment même où je parvenais au bout de ces prétextes, j'étais sur le point d'en recevoir un autre, sous la forme de cette femme. Elle allait être, pendant un temps, mon alibi, ma raison de rester, de me livrer à la ville et de m'y laisser engloutir, une bonne fois pour toutes.

Après la déclaration de guerre au mois de septembre précédent, les bibliothèques et musées de la ville avaient fermé, et leurs collections avaient été mises en caisses et envoyées dans des entrepôts à la campagne, laissant les palais de l'art et du savoir sombres et vides tels, dans certains ports, les vieux bateaux réduits à l'état de carcasses qui restent éternellement aux amarres. J'avais passé les dernières années en immersion dans ces bibliothèques, à écrire un livre sur cette ville ; un livre sans fin et en constante expansion, qui grossissait plus vite que je n'étais capable de l'écrire. À présent que les bibliothèques étaient fermées, je commençais à envisager la possibilité que mon livre ne soit jamais publié.

Et donc, privé de mon travail, j'avais mené une sorte de vie en flottement, m'adonnant chaque jour à de longues promenades dans ma ville d'adoption, celle que j'en étais venu à connaître et aimer davantage que ma ville natale, laquelle, je le savais, je ne reverrais jamais. La guerre n'était pas arrivée jusqu'à nous immédiatement, bien entendu. Pendant ces neuf mois, de jour, les rouages de la grande machine qu'était Paris avaient continué à tourner comme avant. Les signes que nous étions en guerre étaient subtils : rationnement du pain dans les boulangeries et les restaurants, lampadaires tamisés de tissu bleu, fontaines asséchées, sacs de sable empilés autour des statues et des bâtiments, panneaux publicitaires couverts d'affiches annonçant les derniers diktats ministériels. Ceux qui le pouvaient étaient retournés dans leur village ou, pour les habitants des riches arrondissements de l'ouest de la ville, dans leur propriété à la campagne. Ceux qui étaient restés – c'est-à-dire ceux qui n'avaient nulle part où aller – semblaient, à la nuit tombée, infectés par une sorte de fièvre hédoniste. Personne ne faisait respecter le couvre-feu de vingt-deux heures, et l'obscurité indigo n'avait pour effet que d'accentuer l'ambiance carnavalesque. En dépit du manque de lumière, jamais ou presque les terrasses de cafés n'avaient accueilli tant de clients, les lits des maisons closes grincé avec tant d'abandon, ni les planchers des *bals musettes** tremblé si voluptueusement sous le martèlement des talons de danseurs.

Au cours de ces neuf mois, j'avais marché sans fin dans toute la ville, traversant quartiers anciens et nouveaux, opulents et miteux, et même, parfois, les groupements de taudis de fortune de la Zone, où les remparts de la ville se dressaient encore une génération plus tôt, pour sortir dans les faubourgs mal tenus. Dans le silence du petit matin, la brume qui se faufilait dans les rues aurait pu être prise pour des spectres sortis des catacombes sous mes pieds, ces galeries tapissées du sol au plafond des ossements de millions de défunts de la ville.

La plupart du temps, mes promenades me menaient au bord du fleuve, cette veine de vif-argent qui s'incurve sur le cœur de la ville, avec au centre les deux joyaux que sont ses îles jumelles – l'île de la Cité et l'île Saint-Louis. J'aimais en longer le cours d'un pas tranquille et fureter dans les verts étalages de livres qui bordent les quais de Seine depuis des siècles, tenus par des *bouquinistes* qui veillent avec ténacité, qu'il pleuve ou qu'il vente, sur leurs modestes trésors. S'il était une colle qui retint ensemble les feuillets de mon existence durant ces mois de la *drôle de guerre**, ce fut cette pâte bon marché utilisée en imprimerie pour fabriquer les romans de gare, qui se dessèche et se craquelle prématurément, perdant les pages qu'elle relie comme un animal perd son pelage d'hiver. Car, lorsque je ne parcourais pas la ville en tous sens, je lisais des romans policiers achetés par paquets chez les *bouquinistes*. Je les dévorais le soir, allongé sur mon lit dans mon petit appartement, évitant autant que possible la propagande à la radio et dans les journaux. Il y avait quelque chose de réconfortant dans ces histoires à énigme, imprégnées de mélancolie, fluctuant agréablement entre le familier et le neuf, où criminels et détectives s'affrontaient dans de scabreuses intrigues de passion, de vengeance et de misanthropie. Chacune était comme une édifiante plongée dans les machinations tortueuses de la police française, celles-là mêmes auxquelles je tenais tant à échapper.

J'étais un fugitif à une époque où les fugitifs étaient en surnombre. Après la déclaration de guerre, tous les Allemands, même ceux qui ne l'étaient plus, avaient été sommés de se rendre à la police. Nous avions été envoyés dans des camps d'internement improvisés à la campagne. J'avais passé la plus grande partie de l'hiver précédent à dormir à même le béton d'un gymnase scolaire dans un coin perdu de Normandie, entouré d'Allemands. Toute ma vie d'adulte, j'avais souffert de terreurs nocturnes ; c'est pourquoi, dans ce camp, j'avais choisi de dormir le jour et de rester debout la nuit, à fumer et jouer aux cartes avec les insomniaques, de peur de réveiller tout le dortoir avec mes hurlements. Finalement, lorsqu'il était devenu clair qu'il n'y aurait pas d'invasion hivernale, nous avions été relâchés. Neuf mois plus tard, lorsque la Wehrmacht s'était décidée à envahir, les expatriés allemands avaient de nouveau reçu l'ordre de se livrer aux autorités. Mais cette fois, j'étais déterminé à ne pas me laisser attraper si facilement.

L'astuce pour échapper à la police secrète était de sortir se promener à l'aube. Pour quelque obscure raison, la Sûreté nationale procédait à ses rafles avant le petit déjeuner. Je m'étais également résolu à ne jamais parler à des inconnus, me privant ainsi d'un des grands plaisirs de la vie, de peur d'être trahi par mon accent. On ne peut cacher un accent. Quels que soient les efforts qu'on fait, le soin qu'on prend, les heures qu'on passe à s'exercer, on ne peut jamais s'en débarrasser. En dehors de mon cercle d'amis, chaque son qui sortait de ma bouche pouvait trahir mon statut de *boche**, de *chleuh**, de *fridolin**. J'avais deux amis dans mon immeuble, rue Dombasle : Arthur, un journaliste hongrois, et Fritz, un chirurgien que je connaissais de Berlin, qui gagnait désormais sa vie en pratiquant des avortements illégaux. Moyennant finance, la propriétaire était disposée à fermer les yeux sur certaines incohérences dans nos papiers. Nous jouions au poker ensemble tous les samedis soir. Parfois, je m'arrêtais dans un des cafés où les émigrés allemands se retrouvaient pour échanger leurs bribes d'informations. Il était tentant de croire qu'avec assez de ces dernières on pouvait se tisser une sorte de couverture protectrice, mais les informations n'étaient pas fiables, et ces endroits grouillaient d'espions et d'indicateurs.

Souvent, à la fin de mes longues promenades, je passais par le cimetière du Montparnasse pour rentrer chez moi. C'était un îlot de tranquillité au milieu d'un océan de chaos. J'y étais hors de danger, comme si j'étais sorti, l'espace d'un instant, du labyrinthe de miroirs parisien. J'étais un géant dans une ville miniature. Les tombes, imposantes ou simples, entretenues ou à l'abandon, suivant la fortune de ceux qui y étaient ensevelis, étaient des immeubles miniatures le long de minuscules avenues. De l'entrée principale, boulevard Edgar-Quinet, je tournais à droite dans l'avenue du « Boulevart », passais devant la vieille division israélite (le ghetto du cimetière) et tournais à gauche dans l'avenue de l'Ouest où, enterré dans la crypte familiale un peu plus haut sur la pente, entre la mère qu'il aimait trop et le beau-père qu'il abhorrait, reposait Charles Baudelaire. Il y avait toujours des fleurs sur la tombe, laissées là par les admirateurs du poète, ainsi que de petits mots : quelques vers d'un de ses poèmes, ou un poème original imitant son style, ouvrant une trappe sur un univers secret de nostalgie. Je continuais de remonter l'avenue de l'Ouest jusqu'à l'arrière du cimetière, et je regagnais le tumulte de la ville par une étroite porte à l'angle de l'enceinte.

Quant à la femme arrêtée devant la tombe de Baudelaire, elle m'était, à ce moment du moins, encore inconnue. Mais ce n'était pas la première fois que je la remarquais. Je l'avais d'abord vue l'hiver précédent, peu après mon retour du camp d'internement ; elle était alors enveloppée dans un grand manteau croisé. Puis, quelques semaines seulement plus tôt, quand les tilleuls étaient en bouton. C'était maintenant la troisième fois, et elle se tenait, sans bouger, exactement au même endroit, dans la même pose, au même moment de la journée, lâchant des bouffées de fumée bleu-gris dans la lumière dorée. Tout en elle suggérait une raideur et une tension dissuasives. Plongée en elle-même, elle semblait n'avoir conscience de rien hormis la tombe à ses pieds : ni des gens qui passaient à côté d'elle, ni du chant des oiseaux ou du ronflement lointain de la circulation, ni même de ce qui menaçait au-dessus de nos têtes, un amoncellement escarpé de nuages violacés à la cime nimbée de soleil.

Je passai assez près d'elle pour déceler un léger parfum de santal, et continuai de gravir la pente sans m'arrêter. À part nous, il n'y avait personne dans le cimetière. Ni cortèges funéraires, ni proches endeuillés saluant la mémoire de leurs défunts, ni touristes ou pèlerins en quête des Illuminati résidant en ces lieux, ni même un jardinier en train de s'occuper des plantes. Ce vide faisait ressortir le chagrin secret tapi où que porte le regard. *L'amour est fugace, le regret éternel*, disait une épitaphe. À mi-chemin entre la tombe et l'arrière du cimetière, je me retournai pour voir si elle était toujours là. Elle n'avait pas bougé. En atteignant la porte, je jetai un autre coup d'œil par-dessus mon épaule. Elle avait disparu. Je m'arrêtai et, après une brève seconde d'hésitation, fis demi-tour, déterminé à la suivre.

Entre deux stèles, je repérai un éclair d'hibiscus : elle se dirigeait à pas vifs vers le centre du cimetière, par l'avenue Transversale. Nous devions offrir un étrange spectacle, elle, se glissant furtivement entre les tombes, et moi, suivant au trot un chemin parallèle le long de la muraille arrière, un peu en amont, me baissant derrière une crypte de temps en temps pour la chercher du regard à travers la forêt de marbre. Mais le cimetière était toujours aussi désert, et il n'y avait personne pour être témoin de cette curieuse danse.

Je dus accélérer le pas pour rester à sa hauteur. Je gardai la tête basse, et repérai un autre éclair de rouge et noir au loin. Elle passa vivement d'une crypte à l'autre et regarda autour d'elle comme pour vérifier qu'elle n'avait pas été suivie. Courir après une femme de cette façon était quelque chose que je n'avais jamais fait par le passé.

Pourquoi maintenant ? Par curiosité, bien sûr. Peut-être aussi à cause de l'ennui mêlé d'angoisse de ces jours-là. Mais je me rappelle avoir pris conscience que je m'amusais. Elle traversa précipitamment la place ronde au centre du cimetière, où un ange se dresse, éploré, sur un socle gravé du mot *Souvenir*, et disparut derrière un bosquet de stèles. Je m'arrêtai et balayai les environs du regard. Elle était invisible. Je m'approchai de l'endroit où je l'avais perdue de vue, au croisement de l'avenue Transversale et de l'avenue de l'Est. Elle resta invisible. Elle avait disparu. Je scrutai les alentours, le cœur battant, les yeux plissés dans la lumière du soleil. C'était la première fois que je venais dans cette partie du cimetière. Sur ma gauche se dressait une stèle de jaspe marbré gris et rose. Gravés à la feuille d'or sur son socle se trouvaient les mots *La Société Baudelaire*, et en dessous les noms suivants :

Edmonde Duchesne de Bressy, 1845-1900, fondatrice et présidente
Lucien Roeg, 1866-1900, secrétaire
Hippolyte Balthazar, 1876-1917, secrétaire
Aristide Artopoulos, 1872-1923, président

Soudain, je sentis une présence derrière moi et entendis le cliquetis d'un cran de sûreté qu'on tirait. Je me retournai et trouvai la femme que j'avais suivie, un petit pistolet braqué sur ma poitrine.

« Qui êtes-vous ? » demandâmes-nous à l'unisson, avant de nous dévisager en silence.

La main qui tenait son arme tremblait légèrement. Les traits de son visage, le visage d'une élégante quadragénaire asiatique, étaient austères et dénués de fard.

« Pourquoi me suivez-vous ? reprit-elle. Que voulez-vous de moi ? »

Elle aussi parlait avec un accent. La musique, les rythmes de sa diction étaient organisés différemment, mais je n'aurais su dire comment précisément. Être étranger ne signifie pas simplement parler avec un accent, mais aussi être incapable de reconnaître celui des autres.

« Je vous ai vue arrêtée devant la tombe de Baudelaire et… » Elle ne réagit pas. J'avais l'impression de rêver la situation plutôt que de la vivre. « Je l'admire, moi aussi. » Elle offrait une apparence mêlée de férocité et de fragilité. « Ce n'est pas la première fois que je vous vois, et j'étais curieux… »

Réalisant que mes propos n'avaient pas beaucoup de sens, je reportai mon attention sur le pistolet braqué sur moi : un Remington derringer, arme de prédilection d'une certaine catégorie de dames. Mais mon adversaire ne donnait pas l'impression d'en faire partie. Elle ne semblait pas habituée à brandir une arme. Elle la tenait à deux mains, d'une poigne mal assurée et, eût-elle tiré, elle aurait peut-être dû fermer les yeux pour y arriver.

« Vous donnez l'impression de n'avoir jamais utilisé un pistolet de votre vie, repris-je.

— Ne me tentez pas. Quel est votre nom ?

— Je m'appelle… » Je m'interrompis. Depuis le début de la guerre, j'avais pour règle de ne jamais donner mon nom, sauf extrême nécessité. Un nom juif, associé à un accent allemand – par les temps qui couraient, ce genre de détails n'attiraient que des ennuis. « Je suis… » Mais cette nouvelle approche me parut soudain tout aussi mauvaise. Qu'étais-je, en réalité ? Dans l'ombre de la guerre, être écrivain paraissait le comble de la frivolité et de l'absurdité. Mais si je n'étais pas un écrivain, qu'étais-je ? Un ex-Allemand, un Juif, un exilé, un célibataire, un érudit, un *flâneur**, un vagabond, un raté… Toutes ces choses étaient aussi vraies que fausses. « Je suis un admirateur de Baudelaire. C'est pour cette raison que je vous suivais. J'ai cru voir en vous une âme sœur.

— Vous vous êtes trompé sur toute la ligne. Je suis tout sauf une âme sœur. »

Un sifflement lointain nous parvint. Derrière elle, en contrebas, un *gardien** du cimetière s'engagea dans l'allée qui menait jusqu'à nous.

« Ne vous retournez pas, dis-je à la femme, mais il y a un gardien qui vient vers nous. »

Elle fourra son arme dans une poche sur le côté de sa robe.

« Madame, monsieur, dit le surveillant, vous avez entendu le coup de sifflet. Je suis désolé, mais c'est l'heure de la fermeture.

— Oui, bien sûr », répondis-je entre mes dents pour masquer mon accent. Je pointai le doigt vers la porte à l'arrière du cimetière. « Par-là ?

— C'est cela. Je m'y rends moi-même, pour fermer. Je vais vous raccompagner. »

La femme me prit par le bras et prononça les trois mots que je m'attendais le moins à entendre de sa bouche : « Viens, mon chéri. »

En marchant, elle garda la tête appuyée contre mon épaule, comme si elle souhaitait dissimuler son visage. Je souffrais d'un tel manque d'affection qu'en dépit des circonstances je me surpris à apprécier ce simulacre.

Nous remontions la pente à grands pas vers la porte de derrière lorsque, au-dessus de nous, sur la gauche, un grondement de tonnerre retentit dans le ciel pourtant redevenu bleu. La femme garda le visage incliné. Quelques secondes plus tard, le hurlement d'une alerte aérienne nous parvint de toutes les directions, pour la première fois depuis le début de l'invasion.

« Oh, là, là ! s'exclama le gardien. Ces boches, ils choisissent toujours le pire moment ! »

Nous faisant hâtivement sortir du cimetière, il s'y enferma à clef et nous souhaita non pas une *bonne soirée**, comme d'ordinaire, mais *bon courage**, avant de s'éloigner au petit trot. Je saisis cette occasion pour plonger la main dans la poche de la femme et lui prendre son pistolet.

« Hé ! s'exclama-t-elle en me giflant. Rendez-le-moi, où je hurle.

— Je doute que quiconque soit particulièrement intéressé, au vu des circonstances », rétorquai-je en jetant l'arme par-dessus le mur du cimetière.

Derrière nous retentit un autre coup de sifflet. Debout au milieu de l'intersection suivante, un policier à cape noire agitait frénétiquement ses mains gantées de blanc.

« Il nous indique l'abri le plus proche », compris-je.

Je l'attrapai par la main et nous nous mîmes à courir, tandis que les sirènes continuaient de hurler autour de nous. Nous nous arrêtâmes en arrivant à l'intersection et vîmes que l'agent de circulation nous dirigeait vers un *bistrot** d'angle. Certains couraient dans cette direction, d'autres restaient immobiles dans la rue ou aux balcons qui la surplombaient, le nez en l'air, les yeux rivés sur les cieux, comme s'ils observaient un phénomène astronomique. Devant le bistrot, un homme équipé d'un brassard blanc et d'un casque de la précédente guerre invitait vivement chacun à entrer. Nous nous frayâmes un chemin à l'intérieur, puis à travers un amas de corps et de chaises en osier pour atteindre une trappe derrière le comptoir, d'où émergeaient les premiers barreaux d'une échelle. L'ambiance était bon enfant : certains clients, interrompus pendant qu'ils prenaient l'apéritif, avaient encore leur verre à la main, et l'un d'eux essaya même de descendre l'échelle sans lâcher le sien avant que le responsable de l'abri perde patience. Celui-ci, posté en haut de l'échelle, une cigarette roulée pendue aux lèvres et son casque incliné sur la tête avec une élégance désinvolte, tenait verres, sacs à main et chaussures pendant que les gens disparaissaient dans la cave.

« Allons, avancez, répéta-t-il, il y a de la place pour tout le monde. » Puis, se baissant pour regarder par l'ouverture, il cria : « Faites de la place, en bas ! »

La femme descendit la première. Lorsqu'elle lâcha ma main, je me rendis compte que je tenais la sienne depuis que nous avions commencé à courir. Une fois sous terre, nous nous retrouvâmes bousculés jusque dans un coin, pressés un peu plus l'un contre l'autre par chaque nouvel arrivant, le dernier étant l'agent de circulation qui nous avait indiqué l'abri. Plusieurs personnes durent rester dehors et protestèrent bruyamment, jusqu'à ce que le responsable de l'abri les exhorte à en chercher un autre. Une impression générale d'improvisation se dégageait de la scène : il n'y avait pas de chaises et tout le monde devait rester debout, y compris un vétéran unijambiste de la dernière guerre. Les murs étaient tapissés d'étagères où s'entassaient meules de fromage et casiers remplis de bouteilles de vin et de spiritueux, tout couverts de poussière. Au-dessus de nos têtes pendaient jambons et saucissons. Debout sur une caisse dans un coin, les poings sur les hanches, le propriétaire du bistrot surveillait la pièce, à l'affût de voleurs potentiels.

Quelqu'un referma la trappe, nous plongeant dans une obscurité à peine atténuée par une ampoule solitaire qui grésillait au plafond. Il devait bien y avoir quarante ou cinquante personnes entassées dans ce cellier. Ma compagne était serrée contre moi, effleurant de ses cheveux mon menton mal rasé. À l'extérieur, les sirènes se turent, et un silence assourdissant engloutit la pièce alors que chacun, le cœur battant, tendait l'oreille, à l'écoute de la destruction qui ne pouvait manquer de s'abattre sur nous. Je me demandai si, lorsque nous ressortirions de notre cachette, le Paris que nous connaissions existerait toujours. Quoique, songeai-je ensuite, si le bâtiment au-dessus de nous était bombardé, nous serions enterrés vivants.

Je sentais ma compagne trembler comme un oiseau captif et je passai les bras autour d'elle, non pour l'étreindre mais pour repousser la masse de corps humains qui nous écrasait tous deux. L'odeur de sueur ambiante me piquait les narines et ma chemise me collait à la peau. Mon cœur battait à tout rompre – je pouvais sentir ce douloureux élancement à chaque battement, présage de ma mortalité. J'avais bien des comprimés pour cette douleur, mais ne les prenais jamais. Elle avait la joue appuyée contre ma poitrine. J'avais peur, moi aussi, mais depuis si longtemps que c'était quelque chose qui faisait désormais partie de moi, qui s'était enroulé autour de mes entrailles comme une plante grimpante et se nourrissait de la sève qui me maintenait en vie.

J'entendis le cliquetis d'un briquet qu'on ouvrait. De l'autre côté de la pièce, quelqu'un dit : « J'ai vraiment besoin d'en griller une. Je suis claustrophobe. »

Une odeur de tabac brûlé me parvint. Le tremblement de la femme dans mes bras s'accentua. Elle frissonnait de tout son corps. Entre le silence, le manque d'espace et les odeurs de viandes, de fromages, de transpiration et de tabac, je sentais ma propre panique monter : la sueur coulait à grosses gouttes dans mon cou et mon dos. Mon cœur battait de plus en plus vite, j'avais le souffle court et une migraine se formait derrière mes yeux. Avec tous mes sens qui se tendaient vers le haut, vers l'extérieur, en quête d'un signe de ce qui se passait au-dehors, du sort qui nous attendait, je perdis toute notion du temps qui passait. Je commençai à imaginer que nous ne ressortirions jamais de ce cellier, que nous y mourrions tous, enterrés vivants sous une montagne de décombres. Je pensai à Rotterdam : il n'avait fallu que quatre jours aux nazis pour réduire le plus grand port d'Europe à un tas de ruines.

« Il faut que je sorte d'ici », murmurai-je, plus pour moi-même qu'à l'adresse de qui que ce soit.

Je la sentis resserrer les bras autour de ma taille. Curieusement, cette sensation toute simple débloqua quelque chose en moi, et la panique qui avait menacé de me submerger se mit à retomber.

Plusieurs interminables minutes s'écoulèrent encore, et rien d'autre que le silence ne nous parvint du dehors. Il semblait que Paris se soit vu accorder un sursis. Les sirènes se remirent à sonner, signe cette fois que le raid aérien était terminé et que nous pouvions ressortir. Le responsable de l'abri gravit l'échelle et ouvrit la trappe en grand. L'air frais et la douce lumière du soir se déversèrent sur nous. D'autres cigarettes furent allumées et une dizaine de conversations s'engagèrent simultanément dans l'assemblée. Les gens firent la queue pour monter à l'échelle. Certains restèrent à boire et discuter dans le bistrot, d'autres s'attardèrent devant, dans la rue, sous un ciel doré. Ils bavardèrent, promirent de se retrouver un jour pour boire un verre, se serrèrent la main et se souhaitèrent bonne chance.

Lorsque nous arrivâmes au pied de l'échelle, la femme du cimetière y monta la première. Je m'apprêtai à la suivre, mais je cédai ma place à un vieux monsieur qui attendait à côté de moi. Lorsque j'émergeai à mon tour au rez-de-chaussée du bistrot, elle avait disparu. Je me précipitai dehors et repérai un éclair d'hibiscus rouge sur fond de soie noire de l'autre côté de la rue. Elle était déjà loin, lancée au pas de course avec ses chaussures à la main. Je m'élançai après elle. Cela faisait du bien de courir après notre bref mais angoissant emprisonnement. Et je ne voulais pas la laisser disparaître. Elle m'avait aidé, dans ce cellier, sans même le savoir.

Je la rattrapai à la porte de derrière du cimetière, dont elle secouait les grilles à pleines mains comme si cela pouvait miraculeusement les faire ouvrir. Mais la porte refusa de se laisser amadouer et, faisant volte-face, la femme s'appuya contre elle et se laissa glisser jusqu'à terre, avant d'enfouir son visage dans ses mains. Je m'approchai.

« Quel est le problème ? » demandai-je en mettant un genou à terre pour lui poser doucement la main sur l'épaule.

Elle me regarda comme si elle me voyait pour la première fois, les yeux étincelants de larmes.

« Je n'ai nulle part où aller. »

L'APPARTEMENT

En me réveillant, je trouvai deux yeux noirs comme du charbon qui me rendaient mon regard. La femme du cimetière. Du dos de ses doigts, elle caressait ma joue piquetée de barbe en murmurant des mots rassurants.

« Vous faisiez un cauchemar, me dit-elle.

— Je hurlais ? »

Elle acquiesça.

« Je suis désolé.

« Il n'y a pas de quoi. Vous m'aviez prévenue.

— Ah bon ?

— Vous m'avez dit que vous faisiez des cauchemars toutes les nuits.

— En effet, je me souviens. »

Un cendrier plein, deux verres sales et une bouteille de calvados sur la table. À la lumière terne de la lampe de chevet, mon studio était plongé dans un silence profond, le silence du milieu de la nuit. Je me rappelai l'avoir invitée à passer la nuit chez moi. J'étais dans le fauteuil. Elle avait dormi dans mon lit, sans enlever sa robe de soie noire. Je me remémorai les événements qui l'avaient amenée là : le cimetière, le raid aérien, l'abri. J'étais surpris qu'elle ait accepté ma proposition. Elle m'avait dit son nom : Madeleine.

Elle me regarda du coin de l'œil.

« De quoi rêviez-vous ?

— Oh, c'est confus. J'ai plusieurs cauchemars récurrents. Ils prennent toujours place dans le passé. Là, je me trouvais sur un de ces trois-mâts d'antan. J'étais le chirurgien de bord, et je devais scier le bras d'un homme avec, pour tout anesthésiant, de l'alcool et du laudanum. C'en est un que je ne fais que de temps en temps. Il y en a d'autres. Dans certains, je suis sur une île tropicale. Dans d'autres, je suis une femme élevant un enfant pendant le siège prussien, ou encore Baudelaire, croyez-le ou non, menant une vie de pauvreté avec Jeanne Duval. Mais l'élément qui revient le plus souvent, c'est... »

Je m'interrompis, vaguement embarrassé par ce que j'étais en train de raconter.

Madeleine, qui avait été sur le point d'allumer une cigarette, s'était figée et me regardait avec une étrange expression, tant captivée que terrifiée. La flamme de l'allumette nimbait son visage d'une lueur orangée.

« Quoi ? demanda-t-elle.

— Des yeux. »

Elle alluma sa cigarette et se pencha vers moi.

« Quelle sorte d'yeux ?

— Toutes sortes d'yeux, de toutes les couleurs, sur toutes sortes de visages. Tous mes rêves semblent se terminer par un moment où je regarde quelqu'un dans les yeux, et chaque fois que j'atteins ce moment, je me réveille en hurlant.

— Pourquoi est-ce que vous hurlez ?

— Je n'en ai pas la moindre idée.

— Et votre accent... Vous êtes allemand ?

— Oui. Je suis originaire de Berlin. »

Elle se mordit la lèvre et détourna le regard, tenant sa cigarette d'une main tremblante et tirant nerveusement dessus.

Un instant, elle parut seule au monde, repliée sur elle-même comme si elle n'avait plus conscience de ma présence.

Au bout d'une minute ou deux, elle se leva et s'approcha nonchalamment de ma bibliothèque, remplie à craquer.

« Qu'est-ce que vous faites dans la vie ?

— Je suis écrivain.

— Je vois que vous avez beaucoup de livres sur Baudelaire. » Elle sortit *Les Fleurs du Mal* et sourit, la bouche contractée d'un côté par une moue presque imperceptible. « Quel est votre préféré parmi ses poèmes ?

— C'est là une question difficile. Il y en a tant. Mais peut-être "À une passante". »

Tout en faisant courir son index sur les dos des livres, elle commença à réciter, de mémoire :

« *Fugitive beauté, dont le regard m'a fait soudainement renaître...*

— *Ne te verrai-je plus que dans l'éternité ?* »

Elle me jeta un regard inquisiteur à travers la pièce, comme si elle ne savait pas trop quoi penser de moi.

« C'est un choix intéressant.

— Et le vôtre ? lui demandai-je.

— "L'Albatros".

— *Le Poète est semblable au prince des nuées, qui hante la tempête et se rit de l'archer...*

— *Exilé sur le sol au milieu des huées, ses ailes de géant l'empêchent de marcher.* » Elle m'adressa le même petit sourire en coin. « Il l'a volé, ce poème.

— Volé ? À qui ?

— À moi. » Elle se retourna vers l'étagère pour examiner les livres, la tête penchée. « C'est moi qui lui en ai donné l'idée. Je lui ai raconté le conte de l'albatros, et il en a fait un poème.

— Vous l'avez connu ? »

L'idée était absurde, bien sûr, mais c'était un plaisir que de me prêter au jeu de son imagination.

« Oui. Pas dans ce corps, bien sûr. Dans un autre.

— Lequel ?

— Celui de Jeanne.

— J'ai du mal à vous suivre, fis-je, commençant à comprendre qu'elle était sérieuse. Vous voulez dire Jeanne Duval ? Sa maîtresse ? »

Madeleine revint tranquillement vers le lit et se rallongea sur le matelas.

« J'étais sa maîtresse, soupira-t-elle. Sa maîtresse, son esclave, sa persécutrice... Et, pendant un temps du moins, j'ai aussi été sa muse. » Elle lâcha un rire moqueur. « *Muse* : comme je déteste ce mot. Charles était un voleur. Il volait à tout le monde : argent, poèmes, livres, amours, tout ce que vous pouvez imaginer. Bien sûr, il avait du talent. Mais son plus grand talent était celui de savoir voler. »

Peut-être, à tout autre moment, aurais-je réagi différemment à ces signes de délire. Je me serais montré plus prudent. J'aurais gentiment manœuvré Madeleine jusqu'au matin puis hors de ma vie. Mais en cet instant, ses divagations me semblaient inoffensives comparées au raz-de-marée de folie qui ravageait le monde extérieur.

« Comment est-ce possible ? » lui demandai-je.

Elle me jeta un regard perçant.

« Ça l'est, et c'est tout ce qui compte. » Elle se redressa sur un coude pour me regarder. En dépit de ce qu'elle disait, je me surpris à apprécier la sensation de son regard. « Quand ont-ils commencé, ces cauchemars ?

— Lorsque j'étais jeune, juste avant la dernière guerre. Quand j'avais dix-neuf, vingt ans tout au plus.

— Qu'est-ce qui les a déclenchés ?

— Je ne me souviens pas.

— Il vous est forcément arrivé quelque chose vers cette époque. Ils ne peuvent pas s'être déclenchés tout seuls, sans la moindre cause. Avez-vous été malade ? Eu un accident ? Peut-être durant la guerre ?

— Non, c'était avant. Mais je ne me rappelle plus quand exactement.

— Faites un effort de mémoire.

— J'essaie, mais je n'arrive pas…

— Puis-je vous poser une question qui va vous paraître un peu étrange ? » Je hochai la tête et elle reprit : « Avez-vous déjà été hypnotisé ? Quelqu'un vous a-t-il déjà demandé de le regarder dans les yeux ? Pas juste comme ça, en passant, mais dans le blanc des yeux, pendant plusieurs minutes ?

— Jamais.

— En êtes-vous certain ? Aucun hypnotiste, aucun magicien, aucune femme aimée ne vous a demandé de le ou la regarder dans les yeux ? Même juste pour rire ? Essayez de vous rappeler.

— Pas que je me souvienne – quoique… » À cet instant, un souvenir me revînt, pour la première fois depuis des années. « Lorsque j'étais jeune, j'ai passé deux semaines à Paris pendant l'été 1913, quand la ville éblouissait encore. J'y ai fait une rencontre qui ne m'a rien paru être de plus qu'un sujet d'anecdote amusant, le genre d'histoire que les jeunes gens aiment à raconter lorsqu'ils rentrent de voyage, pour montrer leur expérience du monde. Paris à l'époque était contenu à l'intérieur de ses remparts. Les voitures y étaient une curiosité. Chevaux et omnibus dominaient les rues, et un piéton pouvait encore marcher au milieu d'un boulevard sans se faire renverser. Tout dans la ville me semblait absolument féerique. J'aimais explorer les étals des *bouquinistes* puis trouver un café quelque part dans le Quartier latin où m'installer pour lire et observer les passants.

» Un après-midi où je faisais précisément cela, j'ai remarqué, parmi les hommes à redingote et chapeau et les dames à longue robe blanche, une corpulente vieillarde qui poussait un petit chariot ; le dos courbé presque à angle droit, elle avançait dans ma direction d'une démarche lente et dandinante. Elle avait captivé mon attention dès son apparition à l'autre bout de la rue et je l'ai regardée approcher, s'arrêtant à chaque terrasse de café pour proposer sa marchandise aux clients jusqu'à ce qu'un garçon la chasse. Lorsqu'un client montrait un semblant d'intérêt pour ce qu'elle vendait, le serveur, comme s'il se conformait à un accord tacite, la laissait à son commerce. Elle offrait une apparence inoubliable. Son corps était cassé en deux par l'âge, ses doigts noueux, son visage aussi ridé qu'une coquille de noix. Même dans l'éclatante lumière estivale, ses habits étaient des loques ternes. Mais elle arborait un air joyeux. C'était une de ces vieilles femmes dont les traits, en se fanant, lui ont naturellement donné l'éternelle gaieté d'un rayon de soleil. Alors qu'elle se rapprochait, j'ai remarqué que ses lèvres bougeaient constamment, comme si elle murmurait quelque chose qui n'était destiné qu'à elle seule – une vision qui n'a rien de rare dans les grandes villes. Enfin, elle est arrivée devant la terrasse où j'étais assis et a croisé mon regard. “Voulez-vous un livre, monsieur ?” m'a-t-elle demandé. Elle avait un accent, mais je n'ai pas réussi à l'identifier. Peut-être, ai-je songé, est-elle une étrangère comme moi. Un serveur l'a aperçue de l'intérieur du café et est sorti en trombe pour lui aboyer de laisser les clients tranquilles, mais je l'ai chassé d'un geste de la main.

» C'était une marchande de livres, une vision rare, même à l'époque ; bien que cela ait été autrefois le plus noble des métiers de rue, en 1913, il n'y en avait déjà presque plus. Je voulais lui présenter mes respects, l'aider d'une façon ou d'une autre ; le genre de geste dont les touristes sont friands. Je lui ai fait signe de rapprocher son chariot de livres d'occasion. Alors qu'elle s'exécutait, je l'ai entendue réciter d'une voix chantante, comme une incantation tant de fois répétée qu'elle est devenue un réflexe : "Récits d'aventures, romans policiers, histoires de fantômes et d'amour, livres vieux et neufs du monde entier, deux francs seulement !" Sans interrompre son récitatif, elle a replié le couvercle de son chariot pour me laisser examiner sa sélection. Celle-ci était démodée et excentrique. Comme elle, les livres étaient des reliques d'une époque révolue. À première vue, elle n'avait rien que j'aie envie de lire, mais je lui ai quand même demandé si elle en avait un à me recommander. "Ils sont tous bons, monsieur ; le meilleur que l'époque a à offrir. Deux francs pièce, ou six pour dix." Elle a poursuivi son incantation à voix basse tandis que je parcourais de nouveau du regard sa piètre sélection, puis choisissais un livre au hasard. "Celui-ci est-il bien ?" lui ai-je demandé. "Je ne saurais vous dire, m'a-t-elle répondu, car pour être tout à fait honnête avec vous, monsieur, je ne suis pas une grande lectrice." Elle a éclaté d'un rire d'asthmatique rapidement interrompu par une violente quinte de toux, dont elle a expertement craché les résidus glaireux sur le trottoir. “Pas de livres”, en tout cas, a-t-elle ajouté, avant de continuer, bien que je n’aie rien dit : “Le temps, monsieur. Je lis le temps. L’avenir ainsi que le passé. Je suis une experte dans les arts ancestraux de me rappeler ce qui a été et de prédire ce qui va être. Et tout cela pour deux francs seulement.”

» Le serveur s’est approché de nous, en lui jetant un regard méprisant. “Qu’en dites-vous, monsieur ? Qui ne voudrait pas savoir quelles surprises le sort lui réserve ? Deux francs seulement.” J’ai sorti deux pièces de ma poche et les lui ai données avant de tendre la main, paume vers le haut. “Pardonnez-moi, monsieur, m’a-t-elle dit, mais je ne lis pas les lignes de la main. Je lis les yeux.” Je lui ai dit que je n’avais jamais entendu parler d’une chose pareille. “Oh, c’est un art noble qui nous vient de l’Antiquité. Vous avez sûrement entendu cette expression, monsieur : les yeux sont les fenêtres de l’âme. Je maîtrise parfaitement la technique.” Elle s’est rapprochée. “M’y autorisez-vous ?” J’ai hoché la tête. “Je vous demanderai seulement de me regarder dans les yeux et de rester immobile. Ne détournez pas le regard. Ne parlez pas. Ne vous laissez pas distraire – par la foule, par le serveur, par qui que ce soit. Je n’ai besoin de vous regarder dans les yeux que trois ou quatre minutes, et tout sera révélé.”

» Je ne sais pas comment ni pourquoi, mais j’ai dû m’évanouir. Lorsque je suis revenu à moi, j’étais entouré d’un cercle de badauds. Un homme était penché au-dessus de moi et me parlait en me tenant la main, mais j’entendais à peine ce qu’il me disait. J’avais la tête lourde et l’esprit embrumé, comme si j’avais reçu un coup ou que je me réveillais d’un long sommeil après la prise d’un narcotique. La marchande de livres était en face de moi, renversée sur sa chaise, les yeux écarquillés de terreur, ouvrant et fermant la bouche comme un poisson qu'on vient de tirer de l'eau. Le serveur est apparu et a demandé ce qui s'était passé. Deux des badauds se sont mis à parler en même temps pour décrire ce dont ils venaient d'être témoins : nous nous regardions en silence lorsque nous avions tous deux commencé à convulser pendant un bref instant, avant de nous évanouir. Le garçon s'est penché au-dessus de la femme et a entrepris de la secouer par les épaules. Elle était réveillée, mais à peine consciente du monde autour d'elle. "Vous feriez mieux de filer d'ici avant que la police arrive, lui a-t-il dit. J'ai bien envie de vous faire arrêter." Puis il s'est tourné vers moi et s'est confondu en excuses. »

Je m'interrompis, cherchant les mots pour décrire l'étrangeté de ce souvenir, jusqu'alors profondément enfoui dans ma mémoire. Madeleine avait les yeux rivés sur moi.

« Et ensuite ? chuchota-t-elle, presque révérencieusement.

— Pendant un moment, je suis resté complètement désorienté : je ne savais plus qui j'étais, où j'étais, comment j'en étais venu à me trouver là. Mes alentours n'avaient pas changé. C'était plutôt en moi que tout avait changé. *Quel est mon nom ?* me suis-je demandé, et celui-ci m'est soudainement apparu. *Où suis-je ?* me suis-je interrogé ensuite, et le mot *Paris* est remonté à la surface de mes pensées. *D'où viens-je ?* Et *Berlin* a brusquement surgi. Qui était cette femme affalée sur une chaise devant moi ? Une marchande de livres qui m'avait proposé de me dire la bonne aventure. Et ainsi de suite, un flot de souvenirs qui faisaient surface les uns après les autres, en l'espace de quelques instants seulement.

» Un policier est arrivé, avec son képi et sa pèlerine noire. Le garçon de café a entrepris de se plaindre de la marchande de livres : il fallait faire quelque chose, ce n'était plus possible, c'était mauvais pour les affaires, qu'il regarde donc l'état dans lequel était ce pauvre jeune Allemand, et tout ça pour quoi ? Dans une démonstration de colère, il a donné un coup de pied dans le chariot de la vieille femme, qui s'est renversé, éparpillant son contenu sur le trottoir et obligeant les passants à faire un écart. L'un des témoins a dit que la marchande était une nécromancienne et que j'avais été hypnotisé. Le policier m'a demandé si c'était effectivement ce qui s'était passé. Dans mon abasourdissement, j'ai tout juste réussi à acquiescer, mais lorsqu'il m'a demandé si je voulais déposer plainte, j'ai secoué la tête. Souhaitais-je qu'on m'emmène à l'hôpital ? "Non, ai-je répondu, ça va aller." Je me suis levé gauchement et suis aussitôt retombé sur ma chaise, arrachant une exclamation aux badauds. J'ai été pris de la brusque conviction que je courais un danger non identifié et qu'il me fallait m'éloigner de la scène. Sortant une pièce de ma poche, je l'ai glissée dans la main du serveur. "Je vous en prie, ai-je dit en regardant le policier et les badauds, retournez à vos occupations, tout va bien." La petite foule s'est dispersée et je me suis retourné vers la vieille femme pour l'aider à se lever. Elle a vacillé un moment. Je lui ai tenu la main jusqu'à ce qu'elle ait retrouvé son équilibre, puis j'ai redressé sa charrette et entrepris de ramasser les livres tombés. Un bras passé autour de sa taille pour l'aider à marcher, poussant de l'autre son chariot, j'ai quitté la terrasse du café pour gagner un banc voisin. Je l'ai aidée à s'y asseoir. Elle avait les yeux ouverts, mais semblait à peine consciente de ce qui se passait autour d'elle. Je n'avais pas d'argent pour appeler un médecin ou une ambulance. Dans mon état de confusion, je n'étais pas en mesure de l'assister davantage. Je l'ai laissée là, sur ce banc, à côté de son chariot de livres, ouvrant et fermant la bouche sans émettre un son, comme si elle voulait poser une question mais ne savait pas laquelle.

» Je ne me souviens plus comment, j'ai réussi à regagner ma chambre d'hôtel et je me suis endormi. J'ai dormi presque une journée entière, ne me réveillant que l'après-midi suivant. Lorsque je suis redescendu dans le hall de l'hôtel, le concierge m'a demandé si je me sentais mieux. Apparemment, j'avais hurlé si fort dans mon sommeil que le personnel avait frappé plusieurs fois à la porte de ma chambre, et avait même fini par se résoudre à y entrer. Lorsqu'ils m'avaient réveillé, je leur avais dit qu'il n'y avait pas de problème, qu'ils n'avaient pas de raisons de s'inquiéter. Je ne gardais aucun souvenir de cette interruption en pleine nuit. Je suppose que c'est ce jour-là que mes cauchemars ont commencé. J'en ai fait presque toutes les nuits depuis. »

Mon récit eut un effet curieux sur Madeleine. Lorsque j'eus fini de parler, elle garda les yeux fixés dans le vide devant elle pendant un certain temps, plongée dans ses pensées. J'étudiai son visage, éclairé par la lumière tamisée de la lampe de chevet.

« Nous nous sommes déjà rencontrés, finit-elle par me dire.

— Où ? »

Elle esquissa un sourire triste.

« Vous ne vous en souviendrez pas.

— Il y a longtemps ? Dans une autre vie, peut-être.

— C'est cela.

— Était-ce à Berlin ? Étions-nous à l'université ensemble ? Je pense que j'en aurais gardé le souvenir. Il n'y avait pas beaucoup d'étudiantes à l'époque.

— Non, c'était à Paris. » Elle alluma une cigarette d'une main tremblante. « Et dans d'autres endroits aussi. Mais il est inutile d'en parler.

— Non, non, maintenant que vous m'avez dit cela, c'est un mystère que je dois résoudre. Il semble que vous vous rappeliez à quelle occasion, et moi non. Mais peut-être que si vous me donniez un indice… »

Penchée en arrière sur le matelas, elle regardait une de ses mains, qu'elle faisait aller et venir sur l'édredon.

« Puis-je vous raconter une histoire à la place ?

— Répondra-t-elle à ma question ?

— Peut-être. »

Et elle entreprit de me raconter le conte de l'albatros.

Il y a encore deux ou trois générations existaient, à Paris comme dans le reste du monde, des gens qui gagnaient plus ou moins leur vie en tant que conteurs. Dans les tavernes et les cafés, autour d'une table de banquet ou d'un feu de camp, on se rassemblait pour écouter leurs histoires, des histoires racontées avec un grand talent, perfectionnées et enrichies de détails au fil des ans et des décennies. Parfois, leurs récits rimaient ou étaient chantés. Parfois, ils duraient plusieurs jours, plusieurs semaines, plusieurs mois. Chaque soir, des personnes s'attroupaient autour du conteur, impatientes d'entendre l'épisode suivant. L'imprimerie mécanique a mis fin à l'ère du conteur, tout comme la radio, le cinéma ou quelque autre merveille qui n'a pas encore été inventée mettront peut-être un jour fin à l'ère de l'imprimerie. Mais à écouter Madeleine narrer son histoire, on était transporté comme par magie dans cette époque. Tout dans sa façon de conter était fascinant. Sa voix basse m'obligeait malgré sa diction précise à me pencher vers elle pour saisir chaque mot, mais elle montait et descendait en suivant sa propre musique. Au début, Madeleine limitait au maximum ses gestes et ses expressions faciales, mais plus elle avançait dans son récit, plus les péripéties de ce dernier s'illustraient dans son corps. Quant à l'histoire elle-même, elle était époustouflante. Le conte de l'albatros était le mythe de deux amants, une jeune femme prénommée Alula et un jeune homme – un adolescent, en réalité – prénommé Koahu, qui vivaient sur une île lointaine, et de leur exil. Je l'ai depuis mis par écrit, couchant sur le papier tout ce dont je me souviens ; mais c'est une pâle imitation que la mienne. Il y a de nombreux détails que je ne parviens pas à me remémorer, tout d'abord ; et par ailleurs, je suis incapable de rendre l'histoire telle qu'elle m'a été contée. C'est à peine si je peux reconstituer les circonstances de sa narration : le silence nocturne de la ville au-dehors, la lumière tamisée de la lampe de chevet, les volutes de fumée bleue s'échappant de l'extrémité rougeoyante d'une cigarette, le parfum de santal.

Parfois maintenant, quand l'inquiétude ou l'ennui, ou les deux, m'empêchent de dormir, j'aime me livrer à un petit jeu avec moi-même. J'essaie de déterminer le moment exact où je suis tombé amoureux de Madeleine. Je suis à peu près certain que lorsqu'elle a commencé son récit, je n'étais pas amoureux d'elle, ou du moins je n'avais pas encore réalisé que c'était le cas. Cela faisait des années que je n'étais pas tombé amoureux. Je me croyais vacciné contre cette maladie. Mais lorsqu'elle est arrivée au bout de son histoire – qui n'était que la première, et serait suivie de bien d'autres –, quelque chose avait changé en moi : j'étais subitement, involontairement, totalement amoureux. Et ce n'était pas un amour ordinaire, mais un amour dévorant, importun, dont je ne voulais pas, le genre d'amour dont on souhaiterait être guéri, dont on a honte, mais que plus on nie, plus il nous tient, comme un de ces nœuds de marin qui se resserrent quand on tire dessus. Il me faisait l'effet d'une infection, d'une maladie soudaine, où tout était à la fois comme avant, et transformé. Être amoureux est une sorte d'hypnose et, comme tout hypnotiste vous le dira, pour être hypnotisé, il faut secrètement vouloir être hypnotisé, si secrètement qu'on ne le sait pas soi-même. Tomber amoureux est un acte de volition involontaire.

Peut-être est-ce de l'histoire de Madeleine que je suis tombé amoureux, plus que de Madeleine elle-même. Peut-être la palette des sentiments amoureux est-elle plus large que nous ne le pensons, et qu'il est possible de tomber amoureux d'une histoire, d'une chanson, d'un film ou d'un tableau, comme on tombe amoureux d'une autre personne ; sauf qu'on suppose être amoureux du conteur, du chanteur, de l'acteur ou de l'artiste, parce qu'il ne nous est pas venu à l'esprit qu'on puisse ressentir de l'amour pour une chose. Je savais que son histoire était fictionnelle, mais j'y croyais quand même. Nos passions semblent incapables de faire la distinction entre le réel et l'imaginaire. Mais tout enchanté que je sois par son histoire, je n'y ai jamais rien vu d'autre qu'une histoire ; une histoire merveilleuse, certes, peut-être l'une des plus merveilleuses qu'il m'ait été donné d'entendre, mais rien de plus. Madeleine, en revanche, paraissait absolument persuadée que non seulement l'histoire qu'elle me racontait était vraie, mais qu'elle lui était arrivée personnellement, et par extension, à moi aussi. Elle croyait à cette histoire comme d'autres croient aux signes du zodiaque. C'était entièrement nouveau pour moi. Jamais auparavant je n'étais tombé amoureux de quelqu'un dont les croyances étaient si différentes des miennes. Mais il est de nombreuses croyances populaires qui sont moins crédibles que celles de Madeleine, et les mystères de l'amour ne requièrent pas que les convictions des personnes concernées soient parfaitement alignées. J'étais attiré par elle en dépit de ces différences, et je ne comprenais pas pourquoi. C'est une énigme que je cherche encore maintenant à résoudre.

Lorsque son histoire, ou du moins ce qui se révélerait en être le premier épisode, prit fin, je clignai des yeux comme si je me réveillais d'un rêve. Par les fentes des volets, je pouvais voir les premières lueurs du soleil. Madeleine était déjà à moitié endormie.

« Il faut que nous sortions », lui dis-je.

Nous nous dirigeâmes en silence vers le fleuve. Les rues étaient d'un bleu particulièrement limpide et délicat, et leur calme n'était animé que par le passage occasionnel d'un garçon de courses ou d'un livreur, d'un ivrogne titubant, ou encore d'une fille de joie rentrant chez elle après le travail. Les boulangeries étaient ouvertes, tout comme les cafés d'ouvriers aux fenêtres barrées de ruban adhésif marron en cas de bombardement, mais les volets des autres commerces étaient clos et certains arboraient le panneau de plus en plus souvent visible : *Fermé jusqu'à nouvel ordre.* Des piétons se déplaçaient avec, sous le bras, leur masque à gaz dans sa boîte. Lorsque nous atteignîmes la Seine, le soleil venait d'apparaître au-dessus des toits. Nous longeâmes le quai Voltaire. Des diamants de lumière scintillaient à travers les feuilles des arbres bordant le fleuve. Nous passâmes devant les coffres verts des *bouquinistes*, aux couvercles de tôle fermés pour la nuit par d'imposants cadenas en fer.

Alors que nous continuions de marcher, nous entendîmes, un peu plus loin en amont, un grondement troubler le calme matinal. En approchant de la place Saint-Michel, nous découvrîmes que le pont Saint-Michel était encombré de voitures, de camions, de tracteurs, de chars à chevaux et à bœufs, tous remplis de meubles et de matelas. Des évacués, épuisés et hagards, qui fuyaient la progression allemande pour la sécurité au sud. Certains étaient à bicyclette, d'autres poussaient des charrettes, des brouettes, des landaus. Leurs véhicules portaient des plaques d'immatriculation belges et du nord de la France. Les matelas dont ils étaient coiffés avaient pour fonction de protéger leurs occupants en cas de mitraillage par des Stuka. Des gamins des rues les harcelaient comme des mouches pour leur vendre journaux, eau, *choucroute** et chicorée chaude. Le long du boulevard Saint-Michel, la clientèle des cafés et des restaurants débordait dans les rues. Ces signes de l'invasion imminente ne ternissaient en rien l'intense bonheur que j'avais à marcher au bras de Madeleine. Bien au contraire, ils l'avivaient. Ils lui offraient un contrepoint et une raison d'être.

Je sentis Madeleine serrer les doigts sur mon bras.

« Il faut que nous retournions au cimetière.

— Pourquoi ?

— Mon pistolet. »

Nous fîmes demi-tour et, arrivés à hauteur du Pont-Neuf, nous tournâmes à gauche dans la rue Dauphine, et retrouvâmes le calme. Loin du tumulte des boulevards menant vers le sud, les rues étaient vides. Nous prîmes la rue Mazarine, traversâmes le boulevard Saint-Germain et continuâmes dans la rue de l'Odéon. L'écho de nos pas se réverbérait sur les murs alentour, où étaient placardées çà et là des affiches indiquant : *Silence ! L'ennemi vous écoute.* Nous nous arrêtâmes devant la vitrine de Shakespeare and Co[1] pour regarder à l'intérieur. La librairie était fermée mais il y avait un chat allongé sur une étagère, qui clignait des yeux avec contentement parmi les livres exposés en agitant doucement sa queue rousse. Adrienne et Sylvia étaient à l'étage en train de se réveiller, supposai-je, étant de ceux qui refusaient de quitter Paris. Dans une ou deux heures, elles ouvriraient la boutique comme à l'ordinaire. La librairie Jacquenet, spécialisée dans les livres anciens, occupait la vitrine voisine. Nous nous y arrêtâmes aussi. Une affiche collée sur la vitre attira mon attention. Elle informait de la tenue d'une vente aux enchères la semaine suivante à l'Hôtel Drouot.

« Qu'y a-t-il ? » me demanda Madeleine.

Elle tendit le cou, formant silencieusement les mots avec sa bouche à mesure qu'elle les lisait, avant de s'arrêter pour me regarder avec de grands yeux.

1. L'actuelle librairie Shakespeare and Company, située au 37, rue de la Bûcherie, près de Notre-Dame, a été ainsi nommée en hommage à une première librairie Shakespeare and Company, sise au 12, rue de l'Odéon et fermée en 1941, et qui dans les années 1920-1930 fut la plaque tournante de la culture anglo-américaine à Paris.

LIVRES
ANCIENS & MODERNES

ÉDITIONS ORIGINALES D'AUTEURS MODERNES,
POUR BEAUCOUP SIGNÉES PERSONNELLEMENT PAR L'AUTEUR.

Dont plusieurs œuvres imprimées sur papiers rares.

LIVRES ILLUSTRÉS
LETTRES & MANUSCRITS SIGNÉS

Nouvelle inédite de Ch. Baudelaire
Bel assortiment d'œuvres de Stéphane Mallarmé
Lithographies de Daumier
Diverses collections, plusieurs œuvres en anglais
issues d'une collection de prestige.

VENTE AUX ENCHÈRES

HÔTEL DROUOT, SALLE 10
LUNDI 3 JUIN 1940 À 14 H 00

M. Robert BIGNON, commissaire-priseur, 12, avenue de l'Opéra
M. JACQUENET, expert-conseil au Tribunal de commerce,
10, rue de l'Odéon (où des catalogues sont à la disposition du public).

EXPOSITION AVANT LA VENTE DE 13 H 30 À 14 H 00

Les livres sont visibles jusqu'au vendredi 31 mai
à la librairie Jacquenet, 10, rue de l'Odéon.

« Ce n'est pas possible, dit-elle en collant son visage à la vitre et en mettant ses mains en œillères pour scruter l'intérieur de la boutique. Et pourtant… » Avec une exclamation, elle recula et porta les mains à sa bouche. « Là, dit-elle en m'indiquant une table de l'autre côté de la vitrine, sur laquelle se trouvaient plusieurs volumes exposés sur des présentoirs. Là, sur la droite, le petit. Le voyez-vous ?

— Oui. »

Il n'avait rien d'extraordinaire en apparence : un mince volume relié en cuir rouge sombre. Je l'examinai longuement. Le titre et le nom de l'auteur étaient imprimés en relief sur la couverture, à la vue de tous : *L'Éducation d'un monstre, Ch. Baudelaire.*

« Je n'arrive pas à y croire », fit Madeleine.

Mais lorsque je lui demandai de quoi elle parlait, elle ne répondit pas. À la place, elle s'enferma dans un silence qui perdura jusqu'à ce que nous atteignions le cimetière.

La veille, lorsque les sirènes de l'alerte aérienne avaient retenti, j'avais jeté le derringer par-dessus le mur, dans la section arrière du cimetière qui, comme la division israélite plus ancienne de l'autre côté, est réservée aux Juifs. À cet endroit, les cryptes familiales sont couvertes de pierres et gravées de noms comme Cahn ou Meyerbeer. C'est là que nous nous rendîmes, fouillant les mauvaises herbes entre les caveaux jusqu'à ce que je repère l'arme sur une tombe. Je l'ouvris. La chambre était vide. Je me tenais là, pistolet à la main, lorsque Madeleine s'approcha brusquement pour passer les bras autour de mon cou et m'embrasser langoureusement sur la bouche.

« Glisse le pistolet dans ma poche », me chuchota-t-elle à l'oreille.

Je serrais les bras autour de sa taille et, tout en lui rendant son baiser, fis ce qu'elle me demandait. À cet instant, un vieux jardinier portant pelle et râteau arriva d'un pas tranquille, en sifflotant faussement. En nous voyant, il changea de direction et s'éloigna. Madeleine recula la tête et me regarda comme si elle essayait de mémoriser mon visage. Ses yeux noirs étaient si près des miens que je pouvais y voir mon reflet.

« Je suis désolée, murmura-t-elle en s'écartant, rougissante. Je me suis laissé emporter. »

Le cœur battant la chamade, je la retins contre moi et l'embrassai de nouveau.

Main dans la main, nous nous dirigeâmes vers la sortie que nous avions empruntée la veille au soir, qui nous semblait déjà appartenir au lointain passé. Dans la rue Froidevaux, Madeleine s'arrêta devant une colonne Morris pour lire un arrêté gouvernemental :

EXPATRIÉS ALLEMANDS RÉSIDANT EN FRANCE

Vous devez vous présenter immédiatement au commissariat le plus proche.

Ne prenez pas plus d'un bagage, ne contenant que l'indispensable.

Désobéir à cet ordre exposera à la peine maximale.

Par ordre du ministère de l'Intérieur, 18 mai 1940

« Il faut que tu partes, me dit-elle. Tu ne peux pas te livrer à la police.

— Je sais, mais pour aller où ? Mes papiers ne sont pas en règle. Je ne peux pas quitter la France. Je n'ai pas de visa de sortie. Ni d'argent.

— Comment obtient-on un visa de sortie ?

— Il faut faire une demande au ministère de l'Intérieur. Mais la mienne serait rejetée. Je n'ai pas de certificat de libération du camp d'internement. Ils nous ont relâchés sans nous en donner pour que nous ne puissions pas recevoir de visa de sortie. Comme ça, nous ne pouvons pas quitter le pays. » Je lui adressai un sourire fataliste. « Je suis comme toi. Je n'ai nulle part où aller. »

Elle passa les bras autour de mon cou, ferma les yeux et m'embrassa de nouveau. Même si, à cet instant, j'avais magiquement reçu l'argent que j'attendais et tous les documents dont j'avais besoin – un certificat de libération, un visa de sortie, un vrai passeport (et non le substitut qui m'avait été délivré à Schengen et ne servait qu'à me désigner comme exilé suspect), un billet de bateau, un visa de transit portugais, un visa d'entrée américain – je doute que je serais parti où que ce soit.

LA VENTE AUX ENCHÈRES

Madeleine et moi ne discutâmes jamais du temps qu'elle allait rester chez moi. Elle le fit, tout simplement. Pour moi, chaque moment que nous partagions était une joie, un sursis. Pris en embuscade par l'amour, j'y succombai sans songer un instant à ma survie. C'était un amour entièrement voué au présent, sans une pensée pour l'avenir, et donc totalement de son temps. J'aurais dû être à la gare avec ma valise noire, à camper sur les quais avec la multitude, dans l'attente d'une place à bord d'un train en direction du sud. Mais je ne voulais pas partir.

En ces dernières semaines de la Troisième République, les écrivains, les artistes, les éditeurs, les intellectuels et tous les autres ennemis naturels du nazisme adhéraient à deux écoles de pensée contradictoires sur la meilleure façon de survivre : il y avait ceux qui avaient décidé de partir, et ceux qui préféraient rester. Partir – à supposer qu'on ait l'argent et les papiers pour –, c'était renoncer à toute une vie, adopter l'exil, choisir de se couper de tout ce qu'on connaissait, prendre le risque du dénuement. Mais rester, c'était risquer, une fois les Allemands arrivés, la détention, les interrogatoires, la torture et même la mort. Aussitôt que je rencontrais quelqu'un de ma connaissance, par exemple lorsque je croisais Arthur ou Fritz dans l'escalier, ou un ami dans la rue, ou le facteur, ou ma propriétaire, nous débattions du problème : rester ou partir ? Partir ou rester ? J'étais dans le camp de ceux qui voulaient rester. J'avais l'impression de me voir proposer deux formes de suicide différentes, et face à ce choix, ma décision me semblait arbitraire, et par conséquent sans importance. Je ne supportais pas l'idée de quitter ma ville d'adoption. J'étais trop vieux pour me faire à une autre. Et de toute façon, si le pire devait arriver, j'avais soixante-quatre capsules de morphine en ma possession, de quoi tuer un cheval. Elles m'accompagnaient partout depuis que j'avais quitté l'Allemagne sept ans plus tôt. La mort serait facile. Indolore. Sereine, même.

Mais à présent que j'avais rencontré Madeleine, découvris-je, mon avis sur le sujet était en train de changer. J'étais toujours pour rester, mais c'était désormais parce que j'en avais envie, et non par découragement et torpeur. Au cours de la semaine qui suivit, nous passâmes le plus clair de notre temps dans l'appartement, ou bien à nous promener dans les rues de Paris comme des touristes, à vivre de gros rouge du Languedoc, de cigarettes Salomé et de pain rationné, dans un état de profond contentement. Le petit monde que nous avions spontanément créé entre nous semblait plus réel que le monde extérieur, qui de toute façon était en train de s'effondrer. Le plus grand de nos plaisirs, durant cette période, était de nous raconter l'un à l'autre des histoires. Madeleine vint à bout de ma réserve naturelle en me bombardant de questions sur mon enfance, mes voyages, les gens que j'avais connus, les livres que j'avais lus et, surtout, mes rêves. Ses histoires à elles étaient d'une nature totalement différente : elle continua à me narrer le conte de l'albatros, un récit qui courait sur plusieurs générations et continents. Ces sessions ne duraient jamais plus d'une heure ou deux, au cours desquelles je l'interrompais parfois pour qu'elle m'éclaire sur un point obscur ou clarifie quelque détail flou, avant que son énergie ne s'étiole et qu'elle commence à s'excuser en disant qu'elle ne pouvait pas aller plus loin, qu'elle était épuisée. Elle se pelotonnait alors contre moi, la tête sur mon épaule ou ma poitrine, et sombrait dans le sommeil. Elle ressemblait à un chat en cela, passant plus d'heures endormie qu'éveillée. Pendant qu'elle dormait, je sortais mon cahier gris et y notais tout ce que je venais d'entendre. Je ne voulais pas oublier un seul détail même si, rapidement après son récit, il y en avait tant dont je ne me souvenais déjà plus.

Et, chose curieuse : je cessai de me réveiller terrifié au milieu de la nuit. Quelques jours seulement après notre rencontre, je remarquai que j'avais dormi jusqu'au matin pour la troisième fois consécutive. Avec la fin de mes cauchemars, ce fut un poids énorme qui me fut ôté des épaules, après tant d'années.

La seule ombre au bonheur que nous partagions était l'obsession de Madeleine pour la vente aux enchères du manuscrit de Baudelaire, qui devait avoir lieu le lundi suivant. Elle voulait à tout prix l'acquérir, ou plutôt, que je l'acquière pour elle. Bien sûr, j'avais moi aussi envie de voir ce manuscrit. Je voulais le toucher, le tenir dans mes mains, le lire, si possible, ou au moins en parcourir quelques pages. J'étais un bibliophile, et en tant que tel, j'avais mes propres obsessions. Et la plus grande d'entre elles, qui coïncidait parfaitement avec celle de Madeleine, était Charles Baudelaire. Une nouvelle œuvre de ce grand poète : l'idée faisait battre mon cœur plus vite. Je pressai Madeleine de questions à son sujet, et elle me fit le plaisir de m'en fournir une description amoureusement détaillée : une histoire en quatre parties, narrée à la première personne. Elle en avait même mémorisé la première phrase. Elle me la fit noter pour que je puisse la vérifier à la vente aux enchères : *Alors que j'écris ces mots, il me vient à l'esprit que je n'ai jamais connu récit plus* incroyable *que celui que je m'apprête à vous relater, ma chère enfant.* J'allais me rendre à la vente, seul, et acheter le manuscrit pour elle. Pourquoi seul ? Elle refusa de me le dire, mais m'assura que tout serait révélé en temps voulu. Comment allais-je le payer ? Là encore, elle ne voulut pas me donner de réponse – l'argent paraissait presque être pour elle un concept abstrait. Elle avait l'air de penser qu'en dernier recours je pouvais toujours me contenter de le voler.

C'était quand toute logique semblait s'être envolée de son esprit que je l'aimais le plus. Depuis le début, Madeleine soupçonnait que je ne prenais pas ses récits autant au sérieux qu'elle, et lorsqu'elle sentait ses mots se heurter à un mur d'incrédulité, ses lèvres tremblaient de chagrin et ses yeux noirs se voilaient de larmes, mais jamais elle ne perdait sa force de conviction ou son sang-froid. Je devais simplement la croire, ne cessait-elle de me répéter, et c'était donc ce que je faisais, ou du moins prétendais faire. J'avais conçu un moyen d'aimer Madeleine sans avoir honte de moi-même : je la croyais et ne la croyais pas tout à la fois. Ne pas la croire du tout, c'était risquer de la perdre ; la croire entièrement, c'était risquer de me perdre moi-même.

Le soir était le seul moment où nous nous séparions. Paris n'était plus le joyau étincelant qu'il avait été avant la déclaration de guerre. Le couvre-feu imposé du coucher au lever du soleil signifiait que la « Ville lumière » était désormais plongée dans le noir à la tombée de la nuit. C'était le moment où Madeleine, qui dans la journée fainéantait avec indolence, vêtue seulement d'une de mes chemises, s'animait brusquement, enfilait sa robe de soie noire imprimée d'hibiscus rouges, appliquait du mascara sur ses cils et du rouge sur ses lèvres, et disparaissait sans me donner d'explication. Là encore, je trouvais cette félinité profondément séduisante. Lorsque je lui demandais où elle allait, elle m'embrassait tendrement et me répondait qu'il valait mieux que je ne le sache pas, mais qu'elle serait de retour au petit matin, et qu'il ne fallait pas que je l'attende pour me coucher. Mais je ne pouvais pas m'en empêcher. Je restais debout à attendre son retour, incapable de lire, d'écrire ou de faire quoi que ce soit d'autre qu'aller et venir dans ma chambre, torturé d'inquiétude. Au bout d'un moment, je finissais par me coucher et fermer les yeux, mais mon cerveau restait en ébullition jusqu'à ce que la porte s'ouvre au petit matin, avec un grincement, et qu'elle se glisse dans l'appartement, auréolée d'une odeur de cigarette et d'alcool, se déshabille et se pelotonne contre moi dans le lit. Elle était menue et nos corps s'imbriquaient parfaitement, même sur un matelas simple. Au lever du soleil, je me réveillais et la trouvais là, assise nue dans le fauteuil, en train de lire du Baudelaire en fumant une Salomé, les courbes de son corps zébrées de rayons de soleil ; et en me voyant réveillé, elle me récitait ce qu'elle était en train de lire.

Viens, mon beau chat, sur mon cœur amoureux ;
Retiens les griffes de ta patte,
Et laisse-moi plonger dans tes beaux yeux,
Mêlés de métal et d'agate.

Puis nous sortions dans la rue faire notre promenade matinale.

La machine de guerre allemande continuait son chemin, retardant son arrivée à Paris en éliminant les vestiges des armées française et britannique, acculées contre la Manche. La circulation sur les boulevards menant vers le sud grossissait, celle des autres rues diminuait et, chaque jour, un peu plus de boutiques gardaient les volets fermés.

Le samedi après-midi suivant, Arthur frappa à ma porte. Madeleine somnolait sur mon lit, aussi sortis-je sur le palier. Je supposais qu'il voulait me parler de notre partie de poker traditionnelle du samedi soir, qui m'était complètement sortie de l'esprit, mais à la place, il m'annonça qu'il s'en allait. Sa riche petite amie anglaise avait réussi à acheter une voiture et ils descendaient à Bordeaux.

« Il y a de la place pour toi aussi, si tu veux te joindre à nous.

— Je ne veux pas partir.

— La France a pratiquement capitulé, tu en es conscient, n'est-ce pas ? insista-t-il en me saisissant le bras. Les Allemands seront là dans une semaine ou deux. »

J'hésitai, me sentant stupide de refuser cette planche de salut, une chance pour laquelle tant d'autres auraient volontiers payé une fortune.

« Je ne suis pas prêt.

— Je vois, dit-il, cédant un moment à la mélancolie avant de retrouver le sourire et de me donner une claque sur l'épaule. Eh bien, nous nous reverrons un jour, j'en suis certain. »

Nous nous serrâmes la main et il disparut, descendant quatre à quatre les marches. Je rentrai dans mon appartement et vis Madeleine, toujours allongée sur mon lit, tourner la tête vers moi d'un air ensommeillé.

« Qui était-ce ? » me demanda-t-elle.

Je traversai la pièce pour m'asseoir au bord du lit et serrai sa main dans la mienne.

« Personne. »

Ce jour-là et le suivant, elle finit de me raconter le conte de l'albatros. Plus elle approchait de la conclusion de son histoire, plus il m'était difficile d'ignorer le gouffre que ses croyances creusaient entre nous. Le dénouement de la saga prit la forme d'un délire paranoïaque de premier ordre, où les fantasmagories de Madeleine étaient si inextricablement mêlées à la réalité qu'il était ardu d'imaginer qu'elle réussirait un jour à s'extirper de cette toile. Elle semblait croire que Gabrielle Chanel – une couturière de la haute société, mieux connue sous le surnom de Coco, qui habitait au Ritz – était également la présidente de la Société Baudelaire, et qu'elles étaient enferrées toutes deux dans une rivalité qui durait depuis plusieurs dizaines d'années. Elle était persuadée que Chanel voulait la faire tuer, et que cette vente aux enchères du manuscrit de Baudelaire faisait d'une façon ou d'une autre partie de son plan, le manuscrit étant l'appât qui l'attirerait dans le piège. Lorsqu'elle eut terminé son histoire, j'étais tellement préoccupé par ce que je venais d'entendre que je ne pus lui rendre son regard. Elle dut sentir mon désespoir.

« Pourquoi n'essayons-nous pas ? me dit-elle.

— Quoi donc ?

— De tenter un passage. »

Je soupirai profondément.

« Je ne crois pas que ce soit une bonne idée.

— Pourquoi ? »

Je ne lui avais jamais demandé de justifier ses croyances ; à quoi cela aurait-il servi ? Il y avait pire – ce n'était pas une fasciste, après tout. J'avais des amis qui croyaient à l'existence d'un dieu, d'un au-delà, ou encore au stalinisme ; pourquoi ne pouvais-je pas tolérer les croyances de Madeleine ?

« Eh bien, pour commencer, je ne pense pas que tu voudrais finir dans ce corps, fis-je en me montrant du doigt. C'est clairement moi qui ai le plus à gagner dans cette affaire, mais ce ne serait pas juste pour toi. »

Elle lâcha un de ses longs rires rauques à bouche fermée.

« En effet, je n'en voudrais certainement pas. Nous referions aussitôt un passage en sens inverse.

— C'est possible ?

— Bien sûr. J'y veillerais.

— Je croyais que ces passages étaient à sens unique.

— La plupart du temps, pour moi, oui. Mais il y a plus d'une sorte de passage. Il y a le passage aveugle, où après coup, tu n'as aucune idée de ce qui vient de t'arriver. Et puis il y a le passage lucide, où l'on procède de telle façon qu'à chaque instant du processus tu es totalement conscient de ce qui est en train de se produire. »

Elle commençait à me faire peur.

« Je ne suis pas sûr que ce soit une bonne idée.

— Es-tu inquiet à l'idée de finir dans le corps d'une femme ? me taquina-t-elle.

— Cela ne me poserait aucun problème.

— C'est ce que tu crois. » Elle sourit et pencha légèrement la tête de côté. « Alors, qu'est-ce que tu en dis ? »

Cela faisait des jours que j'étais aux prises avec ce dilemme, jusqu'alors hypothétique. D'un côté, je me disais qu'une tentative de passage raté la ramènerait peut-être à la réalité, mais de l'autre, je craignais que si le caractère purement imaginaire du monde complexe qu'elle s'était créé lui était prouvé, elle ne le supporte pas ; qu'elle réagisse mal et que je ne la revoie jamais. Cependant, à cet instant, je décidai que la mascarade ne pouvait plus durer, et qu'en refusant son invitation je me rendais complice de son délire. Nous étions au lit. J'étais allongé sur le ventre, la tête appuyée sur un oreiller, et Madeleine était allongée sur le dos. Nous nous regardâmes dans les yeux. Je ne pouvais m'empêcher d'être un peu atterré de m'être laissé entraîner là-dedans, mais au bout d'un moment, je sentis un frisson de plaisir se répandre dans tout mon corps. C'était là, m'avait dit Madeleine, le premier signe de l'éveil de l'âme, que chacun ressent naturellement lorsqu'il regarde quelqu'un dans les yeux. Elle croyait que tout le monde avait la faculté latente d'effectuer un passage ; que seul l'enseignement de cette pratique s'était perdu. C'était pour cela, affirmait-elle, que regarder quelqu'un dans les yeux était un acte si puissant, et parfois dangereux : parce que même les âmes qui n'y avaient pas été formées se réveillaient quand deux regards se croisaient. Mais durant cet instant, les yeux plongés dans les siens, je préférai y voir simplement de l'amour. Quelles peines avait-elle endurées, me demandai-je, au cours de cette vie dont malgré ses récits, je savais encore si peu ? Elle me faisait penser à ces personnes vaincues par l'adversité et la solitude qui mènent des conversations à sens unique dans la rue, admonestant haut et fort un interlocuteur qui n'existe que dans leur imagination. Aussi, alors que je la regardais dans les yeux, tout frémissant de plaisir, sentis-je brusquement un flot de tendresse m'envahir à l'égard de cette femme, et de ses blessures. Ses histoires étaient simplement une couverture, un déguisement, une façade. Dessous se trouvait une âme profondément, et peut-être irrémédiablement, égarée. La tristesse de cet état de fait me submergea, ma vue se brouilla, et je détournai les yeux.

« Qu'est-ce qui ne va pas ? me demanda-t-elle.

— Je suis distrait. Je pensais à la vente aux enchères demain. »

Plus tard ce soir-là, Madeleine s'habilla et quitta l'appartement comme à son habitude. Avant de sortir, elle me donna un baiser d'une exceptionnelle tendresse. Je crus qu'elle essayait de combler l'écart implicite qui s'était creusé entre nous, mais le lendemain matin, lorsque je me réveillai pour découvrir qu'elle n'était pas allongée à côté de moi, je compris le véritable sens de son geste. Elle m'avait dit au revoir. Mais elle m'avait laissé un cadeau. Posé sur la table de chevet se trouvait son derringer.

Je n'ai pas l'intention de revenir sur les affres auxquelles je fus en proie ce matin-là. Il me suffira de dire que je ne quittai pas l'appartement pour ma promenade matinale habituelle et que, dans mon affliction, je perdis toute notion du temps. Je dus me hâter pour atteindre l'Hôtel Drouot de l'autre côté du fleuve, muni de huit cent soixante-treize francs en pièces et billets – la totalité de mes fonds – qui tintinnabulaient ostensiblement dans les poches de mon pantalon ; je pris le métro au lieu de marcher comme je préférais habituellement le faire en raison des rafles, qui étaient plus faciles à éviter en surface que sous terre. Le compartiment de seconde classe était modérément rempli, comme si nous étions un dimanche plutôt qu'un lundi.

Passant la porte cintrée à l'angle de l'Hôtel Drouot, je pénétrai dans un monde feutré, à moquette rouge et hauts plafonds, offrant dans un murmure la promesse de plaisirs esthétiques. J'avais assisté à beaucoup de ventes en cet endroit, mais toujours en spectateur. Chaque fois que je me rendais dans cet élégant bazar de tout ce qui est précieux et raffiné, je ressentais une bouffée d'excitation grisante et familière. La salle 10 se trouvait à l'étage. Il y avait à peine une dizaine de personnes dans la vaste pièce, dont le commissaire-priseur, Bignon, et ses assistants, qui attendaient d'un air sombre que l'horloge au mur indique deux heures pour que la vente puisse commencer. Bignon, debout sur son estrade, vêtu d'un élégant costume sombre et armé de son petit marteau, masquait mal son dédain face à la piètre assistance réunie : quelques curieux d'un certain âge, éparpillés au milieu des sièges vides, seuls ou en petits groupes.

J'avais voulu arriver tôt. C'était la coutume, avant une vente, que les articles figurant au catalogue soient exposés pour qu'on puisse les examiner. Il n'y en avait qu'un seul qui m'intéressait, mais comme je ne souhaitais pas attirer l'attention sur moi, je feignis de m'intéresser à plusieurs autres. Je feuilletai une première édition de Mallarmé et fis semblant d'étudier des lithographies de Daumier avant de porter mon attention sur le véritable objet de ma convoitise, le cahier ancien, relié de cuir rouge, posé ouvert sur un lit de velours bleu : *L'Éducation d'un monstre, Ch. Baudelaire.* Je dus enfiler une paire de gants en coton blanc pour pouvoir le manipuler. Il avait été relié en *peau de chagrin**, et des gaufrures dorées à la feuille ornaient sa couverture et son dos. À l'intérieur, les pages jaunissantes étaient remplies des fioritures caractéristiques de l'écriture du poète. J'en lus les premières lignes et mon cœur se mit à palpiter de l'excitation que seuls connaissent les collectionneurs lorsqu'un trésor rare, de ceux qu'on ne rencontre qu'une fois dans sa vie, se trouve à leur portée : *Alors que j'écris ces mots, il me vient à l'esprit que je n'ai jamais connu récit plus incroyable* (le mot était souligné) *que celui que je m'apprête à vous relater, ma chère enfant.* La phrase exacte que Madeleine m'avait citée de mémoire – mot pour mot. Je continuai de lire. *Et pourtant, rien de ce que j'ai écrit n'a jamais été aussi vrai. Paradoxe, tout n'est que paradoxe.* Je sautai quelques pages et trouvai la scène du dîner dont Madeleine m'avait parlé, telle qu'elle me l'avait décrite exactement. Donc elle ne s'était pas laïssé emporter par son imagination. Elle connaissait intimement ce manuscrit. Je continuai à tourner les pages, vérifiant les titres de chapitre – « Un épisode honteux », « De touchantes retrouvailles », etc. : tout correspondait exactement à sa description. À cet instant, un véritable carillon se mit à retentir d'un bout à l'autre du bâtiment alors que des dizaines de pendules attendant leur vente aux enchères dans les pièces voisines sonnaient l'heure toutes en même temps.

« Je suis désolé, monsieur, la vente est sur le point de commencer. »

Je relevai les yeux. Un homme à redingote bleu ciel et gants blancs tendait les mains vers le livre – l'un des assistants du commissaire-priseur. Si je fourrais le livre dans ma poche et m'enfuyais en courant, estimai-je, je n'irais pas loin. À la place, je finirais en prison, ce qui n'était pas l'endroit où se trouver lorsque les Allemands arriveraient. Je rendis donc le livre à l'assistant et pris place. Brusquement, je désirais ce manuscrit de tout mon être, comme si l'amour que j'avais ressenti pour Madeleine s'était reporté sur l'objet sous mes yeux, comme si Madeleine elle-même était, je ne sais comment, *devenue* ce livre. Mais quelles étaient mes chances, avec huit cent soixante-treize malheureux francs dans ma poche ? En temps ordinaire, un manuscrit de cette rareté n'aurait pas été donné. Mais peut-être que l'invasion avait fait fuir les collectionneurs sérieux qui normalement auraient lâché, sans hésiter une seconde, une petite fortune pour acquérir pareil joyau. Quoi qu'il en soit, si je devais, par quelque coup de chance, réussir à faire main basse sur ce trésor, le dénuement dans lequel je me retrouverais serait un bien faible prix à payer.

La vente commença par une brève introduction donnée par Bignon, à la suite de laquelle il se lança dans son boniment monotone et réconfortant, qui rappelait les incantations latines d'un prêtre. Sous ce flot de descriptions exaltées et de chiffres qui ne cessaient de bondir toujours plus haut, comme des chèvres sur la pente d'une montagne, les trois assistants allaient et venaient avec affairement, apportant et montrant chaque objet à tour de rôle, notant méticuleusement à qui chacun était adjugé. Mais en dépit de tous leurs efforts, une torpeur palpable régnait sur l'événement. La voix de Bignon trahissait fort peu d'enthousiasme. Les enchères étaient sporadiques, et beaucoup d'objets ne trouvèrent pas preneur.

« Et maintenant, nous arrivons au dernier article du catalogue, sans nul doute le clou de cette vente », annonça Bignon alors qu'un des assistants présentait le manuscrit de Baudelaire comme un enfant de chœur le ferait de l'Eucharistie. « Bien plus que d'une simple curiosité, il s'agit d'une œuvre d'une véritable rareté et d'une profonde importance littéraire ; une nouvelle, jusqu'alors inconnue, écrite de la main même de Baudelaire. Son écriture a été authentifiée par notre excellent expert, Monsieur Jacquenet. Elle aurait été écrite par Baudelaire à la fin de sa vie, dans le style d'Edgar Allan Poe, dont Baudelaire fut, comme chacun sait, le premier admirateur en France et le meilleur traducteur. Le prix de réserve est de deux mille francs. »

Le désespoir s'empara de moi. J'étais déjà hors course. Aucune enchère ne fut faite, cependant, aussi me dis-je qu'il me restait peut-être une chance. Bignon garda une expression stoïque. Il répéta le prix, son marteau en l'air, et tout semblait perdu jusqu'à ce qu'il repère quelque chose – un doigt levé, appartenant au vieil homme assis seul un rang devant moi – et que la chute du marteau soit retardée encore un instant pendant que Bignon aboyait : « Nous avons deux mille. Qui dit deux mille deux cent cinquante ? » J'étudiai mon concurrent avec jalousie : tête nue, presque chauve, les tempes grisonnantes, voûté, et vêtu malgré le temps d'un *trenchcoat* informe et démodé. Son profil m'était vaguement familier : je devais l'avoir déjà vu quelque part, mais où ? Il y eut un autre temps mort, et une autre enchère de dernière seconde. Je tournai les yeux pour chercher le coupable. Mon attention se posa sur un homme au cou épais vêtu d'un costume d'aspect coûteux, au fond de la pièce. Les deux hommes enchérirent l'un sur l'autre deux ou trois fois, puis la ténacité du vieillard l'emporta et l'homme au costume renonça. Le marteau s'abattit enfin sur le pupitre, marquant l'attribution du manuscrit, la fin de la vente, et mon propre et lamentable échec.

Je suivis l'enchérisseur gagnant au *trenchcoat* vers l'avant de la pièce, où les autres adjudicataires s'étaient rassemblés pour payer leurs achats et récupérer leurs trophées. Je l'entendis épeler son nom pour l'un des assistants du commissaire-priseur : V-E-N-N-E-T. Le manuscrit de Baudelaire était le seul article qu'il avait acheté. Lorsqu'il se tourna vers moi, je vis entièrement son visage et, là encore, je crus le reconnaître, sans parvenir à le resituer.

L'un des assistants me tapota l'épaule.

« Avez-vous quelque chose à récupérer ? »

Je secouai la tête.

« Dans ce cas, je vous remercie de laisser la place aux acheteurs. »

Je retournai au fond de la salle et fumai une Salomé en attendant Vennet. Où avais-je déjà vu ce visage ? L'image d'un étal de livres en bord de Seine, près du marché aux vins, me vint à l'esprit. Était-il *bouquiniste* ? Ayant placé le manuscrit dans une sacoche en cuir marron, Vennet quitta la salle des ventes. Je le suivis de loin alors qu'il descendait l'escalier et sortait du bâtiment. Il partit en direction de la rue de la Grange-Batelière. Marchant à quelque distance derrière lui comme je le faisais, je remarquai qu'il était également suivi non par un, mais par deux autres hommes : l'homme au cou épais et au costume luxueux qui avait renchéri sur lui pendant la vente, et un autre, mince, portant des lunettes et un homburg gris, que je n'avais pas remarqué jusqu'alors. De ce que m'avait dit Madeleine, je m'étais attendu à un poursuivant – un employé de la Société Baudelaire – mais pas deux. Lorsque le bouquiniste tourna à droite pour s'engager dans le passage Jouffroy, les deux hommes accélérèrent le pas pour disparaître à leur tour dans la galerie marchande.

Après l'ombre fraîche et bleue de la rue, l'intérieur était éblouissant. Le soleil entrant à flots par la verrière du toit ricochait sur la pâle mosaïque du sol et les vitrines de part et d'autre du passage. Ignorant qu'il était suivi par trois hommes, Vennet était entré dans une boutique de livres anciens. Les deux types à ses trousses feignaient, de façon peu convaincante, d'examiner les devantures voisines. J'entrai à mon tour dans la librairie où Vennet était en train de parler au propriétaire, et de lui montrer le manuscrit qu'il venait d'acheter. Me rappelant ce que m'avait dit Madeleine, je me rendis compte qu'il courait un danger, même si je n'aurais su dire lequel précisément. Je voulais le prévenir sans me faire connaître. Lui parler était hors de question, du fait de mon accent, aussi sortis-je un calepin et un crayon de ma poche de chemise pour écrire un message à la hâte : *Vous êtes suivi par deux hommes. Votre vie est peut-être en danger. Cachez le manuscrit et faites attention à vous.* J'arrachai la page du calepin, la pliai, tapotai l'épaule de Vennet et lui remis le message sans un mot, le visage détourné. Je n'attendis pas de voir sa réaction : alors qu'il dépliait le morceau de papier, je ressortis discrètement de la boutique, cachant mon visage à ses poursuivants avec mon chapeau, et je m'enfuis en courant.

Derrière moi, j'entendis Vennet sortir à son tour en trébuchant et crier :

« Hé ! Hé, vous ! Qu'est-ce que ça veut dire ? »

Je continuai ma course, les pièces dans mes poches tintant comme les cymbalettes d'un tambourin, à tel point que je dus appuyer les mains contre mes cuisses pour en étouffer le bruit. Je traversai en trombe le boulevard Montmartre pour entrer dans le passage des Panoramas, sans regarder derrière moi pour voir si on me poursuivait. Je me faufilai entre les promeneurs faisant du lèche-vitrine, tournai discrètement à gauche dans la galerie des Variétés, puis à gauche encore, et montai quatre à quatre les marches d'un étroit escalier jusqu'à atteindre une porte située tout en haut. J'entrai dans une pièce doucement éclairée où une femme corpulente, la cinquantaine passée, tirait sur un fume-cigarette taille opéra, assise derrière un bureau Second Empire.

« Bonjour, Madame Yolande, la saluai-je d'une voix rauque, à bout de souffle, chacun de mes battements de cœur me faisant l'effet d'un coup de poignard. Je suis content de voir que vous êtes toujours ouverts, en dépit de tout.

— Bonjour, monsieur, ravie de vous revoir, répondit la tenancière de la maison close. Les affaires n'ont jamais aussi bien marché. Est-ce que tout va bien ?

— Oui, oui, haletai-je. Il n'y a pas de souci. » Je me penchai pour reprendre mon souffle. « Je viens seulement de... rencontrer quelqu'un... que je ne voulais pas voir.

— Avez-vous ramené des ennuis ici ? Vous savez que nous n'aimons pas les ennuis.

— Pas d'ennuis, madame, absolument aucun... Chambre n° 12, s'il vous plaît.

— La n° 12 est celle de Simone, monsieur. Comme vous le savez, celle-ci ne reçoit de clients que sur rendez-vous, sans exception.

— Simone, oui, bien sûr, cela m'était sorti de l'esprit, veuillez m'excuser. Et la n° 11 ?

— C'est la chambre de Paulette. Est-ce elle que vous désirez voir ?

— Oui, Paulette. Merci. »

Madame Yolande me toisa du regard, les sourcils froncés, avant de hausser les épaules et de me tendre une clef. Je payai la somme habituelle, y ajoutant un pourboire pour la maquerelle. En retour, elle m'adressa l'ombre d'un sourire, signalant ainsi que bien qu'elle n'approuvât pas ma conduite, je pouvais compter sur sa discrétion.

M'accroupissant pour ne pas être vu d'en bas, je longeai un couloir où les portes à gauche menaient aux chambres, et les fenêtres à droite donnaient sur le passage couvert. Je poussai la porte de la n° 11 et trouvai à l'intérieur un silence réconfortant. Je laissai le battant légèrement entrouvert pour observer ce qui se passait au rez-de-chaussée.

« Bonjour, monsieur, entendis-je Paulette dire par-dessus mon épaule. Cela fait bien longtemps que je ne vous ai pas vu.

— Bonjour, bonjour, chère Paulette », répondis-je, sans cesser de regarder par l'entrebâillement.

La galerie marchande en contrebas était calme comme une carte postale. Je ne voyais Vennet ou ses poursuivants nulle part ; seulement une dame en train de choisir un magazine au kiosque à journaux, et des jeunes qui examinaient la vitrine d'un bureau de tabac. Je fermai la porte et tournai le verrou, avant de me retourner vers Paulette. Elle était étendue sur un matelas nu, une jambe repliée, couverte seulement d'un négligé noir, de bas de soie et d'une bonne dose de maquillage. Une lampe en brocart était allumée dans un coin, et d'un vieux phonographe sortait le gazouillis d'un violon et d'une guitare. La pièce sentait le parfum et le haschisch.

« Pardonnez-moi le subterfuge », dis-je en ôtant ma veste et mon chapeau pour les placer sur un tabouret à côté du phonographe.

M'approchant pour m'asseoir au bord du lit, je tendis la main pour écarter de son visage ses cheveux teints en blond et mieux voir ses yeux bleu-gris, qui m'avaient tant ensorcelé autrefois. À présent, ils ne me faisaient plus aucun effet.

« Que puis-je faire pour vous aujourd'hui ? me demanda-t-elle.

— Juste me tenir compagnie.

— Je vois. Rien de plus ?

— Si quelqu'un frappe à la porte, je vous embrasserai. Mais sinon, tenez-moi compagnie, c'est tout. »

Elle tendit le bras derrière elle pour attraper un paquet de cartes.

« D'après mon expérience, rien n'apaise davantage un cœur inquiet qu'une partie de double solitaire.

— C'est un jeu que je connais bien. »

{39}

LE PALAIS DE JUSTICE

Lorsque je regagnai l'appartement ce soir-là, le vide qui y régnait me fit l'effet d'un coup de poing dans l'estomac. Je crus détecter une légère odeur de santal, et je reniflai plusieurs objets – l'oreiller, les draps, une serviette – en quête d'une impression plus tangible de la présence de Madeleine. Je m'étais à moitié attendu à la trouver de retour, étendue sur mon lit, vêtue d'une de mes chemises, en train de fumer une Salomé. Je voulais lui dire qu'elle avait eu raison, que la vente aux enchères s'était passée exactement comme elle l'avait prédit, que j'avais fait ce qu'elle m'avait demandé, que je n'aurais pas dû douter d'elle. Mais je ne pouvais parler qu'à la Madeleine de mes pensées. Cette Madeleine imaginaire était bien vivante – je me surpris à lui parler tout haut, à continuer nos longues conversations – mais je ne pouvais pas la toucher, la caresser, la tenir dans mes bras. J'avais le pressentiment que, cette fois, elle ne reviendrait pas. Au moins m'avait-elle laissé un souvenir d'elle.

Je caressai les courbes froides et métalliques du derringer comme si c'était la propre chair de Madeleine. Je savais exactement pourquoi elle me l'avait laissé. Nous en avions parlé. Elle voulait que je fasse quelque chose pour elle, quelque chose d'inexcusable. Que je commette un crime – que j'assassine quelqu'un, pour être précis. Et pas n'importe qui : elle m'avait demandé d'assassiner Coco Chanel. Il était inutile d'essayer de comprendre pourquoi : cela faisait partie de son délire paranoïaque, ou conte de l'albatros, pour reprendre le nom qu'elle lui donnait. Bien sûr, il était hors de question que je le fasse. Même si j'avais voulu, où aurais-je trouvé des balles pour un derringer ?

Une lettre était arrivée par pneumatiques et avait été glissée sous ma porte. Elle était de Fritz, qui avait campé plusieurs nuits sur un quai de la gare de Lyon dans l'espoir de s'assurer une place à bord d'un train en partance pour le sud. Il avait réussi à acheter deux tickets pour partir le lendemain matin, et le deuxième était pour moi si je le souhaitais. Mais je n'envisageai pas une seconde d'accepter son invitation. J'étais trop impliqué dans cette histoire avec Madeleine et le manuscrit.

Je ne dormis pas de la nuit, hanté par mes souvenirs, et l'émergence de l'aube fut un soulagement.

Lors de ma promenade matinale habituelle, je me rendis à la gare, contournant le cimetière du Montparnasse qui n'était pas encore ouvert. Le souvenir de notre rencontre – à peine plus d'une semaine auparavant, et pourtant déjà si lointaine – me fut presque insupportable. La gare de Lyon grouillait de Parisiens mécontents et débraillés, qui pour beaucoup étaient là depuis des jours, dans l'espoir de quitter la ville avant l'arrivée des Allemands. Lorsque je trouvai Fritz, il patientait dans une longue queue qui n'avançait pas, pour monter à bord d'un train à vapeur – même les vieilles locomotives retirées de la circulation avaient été ressorties de leur retraite pour cet exode. Tout autour, des familles entières étaient étalées par terre, entourées de leurs bagages et possessions – parapluies, pots de fleurs, poules, cafetières, cages à oiseaux, draps, rideaux –, attendant leur tour pour partir par le train suivant, ou celui d'après. Je vis Fritz de loin, mais nous n'ouvrîmes la bouche que l'un près de l'autre, pour ne pas qu'on nous entende parler allemand et qu'on nous dénonce.

« Où est ta valise ? » me demanda-t-il.

Je lui expliquai que je ne pouvais pas partir, et qu'il fallait qu'il donne son deuxième billet à quelqu'un d'autre. Il me dévisagea d'un œil incrédule.

« Pourquoi ? »

J'adressai un regard d'impuissance à mon vieil ami.

« J'attends encore que mes amis américains me virent de l'argent.

— Je peux t'en prêter, si ce n'est que cela le problème. Dis-leur de te le faire parvenir à Marseille.

— Il y a autre chose, un manuscrit. »

En m'écoutant, je réalisai combien mes mots devaient lui paraître ridicules. Je ne voulais pas lui parler de Madeleine, qu'il n'avait pas rencontrée, et cette réticence me chiffonnait. Avais-je honte d'elle – ou de moi-même ?

« Un manuscrit ? » Il ne put s'empêcher de sourire en secouant la tête. « Tu vas risquer ta vie pour un manuscrit ! »

Je haussai les épaules, comme pour dire : *C'est comme ça, nul n'y peut rien, je ne peux pas partir.* Il hocha tristement la tête.

« Je vois, dit-il. Eh bien, si tu changes d'avis, va à Marseille, c'est ta meilleure chance de sortir de France vivant. Laisse-moi un message à l'hôtel Splendide. »

Un adolescent à casquette et pantalon court attendait seul à côté de nous, l'air mélancolique. Fritz lui offrit le billet et le visage du garçon s'illumina. Nous fumâmes des cigarettes ensemble jusqu'à ce qu'un coup de sifflet se fasse entendre et que la file d'attente commence à s'ébranler. Les gens montèrent un à un dans les wagons en hissant leurs valises. Puis le train disparut dans un nuage de fumée et de vapeur.

Je quittai la gare et me dirigeai vers le fleuve et l'île Saint-Louis, puis traversai l'île de la Cité pour atteindre le quai Malaquais. En dépit des circonstances, certains des bouquinistes étaient en train d'ouvrir leurs étals et d'en arranger les étagères pour y exposer leurs marchandises, tout en bavardant et en fumant. Sans le flot de réfugiés qui traversaient le pont Saint-Michel dans leurs charrettes et leurs camions, cela aurait pu être un jour de beau temps ordinaire. À l'angle du pont, je reconnus la silhouette piriforme du bouquiniste Lanoizelée, avec ses lunettes rondes et son béret noir habituels. Il me comptait parmi ses clients depuis des années ; nous nous faisions confiance. Nous nous dîmes bonjour avec un hochement de tête. Je feuilletai les romans policiers sur ses étagères. J'avais lu la plupart d'entre eux, pour certains plusieurs fois, mais j'en trouvai malgré tout un ou deux que je me sentais capable de relire.

« Au fait, dis-je comme si ma question n'avait pas particulièrement d'importance, avez-vous déjà entendu parler d'un *bouquiniste* appelé Vennet ?

— Vennet ? Oui, il est quai de la Tournelle, près du marché aux vins. Il vend des lithographies aux touristes, et en complément de la pornographie ancienne. Êtes-vous en quête d'images osées ? » Il me montra une illustration d'une femme à la peau sombre vêtue seulement d'un boa constricteur. « Regardez-moi ça – admirez la finesse des détails. Une vraie œuvre d'art. » Je secouai la tête avec un sourire. « La prochaine fois peut-être.

— Il n'y aura peut-être pas de prochaine fois, fis-je remarquer.

— Oh, il y a toujours une prochaine fois. »

Je continuai mon chemin en remontant le fleuve en direction du quai de la Tournelle. À l'écart des boulevards menant vers le sud, le soleil et le calme précédant l'invasion prêtaient à chaque scène un caractère de vacances estivales. Près du marché aux vins, je trouvai une femme d'une soixantaine d'années en train de fumer une pipe. Elle vendait des romans d'amour.

« Je cherche l'étal de Vennet, lui dis-je.

— Il est juste là », répondit-elle en m'indiquant la boîte voisine.

Elle était fermée à clef.

« Savez-vous où je peux le trouver ?

— C'est un homme populaire. Vous êtes la deuxième personne à vous renseigner sur lui. »

Elle tira sur sa pipe.

« L'autre était-il imposant, avec un cou épais, un costume bien taillé ?

— Non, il était mince, avec une moustache fine et un homburg. Il est passé et a demandé Vennet hier après-midi. »

Une onde de panique me traversa. J'avais un jour de retard.

« Où puis-je trouver Vennet ? Je crains qu'il n'ait des ennuis. »

Elle me toisa du regard, d'un air soupçonneux. Mon accent, supposai-je. Je sortis un billet de vingt francs de ma poche et le lui tendis.

« Il était fermé hier aussi, mais il est passé au moment où je remballais. Il avait l'air agité, mais je ne lui ai pas demandé pourquoi. Je n'aime pas mettre mon nez dans les affaires des autres.

— Qu'est-ce qu'il a fait ensuite ? »

Elle marqua de nouveau un temps. Je lui donnai un autre billet de vingt francs.

« Il a ouvert son étal, a farfouillé dedans une minute, puis l'a refermé à clef et est reparti. C'est à peine s'il m'a adressé un mot, ce qui ne lui ressemble pas. D'ordinaire, il est du genre loquace.

— Avez-vous dit tout cela à l'autre homme ?

— Il ne m'a pas posé la question.

— Quelles questions vous a-t-il posées, alors ?

— Il voulait savoir où habitait Vennet.

— Et où habite-t-il ? »

Elle me regarda sans répondre, en tirant calmement sur sa pipe.

« Où habite Vennet, madame ? Sa vie dépend peut-être de votre réponse.

— Vous êtes allemand, n'est-ce pas ? » finit-elle par cracher.

Je sortis tous les billets et toutes les pièces que j'avais encore dans ma poche et les lui mis entre les mains.

L'adresse que la vieille femme m'avait donnée se trouvait dans le faubourg Saint-Marcel, l'un des quartiers les plus miséreux de la ville. Pendant des siècles, il avait empesté de l'odeur nauséabonde des tanneries alignées sur les deux rives de la Bièvre, ce petit ruisseau qui avait depuis été recouvert mais continuait de couler sous les rues, pour aller se jeter dans la Seine après le jardin des Plantes. Le quartier était depuis longtemps condamné pour son insalubrité, et ce qui n'était pas déjà démoli était voué à l'être sous peu. Mais tout cela était oublié à la lumière du soleil de midi. C'était l'heure du déjeuner, et les rues étroites grouillaient d'enfants – du moins, ceux trop vieux pour avoir été envoyés à la campagne – plongés dans mille intrigues de leur propre invention. Ils ne semblaient pas se soucier de l'invasion imminente. Leurs parents n'avaient pas de maison de campagne où se réfugier, et ils allaient simplement devoir se débrouiller, comme ils l'avaient toujours fait. Alors que j'errais à la recherche de l'appartement de Vennet, la chaleur, les jeux d'ombre et de lumière, les vagues blanches de linge étendu au-dessus des rues, l'odeur d'oignon frit sortant par les fenêtres ouvertes, tout cela se combina de façon étourdissante avec des choses moins tangibles – mes soucis, mes chagrins, mes peurs – de telle sorte que je fus à plusieurs reprises obligé de m'arrêter et de m'appuyer à un mur pour reprendre mon aplomb.

Ayant trouvé l'immeuble de Vennet, je montai à tâtons quatre volées de marches dans une obscurité presque totale, craquant des allumettes sur chaque palier pour lire les noms écrits à côté des portes. Lorsque je trouvai celle de Vennet, j'y frappai sans recevoir de réponse. J'essayai de tourner le bouton et la porte s'ouvrit en grand. Je restai un moment sur le seuil avant d'entrer. Il régnait à l'intérieur une atmosphère lugubre et étouffante – une odeur de cigarettes et de corps humain. C'était un logement d'une pièce qui ressemblait beaucoup au mien, avec une kitchenette dans un coin. Le rideau de la seule fenêtre était fermé. Contre chaque mur s'entassaient des livres formant des tours jusqu'à hauteur de taille. Le milieu de la pièce était jonché d'autres volumes, comme si des piles entières avaient été fouillées ou renversées dans le feu d'une lutte au corps à corps. Je me faisais l'effet de King Kong au milieu d'une métropole de livres en ruines. Près de la fenêtre se trouvait un lit au matelas fin sur lequel était étendu un corps, le dos tourné à la porte. Je prononçai le nom de Vennet mais ne reçus aucune réponse. Traversant la pièce en vérifiant où je mettais les pieds, j'atteignis l'autre côté, tirai le rideau et ouvris la fenêtre, pour prendre de grandes bouffées d'air frais avec le soulagement d'un homme au bord de la noyade.

Je m'approchai de Vennet, l'appelai par son nom et le secouai doucement. Le lit n'était pas défait. Son corps, couché sur le côté, était froid. Il était entièrement vêtu des mêmes habits que la veille à l'exception de son *trenchcoat.* Il ne respirait plus. En fait, la rigidité cadavérique s'était déjà installée et, au niveau de sa poitrine, sa chemise était trempée de sang coagulé. Celui-ci avait traversé le fin matelas pour aller former une petite flaque écarlate sous le lit. Il y en avait aussi des traces par terre, et une gerbe sanglante avait même traversé la pièce jusqu'au mur opposé. Je portai mon attention sur le visage de Vennet. À l'endroit où auraient dû se trouver ses yeux, il n'y avait que deux trous mis en évidence par des tentacules de sang séché. On les lui avait arrachés. Je me détournai, le cœur au bord des lèvres, et m'appuyai contre un mur pour reprendre contenance. Je songeai à Madeleine. Elle m'avait prévenu de cela.

J'entendis un bruissement derrière moi. Je fis volte-face et trouvai, debout sur le seuil, l'homme mince à lunettes et homburg gris que j'avais vu la veille.

« Vous cherchez quelqu'un ? me demanda-t-il.

— Je l'ai trouvé.

— Il n'a pas l'air en grande forme. » L'homme enjamba quelques livres pour entrer dans l'appartement. « Je vous ai déjà vu quelque part.

— À la vente aux enchères, hier.

— Ah, oui, et après cela dans le passage Jouffroy. Qu'avez-vous dit à Vennet pour l'alarmer ainsi ?

— Je l'ai mis en garde.

— Vous lui avez dit que sa vie était en danger. Bel exemple de prescience, n'êtes-vous pas d'accord ?

— Pure intuition, répondis-je.

— Qui êtes-vous, et comment vous êtes-vous retrouvé mêlé à cette affaire ?

— Vous d'abord : qui êtes-vous ?

— Commissaire Georges-Victor Massu de la police judiciaire.

— Vous êtes du Quai des Orfèvres ?

— En effet. Vous connaissez ?

— Seulement par les romans de gare.

— C'est bien dommage. Ils ne rendent pas justice à l'endroit. Il mérite une visite. D'ailleurs, pourquoi n'y allons-nous pas maintenant ? J'ai une voiture qui nous attend dehors. » Il se rangea à côté de la porte et me fit signe de passer devant lui. « Vous savez, ajouta-t-il, on dit que vous n'avez pas vraiment vu Paris tant que vous n'avez pas vu le Quai des Orfèvres.

— Qui dit cela ?

— Tout le monde et personne. »

La Citroën noire roula avec fracas sur les pavés du pont Saint-Michel, passant au-dessus des eaux sombres et changeantes de la Seine et coupant à travers le flot de voitures et de charrettes fuyant vers le sud. À côté de moi, Massu fredonnait faux. De mon côté, je luttais contre la nausée au souvenir du cadavre que je venais de voir, et à la pensée de Madeleine. Car le meurtre de Vennet corroborait le plus grand des délires paranoïaques de cette dernière, selon lequel quelqu'un de la Société Baudelaire – rien moins que Coco Chanel, ou quelque mercenaire agissant en son nom – tuait des gens et leur arrachait les yeux, dans le cadre d'une vendetta dont je n'avais jamais véritablement compris la teneur. Tout indiquait que ce que m'avait raconté Madeleine était vrai, ce qui voulait dire que je me retrouvais brusquement mouillé jusqu'au cou dans une affaire que je comprenais à peine, dans une ville où j'étais *persona non grata.* Et, pire encore, j'étais désormais entre les mains de la police, ceux-là mêmes qu'il me fallait le plus éviter. Heureusement, j'avais laissé le derringer caché dans mon appartement.

La voiture de police vira brutalement à gauche pour s'engager sur le quai des Orfèvres, fit une embardée en passant sous l'arche d'entrée, puis s'arrêta en cahotant dans la cour du Palais de Justice, siège de la police judiciaire, qui enquêtait sur tous les homicides commis à Paris. Au milieu de la cour brûlait un grand feu, à côté duquel attendaient plusieurs hommes équipés de chariots. L'un d'eux attisait les flammes et, dans l'ombre de ce début d'après-midi des étincelles s'élevaient vers le morceau de ciel bleu. Je fus conduit à l'intérieur et mené par un lugubre dédale de couloirs et d'escaliers jusqu'à une pièce où l'on prit mes empreintes digitales et l'on me photographia. Je me vis confisquer mon cahier. Puis l'on me fit retraverser le bâtiment et monter d'autres marches jusqu'au dernier étage, dans un brouhaha de voix, de machines à écrire et de sonneries de téléphone, avant de m'ordonner d'attendre devant un bureau marqué *Brigade spéciale n° 1**. De temps en temps, quelqu'un y entrait ou en sortait, et j'entrevoyais une grande pièce enfumée remplie de bureaux disposés face à face, chacun avec une machine à écrire posée dessus. Des hommes circulaient d'un air affairé ou, assis, tapaient des documents à deux doigts. Une odeur de papier brûlé me parvenait aux narines, mêlée à des relents de tabac et de transpiration. Je dus rester assis là une heure ou deux, à me tracasser de ce développement inattendu, en fumant des Salomé tandis que mon cœur battait douloureusement la chamade. À présent que j'étais dans les locaux de la police judiciaire, mon objectif principal était d'éviter de terminer entre les mains de la police secrète. Je comptais sur l'hostilité bien connue entre les services de la police française. Avec un peu de chance, me disais-je, je pouvais encore sortir libre de ce bâtiment.

Enfin, on me fit entrer dans le *bureau du commissaire**, une pièce plutôt petite avec une seule fenêtre en forme de hublot, qui donnait sur le fleuve et le Quartier latin. Trois des quatre murs étaient tapissés d'étagères, à moitié remplies de dossiers que deux hommes étaient en train de charger dans un chariot pour les emporter ailleurs. Massu était debout, penché sur son bureau. Ses cheveux étaient soigneusement peignés, son homburg pendu à un portemanteau dans un coin de la pièce. Il ne releva pas les yeux lorsque j'entrai, mais me fit signe d'approcher tout en ordonnant aux autres hommes de nous laisser. Des images de l'appartement de Vennet étaient étalées devant lui sur le bureau. On l'avait photographié sous tous les angles possibles et imaginables. Il y avait aussi des clichés du corps du *bouquiniste*, gisant tout habillé sur le lit dans la position fœtale où je l'avais trouvé. L'un d'eux était tellement répugnant que je dus détourner le regard : un gros plan de son visage aux orbites vides.

Massu dut me voir tressaillir.

« Ça marque, n'est-ce pas ? dit-il. Notez le peu de sang qui a coulé des yeux. Pas de lacération de l'épiderme à l'intérieur ni autour des orbites. Les blessures oculaires ne saignent généralement pas beaucoup, mais il y a des marques d'abrasion autour du cou – il me les montra du doigt – indiquant que la tête de la victime a été immobilisée. Qu'est-ce que cela veut dire selon vous ?

— Qu'il était vivant quand on lui a arraché les yeux ?

— Exactement. Le pauvre homme a été torturé. » Massu se rassit dans son fauteuil de bureau et commença à se caresser le menton. « Mais pourquoi ? »

Je n'avais pas de réponse à lui donner. Il sortit d'un tiroir un dossier en papier kraft, l'ouvrit et entreprit d'en parcourir rapidement le contenu, un sourcil haussé, en émettant une série de grognements brefs et réguliers. C'était, semblait-il, le genre d'homme qui ne se laissait jamais décontenancer, dont le cerveau ne cessait de tourner, et auquel peu de choses faisaient perdre son léger sourire.

« Dites-moi, monsieur, reprit-il, que faisiez-vous à cette vente aux enchères, hier ?

— J'étais intéressé par le manuscrit de Baudelaire. J'écris moi-même, et suis, pour ainsi dire, un spécialiste de ce poète.

— Pourquoi avez-vous suivi Vennet après ?

— Je marchais par hasard derrière lui dans la rue, et j'ai vu qu'il était suivi par deux hommes, dont l'un était vous, bien entendu, mais j'ignorais que vous étiez policier. L'autre était celui contre qui il avait remporté l'enchère. Cela m'a paru suspect. Quand je l'ai vu dans la librairie, j'y suis entré pour le prévenir qu'il était suivi.

— Après que vous avez fui les lieux, Vennet a suivi votre conseil et nous a semés. Je n'ai donc pas été en mesure de le protéger, ce qui était ma raison de le suivre en premier lieu. Lorsque je l'ai enfin retrouvé, il était mort. Donc, en un sens, sans votre ingérence, Vennet serait peut-être encore en vie. Puis, surprise des surprises, le lendemain, vous arrivez sur le lieu du crime. Qu'est-ce qui peut expliquer cela ?

— Je n'ai pas tué Vennet, si c'est ce que vous insinuez.

— Je sais. Nous avons vérifié. D'après le dossier que nous avons sur vous, vous ne vivez à Paris que depuis sept ans. Les origines de ce crime remontent à une période plus lointaine. Je ne sais pas si vous le savez, monsieur, mais vous êtes tombé sur une des plus vieilles affaires d'homicide multiple dans l'histoire de cette ville merveilleuse. Et je crois que vous êtes en position de nous aider.

— Je ferai tout ce qui est en mon pouvoir. »

Massu m'adressa un de ses petits sourires philosophiques.

« Dites-moi, monsieur, comment vous êtes-vous retrouvé mêlé à ce sac de nœuds ? Vous ne devriez même pas être à Paris.

— Je me pose la même question.

— Avez-vous vu le manuscrit ?

— Oui, hier à la salle des ventes.

— Qu'en avez-vous pensé ?

— Eh bien, je ne l'ai eu sous les yeux que quelques minutes, mais rien de ce que j'ai vu ne m'a laissé penser que c'était un faux. L'écriture semble être celle de Baudelaire, le papier paraît assez vieux.

— L'avez-vous lu ?

— Je n'ai pas eu le temps. J'ai survolé les premières pages – là encore, rien ne m'a paru inauthentique.

— Je l'ai lu la semaine dernière, à la librairie de Jacquenet. Cela faisait dix-huit ans que j'attendais de pouvoir le faire. Laissez-moi vous dire de quoi il parle – cela peut vous intéresser, en tant non seulement que spécialiste, mais aussi qu'être humain. Ce n'est pas une œuvre de fiction. C'est un récit autobiographique. Baudelaire y raconte sa préparation à une transformation de la plus étonnante espèce. »

Exactement comme Madeleine me l'avait décrit, songeai-je, en mon for intérieur. Mais tout impatient que je sois d'entendre ce qu'avait appris Massu, je ressentais intuitivement la nécessité de garder pour moi tout ce que je savais au sujet de Madeleine.

« Une transformation ?

— La métempsycose, monsieur : connaissez-vous ce terme ?

— Oui bien sûr : c'est la transmigration des âmes après la mort.

— Exactement. Sauf que ce que Baudelaire évoque dans cette histoire, c'est un transfert des âmes qui se passe avant la mort.

— Je vois. », dis-je. Massu m'étudiait attentivement. « Ça ressemble à de la fiction selon moi.

— Normalement, je serais enclin à être d'accord avec vous. Mais cette affaire, qui, incidemment, remonte à au moins dix-huit ans, brouille les frontières entre le réel et le fictif. Que savez-vous de la Société Baudelaire, ou de sa présidente, Mademoiselle Gabrielle Chanel ? »

J'avais plus ou moins espéré qu'il ne mentionnerait pas Chanel. En le faisant, il avait rendu impossible pour moi de continuer à feindre que les histoires de Madeleine étaient des délires. Néanmoins, me dis-je, il valait mieux garder tout cela pour moi.

« Jusqu'à peu, je n'avais jamais entendu parler de cette Société, répondis-je. Mais le nom de cette femme me dit quelque chose.

— Permettez-moi de vous renseigner. La Société Baudelaire est une relique d'une époque révolue, où les associations littéraires étaient à la mode. À son apogée, dans les années 1900, elle était considérée comme la plus prestigieuse de ces associations à Paris, et donc dans le monde. En 1923, sa présidence est passée à Gabrielle Chanel, une jeune couturière de la haute société. C'est désormais la femme la plus riche de France, et elle est plus connue sous le surnom de Coco. Vous avez sûrement entendu ce nom ? » J'acquiesçai. Massu marqua un temps, comme s'il réfléchissait à ce qu'il allait dire ensuite. « Reconnaissez-vous cette odeur, monsieur ? C'est celle du papier qui brûle. Vous avez sûrement remarqué, en arrivant, un feu dans la cour. Actuellement, dans toutes les cours de bâtiments administratifs de Paris, on brûle des documents. Des archives entières partent en fumée. Il n'en faut pas davantage pour vous faire une idée d'où en est la défense de la République. Et cette information devrait naturellement vous conduire à vous demander pourquoi, dans pareil contexte, un commissaire de police débordé s'intéresse de si près au meurtre d'un bouquiniste. Mais voyez-vous, ce n'est pas une affaire de meurtre ordinaire. Vennet est la troisième victime dont j'ai connaissance à avoir été énucléée pendant son assassinat, et le manuscrit de Baudelaire était systématiquement en cause. La première fois, c'était en 1922. J'étais un simple agent de quartier chargé d'assister les enquêteurs. La victime était un vendeur de livres anciens. Ses orbites étaient vides, on n'a jamais retrouvé ses yeux. Lorsque j'ai interrogé sa veuve, elle a mentionné le fait qu'il avait été engagé par un nouveau client pour vendre en consignation un manuscrit : une œuvre jusqu'alors inconnue de Baudelaire. Le manuscrit avait disparu. Le client s'est avéré être la Société Baudelaire. Je suis allé leur rendre une petite visite – la Société a son siège dans un *hôtel particulier** de l'île Saint-Louis. Le président à l'époque était Aristide Artopoulos. Un étrange individu : il a prétendu n'avoir aucun souvenir de ce livre ni du libraire. Finalement, les soupçons se sont portés sur le beau-frère du libraire, un alcoolique brutal qui devait de l'argent à la victime. Il a été inculpé, reconnu coupable et guillotiné. J'ai assisté à l'exécution – c'était au petit matin devant la prison, boulevard Arago – et je me rappelle avoir songé que ce n'était pas le bon homme qu'on exécutait. Mais ainsi va la vie de policier, et j'ai chassé l'affaire de mes pensées.

» Une dizaine d'années ont passé, durant lesquelles j'ai gravi les échelons pour devenir commissaire adjoint. Un matin de 1931, peu après le Nouvel An, un agent de police des faubourgs nous a notifié la découverte d'un corps, ajoutant que celui-ci n'avait plus d'yeux. Lorsque j'ai entendu cela, j'ai immédiatement repensé à ce libraire, des années plus tôt. La victime avait encore ses papiers sur elle : c'était un industriel belge et un play-boy notoire, possédant une superbe bibliothèque consacrée à sa Belgique adorée. La veille de sa mort, il avait dit à ses amis du Jockey Club qu'il était à Paris pour acheter, contre une coquette somme, une histoire écrite de la main même de Baudelaire durant son exil à Bruxelles. Après le dîner, il s'était rendu au Chabanais, une maison close de luxe dans le deuxième arrondissement, dont il était un habitué. Il avait quitté le Chabanais à quatre heures du matin mais n'était jamais revenu à l'hôtel George V, où il séjournait. Son corps a été retrouvé dans le bois de Vincennes par deux enfants le lendemain matin.

» L'affaire a fait quelque peu sensation dans les journaux avant d'être étouffée. Les soupçons se sont portés sur un chauffeur de taxi qui avait des dettes de jeu et avait pris notre Belge devant la maison close. Mais je n'étais pas convaincu. J'ai passé au crible les indices et reconnu une adresse griffonnée dans son calepin : 17, quai d'Anjou. C'était celle de la Société Baudelaire. Alors je m'y suis rendu une deuxième fois. Entre-temps, Artopoulos était parti. À sa place présidait une femme, dont le nom m'était familier : Coco Chanel. Elle avait fréquenté l'homme en société, m'a-t-elle dit, mais ne savait rien de sa mort à part ce qui en avait été écrit dans les quotidiens.

» Le chauffeur de taxi a été jugé coupable et guillotiné lui aussi à l'aube sur le boulevard Arago ; et là encore, j'ai assisté à l'exécution. J'étais convaincu qu'une autre erreur judiciaire venait d'être commise ; seulement, je n'en avais aucune preuve. J'ai décidé de me plonger dans les archives, à la recherche de meurtres ayant comporté l'énucléation de la victime. J'en ai trouvé plusieurs. Hippolyte Balthazar, un psychologue travaillant à l'asile militaire de l'hôpital de la Salpêtrière, avait été assassiné en 1917. Balthazar, s'est-il avéré, avait été un membre éminent de la Société Baudelaire pendant dix-sept ans. Encouragé, je remontai encore plus loin dans le passé. En 1900, dans un train reliant Nantes à Paris, Edmonde de Bressy, fondatrice de la Société Baudelaire, et Lucien Roeg, secrétaire de l'association, avaient tous deux été retrouvés morts dans leur cabine, les orbites vides. La même année, Gaspard Leducq, capitaine dans la marine marchande, avait été assassiné au Havre, et également privé de ses yeux.

Il avait travaillé pour une compagnie maritime appartenant à la dynastie Artopoulos. Aucun de ces homicides n'a été résolu.

» La mort de Vennet confirme mon intuition : quelqu'un tue des individus associés à ce manuscrit de Baudelaire, et en énucléant ses victimes, cette personne le fait ostensiblement, comme si elle voulait que ces meurtres soient remarqués, qu'on établisse un lien entre eux. Ce lien, c'est la Société Baudelaire. Ce qui soulève une question intéressante : une institution littéraire peut-elle être coupable de meurtre ? » Massu se leva de son bureau pour s'approcher de la fenêtre. L'eau du fleuve en contrebas continua de couler, sombre et agitée. « C'est pour cela, monsieur, que nous ne vous retenons pas comme suspect : vous ne vivez à Paris que depuis 1933. Mais vous allez peut-être pouvoir nous aider à trouver le coupable. Peut-être est-ce l'autre homme qui filait Vennet hier.

— Celui au costume bien taillé ?

— Exactement. J'aimerais que vous trouviez son lien avec la Société Baudelaire. Peut-être pourriez-vous rendre visite à Mademoiselle Chanel.

— Comment suggérez-vous que je fasse cela ?

— C'est à vous de voir. Mais vous seriez adéquatement récompensé.

— Je vois. Vous voulez que je devienne un *indicateur**.

— C'est une vénérable tradition. Vous devenez enfin un vrai Parisien.

— Juste au moment où j'envisageais de partir. Qu'est-ce que j'y gagne ?

— Fixez votre prix.

— Un visa de sortie.

— Pour la bonne information, cela peut se faire. » Son sourire disparut un instant. « Mais il faudrait que l'information en question soit vraiment très utile. » Il se dirigea vers la porte et l'ouvrit, m'indiquant qu'il était temps pour moi de partir. « Il faudrait en gros que vous résolviez le mystère pour nous. Nous sommes débordés, comme vous pouvez le voir. »

L'entretien avait atteint sa conclusion. Je me levai et nous nous serrâmes la main. J'étais presque sorti lorsque je me rappelai mon cahier. Il contenait toutes les notes que j'avais prises sur l'histoire de Madeleine.

« Et mon cahier ? Puis-je le récupérer ?

— Ah, le cahier. Pour l'instant, nous allons le garder – en guise de dépôt de garantie, si vous voulez. Bonne journée, monsieur. »

☞ {297}

LA SOCIÉTÉ BAUDELAIRE

Je rentrai lentement chez moi au hasard des rues, sous le soleil de l'après-midi. Les confidences du commissaire Massu m'avaient laissé dans un état d'hébétude. Même sans me référer à mon cahier, il était clair que, pour une raison ou pour une autre, son histoire et celle de Madeleine concordaient presque parfaitement – à tel point, d'ailleurs, qu'ils m'avaient tous deux demandé de faire la même chose pour eux. Il me serait difficile d'éviter un rendez-vous avec Mademoiselle Chanel.

Dans le hall d'entrée de mon immeuble, je tombai sur la concierge, Madame Barbier, en train de feuilleter une liasse d'enveloppes.

« Les Allemands arrivent peut-être, mais il y a toujours des factures à payer », remarqua-t-elle en roulant les *r* comme on le fait encore à la campagne. Elle s'approcha de moi avec un air inquiet. « Que faites-vous encore ici ? Ne savez-vous pas que c'est fichu ? »

Je lui montrai l'exemplaire du *Temps* que je venais d'acheter.

« Les Anglais envoient plus de troupes, apparemment, et les Américains peuvent entrer dans la guerre à tout moment.

— Ha, fit-elle, vous êtes bien optimiste. Je n'en crois pas un mot. C'est un véritable cauchemar. Quand je pense à mon pauvre Jeannot… » Son fils avait été appelé sous les drapeaux. Elle ramassa une caisse posée à ses pieds et la porta jusqu'à l'entrée de l'immeuble, où son époux était en train de charger leurs affaires dans une vieille Peugeot. « Nous allons chez ma tante à Vichy. La guerre n'ira pas jusque-là. Vous devriez partir aussi, si vous aviez le moindre bon sens. »

Derrière ma porte d'entrée, la valise noire m'attendait comme un chien fidèle. Mais au lieu de la prendre et de m'en aller, comme j'aurais dû le faire, je m'allongeai sur mon lit et entrepris de lire le journal. Les gros titres étaient optimistes, c'était vrai, mais quand on lisait entre les lignes, il était indéniable que Madame Barbier avait raison. La situation empirait : la Belgique en déroute, l'armée française encerclée, les Britanniques contraints d'évacuer à Dunkerque. Le gouvernement lui-même était en train de quitter Paris pour la sécurité relative de Tours. En concentrant leurs efforts sur une victoire militaire totale dans le Nord, estimai-je, les Allemands avaient retardé leur arrivée à Paris de quelques jours supplémentaires. Juste assez pour faire ce que j'avais à faire, me dis-je. Je voulais aller au fond de cette affaire – s'il y avait un fond à atteindre. Et si ça tournait mal, j'avais toujours la morphine.

Le lendemain, j'envoyai une lettre par pneumatiques à la Société Baudelaire, quai d'Anjou, en la signant du nom d'Arthur et de son numéro d'appartement.

Paris, mercredi 5 juin 1940

Chère Mademoiselle Chanel,

J'ai récemment fait l'acquisition d'une œuvre inédite de Charles Baudelaire, une nouvelle intitulée « L'Éducation d'un monstre ». C'est un ouvrage d'une importance et d'un prestige littéraires énormes. Je ne peux pas garantir sa protection en ces temps troublés. Toutes les bibliothèques étant fermées, je serais infiniment reconnaissant à la Société Baudelaire si elle envisageait de l'accepter, en vue d'assurer sa préservation. Comme, pour des raisons évidentes, je ne souhaite pas vous envoyer le manuscrit par la poste, je serai ravi de l'apporter à la Société et de vous le remettre en mains propres dès que possible.

En vous priant d'agréer, etc.

J'ignorais si Chanel avait déjà récupéré le manuscrit des mains de Vennet. Mais que ce soit le cas ou non, je faisais le pari qu'elle mordrait à l'hameçon. Ce n'était pas un très bon plan, à peine mieux qu'un derringer sans balles, mais c'était tout ce que j'avais. Après coup, rongé par l'angoisse et le doute, je me reprochai ma bêtise, mais la lettre était envoyée et je ne pouvais plus revenir en arrière. Mes motivations, multiples, étaient légères, examinées au cas par cas, mais prises ensemble, elles constituaient un argument irréfutable. Tout d'abord, je convoitais le manuscrit de Baudelaire, et je pensais avoir encore une possibilité de l'acquérir. Ensuite, en tant que lecteur de romans policiers, j'étais intéressé par la perspective d'élucider le meurtre de Vennet. Je me disais également que s'il y avait ne serait-ce qu'un soupçon d'espoir d'obtenir le visa de sortie que Massu m'avait fait miroiter, je me devais d'essayer d'en profiter. Mais surtout, je voulais vérifier l'histoire de Madeleine, et une visite au siège de la Société Baudelaire représentait ma meilleure chance d'obtenir des certitudes.

La réponse tomba enfin le vendredi vers midi. En entendant le tintement familier de la clochette du facteur, je descendis l'escalier en courant, trouvai l'enveloppe bleue et l'ouvris précipitamment : j'étais invité à rencontrer Chanel au siège de la Société le lundi après-midi suivant. J'allais encore devoir attendre trois jours entiers ! Et si les Allemands arrivaient avant ?

Le temps en cette fin de semaine fut estival et joyeux. Je continuai à me promener à l'aube, parmi les rubans de brume qui flottaient dans les rues et au-dessus du fleuve. La capitale, ainsi figée dans l'attente, était plus belle que jamais. Le samedi, je vis des couples, bras dessus, bras dessous, se promener tranquillement sur les quais, des pêcheurs ici et là lancer leur ligne dans la Seine, et les *bouquinistes* s'occuper de leurs étals. Toutes ces scènes étaient empreintes de nostalgie, comme si elles appartenaient déjà au passé, tandis que je commençais à envisager sérieusement, pour la première fois, un avenir au-delà de l'instant présent : quitter Paris, trouver un moyen de gagner l'Amérique ou l'Argentine, prendre un nouveau départ, entamer une nouvelle vie. Sur chacun de ces instantanés de ma vie à venir, je n'étais pas seul : Madeleine était à mes côtés.

Le dimanche, je fus réveillé par des tirs d'artillerie au loin, à l'est. Brusquement, l'ambiance de la veille fut oubliée et les rues se remplirent de Parisiens traînant des valises jusqu'à la station de métro la plus proche. Je m'aventurai dehors moi aussi, les bras chargés d'une pile de cahiers et de feuilles libres entourée de ficelle, pour rendre visite à mon ami bibliothécaire, Georges. Des semaines plus tôt, il avait accepté de cacher le livre que j'écrivais depuis tant d'années, un livre qui devrait désormais rester inachevé, du moins tant que la guerre se poursuivrait. Mais il survivrait dans sa cachette, les archives de la Bibliothèque nationale. Cela me procure un frisson de plaisir de savoir qu'une part de moi-même se trouve encore là-bas.

Sur le chemin du retour, je m'arrêtai au Café de Flore, qui était plein d'écrivains et d'artistes rassemblés pour conjecturer sur les derniers développements, la radio n'étant plus digne de confiance. Je tombai sur Tristan Tzara, qui me conseilla de me rendre immédiatement à la gare la plus proche. Bien sûr, je n'avais aucune intention de suivre ses conseils. En passant devant la gare Montparnasse alors que je rentrais chez moi, je remarquai des gardes républicains en train de séparer des hommes qui se battaient pour des billets de train sur le parvis.

Entre le martèlement douloureux de mon cœur et le lointain grondement d'artillerie, je dormis peu cette nuit-là.

À midi le lundi, avec le derringer de Madeleine dans une sacoche en cuir pendue à mon épaule et un journal à la main, je pris place sur un banc ombragé à l'angle nord-ouest de l'île Saint-Louis. De là, je pouvais surveiller tout ce qui se passait dans la rue pavée qui longeait le fleuve, y compris toute personne entrant ou sortant de la Société Baudelaire. J'avais apporté le journal pour me cacher derrière, mais après en avoir parcouru les gros titres – un dernier appel lancé par Reynaud à Roosevelt, quatre espions exécutés, des rumeurs de lait empoisonné –, je le refermai.

Le siège de la Société Baudelaire était l'Hôtel de Lauzun, anciennement Hôtel de Pimodan, où Charles Baudelaire et Jeanne Duval avaient vécu ensemble, lorsqu'elle était sa muse, lui son protecteur, et qu'ils étaient, à leur façon, amoureux. Autour de moi, en contrebas, le fleuve coulait silencieusement, tandis qu'au-dessus de ma tête, agitées par une brise légère, les feuilles d'un saule murmuraient dans leur langue secrète. Le grondement en provenance de l'est était désormais constant, faisant mentir la chaleur et la lumière du soleil qui passait entre les branches.

Peu avant deux heures, un rutilant cabriolet Delahaye bordeaux s'arrêta devant la Société Baudelaire. L'homme au cou épais que j'avais vu à l'Hôtel Drouot la semaine précédente bondit de derrière le volant pour aller ouvrir la portière arrière. Une femme svelte en robe noire en sortit et disparut dans l'immeuble. J'étais trop loin pour distinguer son visage, mais même à cette distance, ce ne pouvait être que Chanel.

Trente minutes plus tard, à l'heure convenue, la main droite crispée sur le derringer dans ma poche de veste, je sonnai à l'entrée de la Société. Ce fut la même brute en costume que précédemment qui m'ouvrit et, s'il fut surpris de me voir, il n'en laissa rien paraître. Invité à entrer dans le vestibule, j'eus l'impression d'avoir mis le pied dans un rêve récurrent. L'escalier de marbre avec ses balustrades incurvées en fonte, les rideaux de damas, les tapis orientaux élimés éparpillés sur le carrelage en mosaïque, les lustres, les meubles en acajou… C'était une sorte de musée consacré à la pompe miteuse du Second Empire. Je fus escorté dans un couloir jusqu'à une antichambre où je reçus pour consigne d'attendre l'arrivée de Mademoiselle Chanel. L'impression de déjà-vu continua : chaque objet – le confident sur lequel j'étais assis, le lampadaire à abat-jour en brocart à côté de moi, le tapis sous mes pieds, les lithographies de Delacroix accrochées aux murs dans des cadres dorés – trouvait en moi un écho familier et angoissant.

Le valet réapparut et m'annonça que Mademoiselle Chanel était prête à me recevoir. Je le suivis dans la bibliothèque, où deux fauteuils en cuir se faisaient face de part et d'autre d'un vaste bureau en acajou. Trois des quatre murs étaient tapissés de livres du sol au plafond. J'y jetai un coup d'œil. Un des murs était consacré à toutes les éditions jamais publiées de l'œuvre de Baudelaire, y compris en langues étrangères. Les autres étagères accueillaient la littérature secondaire – les ouvrages sur Baudelaire : biographies, mémoires, critiques. Tous les volumes étaient uniformément reliés dans la même peau de chagrin rouge avec des gaufrures à la feuille d'or que le manuscrit de Baudelaire que j'avais vu à l'Hôtel Drouot. Donc, sur ce point aussi, Madeleine avait vu juste : *L'Éducation d'un monstre* faisait partie de la bibliothèque de la Société depuis le début. Pourquoi celle-ci se donnait-elle autant de mal pour récupérer un livre qu'elle venait de vendre aux enchères ? La seule explication possible était celle de Madeleine.

Ne pas pouvoir faire confiance à son propre cerveau est une cause de terreur rare et peu enviable. Et c'était à présent le problème qui se posait à moi. Toutes ces corroborations des histoires que m'avait racontées Madeleine érodaient les piliers sur lesquels avait reposé, pendant quatre décennies et demie, mon sens de ce qui était réel et de ce qui ne l'était pas. Faisant un effort pour me ressaisir, je continuai ma visite de la pièce. Entre deux fenêtres pendait, encadrée et brunie par le temps, une carte du monde, non tel qu'il est mais tel qu'on le connaissait il y a un siècle ou plus. Quelqu'un avait tracé dessus un trait qui s'incurvait d'un bord à l'autre, délinéant une circumnavigation du globe qui avait commencé et s'était terminée à Marseille, et comprenait une étape dans le Pacifique, sur une île trop petite pour que le cartographe l'ait notée, mais que la main qui avait tenu le crayon avait indiquée et nommée Oaeetee. En dessous de la carte, sur un guéridon, se trouvait la maquette d'un trois-mâts appelé le *Solide*, voguant sous pavillon tricolore français – pas le drapeau bleu, blanc et rouge qui avait été approuvé en 1794, mais celui, rouge, blanc et bleu, introduit en 1790, peu après la Révolution. Le travail qui avait été fait sur ce modèle réduit était excellent. L'artiste avait tout reproduit fidèlement, chaque voile, chaque cordage, jusqu'aux membres d'équipage. On en voyait qui grimpaient dans les gréements, un qui était en vigie, un qui tenait le gouvernail. D'autres étaient rassemblés sur le pont principal, où un marin était ligoté au bastingage, en train – je me penchai pour mieux étudier la scène représentée – d'être fouetté. Son dos était expertement zébré de stries rouge cire, et un autre membre d'équipage se tenait à côté de lui, un fouet à la main. Là encore, tout était exactement comme l'avait décrit Madeleine. Entre les livres, la carte et la maquette, sans parler des événements qui m'avaient amené là, ce fut le moment où je fus totalement persuadé, converti, touché par la révélation. Si j'avais pu m'éclipser de cet immeuble à cet instant, sans même parler à Chanel, c'est avec joie que je l'aurais fait. Je n'avais plus besoin de la rencontrer. J'avais la réponse à mes questions les plus pressantes : Madeleine avait dit vrai. Mais à cette seconde précise, j'entendis les claquements secs des talons hauts d'une femme arrivant dans le couloir. La porte s'ouvrit et Chanel entra dans la pièce, dans une bouffée rythmée de parfum et de lumière, et s'approcha de moi avec un sourire qui disparut aussi vite qu'il était apparu. Sa main était glaciale au toucher.

« Une relique de la fondatrice de la Société, dit-elle sans se présenter, en regardant la maquette avec un froncement de sourcils. C'est assez laid, je dois l'avouer. J'ai bien envie d'en faire don à quelque musée de province pour m'en débarrasser. » Elle se dirigea vers un bar camouflé parmi les étagères de livres. « Vous voulez boire quelque chose ?

— Un Bisquit Dubouché. Vous avez une belle bibliothèque. Qui est votre relieur ? Meunier ? Lortic ? »

Chanel secoua la tête avec un sourire tout en servant.

« Essayez encore. »

Je me dirigeai vers l'étagère la plus proche et en sortis un livre au hasard pour en examiner le cuir, le gaufrage, le filigrane.

« C'est du travail de qualité, qui n'est pas sans rappeler Marius-Michel, mais en plus moderne. Il y a un tempérament d'artiste à l'œuvre ici. » J'ouvris le volume et en levai une page pour l'examiner à la lumière d'une fenêtre. « Je dirais… » Et je le trouvai, tel le spectre d'une empreinte digitale : le filigrane du relieur. « Non, ce n'est pas possible. Rien que le coût… » Mais la qualité du travail accompli était incontestable. « Se peut-il que l'intégralité de cette bibliothèque ait été reliée par Legrain ? »

Chanel s'approcha de moi avec deux verres et m'en tendit un, sans lâcher mon regard. C'était une expérience perturbante que de regarder cette femme dans les yeux. Elle n'était plus jeune mais une puissance intimidante émanait d'elle, élégante et dure à la fois, animée par une énergie bouillonnante qu'on pouvait facilement prendre pour de la jeunesse et qui était peut-être même préférable à celle-ci.

« En utilisant des laques de Jean Dunand, confirma-t-elle avec un léger sourire, en s'asseyant au bord de son bureau. Maintenant, vous comprenez la valeur de la collection complète. Lorsque j'ai repris les rênes de la Société, je l'ai faite entièrement relier à neuf, pour lui conférer une unité esthétique dont Baudelaire lui-même aurait été fier. C'est la plus belle collection de ce type au monde. Ces volumes sont réservés à l'usage exclusif des membres de la Société. Il y a des livres ici dont il n'existe qu'une seule copie. »

Ses yeux étincelèrent de fierté.

« Ne pensez-vous pas que d'autres personnes devraient pouvoir les lire ?

— Pas du tout, répondit-elle avec un sourire. Mais venons-en à ce qui vous amène. Avez-vous le manuscrit ? »

J'avais donc bien deviné : elle n'avait pas réussi à récupérer le manuscrit des mains de Vennet. Le volume était encore quelque part dans la nature, caché par le vieil homme avant son assassinat. Et maintenant, j'avais un objectif clair : il fallait que je ressorte d'ici vivant pour le retrouver.

« Non », répondis-je.

Elle me regarda d'un air interloqué.

« Alors, pourquoi me faites-vous perdre mon temps ? répliqua-t-elle, presque dans un grondement.

— Il y a quelques semaines encore, ce manuscrit se trouvait ici, sur ce mur, parmi tous les autres originaux de Baudelaire ; relié par Legrain, comme tout le reste. »

Je m'étais appuyé sur ce que m'avait raconté Madeleine pour faire cette remarque, même si je n'avais aucun moyen de savoir si ma flèche allait toucher sa cible. Chanel me regarda avec toute l'impénétrabilité d'une habituée des casinos. Elle leva une main pour attraper la clochette sur son bureau, et appeler le valet, supposai-je. Je plongeai la mienne dans ma sacoche et en sortis le derringer de Madeleine pour le braquer sur elle.

« Je vous suggère de ne pas sonner cette cloche. »

Mon cœur, qui s'était serré brutalement, repartit dans un galop douloureux et lancinant. Chanel prit une gorgée de cognac et plissa les yeux, m'examinant comme si elle prenait ma mesure pour la première fois. Mais elle ne répondit pas. Si son silence était destiné à me désarçonner, il fit son effet. Mais j'avais depuis longtemps dépassé le point de non-retour.

« Pourquoi vendre un manuscrit, si c'est pour en venir immédiatement à de pareilles extrémités afin de le récupérer ? »

Elle resta muette, se contentant de fumer calmement sa cigarette sans me lâcher du regard. Je me faisais l'effet d'un imbécile, d'un imposteur jouant un rôle pour lequel il n'était pas fait. Mais en l'absence de réponse satisfaisante, je décidai que je n'avais d'autre choix que de persévérer.

« Pourquoi assassiner l'homme qui l'avait acheté ? »

Là encore, pas de réponse. Et pour ne rien arranger, je me sentis à présent rougir. Le silence se prolongea si longtemps que je ne pus en supporter une seconde de plus.

« Je crois que je sais pourquoi. Vous avez pensé pouvoir profiter de l'invasion imminente pour essayer d'inciter Madeleine à sortir de sa cachette. Et peut-être que si les choses s'étaient passées un tout petit peu différemment, cela aurait marché. »

Enfin, j'obtins une réaction : Chanel sourit – un sourire en coin, à peine perceptible. Sur le moment, je ne le compris pas. Après tout, elle ne pouvait pas savoir que mon derringer ne contenait pas de balle.

« Ah, Madeleine, dit-elle. Madeleine Pernety – à moins que vous ne la connaissiez sous le nom de Madeleine Blanc. J'aurais dû savoir qu'elle était mêlée à tout cela. C'est une créature absolument charmante, n'est-ce pas ? Il est si facile de tomber amoureux d'elle. Bien sûr, comme vous pouvez l'imaginer, vous n'êtes pas le premier. Ni à vous être épris d'elle ni à l'avoir laissée vous duper. Si son histoire est tellement convaincante, c'est seulement parce qu'elle l'a répétée si souvent. Et, hélas, vous n'êtes pas non plus le premier à avoir accepté de commettre pour elle un crime passible de la peine de mort. Car nous avons affaire à un esprit cruellement dérangé, et dangereux. Bien que je fasse les frais de ses délires depuis un long moment maintenant – depuis, en fait, que je suis présidente de cette Société –, je suis également consciente qu'il y a d'autres victimes. Et parmi celles-ci, les hommes qui tombent amoureux d'elle.

» La vie de Madeleine est dominée par l'obsession. Elle est très douée pour la reconnaître chez les autres. Et il est facile de prendre son obsession pour de l'amour, particulièrement quand on en a soif soi-même. Depuis combien de temps la connaissez-vous ? Je dirais quelques semaines tout au plus. Je me trompe ? »

Ayant commis le péché d'en dire trop une minute plus tôt, je choisis de ne rien répondre.

« Votre silence en dit long. Avez-vous envisagé la possibilité que Madeleine ait tout planifié depuis le début ? Ou bien avez-vous cru que vous vous étiez rencontrés par coïncidence, comme de vrais amants ? Un spécialiste de Baudelaire rencontre une femme qui lui promet un trésor extraordinaire – non, deux trésors : son cœur et un manuscrit rare, quelques jours avant sa mise aux enchères. Sacrée coïncidence, vous ne trouvez pas ? » Elle me regarda droit dans les yeux. « Vous a-t-elle dit que vous étiez Baudelaire dans une vie antérieure ? Qu'elle-même était Jeanne Duval ? »

J'étais déterminé à ne rien dire. Avec un nouveau sourire, elle se pencha en arrière et tira sur sa cigarette.

« Monsieur, cela fait presque vingt ans que je traîne Madeleine dans mon sillage, alors je suis bien placée pour connaître ses habitudes. À votre façon, vous êtes vous aussi victime de la folie de cette femme. Mais au moins, nous avons encore le privilège d'être en vie. D'autres n'ont pas eu cette chance. »

Elle prit une gorgée de cognac. Je m'efforçai de résister à la tentation de parler, ce qui est aisé quand on a un pistolet braqué sur l'autre. Je me surpris à admirer l'aplomb de Chanel.

« Réfléchissez, continua-t-elle en contournant le bureau pour s'asseoir dans le fauteuil en cuir de l'autre côté. Réfléchissez à ce qu'elle vous demande de croire. Elle prétend qu'il est possible pour l'âme d'un être humain de passer d'un corps à un autre. Monsieur, je ne vous connais pas, mais je ne peux que supposer que vous êtes un homme intelligent. Votre accent me laisse à croire que vous êtes allemand, probablement juif. Dans votre situation, il n'y a rien de stupéfiant à ce que votre raison ait été prise en otage par une jolie femme. Être un Juif allemand, ici et maintenant, vous absout de cette folie de vieil amoureux. Aussi ne puis-je pas vous en vouloir, malgré le pistolet que vous braquez sur moi. À la place, je souhaite en appeler à votre intellect. Je suis certaine de pouvoir vous convaincre que j'ai une explication rationnelle pour tout ce que Madeleine vous a raconté. Voyez-vous, elle faisait partie de la Société lorsque j'y suis entrée en 1921. Elle en était membre depuis plusieurs années, et avait atteint la position de secrétaire lorsque Aristide Artopoulos en était président. Naturellement, elle se voyait comme son héritière présumée. Au lieu de cela, lorsque j'ai adhéré à la Société, Artopoulos a décidé qu'il serait plus avantageux que ce soit moi qui en sois la présidente. Avec le recul, il est clair que

Madeleine était déjà perdue dans ses fantasmes – bien loin de la raison et de la logique – avant même mon arrivée, sauf que ce n'était pas évident sur le moment.

» Voyez-vous, la psyché de Madeleine est profondément meurtrie. Elle était infirmière pendant la guerre, et cela l'a détruite. Le choc des tranchées. Elle fait partie des survivants de ce terrible conflit qui semblent en bonne santé mais sont secrètement rongés par la maladie, sauf que la sienne est mentale. Peut-être est-ce la folie de Baudelaire qui l'a attirée. Et de tous ses écrits, c'est à *L'Éducation d'un monstre* qu'elle s'est le plus identifiée.

» À un moment donné, sûrement poussée par une sorte de complexe de culpabilité primaire, elle a amalgamé sa propre identité à celle du personnage d'Edmonde de Bressy dans le manuscrit. Et avec le temps, elle s'est créé ce passé détaillé, en assemblant des éléments pris à des sources diverses et variées dont, même, la maquette de bateau que vous examiniez lorsque je suis entrée. Elle s'est tellement embourbée dans ses fabulations qu'elle a fini par décider, lorsque Artopoulos m'a attribué la présidence, que j'étais son ancien rival, et que je visais non seulement sa destruction, mais aussi celle du monde entier. Heureusement, à cette époque, elle n'avait pas encore d'arme, sinon ma vie se serait peut-être terminée à cet instant.

» Et donc, elle a démissionné – ou du moins, plus précisément, a-t-elle disparu pour ne jamais revenir, en emportant le manuscrit. Et, de temps en temps, usant de ses charmes, elle parvient à pousser un amant peu méfiant à agir pour elle, espérant réussir à se débarrasser de moi et récupérer enfin le poste qui selon elle lui revient de droit : présidente de la Société Baudelaire. »

Elle agita la cloche pour appeler le valet et se redressa. Brusquement, je fus soulagé que le derringer ne contienne pas de balles. Sinon, j'aurais été paralysé par l'indécision : en éveillant mes soupçons sur la santé mentale de Madeleine, Chanel avait réussi à me faire douter de la mienne.

« Monsieur, vous pouvez ranger ce pistolet, vous n'en aurez pas besoin aujourd'hui. Je vous garantis votre sécurité. Par pitié pour vous. Car vous n'êtes rien de plus qu'une dupe innocente. Si je peux vous donner un conseil, c'est de quitter Paris immédiatement. Les Allemands seront là dans moins d'une semaine et ils viendront à votre recherche, je peux vous l'assurer. En d'autres circonstances, j'enverrais quelqu'un chercher la police de ce pas. Vous êtes un infortuné, mais aujourd'hui, vous pouvez vous estimer chanceux. J'ai des choses plus urgentes à faire. Bonne journée, monsieur. Et bonne chance. »

Et sur ces mots, elle écrasa ce qu'il restait de sa cigarette dans un cendrier et sortit de la pièce comme si elle n'avait plus une seule seconde à m'accorder.

Je ne rangeai pas mon arme, comme Chanel me l'avait ordonné. Je la gardai à la main, le cœur douloureusement battant, jusqu'à ce que son valet m'ait fait ressortir de l'immeuble ; et même quand je fus seul dans la rue, je la glissai dans ma poche mais ne la lâchai pas, au cas où je serais suivi. Je remontai les quais d'Anjou et de Bourbon puis, au bout de celui-ci, tournai en direction de la cathédrale – lentement au début, perdu dans mes pensées. Parfois, vos illusions vous sont ôtées si brutalement que vous en avez la tête qui tourne comme une toupie. C'était mon cas à cet instant. Que m'avait, exactement, apporté cet entretien ? J'étais arrivé en quête de certitudes, dans un sens ou dans l'autre ; en quelques minutes, j'en avais atteint une, pour la voir presque aussitôt anéantie. Je n'étais pas plus avancé, tant sur le meurtre de Vennet que sur la disparition de Madeleine. Quant au manuscrit, tout ce dont je pouvais être sûr, c'était que la Société Baudelaire ne l'avait pas. J'avais voulu jouer au plus malin, et j'avais perdu. La partie de moi qui avait toujours eu honte de mon entichement pour Madeleine hurlait à présent à celle qui l'aimait toujours : *Je t'avais prévenu !*

Dans le maelstrom de mes pensées, j'essayai de reconstituer l'enchaînement des événements de la quinzaine passée. Se pouvait-il vraiment que Madeleine m'ait choisi comme cible d'un plan soigneusement élaboré ? M'avait-elle délibérément conduit à la librairie Jacquenet pour m'entraîner dans son jeu meurtrier ? Ou bien m'avait-elle envoûté de façon plus intuitive, moins calculée ? Quelle que soit l'explication, comment avais-je pu me laisser duper à ce point ? Et si son amour était un mensonge, pourquoi mon cœur souffrait-il encore ?

Je pris conscience qu'il me fallait aller récupérer ma valise noire et quitter Paris aussi vite que possible. Mais pour ce faire, j'allais avoir besoin d'aide. Laissant derrière moi le grondement du conflit qui approchait, je traversai précipitamment le pont Saint-Louis et les jardins de la cathédrale, dont les fenêtres étaient cachées derrière des sacs de sable, puis le parvis désert, pour franchir le boulevard et son flot de voitures partant vers le sud, auxquelles se mêlaient désormais camions militaires et soldats à pied fuyant eux aussi l'assaut, et me diriger vers le quai des Orfèvres. À l'entrée du Palais de Justice, des hommes défilaient, chargés de cartons descendus des bureaux, pour aller les déposer sur une péniche. M'adressant au garde, je demandai à voir Massu, mais après avoir passé un coup de téléphone, il me dit de revenir le lendemain matin. Lorsque j'insistai pour voir l'inspecteur immédiatement, il menaça de me faire arrêter.

Je traversai le fleuve et entrepris de rentrer chez moi par la rue Danton. À l'écart du boulevard Saint-Michel, les rues étaient si calmes que le bruit de mes pas se réverbérait sur les façades alentour. Des rais de lumière dorée, mouchetés de flocons de cendre dansante, transperçaient l'ombre de l'après-midi, et une odeur de papier brûlé régnait dans l'air.

En approchant de mon immeuble rue Dombasle, je vis que le cabriolet Delahaye de Chanel était garé au coin de la rue. Il n'y avait personne dedans. Heureusement, j'avais signé ma lettre à Chanel du nom d'Arthur et de son numéro d'appartement, juste au-dessus du mien. Au pied de l'escalier, je tendis l'oreille. Rien. Je levai les yeux. Aucun signe de présence humaine. Inutile d'essayer d'être furtif, décidai-je : les marches grinçaient ; il me fallait marcher comme le ferait naturellement n'importe quel homme. Sauf que maintenant je me posais la question : comment marchait un homme naturellement ? Feignant la normalité, je montai jusqu'à mon appartement et y entrai. Sachant que l'homme de main de Chanel écoutait probablement, je ne tirai pas le verrou. J'ôtai mes chaussures et, me déplaçant aussi silencieusement que possible, le cœur battant à tout rompre, j'attrapai ma valise noire, mes papiers et le peu d'argent qui me restait, ressortis et descendis deux à deux les marches de l'escalier, valise et chaussures à la main. Je courus en chaussettes jusqu'au croisement avec la rue de Vaugirard, tournai à droite et dévalai les marches menant au métro.

Je passai le reste de l'après-midi sous terre, les pensées en ébullition, à sauter d'un wagon de seconde classe presque désert à l'autre pour m'assurer que je n'étais pas suivi, avant de ressortir à la gare de l'Est au crépuscule. Le coucher du soleil était un spectacle magnifique qui tournait en dérision les intrigues humaines. Je connaissais un sordide petit hôtel ouvrier à côté du canal, où un réfugié allemand pouvait trouver un lit sans avoir à montrer de papiers d'identité. À l'exception de deux jeunes prostituées qui s'ennuyaient, il semblait vide. Je montai les marches jusqu'à la chambre qui m'avait été attribuée et m'affalai sur le fin matelas. Les murs étaient humides, la plomberie faisait du bruit et gouttait, mais au moins, je pouvais me cacher et réfléchir à ce que j'allais faire ensuite.

Ma chambre se trouvait au troisième étage et donnait sur le canal. Incapable de trouver le sommeil, je m'assis sur le rebord de la fenêtre pour contempler le croissant de la lune et, à l'est, les éclairs de lumière à l'horizon qui accompagnaient les lointains grondements d'artillerie. Dans les ténèbres du couvre-feu, les étoiles étincelaient avec autant d'éclat sur la surface de l'eau que dans le ciel. Je fumai cigarette après cigarette, en me repassant les événements de la journée comme un film. Il n'y avait pas de doute, j'avais été hypnotisé par une experte ; mais l'experte en question était-elle Madeleine ou Chanel ?

Il y avait deux points en particulier qui me laissaient perplexe : le léger sourire en coin qui s'était dessiné sur le visage de Chanel lorsque j'avais mentionné Madeleine, et le fait qu'elle avait envoyé son sbire chez Arthur après notre entretien. Il me fallut la moitié d'un paquet de Salomé pour résoudre le mystère, et lorsque la réponse me vint enfin, je me maudis. J'avais commis une grave erreur tactique. Je n'aurais jamais dû parler de Madeleine. Jusqu'à ce que je le fasse,

Chanel n'avait pas su quoi dire. Ce n'était qu'à la mention de Madeleine qu'elle avait pris la parole. Qu'aurait-elle répondu si je n'avais pas mentionné celle-ci – si je n'avais pas vendu la mèche ? Je ne le saurais jamais. Mais le fait qu'elle avait envoyé son homme de main me trouver après notre entretien était, en soi, une sorte d'indice. Bien sûr, j'avais braqué une arme sur elle, mais si ç'avait été une femme innocente contrariée par mon geste, elle n'aurait eu qu'à appeler la police. Qu'elle ne l'ait pas fait laissait à penser qu'elle avait quelque chose à cacher.

C'était peu, mais l'amour se nourrit de vétilles : pressentiments, intuitions, indices obscurs sont tout le combustible dont il a besoin. Chaque fois que la fragile étoffe d'un fantasme d'amoureux est détricotée par la réalité, il suffit d'un soupçon d'espoir pour que les mailles se reforment. Associé à ce que j'avais vu – le manuscrit, la maquette de voilier – et à ce que Massu m'avait raconté, le souvenir de ce sourire effritait l'évidence de l'explication que m'avait donnée Chanel. Il introduisait un élément de doute. Et cette faible lueur de doute était tout ce qu'il fallait pour que la voix hurlante de la honte en moi se taise, et pour que cette autre voix, celle qui espérait, qui aimait Madeleine, qui continuait à lui parler alors qu'elle n'était plus là, se fasse entendre de nouveau. Ma première erreur avait été de perdre espoir – de détourner les yeux de ceux de Madeleine à l'instant même où j'aurais pu avoir une réponse définitive à ma question : ses histoires étaient-elles vraies ou non ? Continuant à fumer des Salomé dans l'obscurité, je songeai que je ne voulais rien tant que la retrouver pour plonger mon regard dans le sien et en découvrir le secret.

Je me réveillai d'un sommeil agité au milieu d'un nuage de lumière fumeuse. Le ciel était taché d'un inexplicable brouillard orangé, et une odeur de pétrole me piquait les narines. Je quittai l'hôtel et me dirigeai vers le Palais de Justice avec ma valise. Tout le monde dans la rue marchait vers le sud, chargé de bagages. J'avais fait ce que Massu m'avait demandé, et même si je n'avais rien appris qui lui soit utile, j'étais en droit de lui réclamer mon cahier, au moins ; et peut-être pourrais-je quand même le convaincre de me faire une faveur.

Le garde à l'entrée appela la Brigade spéciale, puis me fit passer d'un signe de tête. À l'intérieur, un autre garde me fouilla et me confisqua mon derringer. Je fus escorté jusqu'au bureau de Massu et le trouvai au téléphone, en train de caresser sa moustache en écoutant la voix à l'autre bout du fil. Il y avait un tas de couvertures dans un coin de la pièce, où il avait dû dormir, et mon cahier était ouvert sur son bureau. Il m'indiqua de m'asseoir.

« Très bien, *mon général**. C'est comme si c'était fait. » Il raccrocha et me regarda avec une expression résignée. « Le gouvernement s'est volatilisé. Les magasins sont pillés. C'est maintenant l'armée qui gouverne. Et les Allemands ne sont plus qu'à quarante kilomètres d'ici. Nous attendons leur arrivée d'un jour à l'autre. Paris sera déclaré ville ouverte.

— Pourquoi ?

— Parce qu'il ne sert à rien d'essayer de défendre la ville, elle est perdue d'avance.

— Qu'est-ce que ce brouillard orange ?

— L'armée met le feu aux réserves de pétrole au fur et à mesure de sa retraite. » Il prit mon cahier et entreprit de le feuilleter, léchant son doigt chaque fois qu'il tournait une page. « La situation s'apprête à devenir très dangereuse pour vous, monsieur.

— On m'a pris mon arme.

— Vous n'aviez pas de permis pour. Techniquement, nous pourrions vous arrêter. »

Il me regarda en levant un sourcil.

« Je suis allemand : vous pourriez m'arrêter pour cela aussi.

— Certes. Mais qu'est-ce que cela nous apporterait ? Vos compatriotes seront là bien assez vite. Heureusement pour vous, votre pistolet n'était pas chargé. Au vu des circonstances, nous pouvons passer l'éponge.

— Me le rendra-t-on quand je ressortirai ?

— Monsieur, je vous en prie, soyez raisonnable. » Il baissa de nouveau les yeux sur mon cahier. « C'est donc ce genre de choses que vous écrivez ?

— Ce sont des notes pour un livre que j'espère publier un jour.

— C'est quoi, Shéhérazade ? »

Je n'arrivai pas à déterminer s'il disait cela sérieusement.

« C'est un personnage des *Mille et Une Nuits.* »

Il eut l'air perplexe.

« Je vois. Et pourquoi son nom est-il écrit dans votre cahier ? »

Il me le tendit, ouvert à la dernière page où il y avait du texte. Là, d'une autre main que la mienne, était griffonné le mot *Shéhérazade.*

« C'est la première fois que je l'y vois. Peut-être est-ce vous qui l'y avez écrit.

— Pourquoi aurais-je fait une chose pareille ? » Il examina le mot. « *Les Mille et Une Nuits*, dites-vous.

— Oui, c'est un recueil de contes médiévaux enchâssés dans un récit-cadre, dont l'héroïne épouse un roi meurtrier et échappe à la mort en lui racontant des histoires.

— Vraiment ? » fit Massu en se tapotant le menton du bout des doigts.

Ce ne pouvait être que Madeleine qui avait écrit ce mot dans mon cahier, avant sa disparition, mais je ne voyais pas du tout pourquoi. Je ne voulais pas répéter l'erreur de la veille en parlant d'elle à Massu. J'ignorais ce qu'il savait d'elle – s'il savait quelque chose. Les notes que j'avais prises étaient incomplètes. Son nom n'apparaissait pas dans ces pages. Je n'avais pas encore mis à l'écrit la conclusion à ses récits – sa propre histoire, qu'elle m'avait racontée le jour de sa disparition. Pour l'instant, elle n'existait que dans ma tête. Après son départ, je n'avais pas eu le cœur ne serait-ce que d'ouvrir le cahier, et encore moins d'écrire dedans, ce qui était la raison pour laquelle je n'avais pas vu l'indice qu'elle m'avait laissé.

Massu attendait que je parle. Heureusement, la vie m'avait appris l'intérêt de rester impassible en situation de crise.

« Ce doit être mon voisin Arthur qui l'a écrit, lors de notre dernière partie de poker. Il me l'a suggéré comme titre pour un livre que je suis en train d'écrire.

— Ça ressemble à une écriture de femme, d'après moi.

— Arthur est hongrois. Peut-être est-ce une écriture de Hongrois.

— Et où se trouve cet Arthur ?

— Je crois qu'il est actuellement à Bordeaux.

— Dommage. Même si c'est là-bas que vous devriez être aussi.

— Peut-être n'est-il pas trop tard pour partir.

— Les gares sont bondées de hordes de gens qui sont du même avis que vous.

— Je croyais que nous avions un accord.

— Avez-vous vu Chanel ?

— Oui.

— Qu'avez-vous appris ?

— Elle ne l'a pas.

— Quoi donc ?

— Le manuscrit.

— Monsieur, je suis inspecteur, pas spécialiste de littérature. Ce n'est pas un manuscrit qui m'intéresse, mais la possibilité de résoudre une série de meurtres.

— Ah, dans ce cas, je crains de n'avoir rien appris qui puisse vous être utile dans cette démarche. »

Massu soupira.

« Eh bien, votre incompétence en tant qu'informateur est plus que compensée par ce que j'ai lu dans votre cahier. »

Le reposant sur le bureau, il le fit glisser vers moi.

« Ce ne sont que des contes, répondis-je en enfonçant le cahier dans ma poche de veste.

— Oh, j'en doute fort. Mais dites-moi, l'histoire s'achève pendant la dernière guerre. Que s'est-il passé depuis ? Comment le conte de l'albatros se termine-t-il ?

— Je ne sais pas, répondis-je. Je n'ai pas encore trouvé la fin.

— Eh bien, si vous la trouvez, faites-le-moi savoir, je vous prie. Afin que je puisse tenter tout ce qui est en mon pouvoir pour protéger cette Shéhérazade, quelle qu'elle soit.

— Ce n'est pas une personne réelle. C'est une chimère. Pourquoi ne pas plutôt me protéger, moi ? Je suis réel. Et vous m'avez promis un visa de sortie.

— Vous ne m'avez pas été d'une grande aide, je le crains. Et de toute façon, la règle du jeu a changé. Je ne peux pas vous aider. Je n'en ai plus l'autorité. C'est l'armée qui commande, maintenant. » Il refit son haussement de sourcils, et ajouta un petit sourire. « Mais je vais demander à ma secrétaire de vous fournir un *laissez-passer** et un billet pour le train de nuit à destination de Marseille, qui part de la gare de Lyon à huit heures ce soir. » Il décrocha le combiné de son téléphone et ordonna à quelqu'un de préparer les documents. Après avoir raccroché, il se leva et m'indiqua la porte. « Marseille est l'option la plus sûre pour vous. Il y a encore des navires qui en partent.

— Pas sans visa de sortie.

— Je suis sûr que vous trouverez passage à bord d'un bateau ou d'un autre. »

J'étudiai son expression, qui pétillait d'ironie derrière cette ridicule petite moustache. C'était là un homme qui semblait s'amuser du chaos de la vie – la meilleure définition du bonheur que je connaisse. Il me raccompagna jusqu'à la porte et l'ouvrit pour moi.

« Oh, une dernière chose, ajouta-t-il. Shéhérazade est également le nom d'un *night-club* près de Pigalle. » Avant que j'aie pu répondre quoi que ce soit, il me serra la main. « Au revoir, monsieur, et bon voyage. »

Je l'entendis lâcher un petit rire alors que la porte se refermait avec un clic.

LE SHÉHÉRAZADE

« Bienvenue au Shéhérazade ! » lança le vieux portier d'une voix sonore, de sous sa moustache à la gauloise.

Il était le seul signe de vie dans la rue par ailleurs plongée dans l'obscurité. Son accent russe ricocha sur les pavés et les murs des immeubles voisins alors qu'il m'ouvrait la porte du *night-club.* Je descendis une volée de marches pour entrer dans un monde de fantasme oriental – moitié sérail, moitié caverne d'Aladdin – avec arches, grottes et draperies. Une chape de fumée de tabac tamisait la lumière des lampes arabisantes d'un effet de brume exotique. Un couple solitaire se balançait doucement sur la piste de danse tandis que sur scène, un groupe de musiciens tziganes, deux guitaristes et un contrebassiste, accompagnait une chanteuse en longue robe à sequins qui agitait les bras avec une langueur peu convaincante.

J'attendrai,
Le jour et la nuit,
J'attendrai toujours
Ton retour…

J'ôtai mon chapeau, m'assis au comptoir et commandai un calvados. L'endroit avait été à la mode autrefois, songeai-je en regardant autour de moi ; dans les années grisantes qui avaient suivi la dernière guerre, celle qui était censée être la « der des ders ». Lorsque mon calvados arriva, je laissai un bon pourboire au barman et lui dis :

« Je cherche Madeleine Blanc.

— Connais pas.

— Mais si. Les traits orientaux, belle, la quarantaine. Une idée de comment je pourrais entrer en contact avec elle ?

— Et vous êtes qui ?

— Koahu. »

Le barman passa brièvement la tête par l'entrebâillement d'une porte battante, avant de s'occuper d'un autre client. Je patientai en buvant mon calvados et en regardant les musiciens. Les serveurs, en costume cosaque, s'affairaient de table en table sous l'œil attentif du maître d'hôtel russe.

J'attendrai,
Car l'oiseau qui s'enfuit
Vient chercher l'oubli
Dans son nid...

Tout en attendant, je passai en revue les événements de la journée. À ma sortie du Palais de Justice, j'étais retourné sur le quai de la Tournelle voir l'étal de Vennet. Tous les *bouquinistes* sur ce tronçon du fleuve étaient fermés. Ayant retrouvé le coffre appartenant à Vennet, je l'avais inspecté sous tous les angles. Comme tous les autres, il était fait de minces planches de bois recouvertes de peinture à l'huile vert forêt. Il ne m'avait pas semblé avoir été forcé. J'avais tripoté le cadenas en cuivre. Il allait me falloir une scie à métaux ou, mieux encore, un coupe-boulons, mais où le trouver ? La plupart des magasins et des banques étaient désormais fermés. J'avais regagné le métro avec ma valise. Les rames étaient plus vides que jamais. L'effet était spectral. J'étais descendu à Pigalle, où cafés et bars le long du boulevard de Clichy avaient tous les volets baissés. Il n'y avait aucun touriste. Je ne voyais guère comment trouver ce *night-club*, aussi avais-je dû surmonter ma réticence à parler à des inconnus. Je m'étais approché de deux policiers en train de placarder des affiches sur une colonne Morris plus habituée aux réclames pour des spectacles de cabaret.

PARIS A ÉTÉ DÉCLARÉ VILLE OUVERTE
Le gouverneur militaire demande à la population de s'abstenir de tout acte d'hostilité et compte sur elle pour garder le calme et la dignité que nécessitent les circonstances.
Par ordre du général H. Dentz, gouverneur militaire.

Rassemblant tout mon courage, je leur avais demandé où je pouvais trouver le cabaret Shéhérazade. Ils m'avaient regardé de la tête aux pieds un moment – j'avoue que je devais offrir une apparence étrange, avec mon accent allemand et ma valise noire, comme si j'étais l'avant-garde d'une Wehrmacht différente de celle à laquelle ils s'attendaient. La veille ou l'avant-veille encore, avais-je songé, ils m'auraient arrêté. Mais à la place, ils m'avaient indiqué de descendre la rue Pigalle. Quelques instants plus tard – vers midi, avais-je supposé (les cloches des églises ne sonnaient plus) –, j'avais posé ma valise devant une porte et frappé. Personne n'avait répondu. D'après un écriteau près de l'entrée, l'endroit n'ouvrait qu'à huit heures du soir, ce qui était exactement l'heure à laquelle mon train était censé partir. Je m'étais assis sur ma valise, avait sorti une Salomé de ma poche et l'avait allumée. Apparemment, j'allais devoir choisir entre retrouver Madeleine et quitter Paris pour la sécurité relative du Sud. Je pouvais presque entendre le petit rire ironique de Massu. M'avait-il mis dans cette position délibérément, pour satisfaire un goût sadique de la plaisanterie ou me punir de ne pas lui avoir été plus utile ? Je ne le saurais jamais. Mais entre l'amour et la liberté, le choix pour moi avait été vite fait. J'étais retourné à l'hôtel où je m'étais réfugié la nuit précédente et j'avais repris la même chambre. J'y avais passé l'après-midi à faire la sieste, fumer et relire mes notes, puis, le soir venu, j'étais ressorti pour retourner au Shéhérazade.

Le temps passe et court
En battant tristement
Dans mon cœur si lourd.
Et pourtant, j'attendrai
Ton retour.

À la fin de la chanson, les clients arrêtèrent brièvement de boire, fumer, commérer et glousser pour applaudir sans enthousiasme. La chanteuse inclina la tête en signe de remerciement. Une serveuse s'approcha d'elle pour lui murmurer quelque chose à l'oreille. Elles regardèrent toutes deux dans ma direction. La chanteuse quitta la scène pour disparaître derrière un rideau rouge, suivie de ses musiciens, avant de réapparaître quelques minutes plus tard. Elle vint s'asseoir à côté de moi au comptoir.

« Deux de plus », dit-elle au barman en lui indiquant mon verre vide. Elle se tourna vers moi. « Avez-vous été suivi ?

— Non. Enfin, je ne crois pas.

— Êtes-vous venu directement de votre appartement ?

— Je n'y suis pas retourné depuis hier. Je loge dans un hôtel près du canal.

— Y êtes-vous enregistré sous votre vrai nom ?

— Bien sûr que non. Je ne suis pas né de la dernière pluie.

— Bien. Il n'empêche, je ne peux pas vous conduire à Madeleine ce soir, c'est trop dangereux.

— Je suis sûr que la police a d'autres chats à fouetter.

— Peut-être. Mais il y a aussi les sbires de Chanel.

— Comment va-t-elle ? Où est-elle ?

— Elle vous attendait. Elle pensait que vous arriveriez plus tôt.

— Pourquoi est-elle partie ?

— C'est plutôt à elle que vous devriez poser la question. À mon avis, c'est parce que vous ne l'avez pas crue.

— J'ai changé d'avis.

— Elle comptait sur cela. » La chanteuse s'interrompit et baissa les yeux sur son verre. « De mon côté, j'espérais le contraire. Vous me pardonnerez un peu de jalousie... Nous sommes rivaux, voyez-vous. Elle ne vous l'avait pas dit, n'est-ce pas ?

— Non, répondis-je.

— Ah, visiblement, Madeleine n'est pas une conteuse aussi fiable que vous l'imaginiez, peut-être. Et croyez-moi, j'ai été une disciple bien plus fidèle que vous. Mais vous... » Une expression amère passa sur son visage lourdement maquillé. « Vous êtes Koahu. Vous aurez toujours une place à part dans son cœur. » Elle vida le reste de son verre d'un trait. « Ça ne fait rien. Il y a plus important que nos sordides petites histoires d'amour. Avez-vous vu Chanel ?

— Oui.

— Et ?

— Tout s'est vérifié.

— Avez-vous fait ce que Madeleine vous avait demandé ?

— Avec quoi ? Je n'avais pas de balles. »

Elle jura à voix basse.

« Avez-vous le manuscrit, au moins ?

— Non. Mais je sais où il est. Tout ce qu'il me faut, c'est un coupe-boulons. »

Elle prit une longue inspiration.

« Très bien, je vais prendre des dispositions pour que quelqu'un vous amène à elle. Mais pas ce soir. Demain matin à dix heures. À Saint-Eustache, l'église derrière les Halles. Il y aura une vieille veuve en train de prier au premier rang. Agenouillez-vous juste derrière elle. Lorsqu'elle ressortira, suivez-la. De loin. Elle vous conduira à Madeleine. Et vous aurez votre coupe-boulons. Mais quoi que vous fassiez, ne retournez pas chez vous. On n'est jamais trop prudent. Chanel a énormément de pouvoir, et toute personne encore à Paris maintenant est suspecte, même les vieux Russes blancs ici ce soir. » Elle balaya du regard les clients éparpillés dans la pièce, qui buvaient et fumaient comme si une invasion n'était rien que de très banal. « Ils se porteront volontaires pour faire partie du comité d'accueil aux Allemands. Ils ont vu bien pire que cela. Ils espèrent tous qu'Hitler envahira ensuite la Russie et leur rendra leurs terres familiales. » Elle reposa les yeux sur moi avec une expression de tristesse profonde. « Demain matin, quand vous irez à Saint-Eustache, assurez-vous qu'on ne vous suit pas. » Elle se releva. « Madeleine ne partira pas avec vous, vous savez, si c'est ce que vous espérez. Elle doit rester ici. D'une étrange façon, pour une raison qu'elle-même ne comprend pas, elle doit demeurer proche de Chanel. » Elle me jeta un regard qui me fit l'effet d'un coup de poignard. « Elle vous aime, mais elle n'a pas *besoin* de vous. Plus maintenant. » Elle me tourna le dos. « Mets ça sur ma note », dit-elle au barman.

Puis, sans me dire au revoir, elle regagna la scène en roulant des hanches, alors même que les musiciens ressortaient de derrière le rideau de velours rouge et reprenaient leurs instruments. Elle prit le microphone à pleines mains et se mit à chanter. Personne ne sembla s'en rendre compte, et encore moins s'en soucier. Je terminai mon verre et m'en allai.

Une autre nuit à l'hôtel. Je dormis d'un sommeil entrecoupé, les yeux fermés mais les pensées tournant en boucle dans ma tête. Je me réveillai affamé : je n'avais rien avalé depuis la veille au petit déjeuner. Je sortis avec ma valise pour trouver à manger, dans un autre matin de brume dorée où régnait l'odeur piquante du pétrole. Le grondement des tirs d'artillerie au loin était plus fort que la veille au soir. Devant les portes fermées de la gare de l'Est, une vieille femme édentée me vendit une pomme de terre bouillie, sans le moindre accompagnement. Un vendeur de journaux non loin de nous proposait un titre que je n'avais jamais vu auparavant, l'*Édition parisienne de guerre**. J'en achetai un exemplaire. Retraite, panique : enfin, les gros titres coïncidaient avec la réalité. Il était presque huit heures : deux heures à tuer avant mon rendez-vous.

Je descendis le boulevard de Strasbourg, plongé dans le silence et rendu sépia par la fumée ; je me serais cru dans un daguerréotype de Marville. Me rappelant ce que m'avait dit la chanteuse la veille au soir, je regardai autour de moi pour voir si j'étais suivi. Une cinquantaine de mètres derrière se trouvait une silhouette à chapeau et cape noirs, peut-être un homme d'Église. Je pris à gauche dans le passage du Désir et le remontai jusqu'à la rue du Faubourg-Saint-Martin. Toutes les boutiques avaient les volets fermés. Je repris la direction du sud jusqu'au passage Brady. L'homme à la cape noire n'était nulle part en vue. Il me vint à l'esprit que je pouvais passer d'une galerie marchande à l'autre sur le chemin de Saint-Eustache : une bonne façon de passer le temps et de me débarrasser d'un éventuel poursuivant.

Je traversai la rue en diagonale pour entrer dans le passage de l'Industrie et regardai par-dessus mon épaule ; mon cœur fit un bond. Là, à l'entrée du passage Brady, se trouvait l'homme en noir, qui disparut à l'intérieur. Était-ce juste une coïncidence ? J'attendis de voir s'il allait réapparaître, mais ne le vis plus. Je continuai mon chemin à la hâte, tournant à gauche dans la rue du Faubourg-Saint-Denis, puis à gauche encore dans le passage du Prado, et suivant l'angle que faisait ce dernier vers la droite pour ressortir à côté de la porte Saint-Denis, qui marquait l'endroit où les remparts de la vieille ville s'étaient dressés à l'époque de Louis XIV. Je continuai ma route du même pas pressé, transpirant à présent dans la chaleur matinale, les épaules douloureuses à force de porter ma valise, empruntant le passage Lemoine puis celui du Ponceau, tous deux presque exclusivement occupés par des marchands de textiles juifs ; puis vint le passage du Caire, le plus long de tous ; je revins sur mes pas par la rue Réaumur jusqu'au passage Basfour et à celui de la Trinité, qui étaient moins des galeries marchandes que d'étroites venelles, avec leur habituelle puanteur d'ammoniaque ; fis un crochet jusqu'à l'accueillant passage de l'Ancre ; et enfin, pris en enfilade les majestueux passages du Bourg-l'Abbé et du Grand-Cerf, deux des plus belles galeries marchandes de la ville, plus lumineuses que jamais dans la lumière dorée qui se déversait par leurs verrières. Les rares passants que je croisai semblaient hébétés, avançant comme s'ils étaient sous l'eau.

À l'approche de dix heures, je me dirigeai vers Saint-Eustache, à peu près certain que si j'avais été filé par l'homme en noir, je l'avais maintenant semé depuis longtemps. La chaleur commençait à devenir oppressante. Il allait bientôt pleuvoir. J'entrai dans l'église comme dans une vaste grotte bien fraîche. L'intérieur en était plus sombre qu'à l'ordinaire. Des sacs de sable avaient été empilés dans les renfoncements des vitraux pour les protéger d'un bombardement qui n'était jamais venu. La seule lumière provenait des cierges à la flamme vacillante, et il fallut un moment à mes yeux pour se faire à la pénombre. Je m'approchai de l'autel. Le moindre bruit, le moindre pas, résonnait dans le silence. Enfin, je repérai la veuve, toute vêtue de noir, le visage voilé, agenouillée en prière au premier rang. Je m'affalai sur le banc derrière elle, épuisé. Une migraine était en train de se former à l'arrière de mes yeux. Après quelques instants, la veuve se leva et quitta l'église. Lorsque je sortis à mon tour, le soleil m'aveugla. Ma valise à la main, je la suivis discrètement de loin, en direction des quartiers pauvres de Beaubourg. Elle tourna dans la rue Quincampoix puis entra chez un *antiquaire** qui faisait l'angle. Les volets de la boutique étaient presque entièrement fermés. Le tintement de la sonnette annonça mon entrée. Dans la pénombre au fond de la pièce, je vis une porte ouverte et derrière, un escalier. Je le gravis jusqu'au premier étage, arrivant dans une pièce aussi remplie d'antiquités que la boutique du dessous. La veuve n'était nulle part en vue. Je croyais avoir été laissé seul lorsque j'entendis le bruissement d'un corps à côté du mien. Je me retournai et trouvai devant moi la veuve, en train de soulever son voile pour révéler le visage qu'il avait caché : celui de Madeleine. Elle s'approcha de moi sans un mot, passa les bras autour de mon cou et m'embrassa, les lèvres tremblantes.

« J'avais perdu l'espoir de te revoir un jour, dit-elle.

— Pourquoi es-tu partie ? répondis-je en l'embrassant dans le cou et en m'enivrant de son parfum de santal.

— Parce que tu ne me croyais pas.

— Ai-je besoin de te croire pour t'aimer ?

— Oui, répondit-elle. Oui, mon chéri. Tu n'as pas le choix. »

Nous passâmes plusieurs heures allongés côte à côte sur un divan ancien dans la pièce du haut de cette petite boutique d'antiquités, au milieu de tapis la Savonnerie, d'horloges Louis XV, de lampes pompéiennes, de fauteuils posés sur des pattes de sphinx en bronze, de *japonaiseries** en porcelaine exposées dans des meubles à vitrine en poirier, et de candélabres qui, lorsque j'y regardai de plus près, s'avérèrent représenter des serpents lovés.

« Je veux réessayer, dis-je.

— Quoi ?

— Un passage. »

Madeleine hésita.

« Ce que tu veux, c'est la certitude. Tu veux être délivré du doute. Mais même si nous faisons un passage, cela ne te suffira pas. Tu ne seras jamais certain. Il est dans ta nature de douter.

— J'ai besoin d'essayer. D'être sûr.

— Pas tout de suite. Il faut que tu te reposes. Tu as les pensées en ébullition. Tu vas te laisser distraire.

— Comment puis-je dormir alors que tu es là près de moi ?

— Voici comment », répliqua-t-elle avant de m'embrasser de nouveau.

Je rouvris les yeux et la trouvai allongée sur le divan, à mes côtés, une jambe repliée sur moi, la tête appuyée sur un coude, les yeux fixés sur mon visage, me caressant la joue du dos de ses doigts. À l'exception d'une lampe allumée dans un coin de la pièce, les ténèbres régnaient.

« Qu'est-ce qui s'est passé ?

— Tu t'es endormi.

— Pourquoi ne m'as-tu pas réveillé ?

— J'ai essayé, mais tu étais si fatigué que je n'ai pas réussi.

— Quelle heure est-il ? »

Elle leva les yeux. Il y avait plusieurs horloges dans la pièce.

« Quatre heures. »

Elle reposa doucement la tête sur ma poitrine.

« Alors, pourquoi fait-il si noir ?

— Quatre heures du matin. On est jeudi.

— Quatre heures du matin ! Combien de temps est-ce que j'ai dormi ?

— Onze, peut-être douze heures.

— Eh bien, au moins je n'ai pas été réveillé par un cauchemar. »

Je lui caressai les cheveux un moment avant qu'elle ne relève la tête.

« Je veux que tu me regardes dans les yeux sans te laisser distraire, me dit-elle. Est-ce que tu t'en sens capable ? » Je hochai la tête en cherchant ses lèvres des miennes. « Cela veut dire pas de baiser », précisa-t-elle avec un sourire, en reculant la tête.

« D'accord.

— Tout ce qu'il faut, c'est une suspension consentie de l'incrédulité. »

Il y avait quelque chose dans son regard qui n'y avait pas figuré précédemment, une sorte d'ouverture, d'abandon. Je le lui rendis sans faux-fuyants, gardant les yeux fixés sur les siens jusqu'à ce que je ne voie plus rien d'autre qu'eux, ces puits sans fond d'amour et de tristesse. Nous restâmes ainsi sans bouger ni parler, perdant toute notion du temps. Très graduellement, je sentis naître en moi un fourmillement de joie qui ne cessa de s'épanouir, se répandant dans tout mon corps, jusqu'à ce que j'aie l'impression de me dissoudre comme un cachet d'aspirine pétillant dans un verre d'eau, comme si tout ce qui était matière solide en moi se dissipait dans l'air, sauf qu'au lieu de disparaître je devenais autre chose, quelque chose de raréfié et d'euphorique, une pure existence. Chaque fois que mon esprit vacillait – chaque fois que le doute menaçait de faire éclater la précaire perfection du moment –, je le repoussai doucement dans cet espace de pure existence. À l'instant même où il me semblait avoir enfin passé le seuil de cette pureté, elle commença à s'éloigner, ou peut-être fut-ce moi qui commençai à m'éloigner, à regagner ma corporalité, à me contracter, me solidifier, me matérialiser, jusqu'à ce que je me retrouve de nouveau les yeux plongés dans d'autres yeux, sauf que ces derniers n'étaient plus les prunelles noires où je m'étais perdu quelques instants plus tôt, mais celles d'un gris océan qui m'avaient rendu mon regard toute ma vie dans le miroir. C'était mon propre visage que je détaillais, mes propres yeux, et ce visage, mon visage, me scrutait en retour. Il se pencha vers moi et je sentis mes propres lèvres, qui n'étaient plus les miennes mais celles de quelqu'un d'autre, effleurer celles qui étaient miennes à présent, se presser contre cette nouvelle bouche, et la pilosité rugueuse de cet autre visage, qui après tout était ma pilosité à moi, frotter sur ma nouvelle peau si douce. La moiteur de mon ancienne langue effleura celle de ma nouvelle langue. Les deux corps, le précédent et l'actuel, l'ancien et le nouveau, retrouvèrent ce rythme familier, le don et l'acceptation de l'amour, sauf que rien d'autre n'était familier : chaque sensation était nouvelle et étrange. Je sentis une présence entrer en moi là où autrefois c'était moi qui serais entré. Des vrilles de plaisir frissonnant se propagèrent d'un bout à l'autre de ma nouvelle chair, encore et encore, alors que nous explorions les limites de nos corps, jusqu'à ce que celui qui avait été mien pendant si longtemps arrive à la résolution naturelle de ses efforts et se laisse retomber sur moi, et que je le sente relâcher au fond de moi l'expression de lui-même. Nous restâmes allongés l'un près de l'autre un moment, laissant nos souffles s'entremêler et une somnolence bienheureuse s'emparer de nous, tandis que la lumière filtrant par les volets fermés de la fenêtre croissait avec la naissance du jour. Puis, nous regardant de nouveau dans les yeux, nous entreprîmes de refaire le voyage en sens inverse.

Lorsque nous eûmes retrouvé notre point de départ, Madeleine sortit de sa torpeur et se redressa.

« Maintenant tu sais comment cela fonctionne », dit-elle en enfilant ma chemise, exactement comme elle l'avait fait dans mon appartement. Elle alla à la fenêtre ouvrir grand les volets, laissant entrer dans la pièce une fraîche bouffée d'air matinal. Elle se pencha à l'extérieur pour étudier le ciel. « Il va pleuvoir. »

Elle se retourna pour prendre le paquet de cigarettes et en alluma une.

« Pourquoi suis-je capable de tout me rappeler ?

— Parce que j'y ai veillé.

— Est-ce que je sais le faire aussi ? »

Elle soupira.

« Non. J'aimerais que ce soit le cas. Mais tu ne sais pas. C'est pour cette raison qu'il faut que tu mettes tout cela par écrit. Il te faut des preuves. Tu veux bien t'en charger ? »

Je hochai la tête.

« Promis ?

— Promis.

— Tu dois avoir faim, dit-elle. Tu n'as rien mangé depuis hier matin. »

Elle disparut pendant un moment et, naturellement, ma première pensée, en me retrouvant seul, fut de me demander ce qui venait de se produire. Quelque chose m'était arrivé – sur ce point, je n'avais aucun doute. J'étais même disposé à appeler cela un passage. Mais de quoi s'agissait-il exactement ? Avais-je été le jouet de quelque illusion – ou m'étais-je illusionné moi-même ? Était-il possible pour un esprit de se leurrer ainsi soi-même ? D'être si malléable, si suggestible ? Je soupirai. Madeleine avait eu raison : j'avais ma réponse mais – exactement comme elle l'avait prédit – cela ne me suffisait pas ; mes doutes continuaient à me turlupiner pour que j'essaie d'en savoir plus, de comprendre, d'être sûr. Mais au sujet de l'amour, elle s'était trompée. Je n'avais pas besoin de la croire pour l'aimer. Je l'aimais à présent plus que jamais. C'était là une illusion au sujet de laquelle je n'avais pas le moindre doute.

Elle revint avec un verre d'eau et un bol rempli de cerises noires.

« C'était tout ce qu'ils avaient à vendre au marché. »

Je bus l'eau d'un trait et entrepris de dévorer les cerises, savourant le jus sombre et sucré qui jaillissait sous mes dents à chaque bouchée.

« Qu'est-ce qui s'est passé avec Chanel ?

— Je suis allé la voir, répondis-je entre deux bouchées, comme tu me l'avais demandé. Mais je n'ai pas pu…

— Je sais.

— Je la tenais, coincée dans une pièce, j'avais le pistolet braqué sur elle… » Je levai la main comme si j'avais une arme entre les doigts. « Mais un pistolet sans balles… »

J'appuyai sur une détente imaginaire.

« Je sais. » Elle détourna le regard. « Où est-il maintenant ?

— C'est Massu qui l'a.

— Qui est-ce ?

— Il est de la police – la Brigade spéciale du Quai des Orfèvres. Il est au courant pour Chanel. Cela fait des années qu'il la surveille. Et il connaît le conte de l'albatros – ne t'inquiète pas, cependant, il ne sait rien sur toi. Mais ce pourrait être un allié pour toi, si un jour tu en as besoin. C'est toujours utile d'avoir un policier comme allié. Dis-lui juste que c'est moi qui t'ai envoyée. Dis-lui que tu sais comment l'histoire se termine.

— Je le ferai.

— Et le *night-club* ? demandai-je.

— Quoi, le *night-club* ?

— C'est là que tu allais, tous les soirs, lorsque nous étions ensemble ?

— Oui. J'y travaillais. Dernièrement, c'est devenu trop dangereux.

— Et la chanteuse… Est-ce que tu l'aimes ? »

À point nommé, on frappa à la porte de la boutique : deux coups forts suivis de trois plus discrets et plus rapides. Madeleine se précipita à la fenêtre et se pencha dehors.

« C'est justement elle. »

Elle descendit l'escalier en courant pour aller lui ouvrir. Je les entendis murmurer quelques minutes, puis Madeleine revint seule, un coupe-boulons à la main. Elle se dirigea vers une armoire, ouvrit l'un des tiroirs et en sortit une liasse de billets.

« Il y a un train qui part de la gare d'Austerlitz dans un peu moins d'une heure, dit-elle en s'approchant de moi pour me mettre argent et outil entre les mains. Si nous nous dépêchons, nous l'aurons. »

Dans un brouillard doré doucement poussé par le vent, nous nous dirigeâmes vers l'île de la Cité. Le grondement de la bataille était très proche désormais, ponctué de temps en temps par l'explosion d'un dépôt de pétrole aux abords de la ville. Sur le chemin, nous croisâmes chiens et chats errants, libérés par leurs propriétaires en fuite et cherchant désespérément de quoi manger. Nous vîmes même une vache qui devait venir des faubourgs en quête de pâture. Arrivés sur le quai de la Tournelle, nous nous arrêtâmes devant l'étal de Vennet. Pendant que Madeleine faisait le guet, je m'emparai du coupe-boulons. J'étais sur le point d'en refermer les mâchoires sur le cadenas lorsque, au coin de la rue, apparut un garde républicain à cheval. Madeleine se glissa entre moi et l'outil, jeta les bras autour de mon cou et m'embrassa jusqu'à ce que le cavalier soit passé, comme si Paris était encore une ville où deux amants pouvaient s'enlacer au bord du fleuve. Tendant les bras autour d'elle, j'appuyai sur les poignées du coupe-boulons et sentis le verrou céder. Lorsque le policier à cheval eut disparu, nous ouvrîmes le couvercle en bois vert de l'étal.

Elle était bien là : la sacoche en cuir que portait Vennet lorsqu'il avait quitté l'hôtel des ventes pour se diriger tranquillement vers sa propre mort, il n'y avait pas si longtemps. Je regardai à l'intérieur et exprimai bruyamment mon soulagement en y voyant le mince volume en cuir rouge portant, en lettres gaufrées d'or : *L'Éducation d'un monstre, Ch. Baudelaire.* Nous nous remîmes en route, en direction cette fois de la gare.

Alors que nous arrivions à la gare d'Austerlitz, les premières gouttes de pluie tombèrent d'un ciel orange. L'entrée était fermée, et des réfugiés campaient sur le trottoir. Madeleine parla à un garde, qui nous ouvrit la porte. À l'intérieur, il y avait peu de monde et encore moins de signes du tumulte qui, jusqu'à la veille, avait régné là pendant des semaines. Les seuls indices de cette époque de panique étaient ce qui traînait par terre : une chaussette solitaire, une cuillère à café, des mégots, une feuille de journal jaunissante claquant au vent. Tout cela serait balayé avant la fin de la journée, et toute trace du grand exode serait bientôt effacée. Nous passâmes devant les guichets fermés pour entrer dans un hall jonché lui aussi de ce type de détritus. Sous le toit au-dessus de nos têtes, plusieurs canaris et perruches voletaient de-ci de-là, savourant la liberté que leur avaient rendue leurs propriétaires avant de partir. Et sur le plus éloigné des quais, une locomotive à laquelle étaient accrochés plusieurs wagons faisait entendre son sifflement. Je me précipitai en avant, tenant ma valise d'une main et de l'autre, celle de Madeleine, mais je sentis cette dernière échapper à l'étreinte de mes doigts. Je me retournai. Elle portait la même robe que le jour de notre rencontre : la noire avec des motifs d'hibiscus rouges.

« Qu'est-ce qu'il y a ?

— Il faut que tu partes sans moi, me répondit-elle. Je ne peux pas quitter Paris.

— Mais je ne peux pas partir sans toi.

— Rester serait pour toi du suicide. Mais moi, je n'ai pas le choix. »

Je me rappelai les paroles de la chanteuse au *night-club.*

« Est-ce en rapport avec… »

Je ne pus finir ma phrase.

« Avec Chanel ? termina-t-elle pour moi. Bien sûr. Je dois rester près d'elle. Je suis responsable d'elle, d'une certaine façon. Il faut que je la suive, que je la surveille. Que je veille à ce qu'elle ne fasse plus de mal à personne.

— Tu as fait tout ce que tu pouvais.

— Et cela n'a pas suffi. Je dois achever ce que j'ai commencé. C'est mon devoir. Pour me rattraper d'avoir violé la Loi. Chanel est… mon double, ma destinée.

— Je ne peux pas t'abandonner.

— Tu le dois. Tu dois partir. Tu dois mettre par écrit tout ce que tu sais au sujet du passage – tout ce que je t'ai raconté, tout ce que tu as vécu toi-même ; et le manuscrit aussi, tu dois l'inclure. Fais un livre, un livre au sujet des passages, un livre qui te rappellera qui tu es quand tu auras oublié. Une fois que tu auras fait cela, il faudra que tu procèdes toi-même à un passage. Puis, lorsque la guerre sera terminée, lorsque Paris sera de nouveau libre, reviens me trouver. Je t'attendrai. »

Elle qui avait été si proche de moi quelques instants plus tôt me paraissait désormais si loin, hors de portée. Sentant peut-être mon désespoir, elle ferma les yeux, jeta les bras autour de mon cou et m'embrassa à plusieurs reprises, sur les lèvres, les joues, le menton.

« Promets-moi que tu mettras tout par écrit. Promets-moi que tu n'oublieras pas.

— Je te le promets », répondis-je entre deux baisers parfumés de santal. Je me rappelai ce que j'avais eu l'intention de lui dire. « Il y a quelque chose qu'il faut que tu saches à propos de Chanel : elle connaît ton nom.

— Comment le sais-tu ?

— Elle l'a laissé échapper lorsque nous avons parlé.

— Est-ce toi qui le lui as donné ?

— Bien sûr que non.

— Et ton nom à toi ?

— Pour autant qu'elle le sache, je m'appelle Arthur Koestler.

— Qui est-ce ?

— Mon ancien voisin. » Madeleine hocha la tête. Je la regardai, m'emplissant les yeux de son visage, de ses yeux, de ses lèvres. « Quand te reverrai-je ?

— Si ce n'est dans cette vie, dans la suivante. » Nous nous embrassâmes une dernière fois, longuement, jusqu'à ce que le hurlement strident d'un sifflet de locomotive brise notre étreinte. Elle recula, et je vis qu'elle avait les yeux mouillés de larmes. « Il faut que tu t'en ailles, me dit-elle alors que je sortais un mouchoir de la poche de ma veste pour lui essuyer les yeux.

— Où te trouverai-je ?

— Dans le cimetière, mon amour. J'irai me recueillir sur la tombe de Baudelaire tous les jours, dans l'attente de ton retour. »

La locomotive siffla de nouveau. Je regardai autour de moi. Le quai était désert, à l'exception d'un contrôleur qui nous faisait signe de nous dépêcher ; nous étions les seuls retardataires. Nous courûmes jusqu'au quai et l'atteignîmes juste au moment où le train commençait à s'ébranler. Je montai sur le marchepied, ma valise noire à la main et la sacoche en cuir sur l'épaule, et me retournai pour lui dire au revoir. Elle se tenait parfaitement immobile, les mains jointes, crispées, devant elle. J'agitai le bras jusqu'à ce qu'elle ne soit plus qu'une tache noir et rouge au loin puis, à contrecœur, je me retournai pour entrer dans le wagon.

Le train n'était qu'à moitié plein. La plupart des passagers étaient des hommes bien habillés – des fonctionnaires gouvernementaux, soupçonnai-je, éventuellement des administrateurs des chemins de fer, peut-être quelques diplomates issus de pays hostiles aux Allemands, sûrement une poignée d'espions parmi eux, et certaines de leurs épouses ; tous s'éclipsant à la dernière minute par l'ultime train à quitter un Paris libre. Je ne parlai à personne, de peur d'être trahi par mon accent. Alors que le train traversait les banlieues au sud de la capitale, d'épaisses gouttes de pluie d'un orange huileux s'écrasèrent sur la vitre, se frayant un chemin dans la poussière.

☞ {445}

LA CHAMBRE D'HÔTEL

Pendant toute la journée et la nuit qui suivit, le train avança vers le sud par à-coups, fonçant pendant une heure ou deux, puis s'arrêtant inexplicablement dans quelque minuscule village, à quelque embranchement ou au milieu des champs. Nous ne fûmes ni mitraillés ni bombardés, et le trajet me parut presque irréel, comme si je m'étais endormi et rêvais d'un voyage en train dans un paysage mystérieusement vidé de ses habitants. Ce n'est que lorsque nous traversâmes Nevers en cahotant que je compris que nous nous dirigions vers le centre du pays. À la lueur du croissant de lune, le train traversa de hauts plateaux d'où je pus voir la campagne somnolente à des kilomètres à la ronde. Le ronronnement de la locomotive, le balancement des wagons et le ricochet des roues sur les rails m'endormirent et me réveillèrent plusieurs fois. Nous traversâmes des villages dont je n'avais jamais entendu parler, de tristes et solitaires petites bourgades aux noms poétiques comme Montluçon et Ussel, Brive-la-Gaillarde et Figeac. À l'aube, le lendemain, nous étions arrivés dans la banlieue de Toulouse, où une grande partie des passagers descendit ; mais un porteur m'informa par la fenêtre que le train continuait sa route jusqu'à Lourdes, dans les montagnes avoisinant l'Espagne, et je restai à bord. C'était une ville de pèlerinage, et je me dis que les habitants y seraient plus accueillants que d'autres.

Lourdes était bondée de réfugiés et de pèlerins catholiques rayonnants de ferveur religieuse. Ils étaient venus de partout prier pour la France. Je trouvai une chambre libre avec un petit bureau au deuxième étage d'une pension de famille. Par la fenêtre, je pouvais voir la flèche de la basilique et les montagnes. Quelques jours après mon arrivée, les journaux et la radio annoncèrent que la France allait être divisée en deux parties : il y aurait une zone occupée au nord et à l'ouest, tandis que le Sud et l'Est formeraient une zone neutre gouvernée depuis Vichy, cette station thermale aux allures de gâteau de mariage, qui serait dorénavant la capitale du nouveau régime fantoche. Je songeai à ma vieille concierge, Madame Barbier, et à son mari, partis là-bas pour fuir les Allemands et qui allaient désormais en croiser à tous les coins de rue. Au cinéma, un film d'actualités montrait Hitler en train de visiter Paris en compagnie d'Albert Speer et d'autres. Les rues étaient parsemées de gens qui applaudissaient avec hésitation pour la caméra. Hitler monta sur la tour Eiffel et parcourut du regard son nouveau territoire. Je dus détourner les yeux.

Je passai de longues heures à écrire. Je couchai sur le papier tout ce qui m'était arrivé depuis que j'avais rencontré Madeleine au cimetière, quelques semaines plus tôt seulement, et je mis par écrit, à partir de mes notes, les histoires qu'elle m'avait racontées. C'était une façon de cultiver son souvenir et de l'oublier tout à la fois. J'évitais la compagnie d'autrui par peur d'attirer l'attention sur moi. Le matin, quand je n'écrivais pas, je me rendais au bureau de poste, à la mairie ou au commissariat pour essayer d'obtenir un permis de voyager afin de passer en Espagne par la route ou de gagner Marseille en train.

L'après-midi, je flânais dans les collines maussades derrière la ville ou descendais à la basilique, où des légions de pèlerins malades ou infirmes se rassemblaient sur le parvis, pour beaucoup dans des fauteuils roulants poussés par des religieuses, afin de boire l'eau de source à laquelle ils attribuaient le pouvoir de les guérir miraculeusement. J'évitais les informations et les intrigues de mes compagnons d'émigration. Chaque journal était pour moi une citation à comparaître, chaque radiodiffusion, l'annonce de nouvelles fatidiques, chaque coup frappé à la porte, un policier venu m'arrêter.

En août, je me vis enfin accorder la permission de gagner Marseille en train. Pour éviter un contrôle de police, j'en descendis peu avant le terminus. Chargé de ma valise noire et de la sacoche contenant le manuscrit, je traversai d'un pas lourd les âpres collines de calcaire jusqu'à ce que je parvienne en haut d'une pente qui dominait la ville. Celle-ci s'étalait devant moi dans la pâle lumière du petit matin, nichée entre les montagnes blanches et une mer turquoise. En arrivant dans la ville, qui m'accueillit de son parfum familier – pétrole, urine et encre d'imprimerie –, je pris un tramway qui me mena au port. Aucun des hôtels n'y ayant de place pour moi, j'explorai les petites rues alentour jusqu'à ce que je trouve une chambre dans un hôtel miteux donnant sur le cours Belsunce.

Marseille était un nid de déserteurs, de parias, d'artistes, de philosophes et de criminels. De nouvelles vagues de déplacés y affluaient chaque jour. Nulle descente de police, nul décret, nulle menace d'internement ne parvenait à les en empêcher. Ils venaient là parce que c'était le dernier port français d'où partaient encore des bateaux. La ville était le goulet par lequel tous devaient passer. Les conversations tournaient invariablement autour des mêmes thèmes : passeports, visas, permis de voyager, bons au porteur, cachet des autorités portuaires, certificats, devises et listes. Et chacun de ces thèmes avait des variations à n'en plus finir : passeports vrais, faux ou d'emprunt ; visas d'entrée, de sortie et de transit ; certificats de réfugié, de douane, de santé ou de démobilisation ; devises anciennes, nouvelles et contrefaites ; listes de police, listes de passagers, listes préfectorales. Tout le monde protégeait ses papiers comme si sa vie en dépendait, ce qui était effectivement le cas, et pendant ce temps-là, les autorités inventaient des moyens plus malins encore de nous trier, nous classer, nous enregistrer et nous matriculer comme des moutons à l'abattoir. On passait des heures au café dans l'espoir d'obtenir quelque bribe d'information utile, mais les rumeurs volaient tellement en tous sens qu'il était impossible de distinguer le vrai du faux. On pouvait passer la journée entière dans une salle d'attente à l'air épaissi par l'épuisement ambiant, pour se voir dire par la personne au guichet de revenir le lendemain, la semaine d'après ou même, alors qu'août avançait et que les bureaux administratifs commençaient à fermer pour les vacances d'été, le mois d'après. Les demandeurs remplissaient formulaire après formulaire, chuchotaient entre eux, somnolaient ou travaillaient sur l'histoire qu'ils allaient servir lors de leur entrevue. La moindre erreur – onze photographies au lieu de douze, par exemple – et tout l'édifice de documents, chacun avec sa propre date d'expiration, pouvait s'écrouler.

À l'hôtel Splendide, je trouvai Fritz dans le hall un matin, et bien que deux ou trois mois seulement se soient écoulés depuis que je l'avais vu sur un quai de gare parisien, nous nous étreignîmes comme si nous venions de nous retrouver après une longue séparation. Il m'apprit qu'Arthur aussi était en ville, et nous allâmes prendre un verre ensemble tous les trois. C'était un jour sans alcool, d'après les nouvelles règles dues à la guerre, mais le barman ajouta un peu de schnaps à nos chicorées.

« Qu'est-il arrivé à ta bonne amie ? me demanda Arthur.

— Elle a décidé de rester à Paris, répondis-je.

— Ah », firent-ils tous les deux en hochant la tête d'un air entendu, et le sujet ne fut plus évoqué ; ce genre d'histoire était fréquent.

Fritz et moi étions dans le même bateau : il ne parvenait pas à se procurer de visa de sortie. Sans la permission de quitter la France, tout autre trésor – un visa de transit portugais, un visa d'entrée américain – n'avait aucune valeur. Arthur, de son côté, avait connu toutes sortes d'aventures depuis qu'il était parti de Paris. À Bordeaux, sa petite amie anglaise avait réussi à monter à bord d'un bateau en partance pour Portsmouth. À eux deux, ils m'informèrent de ce que disaient les rumeurs du sort de divers amis et connaissances : l'un était parti en Amérique, l'autre s'était suicidé en avalant du véronal à Paris, un autre s'était entaillé les poignets dans un camp de prisonniers près d'Avignon. Un pauvre gars avait avalé de la strychnine, et un autre encore avait disparu d'un camp en Savoie, sans que l'on entende plus jamais parler de lui.

Vacillant sur la corde raide séparant l'espoir du désespoir, nous prîmes nos marques dans notre vie provisoire tandis que le monde que nous avions connu devenait méconnaissable. Une nouvelle sorte de rhétorique commença à infecter radio et journaux. Au nom du renouveau national, ils prêchaient les vertus de la collaboration et de l'autoritarisme, dénonçaient la corruption des syndicats et la traîtrise des Juifs. L'humiliation de la France étant vue comme un échec moral, le remède serait une révolution morale. Les vitrines des boutiques juives furent cassées. Les mots *Liberté, égalité, fraternité*, qui jusqu'à récemment avaient orné l'entrée des bâtiments administratifs, furent remplacés par une nouvelle trinité : *Travail, famille, patrie*. Les camps de travail devinrent obligatoires : tous les garçons de dix-neuf ans devraient y passer six mois. Les rations mensuelles furent réduites à une livre de sucre, deux cents grammes de pâtes, cent grammes de riz, cent grammes de matière grasse et cent dix grammes de savon. Il était impossible de passer un coup de téléphone à Paris ou d'y envoyer une lettre. Des meutes de fonctionnaires rôdaient jour et nuit dans les rues, jetant en prison toute personne qu'ils considéraient comme suspecte. Sans argent pour payer un pot-de-vin ou un avocat, quiconque était pris dans une de ces rafles finissait dans un camp.

La délégation américaine installée au Splendide m'avait accordé un visa américain, mais mes efforts pour me procurer un visa de sortie s'étaient tous soldés par des échecs. Il me fallait un certain cachet, et je n'avais pas le certificat nécessaire pour l'obtenir. Je continuai quand même les démarches, dans l'espoir de bénéficier d'une erreur, d'un oubli, d'un acte de compassion. Je me joignis aux masses qui attendaient du matin au soir devant le *Bureau des étrangers**. Lorsque, au bout d'un mois, j'essuyai un refus final et définitif, je ressortis hagard de la préfecture et errai sans but jusqu'à ce que j'atteigne les quais du Vieux-Port, où j'entrai dans un bistrot simplement pour échapper au soleil aveuglant. Dans mon chagrin, je commandai des huîtres. C'était l'un des rares aliments à ne pas être rationné.

Même la nuit, la ville irradiait d'une chaleur désertique. Les dimanches, lorsque cafés et bars fermaient et que les rues sombraient dans la somnolence, étaient les jours les plus difficiles à endurer. Notre seul recours pour échapper à la chaleur était de plonger des rochers du port de Malmousque pour nager dans ses eaux fraîches et claires, en nous relayant pour rester en tout temps à l'affût des voleurs.

En désespoir de cause, Arthur et moi tentâmes de nous déguiser en marins et de monter à bord d'un bateau. Mais notre teint blafard nous trahit, et lorsqu'on nous demanda nos billets de marins marchands, notre ruse fut exposée au grand jour. Nous eûmes de la chance de ne pas être dénoncés à la police. Peu après, Arthur réussit à rassembler tous les documents nécessaires ; il partit un jeudi matin par un bateau à destination de Lisbonne. Fritz et moi allâmes lui dire au revoir sur le quai.

« S'il t'arrive quelque chose, as-tu de quoi ? » lui demandai-je.

Il secoua la tête. Je lui donnai la moitié de mes cachets de morphine. Il gravit la passerelle d'un pas leste, et quelques minutes plus tard, le navire s'éloigna lentement de son poste d'amarrage, dans un éclat de corne de brume et un nuage de fumée âcre.

Madeleine n'était jamais loin de mes pensées. Parfois, la nuit, je me retournais dans mon lit sans trouver le sommeil, songeant à elle et à ses formes multiples, réfléchissant aux énigmes qu'elle m'avait posées. Je n'avais pas oublié ses derniers mots, et dès que j'avais un moment de libre, je m'asseyais à une table de café ou au bureau bancal de ma chambre d'hôtel pour me remettre à l'ouvrage. Écrire me permettait de tenir. Sur une période de plusieurs semaines, je couchai sur le papier, dans le détail, toutes les histoires qu'elle m'avait racontées, en essayant de recréer la magie de cette précieuse poignée de jours et de nuits que nous avions passés ensemble. C'était ma façon de rester proche d'elle. Ma tâche terminée, je ne m'arrêtai pas là. Cette fois, je racontai mon histoire à moi, *cette* histoire, qui n'est après tout que l'humble récit, parmi tant d'autres, d'une brève liaison, sans intérêt pour personne d'autre peut-être que moi.

Après plus d'un mois à Marseille, je me retrouvai à court d'options. Toutes les portes m'avaient été fermées au nez. Dans l'incapacité de partir par la mer, je décidai de me rendre au Portugal par voie de terre. Le gouvernement espagnol n'avait pas encore fermé ses frontières aux réfugiés en provenance de France, et j'avais un visa de transit portugais. J'appris que la femme d'un ami aidait des réfugiés à passer clandestinement la frontière. En atteignant Lisbonne, j'espérais trouver place à bord d'un navire en partance pour l'Amérique.

Je réussis à me procurer un permis de voyager jusqu'à Perpignan. Lorsqu'il fut temps pour moi d'aller prendre mon train de nuit, Fritz, qui espérait encore réussir à partir par la mer, m'accompagna à la gare Saint-Charles pour me dire au revoir. Nous montâmes ensemble les cent quatre marches du grand escalier qui y menait. Je portais, comme d'habitude, ma valise noire, et ma sacoche qui contenait ce manuscrit. Nous nous fîmes nos adieux, échangeâmes une étreinte et nous souhaitâmes bonne chance, en nous faisant la vague promesse de nous retrouver un jour, quelque part. Puis il tourna les talons et redescendit les marches qui ramenaient au bas de la colline, disparaissant dans la foule. Mon énième adieu à un énième ami. Je ne savais pas combien je pourrais en supporter encore.

Je fis la route jusqu'à Perpignan en compagnie de la photographe Henny Gurland et de son fils Joseph. De là, nous empruntâmes un train régional à destination de Port-Vendres, où nous retrouvâmes une jeune Allemande au teint frais du nom de Lisa Fittko, qui avait pris sur elle de guider des gens de l'autre côté de la frontière. Elle nous annonça qu'elle allait nous faire passer en Espagne par un sentier appelé le chemin de Lister, du nom d'un officier de l'armée républicaine espagnole qui, avec ses hommes, avait lui aussi franchi les montagnes pour s'enfuir, mais dans l'autre sens, quelques années plus tôt seulement. Elle et moi tenterions d'abord seuls la traversée, déclara-t-elle, car elle n'avait encore jamais pris ce chemin. Ensemble, nous allâmes parler avec le maire de la commune, qui était compatissant à notre cause. Il nous dit où aller et nous conseilla de partir à l'aube en même temps que les vendangeurs. Je savais que j'allais passer la nuit là-haut dans les montagnes.

Il faisait sombre lorsque Lisa frappa à la porte de ma chambre d'hôtel, mais je l'attendais, complètement habillé et prêt à partir. Nous nous joignîmes à la foule des vendangeurs qui gravissaient le chemin menant aux vignes plantées dans les contreforts de la montagne, derrière le village. Ils nous donnèrent du pain, du fromage et du vin coupé à l'eau pour notre petit déjeuner. Rapidement, le sentier devint plus escarpé dans les lueurs de l'aube et, lorsque le soleil apparut enfin, nous laissâmes les vendangeurs à leur cueillette et poursuivîmes notre ascension. Comme je le craignais, mon cœur se révéla à peine à la hauteur de la tâche de hisser une valise sur une pente de montagne. Il battait à toute vitesse, et chacune de ses contractions était un spasme de douleur. Toutes les dix minutes, je devais m'arrêter pour me reposer.

Lisa se montra extrêmement patiente. Notre lente progression nous offrit le luxe d'admirer le paysage. Le monde était baigné d'une lumière chaude et dorée. Un vertigineux banc de nuages estivaux était en train de se former au sud. Derrière nous, la France s'étalait dans toute sa splendeur, et le rivage bordé de blanc du golfe du Lion partait en s'incurvant vers le nord-est.

Parfois, le sentier devenait à peine visible, au point de sembler s'arrêter complètement. Lisa partait alors en tête, et m'appelait quand elle avait réussi à le retrouver. Nous atteignîmes enfin la crête de la montagne en fin d'après-midi. C'était là que se trouvait la frontière. Le chemin qui menait en Espagne, à la ville frontalière de Portbou, était clairement visible. Comme prévu, il ne fut pas question que je retourne à Port-Vendres avec Lisa. Elle me donna sa veste pour que je n'aie pas froid et, me disant au revoir de la main, entreprit de redescendre chercher les autres. Je la regardai s'éloigner jusqu'à ce qu'elle disparaisse, puis allumai une Salomé pour me calmer les nerfs. Le soleil était déjà en train de sombrer hors de vue à l'ouest, et l'ombre des montagnes couvrait le monde. Une fois le soleil disparu, le ciel passa par ses nuances habituelles de bleu, de vert et de rose. Je passai une nuit glaciale abrité tant bien que mal sous un boqueteau de petits pins, un pied de chaque côté de la frontière, à frissonner en me demandant quelle largeur faisait cette ligne invisible entre deux pays. Une frontière n'est rien de plus qu'une démarcation imaginaire – sauf qu'elle détient le pouvoir de vie ou de mort sur d'innombrables personnes. Sans cesser de trembler, j'écrivis au clair de lune pour passer le temps. J'approchais lentement de la fin de l'histoire que je m'étais donné pour tâche de coucher sur le papier. Lorsque la lune disparut, la nuit devint trop sombre pour écrire et je restai donc assis là, à contempler les étoiles au-dessus de ma tête pour oublier le froid. Lorsque l'épuisement l'emporta enfin, elles semblèrent prendre la forme d'un albatros, les ailes déployées dans le ciel, incurvées d'un horizon à l'autre.

☞ {*215*}

C'est ici que l'histoire se termine : à ce bureau, sur cette chaise bancale, dans cette chambre d'hôtel humide conservant l'odeur d'hommes innombrables, de leurs cigarettes, de leurs pommades et de leurs chagrins. L'ampoule nue au plafond grésille. Au mur devant moi est accrochée, dans un cadre, une photographie en noir et blanc de Franco, un homme à la calvitie naissante et à la moustache soignée portant un pardessus à col de fourrure. Une expression de calme certitude se lit sur son visage. Au-dessus du lit en fer est pendu un crucifix en bois.

Ce matin, je me suis réveillé au sommet de la montagne dans la lueur des instants précédant l'aube, et j'ai attendu que Lisa et les autres me rejoignent. Une heure plus tard environ, je les ai aperçus en contrebas : Lisa, Henny et Joseph. C'était le milieu de la matinée lorsqu'ils ont fini par arriver, apportant avec eux pain, fromage, saucisses et eau. Après manger, nous avons enfin franchi la frontière avec l'Espagne, et entrepris notre lente descente vers Portbou. Pour la première fois depuis des semaines, j'ai senti un début d'espoir m'enfler le cœur. Cela n'a pas duré longtemps. Nous nous sommes rendus au commissariat, et nous y avons été promptement arrêtés.

Nous sommes en retard d'une seule journée. Serions-nous arrivés un jour plus tôt, nous n'aurions rencontré aucun obstacle. Mais hier seulement, de nouveaux ordres ont été reçus de Madrid : tous les réfugiés en provenance de France et dépourvus de visa de sortie français doivent être déportés, même s'ils ont un visa de transit pour l'Espagne et le Portugal, même s'ils ont un visa d'entrée pour l'Amérique, des visas qui leur ont coûté une somme incommensurable de temps, d'efforts et d'argent. Depuis hier, peu importe le nombre de timbres que compte votre passeport s'il ne contient pas le seul vous autorisant à quitter le pays qui ne veut pas de vous.

Demain, nous serons reconduits à la frontière et remis aux autorités françaises. Tous nos efforts auront été en vain. Je serai jeté dans une cellule de prison le temps que mon nom soit comparé à ceux d'innombrables listes, et au bout du compte, on m'enverra dans un camp.

Le reste de mon groupe est retenu dans des chambres voisines. Il y a deux hommes dans le couloir pour nous garder – des garçons, en vérité, simples soldats de la Guardia Civil. Le maire a demandé au médecin du village de venir nous examiner, même si l'on se demande bien pourquoi, étant donné que nous serons demain envoyés dans un endroit où notre santé ne peut qu'en pâtir. Le médecin est très jeune ; peut-être récemment diplômé, et commençant sa carrière en province. Dès qu'il est entré dans la pièce, sa trousse à la main, j'ai perçu en lui un certain mépris. Celui-ci était lisible dans la brusquerie de ses gestes, dans la moue de ses lèvres, dans la sécheresse de son ton. Lorsqu'il a ouvert la porte, sans frapper, j'étais en train d'écrire, ces mots mêmes (*Le reste de mon groupe est retenu*, etc.) En voyant ce que je faisais, il m'a demandé en français pourquoi j'écrivais – pas *ce que* j'écrivais, mais *pourquoi*.

« Parce qu'il n'y a rien d'autre à faire », lui ai-je répondu.

Il s'est approché du bureau pour prendre la feuille sur laquelle je venais d'écrire – celle-là même que vous êtes en train de lire.

« Qu'est-ce que c'est que cela ?

— Un roman.

— Vous écrivez un roman ! » s'est-il exclamé. Il a rapidement parcouru la page des yeux. « De quoi parle-t-il, ce roman ? »

Je me suis représenté les yeux de Madeleine.

« D'amour surtout, je suppose.

— D'amour ! a-t-il répété avec un sourire. Un roman sentimental ! » Il m'a jeté un regard dédaigneux. « Vous êtes un nigaud, *señor.* » Il s'est baissé pour me regarder bien en face, arrêtant son visage à quelques centimètres du mien. « Un nigaud de Juif », a-t-il ajouté en parlant très lentement.

Je n'ai su que répondre. Que peut-on répondre à une telle personne ?

« Comment pouvez-vous perdre ainsi votre temps, en pareilles circonstances ? a-t-il continué. Ne comprenez-vous pas que vous allez mourir ?

— Que puis-je faire d'autre ?

— Quelque chose ! N'importe quoi ! » s'est-il exclamé en donnant un grand coup sur la table. Sortant son stéthoscope, il en a inséré les embouts caoutchoutés dans ses oreilles. « Le temps des romans est passé, vieil homme. L'heure est à l'action.

— *Le bon sens nous dit que les choses de la Terre n'existent que bien peu,* ai-je récité en déboutonnant ma chemise, *et que la vraie réalité n'est que dans les rêves.* »

J'ai senti la morsure glacée du stéthoscope sur ma poitrine.

« Quel ramassis d'inepties, a-t-il déclaré.

— Ce sont les mots de Baudelaire. Ils sont tout aussi vrais maintenant que lorsqu'ils ont été écrits, il y a près d'un siècle.

— Vous êtes un incorrigible Juif au cœur très malade. Un choc de plus vous achèvera. Vous feriez mieux d'oublier votre roman d'amour. Il ne vous est d'aucune utilité. »

Il a replacé son stéthoscope dans sa trousse et en a sorti une pompe pour prendre ma tension.

« J'ai trente-deux capsules de morphine dans la poche de ma veste, ai-je répliqué. J'ai l'intention de les avaler toutes, ici, ce soir. D'après vous, en tant que professionnel, est-ce une quantité suffisante pour me tuer ? »

Il n'a pas paru choqué par la question. À la place, il a réfléchi un moment avant de me répondre :

« Pas immédiatement. Vous perdrez d'abord conscience, peut-être vingt minutes ou une demi-heure après ingestion. Et vous ne mourrez qu'au bout de quelques heures. » Il a noté ma tension et rangé l'appareil. « Ce qui est pénible, c'est qu'ils vont revenir me chercher demain matin lorsqu'ils auront trouvé votre corps. » Il a refermé sa trousse et marqué un temps. « Bien sûr, je serais ravi de superviser l'opération, m'assurer que tout se passe bien. Ainsi, je n'aurai pas à revenir demain. » Mon médecin, ai-je soupçonné, était un sadique que la perspective d'assister à ma mort faisait saliver intérieurement. « Et je n'ai jamais eu l'occasion d'observer personnellement les effets physiologiques d'une surdose de morphine.

— Dans ce cas, je vais prendre mes capsules tout de suite.

— Attendez, m'a-t-il arrêté. Il faut que j'examine les autres Juifs de votre groupe. Si cela ne vous dérange pas, je préférerais que vous attendiez mon retour. Je vous apporterai un verre et un pichet d'eau. Ça aide. Je serai de retour dans quelques minutes. C'est d'accord ?

— Bien, je vous attends. En votre absence, je vais finir mon livre. »

Il a de nouveau eu ce retroussement de lèvres.

« Assurez-vous qu'il se termine bien, comme tous les bons romans d'amour ! » Se relevant, il a ramassé sa trousse et ouvert la porte. Avant de la refermer, il s'est retourné et, levant un doigt en signe de mise en garde, a ajouté : « N'avalez rien avant mon retour.

— Aucun risque, docteur », ai-je murmuré après qu'il l'a eu refermée.

J'écris ce mot dans la chambre d'hôtel où j'attends le retour du médecin ; je veux absolument terminer cette histoire avant qu'il réapparaisse et que je puisse avaler la morphine que je gardais sur moi depuis si longtemps, précisément en vue d'une pareille occasion. Oui, c'est ici que tout s'achève. Je suis tout près de la fin maintenant, je le sens. Ces mots seront mes derniers. Ils formeront l'épilogue de ce livre. Bien sûr, la perspective d'une conclusion me rend anxieux. Mon cœur malade bat plus vite qu'il ne le devrait. Je pense à Madeleine, et il pleure et se console tout à la fois. La fin d'une histoire n'est que le commencement d'une autre.

N'avalez rien avant mon retour, m'a-t-il ordonné. Soyez assuré, docteur, que je ne vous désobéirai pas. J'ai remarqué quelque chose chez vous. À une époque où personne n'ose regarder qui que ce soit dans les yeux, vous le faites effrontément, certain que votre moment est venu, que vos idées ont triomphé. Aussi, lorsque vous reviendrez, je vous inviterai à prendre place en face de moi. Sur mes genoux, j'aurai ce manuscrit. Dès que vous serez assis, je vous demanderai de le tenir pendant que je prends ma morphine. Puis, cachets dans une main et verre d'eau dans l'autre, je les avalerai calmement, l'un après l'autre. Et pendant que j'attendrai que la mort s'empare de moi, je vous poserai une question.

« Docteur, dirai-je, voulez-vous bien exaucer le dernier souhait d'un homme mourant ?

— Cela dépend du souhait, me répondrez-vous.

— Oh, répliquerai-je, on ne vous a jamais rien demandé de plus simple que ce que je m'apprête à vous demander. Vous n'aurez même pas à vous lever de cette chaise.

— Très bien, de quoi s'agit-il ?

— J'aimerais que vous me regardiez droit dans les yeux et que vous me disiez exactement pourquoi vous me haïssez tant. »

FIN

CONTE DE L'ALBATROS

ALULA

Naissance vers 1771
Premier passage 1791
Second passage 1840
Décès vers 1840

Je m'appelle Alula. Je suis celle qui se souvient. Tu t'appelles Koahu. Tu es celui qui oublie. Tu étais mon bien-aimé, toutes ces vies auparavant. Je t'aimais comme la conque aime la mer : lorsque les gens approchaient leur oreille de ma bouche, c'était ton chant qu'ils entendaient. Je t'aimais comme le sable aime l'eau, te recevant toujours avec un murmure de plaisir. Je t'aimais comme le tonnerre gronde dans la nuit, comme le papillon s'occupe de la fleur, comme la lune suit le soleil. Depuis l'enfance, nous n'aspirions – toi, Koahu, et moi, Alula – qu'à ne faire qu'un, bien que nous appartenions à des lignées rivales que la Loi n'unirait jamais. J'étais plus âgée que toi : une femme entièrement initiée, maîtrisant parfaitement le passage. Tu étais à peine un homme, tu étudiais encore le passage, mais tu étais plus intéressé par d'autres plaisirs : rire, chanter, danser. Chaque animal sur notre île avait sa propre danse, et tu les connaissais toutes. J'étais une femme de savoir, et toi un danseur.

Ce fut toi qui le vis le premier. Te rappelles-tu ? Tu dois en avoir rêvé mille fois depuis. Nous étions tous deux allongés dans l'herbe, à l'ombre d'un hibiscus sur la colline séparant le village de la mer. C'était là que nous venions lorsque nous désirions être seuls. C'était le matin et la mer était calme, le ciel tranquille ; des taches de soleil dansaient sur ta peau. Je te regardais dans les yeux, de si près que je pouvais y voir mon reflet. Puis quelque chose attira ton attention et tu détournas le regard pour le porter derrière moi, au large. D'un seul coup, tu plissas les yeux, tu fronças les sourcils et ton sourire disparut de tes lèvres. Oh, ce moment où tout a changé. En rêves-tu encore ? Il ne dura pas plus d'une seconde, mais il marqua la fin de notre bonheur.

Tu te relevas d'un bond. Je me retournai pour regarder dans la direction que tu indiquais. Je le vis à mon tour et me redressai en sursaut. C'était une vision merveilleuse, flottant comme un nuage sur l'eau et faisant subitement voler en éclats tout ce que nous croyions savoir de l'univers et de ce qu'il contenait. Mon cœur fit un véritable bond dans ma poitrine à sa vue. Tandis que tu le regardais en silence, fasciné par ce spectacle absolument miraculeux, je me cachai les yeux un instant, car je ne pouvais pas être sûre que ce que je voyais n'était pas un rêve. Au bout d'un moment, je baissai les mains et regardai de nouveau : il était toujours là, flottant sur l'eau dormante, telle une île aux miracles. Nous étions tellement émerveillés par cette vision que nos yeux ne pouvaient s'en lasser. Je décidai qu'il nous fallait prévenir les autres. Je te pris par la main, mais tu refusas de bouger. Je tirai une nouvelle fois sur ta main et tu me dis d'y aller sans toi. Je regagnai le village en courant tandis que tu restais sur cette colline surplombant la mer.

J'allai trouver notre chef, Otahu, et lui décrivis ce que nous avions vu. Il m'écouta attentivement et, lorsque j'eus terminé, baissa les yeux pour réfléchir à tout ce qu'il venait d'entendre. Il m'enjoignit à le suivre alors qu'il allait chercher notre sage, Fetu, et me fit répéter devant ce dernier tout ce que je lui avais dit. Fetu m'écouta lui aussi attentivement et caressa sa barbe, comme chaque fois qu'il réfléchissait à une affaire délicate. Puis Otahu et lui se concertèrent à voix basse. Otahu souleva la corne qui pendait à son cou et souffla dedans pour convoquer le peuple à une assemblée. Lorsque tout le monde fut réuni et prêt à écouter, je me vis demander de redécrire ce que j'avais vu.

« Le bateau, leur racontai-je, ressemble aux nôtres, avec des mâts et des voiles, mais on le dirait fait pour des géants. Dessus sont attachés trois grands arbres, celui du milieu étant le plus grand ; aussi hauts que le plus haut des arbres de notre île, mais ils sont tout droits et n'ont plus une feuille, plus un rameau, plus une branche, hormis trois grosses qui sont allongées et fixées en travers de chaque tronc. Des voiles de toile y sont attachées, mais plus grandes et plus nombreuses que les nôtres, chacune assez large pour contenir une de nos pirogues. Il y en a tant que, plutôt que de parler de voiles, on pourrait imaginer qu'il s'agit d'une volée de grands oiseaux captifs, plus pâles que le soleil, les plus grands au milieu et les plus petits sur les branches extérieures, dont les énormes ailes tendues sont attachées par un enchevêtrement de fils pour les mettre au service du vent. Ces grandes ailes, une fois déployées, font avancer le bateau tout comme les voiles de nos propres pirogues, mais sans qu'il y ait besoin de rames. »

En entendant cela, le peuple voulut que je le conduise là où j'avais vu le bateau. Je l'emmenai au sommet de la colline, où tu te trouvais encore, fasciné, à l'endroit exact où je t'avais laissé. Le peuple s'émerveilla à la vue du bateau qui flottait au loin. La volée de grands oiseaux perchés sur ses branches avait disparu, et il se laissait simplement porter par l'eau, immobile et nu.

Nous attendîmes qu'Otahu parle.

« Nous allons les recevoir chaleureusement et les honorer par un festin », déclara-t-il.

Puis Fetu le sage prit à son tour la parole.

« La Loi parle de toutes choses, et même de ceci. Elle nous dit d'accueillir ces étrangers avec bienveillance mais de rester sur nos gardes. Ces bateaux ne portent pas des dieux, mais des hommes comme nous. Leur langue, leur habillement, leurs coutumes : tout chez eux nous est étrange. Nous ne savons pas ce qu'ils recherchent ni ce qu'ils apportent. Bien que ces hommes nous soient inconnus, ils ne sont pas inconnus de la Loi, qui voit tout et connaît tout. Pendant le festin, je procéderai à un passage avec leur chef pour connaître ses intentions. » Il termina son discours par l'incantation habituelle : « Notre plus grand devoir est envers la Loi et, par-dessus tout, voici ce qu'elle exige de nous : *Il ne peut y avoir de passage sans retour.* »

La Loi était notre bien le plus précieux, notre joyau le plus sacré. Elle ne nous appartenait pas ; c'était nous qui lui appartenions. La Loi donnait la vie et la reprenait. Tout dépendait d'elle, tout provenait d'elle et tout y retournait. Étudier la Loi était ma plus grande joie, et j'étais l'élève préférée de Fetu. J'avais ma place à côté de lui à tous les festins et à toutes les cérémonies. Il me consacrait plus de temps qu'à tout autre, et m'enseignait les aspects les plus remarquables et les plus secrets de la Loi.

Le plus beau cadeau que nous ait fait la Loi était le passage. Pouvoir plonger les yeux dans ceux d'un autre, sentir sa propre âme vibrer, être transporté dans le corps de cet autre et y rester jusqu'à ce que vienne le moment du retour : c'était là la précieuse faculté que la Loi nous avait accordée. Elle faisait l'objet de nos enseignements, était glorifiée par nos chants et célébrée par nos danses. La Loi interdisait tout tatouage à l'exception de ceux représentant des yeux. À chaque passage, un œil supplémentaire était tracé dans notre peau, jusqu'à ce que nos corps eux-mêmes deviennent des hymnes à cette pratique.

Nous passions toute notre enfance à l'étudier. Nous apprenions qu'il y en avait trois sortes. La première, qui se fait entre deux initiés, est la plus facile, bien que de nombreuses années d'entraînement soient nécessaires pour y parvenir. La deuxième, qui requiert encore plus d'entraînement, se fait entre un initié et un novice, lequel en ressort inconscient de ce qui vient de se produire. C'est ce qu'on appelle un passage aveugle. La troisième et plus haute forme est le passage lucide : elle aussi prend place entre un initié et un novice, mais lorsqu'elle est terminée, ce dernier s'en souvient parfaitement. Développer la maîtrise de ce type de passage prend toute une vie.

De tous les commandements de la Loi, le plus grand était celui-ci : *Il ne peut y avoir de passage sans retour.* Tous devaient revenir. La Loi était claire : l'enfreindre entraînerait la destruction du monde. Seul un sage pouvait procéder à un passage sans revenir dans son corps, dans un souci de préservation de la Loi, pour qu'elle puisse être transmise intacte. Lorsque le sage sentait la mort approcher, les parents lui amenaient leurs enfants, dans l'espoir de voir l'un d'eux choisi comme héritier. La famille d'un jeune désigné pour effectuer un passage avec le sage jouissait de beaucoup d'honneur et d'influence.

Elle demandait au meilleur tailleur de pierre de sculpter une statue pour célébrer l'événement. Au moment convenu, une cérémonie avait lieu, au cours de laquelle l'enfant et le sage s'asseyaient face à face et se regardaient dans les yeux ; l'âme du sage passait alors dans le corps de l'enfant, et celle de l'enfant dans le corps du sage. Lorsque le transfert était terminé, l'héritier plongeait le couteau sacré en fanon de baleine dans le corps du vieil homme, et lui arrachait les yeux. La dépouille du sage était enterrée et la statue sculptée pour l'occasion placée sur la sépulture. Il n'y en avait donc qu'un parmi nous qui était immortel. Tous les autres devaient mourir. Ainsi parlait la Loi.

Fetu avait décidé que lorsque viendrait le moment de son dernier passage, ce serait moi qui lui succéderais. Et donc, ma propre âme glisserait dans son corps, et la sienne dans le mien. Je deviendrais Fetu et, au nom de la Loi, le corps que je venais juste de quitter tuerait le corps dans lequel je venais juste d'entrer.

Au sujet de l'amour, la Loi était omnisciente et toute-puissante. Seuls les anciens pouvaient unir un homme et une femme. Si ces derniers désiraient une union interdite par les anciens, la Loi était claire : les amants devaient quitter l'île, se laisser porter vers l'est par les vents et les courants, trouver une autre île et y commencer une nouvelle vie, avec une nouvelle Loi. C'est ainsi que notre propre île avait été peuplée par nos deux ancêtres, de jeunes amants dont l'union, sur une autre île à l'ouest, avait été interdite.

Parfois, nous parlions de nous enfuir, toi et moi, de partir vers l'est et trouver une nouvelle île, notre île. Mais quand nous n'étions pas ensemble, notre détermination faiblissait. Si fort que soit notre désir l'un pour l'autre, nous n'avions pas le courage d'affronter les souffrances de l'exil.

Nous vîmes les occupants du bateau mettre une petite pirogue à la mer, s'y installer à plusieurs et commencer à ramer en direction du rivage. Nous descendîmes la colline pour aller les attendre sur la plage. Nous étudiâmes les nouveaux venus, avec leurs habits et leurs chapeaux raides et colorés, et notâmes combien tout en eux était étrange. Ils regardaient où et qui ils voulaient, sans la moindre peur, bien qu'ils n'aient pour lances que de petits bâtons épais à bout rond. Ne connaissaient-ils donc pas les enseignements de la Loi sur qui et ce qu'il était permis de regarder, et de quelle façon ?

Ils se rassemblèrent sur la plage, leur chef prit la parole dans une langue étrange, les autres levèrent leurs lances et le tonnerre et la foudre jaillirent du bout de celles-ci dans le ciel bleu et pur. Le chef attacha à un arbre un fin morceau de pierre gravée de signes étranges, et enfin ils s'approchèrent de nous avec des perles de verre, des pièces de monnaie, des clous et des miroirs, qu'ils nous tendirent en souriant et nous mirent entre les mains. Bien entendu, nous ne savions pas ce qu'étaient ces choses et nous les examinâmes attentivement, émerveillés par leur étrangeté. Leur chef lança ensuite des ordres et les autres obtempérèrent, mais il en fut un second qui, au lieu de se mettre au travail, entreprit de cueillir feuilles et plantes pour les glisser dans une besace, comme Fetu lorsqu'il récoltait des remèdes. Il admira vivement nos tatouages. Pendant ce temps-là, d'autres étrangers furent envoyés au ruisseau, chargés de tonneaux vides, qu'ils remplirent d'eau et rapportèrent vers leur pirogue.

Tout en les observant, je t'observais aussi, Koahu : je pouvais voir l'intérêt qu'ils suscitaient en toi, la facilité avec laquelle tu communiquais avec eux, malgré l'étrangeté de leur langue, au moyen de tes yeux, de ton visage, de tes bras. Ton esprit vif, ton sourire, ta façon de te mouvoir : tout cela était des outils avec lesquels tu comblais le fossé creusé entre eux et toi par vos différences. Et tes yeux, ces yeux dans lesquels j'avais si souvent plongé les miens, ne trahissaient désormais qu'un seul désir, celui de connaître ces étrangers, dont tu trouvais l'étrangeté merveilleuse et délectable. Tu admirais leur impudence, car tu étais toi-même né impudent.

Avec ton corps, les expressions de ton visage et les mouvements de tes mains, tu parvins d'une manière ou d'une autre à te faire comprendre d'eux. Et par ton intermédiaire, Otahu les invita à festoyer avec nous le soir même.

Tout au long de la journée, les étrangers restèrent près de nous ou parmi nous. Certains passèrent la journée à remplir leurs tonneaux d'eau ou à chasser cochons et oiseaux sauvages. D'autres réparèrent des voiles sur la plage. Leur guérisseur continua de cueillir des plantes et d'examiner nos tatouages. Otahu nous avait conseillé de garder nos distances, et la plupart d'entre nous le firent, tout en gardant un œil sur eux. J'aidai à préparer le festin, mais cela ne m'empêcha pas de les observer dès que j'en avais l'occasion. Que ce soit de près ou de loin, nous ne perdions pas une miette de leur présence, de leur étrangeté ; nous observions chacun de leurs faits et gestes, notions chaque détail de leur apparence, afin de pouvoir, une fois qu'ils seraient repartis, nous repaître de nos souvenirs. Plusieurs parmi nous les abordâmes, surtout les enfants, surtout toi. Tu les aidas à faire rouler leurs tonneaux de leur pirogue jusqu'au ruisseau et inversement.

Tu les aidas en leur indiquant où chercher les cochons et les oiseaux sauvages.

Le festin eut lieu après la tombée de la nuit, sous une lune pleine, dans une clairière d'où l'on pouvait entendre le chant de l'eau. Deux grands feux furent allumés pour fournir de la lumière. Otahu portait sa cape rituelle de plumes écarlates, et Fetu la sienne, de plumes blanches. Ils étaient assis côte à côte. J'avais pris place de l'autre côté de Fetu, étant sa favorite. Une vingtaine des plus anciens de notre peuple occupaient le cercle – j'étais la plus jeune –, ainsi qu'une dizaine des étrangers. Les autres, assis ou debout autour de nous, observaient la scène ou parlaient entre eux. Puis tout le monde dans le cercle se vit servir du *kava* qui, lorsque les étrangers le burent, leur arracha une telle grimace de dégoût que nous éclatâmes de rire. Otahu fit un discours chantant les louanges des étrangers et exprimant l'honneur qu'ils nous faisaient par leur visite. Puis tu entras dans le cercle et t'arrêtas entre les deux feux. La moitié antérieure de ton corps était peinte de rayures blanches et ornée de touffes de plumes blanches d'albatros. La moitié postérieure était zébrée de gris et parée de touffes de plumes grises, elles aussi d'albatros. Lentement tu écartas les bras et, chantant les chansons qui l'accompagnaient, tu entrepris d'exécuter notre danse la plus sacrée, celle qui racontait la naissance de notre peuple : la danse de l'albatros.

Il y avait bien longtemps, deux jeunes amants issus de lignées rivales avaient été exilés de leur terre natale, bien loin de là au nord-ouest. À l'époque, les gens étaient capables de prendre la forme des animaux dont ils portaient le nom, un talent qui s'était perdu depuis. Afin d'accomplir leur voyage d'exil, les deux amants s'étaient donc métamorphosés en oiseaux. La femme avait pris la forme de Pueo, la chouette. L'homme, celle de Para, la sterne blanche. Ensemble, ils avaient entrepris de traverser l'océan. Para la sterne blanche, qui volait plus vite, était parti devant. Mais l'île dont ils avaient été bannis avait à peine disparu derrière eux que Para avait commencé à fatiguer. Lorsque Pueo la chouette l'avait enfin rattrapée, Para flottait sur l'eau, mourante. « Je veux rentrer, avait-il dit. Je préfère mourir sur ma terre natale, tué par mon propre peuple, plutôt que me noyer en mer.

— Nous n'avons plus de terre natale, lui avait répondu Pueo. Si tu es fatigué, je te porterai dans mes serres. Nous déploierons tous deux nos ailes et en battrons au même rythme, et ainsi nous franchirons les grandes distances de l'océan sans nous fatiguer. »

Elle l'avait ramassé sur l'eau, en faisant attention de ne pas le blesser avec ses serres. Lorsqu'ils avaient commencé à battre ensemble des ailes, ils étaient devenus un seul et même oiseau, le plus grand de tous : Toroa, l'albatros errant. C'est pour cela que l'albatros est gris vu du dessus et blanc vu du dessous, et qu'il est si gauche lorsqu'il se déplace sur terre. Et donc, ensemble, les deux amants avaient parcouru les cieux au-dessus des océans, errant d'île en île, pendant mille ans. Ensemble, ils avaient appris à boire l'eau de la mer en séparant le sel de l'eau et en le rejetant par leurs larmes. Ils étaient chassés de toutes les îles où ils se posaient. Mais enfin, ils en avaient trouvé une qui était la carapace d'une gigantesque tortue de mer échouée sur un récif de corail. Sur celle-ci, personne ne vivait. Ils y avaient repris leur forme humaine et avaient appelé leur nouvelle demeure Toroa'eetee, ce qui veut dire « la Terre de l'albatros errant ». Avec le temps, ce nom avait été raccourci pour devenir simplement Oaeetee.

L'albatros était devenu notre totem. Nous utilisions ses os pour fabriquer nos hameçons et nos pointes de lances, et nous portions ses plumes, symboles de paix, lors de nos cérémonies.

Tout le monde te regarda danser et chanter l'histoire de Pueo et Para, en admirant la façon dont, avec tes bras, ton dos, tes jambes, ton visage, tu donnais vie à chacun des deux oiseaux. Juste en tournant ton corps, tu passais de l'un à l'autre et ainsi, dans la lumière tremblotante des flammes, tu étais en mesure de raconter leurs deux histoires en même temps. Lorsque tu eus terminé, les étrangers firent quelque chose d'extrêmement bizarre : ils se mirent à taper dans leurs mains. C'était un geste que nous n'utilisions que pour exprimer de la colère à l'adresse de nos enfants, mais il semblait que les étrangers s'en servaient en signe d'appréciation. Cela nous fit rire, et les étrangers rirent à leur tour, sans toutefois savoir exactement pourquoi. La danse terminée, les enfants entrèrent dans le cercle, portant de grandes feuilles remplies de nourriture, et passèrent de l'un à l'autre pour nous servir en abondance viandes rôties, poissons et fruits à pain. Comme à chaque festin, la viande de l'albatros fut également servie, cuite dans sa propre graisse, mais seulement aux visiteurs et aux occupants les plus âgés du cercle, comme le voulait la coutume.

Le chef des étrangers était assis en face de Fetu. Lorsque tous eurent mangé et bu autant qu'ils le souhaitaient, Fetu le regarda avec un sourire si plein de bonté et de charme que l'étranger lui rendit son regard sans la moindre réserve. Ils restèrent ainsi, les yeux dans les yeux, pendant quelque temps. Je savais exactement ce qui avait lieu : cette agréable sensation qui s'empare de quelqu'un en plein passage, ce vertige, cette impression de se dissoudre dans l'air, de se remplir d'étoiles. Comme j'aurais aimé être à la place de Fetu, pouvoir entrer dans le corps de l'étranger et explorer ses pensées, son cœur, son âme à mon gré ! Fetu était un tel maître du passage que l'opération fut rapidement achevée, et je sus que l'âme du chef des étrangers se trouvait à présent dans le corps assis à côté de moi, totalement consciente d'elle-même, regardant autour d'elle avec la confusion désorientée de celui qui vient de procéder à un passage pour la première fois. Otahu, assis de l'autre côté de Fetu, se pencha pour lui parler.

« C'est un grand honneur de vous recevoir, dit-il, et un plus grand honneur encore que vous nous faites en effectuant un passage avec notre sage, Fetu. »

Bien qu'il ait parlé dans notre langue, l'étranger dans le corps de Fetu le comprit parfaitement.

« Par quelle sorcellerie cela est-il possible ? demanda-t-il.

— Ce n'est pas de la sorcellerie, répondit Otahu, mais un don des dieux qui, sur les nombreuses îles que compte notre océan, a été perdu par tous les peuples qui l'ont possédé – tous, du moins, hormis le mien. Nous l'avons protégé et perfectionné, de façon que chacun d'entre nous puisse le posséder.

— Et quel nom lui donnez-vous ?

— Nous l'appelons “le passage”. Fetu est le plus grand expert parmi nous en la matière. Lui seul est capable de la plus haute forme de passage, celle dont vous faites à cet instant l'expérience : un passage avec un novice, au cours duquel ce dernier, sans perdre sa conscience de lui-même, est capable de converser dans son nouveau corps, comme vous le faites avec moi. Parfaire ce type de passage prend toute une vie de discipline et de dévotion. »

Otahu demanda son nom à l'étranger, qui répondit :

« Je suis le capitaine Étienne Marchand. Mon navire s'appelle le *Solide.* Nous venons d'un lointain pays appelé la France. »

Otahu répéta chacun de ces mots comme une incantation : *Marchand, Solide, France.*

« Et à quelle distance se trouve cette île, la France ?

— Ce n'est pas une île, répondit Marchand-en-Fetu, mais un endroit parmi beaucoup d'autres, sur une île gigantesque divisée en multiples parties, qu'on appelle l'Europe. C'est si loin qu'il nous a fallu plusieurs mois pour venir jusqu'à vous, et qu'il nous en faudra plusieurs autres pour rentrer chez nous. »

Otahu et moi fûmes effarés par cette révélation.

« Et comment s'appelle cette île-ci ? » demanda Marchand-en-Fetu ; mais brusquement, la stupeur se peignit sur son visage. « Comme c'est étrange ! J'avais à peine posé la question que la réponse à celle-ci m'est venue naturellement : *Oaeetee.* Comment est-ce possible ?

— Le temps que vous habitez le corps de Fetu, répondit Otahu, ses souvenirs et ses connaissances sont à votre disposition, de même que, pendant que lui est dans le vôtre, vos souvenirs et connaissances sont à la sienne.

— Je vois. Et la boisson – vous l'appelez *kava.* Est-ce elle qui cause le passage ? »

Otahu éclata de rire.

« Le *kava* est notre boisson de fête, mais il n'est pas nécessaire au passage. Le passage est un art qui s'apprend. Il faut de nombreuses années pour le maîtriser. Tous nos enfants y sont formés, même s'ils n'ont pas tous les mêmes facilités. » Il prit la main droite de Marchand-en-Fetu en signe d'amitié.

« Mais dites-moi, mon ami, pourquoi êtes-vous venu ici ? Quelles sont vos intentions ?

— Il fait extrêmement froid dans mon pays. Nous nous rendons dans des îles au nord d'ici pour nous procurer par le troc des peaux de bêtes que nous revendrons une fois rentrés chez nous, et ainsi atteindre la prospérité.

— Vous avez fait un long voyage, et beaucoup de sacrifices. Quelles sont vos intentions concernant Oaeetee, mon ami ?

— Tout ce dont nous avons besoin, nous devons le transporter dans notre bateau. Mais l'eau fraîche croupit. La viande se gâte. Il nous faut des provisions et, grâce à votre générosité, nous avons désormais toute l'eau et la nourriture que nous pouvons transporter. Nous vous remercions pour votre chaleureux accueil, et à présent que nous avons goûté toute l'étendue de votre hospitalité, nous allons vous laisser ce soir en paix, car il nous reste encore un long trajet à faire.

— Et quel est l'objet que vous avez attaché à un arbre dans la crique ce matin en arrivant ?

— C'est un message à l'adresse de mes compatriotes, pour leur indiquer que nous avons trouvé des amis ici.

— Est-ce un objet magique, qui parle ?

— Non, il y a dessus des dessins que mes compatriotes peuvent interpréter.

— Et vous-même, vous ne reviendrez pas ?

— Non, car cela nous a pris trop longtemps de venir jusqu'ici, il nous faudra presque deux ans pour rentrer chez nous. »

Otahu surmonta sa stupéfaction pour demander :

« Mais vos compatriotes, ils viendront plus tard ?

— Peut-être, lorsque nous leur aurons parlé d'Oaeetee, souhaiteront-ils visiter l'île par eux-mêmes.

— Quand cela sera-t-il ?

— Je ne saurais vous dire. De nombreuses années s'écouleront peut-être avant que cela n'arrive, car c'est un voyage difficile.

— Dans ce cas, nous transmettrons le souvenir de votre visite à nos enfants, et eux aux leurs, jusqu'au jour où vos compatriotes reviendront ; et ils seront alors reçus en amis. » Otahu sourit. « Et vos bâtons à feu, quelle est leur fonction ?

— Nous les appelons des mousquets, et ce sont nos armes, que nous utilisons pour nous battre. »

Pendant qu'Otahu parlait avec Marchand-en-Fetu, à l'autre bout du cercle, Fetu-en-Marchand était en pleine discussion avec le guérisseur des étrangers.

« Et Fetu, demanda l'homme assis à côté de moi, il est maintenant dans mon corps ?

— Oui, il est en visite dans votre esprit et votre corps, tout comme vous l'êtes dans les siens, répondit Otahu. Il converse avec votre compatriote, tout comme vous conversez avec le sien.

— Ce compatriote est notre guérisseur, Roblet.

— Roblet, répéta Otahu. Fetu va être ravi, car il est notre guérisseur à nous, et le dépositaire du secret du passage. »

À cet instant, Fetu-en-Marchand regarda dans notre direction pour signaler qu'il était temps d'effectuer le passage en sens inverse, comme la Loi l'exige de tous. Otahu serra la main de Marchand-en-Fetu dans la sienne.

« Mon ami, lui dit-il en guise d'adieu, je vous souhaite bon voyage. »

Les deux hommes se regardèrent de nouveau dans les yeux et ainsi, chacun d'eux subit le même processus que précédemment, c'est-à-dire la dissolution du lien unissant l'âme au corps suivie de sa reconstitution dans l'autre corps, de sorte que chacun se trouva réintroduit dans sa propre enveloppe charnelle, son propre esprit, sans que rien n'ait changé dans ses sensations. Aucun des autres étrangers ne semblait avoir remarqué quoi que ce soit d'insolite.

« J'ai appris beaucoup de choses, annonça Fetu après avoir réintégré son corps.

— Et l'étranger ? demanda Otahu.

— Le passage retour s'est bien déroulé. Il n'en gardera aucun souvenir. »

Otahu exprima son approbation d'un grognement. De l'autre côté du cercle, le chirurgien Roblet qui, assis à côté de Marchand, avait attentivement observé tout ce qui se passait autour de lui, se leva et quitta le cercle. Je le vis s'approcher de toi, Koahu, et te parler. À grand renfort de sourires et de gestes amicaux, il te fit comprendre qu'il souhaitait étudier tes yeux. De ma place au sein du cercle, séparée de toi par la lumière vacillante des flammes, je distinguais à peine ce qui se passait dans l'obscurité. Je me levai à mon tour pour me rapprocher. Je vis Roblet se pencher au-dessus de toi et te regarder dans les yeux, tandis qu'un autre étranger vous éclairait d'une torche et qu'un troisième se tenait non loin de vous, son mousquet à la main. J'étais la seule parmi notre peuple à avoir remarqué ce développement, car Fetu et Otahu étaient absorbés dans leur conversation, et les autres occupants du cercle goûtaient les festivités. Tu laissas Roblet te regarder dans les yeux, et lui rendis son regard, pendant si longtemps que je commençai à m'inquiéter. Malgré mon désir d'écouter le compte-rendu que faisait Fetu à Otahu de ce qu'il avait appris au cours du passage, il y avait un danger dans ce que je voyais prendre place entre Roblet et toi. Il avait beau nous être formellement interdit de procéder à un passage avec les étrangers, je savais que c'était ce qui était sur le point de se jouer entre vous. Ta curiosité était trop grande, tout comme celle du chirurgien. Je m'approchai discrètement, en veillant à rester dans l'ombre. C'est à ce moment que j'aurais dû intervenir, je m'en rends compte maintenant, avant qu'il arrive quoi que ce soit ; mais j'hésitai et me cachai derrière un bouquet d'arbustes voisin.

J'assistai au moment fatidique de mes propres yeux. De quoi puis-je être certaine ? Seulement de t'avoir entendu pousser un cri de panique. Un doute de dernière minute, peut-être ? Trop tard : un frisson parcourut ton corps, tandis que le chirurgien s'effondrait par terre. Je surgis de ma cachette pour tenter d'interrompre ce qui était en train de se produire, mais mon apparition soudaine et paniquée fit sursauter les hommes qui te tenaient – ou plutôt tenaient le corps qui, encore quelques secondes plus tôt, était le tien. Ils le lâchèrent pour s'occuper de celui de Roblet, qui gisait à présent au sol. Je me précipitai pour te retenir, mais tu perdis l'équilibre, chancelas, trébuchas et tombas sur Roblet. L'étranger au mousquet, croyant peut-être que tu étais en train d'attaquer ce dernier, braqua son arme sur toi. Le tonnerre et la foudre en jaillirent pour venir fracasser ton corps. Alors que le bruit se dissipait, tu reculas en titubant et me tombas dans les bras.

Tu avais encore les yeux ouverts, mais lorsque j'y plongeai les miens, il n'y restait plus rien de toi. Là où autrefois était ton ventre – ce ventre sur lequel j'avais si souvent posé ma tête – il y avait maintenant une flaque de sang qui ruisselait sur ta peau de miel pour tomber goutte à goutte dans le sable. La bouche que j'avais si souvent embrassée haletait rapidement, éperdument, sous le coup de la douleur. Mais le pire était que tu ne me reconnaissais manifestement pas. Le corps que je tenais était le tien, mais ce n'était pas toi. Je le sais maintenant et je le savais tout autant sur le moment. Il y avait eu un passage : de cela, j'étais absolument certaine. Tu te trouvais dans le corps du chirurgien, désormais entouré par les visiteurs. Si je n'en avais pas été si sûre, je n'aurais pas hésité à faire immédiatement un passage avec toi, pour pouvoir souffrir à ta place.

D'autres étrangers quittèrent le festin pour se précipiter vers le lieu de l'accident, en criant et en brandissant leurs mousquets. Ils commencèrent à traîner le corps de Roblet en direction de la plage. Dans le même temps, ils maintinrent leurs armes braquées sur le peuple, pour que nous gardions tous nos distances et les laissions battre en retraite.

Depuis, j'ai repassé ce moment mille fois dans ma tête, en m'efforçant de me rappeler les moindres détails. C'est un exercice futile : plus j'essaie de cerner la vérité, plus elle se dérobe. Était-ce ton intention de procéder à un passage ? Le voulais-tu ? Le désirais-tu ? Je ne t'en pensais même pas capable, pas avec un étranger. Ton initiation était encore incomplète, ta technique imparfaite. Mais un passage avait eu lieu, de cela je suis certaine, alimenté par la curiosité du chirurgien et ta propre envie de découvrir le monde. L'alternative était trop horrible à envisager : elle impliquerait que tu fus bien celui qui mourut ce soir-là, et que tout ce qui s'est déroulé depuis aurait pu être évité.

Il est des occasions où l'on est saisi d'une peur si intense que le cœur voit soudain plus clair que jamais, et où l'esprit se voit doté d'une ingéniosité inattendue. C'est ce qui m'arriva ce soir-là. Dans la panique qui s'ensuivit, je disparus dans les broussailles, trouvai le sentier menant à la plage et me ruai vers celle-ci comme un vent d'ouragan. J'y trouvai, affalé contre une des embarcations que les étrangers avaient utilisées pour atteindre le rivage, un marin qui semblait tout ignorer de la scène d'émoi lointaine que je venais de fuir. Je m'approchai de lui et vis qu'il était ivre. Je calmai ma respiration, lui souris et le touchai avec tendresse en lui montrant du doigt les parties de mon corps que les hommes considèrent comme désirables. Il fut d'abord incrédule, et méfiant, ayant sûrement entendu le coup de mousquet tiré plus tôt ; mais la tentation fut trop forte, et comme aucune autre arme ne se fit entendre, il se détendit et céda à mes avances. Déposant son mousquet dans l'embarcation, il me laissa passer les bras autour de son cou et l'embrasser lascivement sur la bouche. Je le conduisis par la main dans un endroit à l'abri des regards, derrière une dune, où se déversait la lumière de la lune. Je le déshabillai comme si je ne pouvais pas attendre une minute de plus pour assouvir mon désir. Ce n'était qu'un jeune homme, timide et gauche au début, et dans son excitation, il ne sembla pas entendre arriver le cortège d'étrangers furieux portant le corps de Roblet sur la plage. Peut-être pensait-il pouvoir terminer avec moi et avoir quand même le temps de les rejoindre, ou peut-être n'avait-il aucune intention de repartir avec eux, préférant rester parmi nous sur l'île. Quoi qu'il en soit, il était ivre, et la jouissance se dérobait à lui. Les étrangers montèrent dans leur bateau et commencèrent à ramer vers le large. Deux fois, dans l'ardeur de nos ébats, alors que je roulais des hanches au-dessus de lui et le sentais bouger en moi, il ferma les yeux sous l'effet du plaisir. Deux fois, je dus les lui rouvrir de force avec mes doigts. Je lui pris le visage entre mes mains et le maintins immobile pour que nos regards se croisent. Avec le seul clair de lune pour nous voir, il n'était pas aisé de procéder à un passage, mais le jeune homme finit par comprendre ce qui était attendu de lui et se montra très accommodant. Il plongea les yeux dans les miens, et ne les en détourna plus.

Le passage eut lieu à l'instant où les premiers frissons de son plaisir le parcouraient.

{91}

PIERRE JOUBERT

Naissance 1771
Premier passage 1791
Second passage 1825
Date de décès inconnue

Les yeux où étaient désormais plongés les miens étaient ceux par lesquels j'avais regardé encore quelques instants plus tôt : les yeux sombres d'une femme de l'île. Ils me rendaient maintenant mon regard avec confusion. Je venais de voir une expression très similaire sur le visage de Koahu, et je serais amenée à la revoir de nombreuses fois : l'hébétude d'une âme dont on vient brutalement, à son insu, de rompre les amarres. Un passage aveugle. L'âme ignorante de ce qui vient de lui arriver se réveille dans son nouveau corps en état de choc.

Je me dégageai des bras d'Alula avec un pincement au cœur, triste de laisser mon corps derrière moi. Je me relevai et courus vers l'eau. Au clair de lune, je vis que la plage était déserte et que la chaloupe avait disparu. Du navire me parvinrent un sifflement que je reconnus comme celui du maître d'équipage, et des voix étouffées par la distance qui lançaient des ordres. Je me jetai à l'eau et commençai à nager, mais alors que dans mon corps précédent cela avait toujours été quelque chose que je faisais naturellement, sans y penser, je découvris que mon nouveau corps savait à peine flotter, et encore moins avancer dans l'eau. Je dus donc immédiatement m'enseigner la technique, en faisant appel à tous les souvenirs d'une vie passée. Ils suffirent à peine à la tâche. Ma progression était lente et difficile, toute en battements frénétiques de bras et de jambes, en efforts éperdus pour respirer. L'eau me rentrait dans les narines et y laissait une sensation cuisante. Néanmoins, je réussis à ne pas couler et, bientôt, j'eus passé le ressac et pus prendre un peu de vitesse.

Plus je me rapprochais du navire, plus je craignais de le voir partir sans moi. Dans la confusion de mes mouvements désordonnés, j'entendis le bruit sourd des voiles qui se déployaient, suivi du crépitement du vent qui les gonflait. Cela décupla mes efforts, malgré mon épuisement. J'étais plus proche désormais du navire que du rivage, et pratiquement à bout de forces. Si je ne parvenais pas à monter à bord, ce serait la fin, car je n'avais plus assez de vie en moi pour regagner la plage. Je criai de toutes mes forces, ce qui ne fit que me ralentir encore plus. Le navire venait juste de s'ébranler quand j'entendis la vigie pousser un cri et lancer ces mots bénis : « Un homme à la mer ! » Quelques secondes plus tard, une corde toucha la surface de l'eau avec un claquement. Je m'y agrippai désespérément, exténué, tandis qu'un trio de matelots me hissait hors de l'eau et par-dessus le bastingage. Je restai allongé sur le dos au milieu du pont, haletant. Les ordres continuaient de voler autour de moi et les hommes de courir de-ci de-là pour orienter les voiles dans le sens désiré. Personne ne faisait attention à moi, hormis mon ami Brice qui, en passant, me lança « Je croyais que tu savais pas nager, petit veinard ! », et le maître d'équipage, Icard, qui maugréa : « J'espère qu'elle en valait la peine, gamin, parce que tu vas la payer de ton sang, tu peux me croire. »

Une fois la trajectoire du navire assurée, l'agitation sur le pont supérieur se calma. J'attendis que les battements de mon cœur s'apaisent avant de me redresser lentement sur les coudes. Ma première pensée fut de te retrouver, mais tu n'étais nulle part en vue. Un autre sifflement retentit et les hommes du quart de bâbord commencèrent à descendre par les écoutilles, un à un. Avant que j'aie pu les rejoindre, Icard m'amena devant le capitaine Marchand, qui me demanda pourquoi j'avais déserté mon poste. J'inventai un mensonge, mais sans grand résultat. Il me tourna le dos.

« Vous aurez ce que vous méritez demain à midi », marmonna-t-il d'une voix lasse.

Sur le moment, peu m'importait mon châtiment. Je descendis dans la cale, trouvai mon hamac et l'ouvris à l'endroit habituel, avant de me hisser dedans sans même me changer malgré mes vêtements trempés. À ma fatigue physique s'ajoutait le vertige mental que me causaient la nouveauté et l'étrangeté de ce qui m'entourait. Lorsqu'on passe dans un nouveau corps, on reprend le cours d'une autre vie, dont on peine au début à maîtriser les mécanismes. On est comme un tisserand qui vient de s'installer à un métier qui n'est pas le sien, pour y découvrir un tapis en cours de création, tissé selon une technique qu'il ne connaît pas. Des laines aux couleurs différentes sont déjà enfilées sur les navettes. Il lui faut espérer que le savoir-faire nécessaire à la continuation de l'ouvrage est ancré dans les muscles mêmes de ses doigts, et que les gestes corrects s'enchaîneront d'eux-mêmes, au moment précis où ils sont requis.

Cerné comme je l'étais par l'étrangeté – celle de mon corps, des habits que je portais, de mon environnement –, je ne parvins pas à trouver le sommeil. Je restai allongé dans mon hamac à écouter grincer le navire et ronfler l'équipage, à regarder des rayons de lune aller et venir sur les bordages au gré des mouvements de l'eau. J'avais l'esprit assailli de questions. Qu'avais-je fait ? J'avais enfreint la Loi ; et pourquoi ? Pour toi, Koahu – impulsivement, sans réfléchir. Puis, à l'autre bout du navire, dans les quartiers des officiers, j'entendis un homme hurler comme s'il venait de recevoir un énorme coup.

Peu avant l'aube, le quartier-maître réveilla les matelots pendant que le maître d'équipage, debout devant l'écoutille principale, aboyait ses ordres.

« Tout le monde sur le pont ! Quart de bâbord, à vous ! »

Peu après, je sentis une odeur de fumée de charbon ; le cuisinier venait d'allumer un feu dans la coquerie. Je restai un moment sans savoir quoi faire, mais bientôt, comme un automate, mon corps se mit en action et rangea mon hamac, prit une brique à pont, sortit de la cale et entreprit d'astiquer le pont et de lover les cordages. Tout m'était à la fois familier et étrange. À huit heures, le second maître siffla pour annoncer le petit déjeuner. La majeure partie de l'équipage avait mal dormi et trop bu la veille, aussi mangeâmes-nous notre triste soupe de gruau avarié en silence.

Je te cherchai du regard – le nouveau toi, dans le corps du sage des étrangers. Mais à cet instant, je me souvins, sans avoir à faire le moindre effort, que les étrangers n'en étaient pas, qu'ils étaient français, que leur guérisseur était un chirurgien et qu'il s'appelait Roblet. Et ainsi les souvenirs de mon nouveau corps continuèrent à me revenir, naturellement et d'eux-mêmes, comme des bulles remontant à la surface de l'eau.

À onze heures, Icard appela tout le monde sur le pont et le capitaine s'adressa à son équipage. Enfin, je te vis, debout parmi les officiers sur le gaillard d'arrière. Tu jetais des regards furtifs autour de toi comme si, incertain de ce qui t'entourait, tu souhaitais attirer aussi peu l'attention que possible, tout en observant attentivement ce qui se passait pour avoir une idée de comment te comporter. Le capitaine Marchand ordonna que trois hommes soient fouettés suite aux événements de la veille : douze coups pour le timonier Bonicard, pour ivresse ; douze pour Roussetty – l'homme qui t'avait tiré dessus – pour usage imprudent de son mousquet ; tandis que j'allais en recevoir vingt-quatre pour désobéissance et désertion de mon poste. Tandis qu'il annonçait cela, Icard et deux marins avaient installé la grille où nous serions attachés pour la flagellation. J'étais censé passer en dernier.

Bonicard fut le premier à avoir la chair du dos déchiquetée par le chat à neuf queues. Puis ce fut au tour de Roussetty. L'équipage y assista avec un mélange d'horreur, de compassion, d'amusement et d'ennui – clairement, ce spectacle n'avait rien de nouveau. Puis je fus appelé. J'ôtai ma chemise et le second maître, Infernet, me lia les poignets à la grille avant de reculer de plusieurs pas, son fouet à la main. Son premier coup s'abattit sur mon dos, et ne m'aurait guère infligé plus de douleur eût-il été un coup de couteau. Il fut suivi d'un autre, et d'un autre encore, chacun plus atroce que le précédent. Icard comptait à voix haute chaque coup qui me lacérait la peau. Je m'évanouis au onzième, et plusieurs fois par la suite. J'étais ranimé avec un seau d'eau salée qui ne faisait qu'aviver mes souffrances. Après, on dut me porter dans la cale, tandis qu'un homme me suivait avec une serpillière et un seau pour effacer toute trace de sang.

On me traîna à l'infirmerie et on m'étendit sur la table du chirurgien, où je m'évanouis, là encore. Lorsque la douleur me convulsa de nouveau, je rouvris les yeux – et tu étais là, tout près de moi, en train de soigner mes blessures, un linge dans une main et une bouteille d'alcool dans l'autre. Tu te mouvais lentement, avec hésitation, comme si tu faisais chaque geste pour la première fois. Je reconnus l'incertitude dont je souffrais moi-même. Reynier, l'aide-chirurgien, se tenait à côté de toi et te regardait d'un air interrogateur, devinant qu'il y avait quelque chose qui n'allait pas chez toi. Il ne pouvait pas savoir ce que je savais : qu'ignorant ce que tu devais faire, tu attendais que l'impulsion te vienne de quelque part ; que dans ton hésitation, tu cherchais quelque intuition de ton prochain geste. Tu écoutais ton nouveau corps, attendant que les souvenirs de la marche à suivre te reviennent, un à un : prendre le linge, l'humecter d'alcool et le presser doucement sur la plaie, ce qui certes fait souffrir le patient, mais l'assainit également.

Je continuai à sombrer par intermittences dans l'inconscience, continuellement réveillé par les affres de la douleur que me causaient mes plaies. Tu étais toujours penché sur moi, soulageant mes souffrances en les exacerbant, assisté de Reynier qui, sentant ton incertitude, suggérait délicatement les techniques normalement utilisées dans ce type de situation. Dans mon supplice, j'étais réconforté par ta présence. Lorsque tu portas un gobelet d'eau additionnée d'alcool à mes lèvres et me dis de boire, je trouvai de la force dans le contact de nos corps.

« Koahu », chuchotai-je dans notre ancienne langue à travers le voile de mon tourment. Tu ne parus pas m'entendre. « Koahu, répétai-je, c'est moi, Alula. » Je crus te voir te figer brièvement et me jeter un coup d'œil, avant de reprendre ta tâche. « Koahu, j'ai vu ce qui s'était passé avec le guérisseur. Je t'ai suivi. J'ai moi aussi fait un passage. »

Les mots ne me venaient qu'au prix d'un grand effort, car ma nouvelle bouche n'était pas habituée à produire de pareils sons.

Tu posas la main sur mon front.

« Divagations inintelligibles, dis-tu dans la nouvelle langue, hallucinations, mais heureusement, pas de fièvre.

— Koahu, répétai-je, ne m'entends-tu donc pas ? C'est moi, Alula ; je t'ai suivi, ne me comprends-tu donc pas ?

— Reynier, repris-tu dans la nouvelle langue, allez dire au maître d'équipage que Joubert doit être dispensé de corvées pendant deux jours. Il a besoin de repos. Travailler ne ferait que l'achever. » Tu approchas le gobelet de mes lèvres pour me refaire boire. « N'ayez pas peur, vos souffrances sont parfaitement ordinaires. La flagellation est une pratique cruelle, stupide et totalement inefficace, qui n'a pour effet que de briser les hommes et de les monter contre leurs maîtres. »

Tu pris mes mains entre les tiennes et je me mis à pleurer. Pour soulager mon tourment, tu me donnas du laudanum. Incapable de dormir sur le dos dans mon hamac, je m'endormis d'un sommeil agité là, sur la table d'opération, allongé sur le ventre. Tu t'installas dans un fauteuil à côté de moi pour veiller ton patient toute la nuit. Je fus réveillé au milieu de la nuit par tes hurlements.

Mes plaies cicatrisèrent relativement vite. Bientôt, je fus de retour à mon poste, debout en vigie tout là-haut parmi les voiles, où je pus méditer à loisir sur les récents événements. Le *Solide* continua d'avancer, poussé par les alizés, à travers les brumes du Pacifique Nord. Mais chaque nuit, au loin, je t'entendais appeler à l'aide dans ton sommeil tourmenté. Le raffut que tu faisais nuit après nuit commença bientôt à attiser les flammes de la superstition chez les membres de l'équipage. De manière générale, les marins dorment mal, même sur la plus calme des mers, et ont pour habitude de ressasser leurs griefs comme un cuisinier remue sa soupe, inlassablement. Ces tapages nocturnes devinrent un sujet de conversation favori parmi les plus conspirationnistes d'entre eux, qui se retrouvaient dans la cale pour partager leurs théories à voix basse, avant de les faire hardiment connaître à qui voulait l'entendre : le médecin, affirmèrent-ils, était possédé, depuis cette soirée sur l'île, par l'esprit du garçon décédé.

J'évitais les commérages oisifs et les folles conjectures, bien que celles-ci soient plus proches de la vérité que n'aurait pu l'imaginer tout homme raisonnable. J'avais mes propres hypothèses à confirmer. Je ne comprenais pas ce qui s'était passé. Initialement, j'avais été certain que tu avais réalisé un passage. Mais en refusant de le confirmer, tu avais semé le doute en moi, et celui-ci y avait trouvé un sol fertile. Étais-je seul sur ce bateau ? Avais-je quitté l'île sans raison valable ? Avais-je profané la Loi par erreur ? Mon intention avait été de te suivre et de te protéger, de t'aider à revenir sur l'île, de préserver la Loi et notre amour, mais il semblait à présent qu'en essayant d'honorer la loi je n'avais réussi qu'à la profaner. Cette pensée me tourmentait.

Un matin, de mon poste de vigie, je repérai une île à l'ouest, et mon cœur se mit à battre violemment de joie à l'idée que nous avions peut-être miraculeusement regagné l'île si récemment laissée derrière nous ; mais il s'agissait en réalité d'une de celles qu'on connaît sous le nom d'îles Sandwich[1]. Nous ne nous y arrêtâmes pas ni ne déviâmes de notre route, maintenant notre cap au nord, car cet archipel était déjà bien exploré et le capitaine avait hâte d'atteindre notre destination avant l'automne septentrional, où les conditions de navigation devenaient tout sauf pacifiques.

Le lendemain, je vis un albatros qui avait aligné son vol sur la trajectoire du bateau, probablement intéressé par le banc de poissons-pilotes qui nageait dans notre sillage. L'équipage, très perturbé par les hurlements émanant chaque nuit des quartiers du médecin, fut ravi de ce présage. L'oiseau continua de nous suivre pendant trois jours, planant au-dessus de nos têtes à longueur de journée, attendant que le coq jette ses déchets de cuisine par-dessus bord et que les poissons-pilotes montent à la surface pour s'en faire un festin. Alors, il fondait vers l'eau pour manger tout son content. La nuit, il se perchait sur le mât de misaine pour se reposer. Le troisième jour, il nous quitta, emportant avec lui la petite étincelle de bonheur qu'il nous avait apportée.

Le *Solide* poursuivit sa route vers le nord à travers l'océan. J'essayai de faire profil bas, me contentant d'accomplir mes corvées et de faire le guet à mon poste. Je m'habituai à mon nouveau corps. C'était, dans l'ensemble, un corps facile à habiter. Bien que Joubert n'ait que vingt ans, il avait passé

1. Actuel archipel d'Hawaï.

plus de la moitié de sa vie en mer. Avant cela, il avait mené une vie de gamin des rues à Toulon. J'adorais la liberté et les rigueurs de la vie de marin. Je ne supportais pas, par contre, les libertés de la vie au port : j'avais hérité d'un goût pour le rhum et d'un caractère aussi vindicatif que j'avais l'esprit astucieux. Je gardais de féroces rancunes dont je ne pouvais jamais me défaire. J'étais le plus loyal des amis mais dans le rôle d'ennemi, je pouvais laisser le plus petit affront devenir, dans les ténèbres de mon cœur, une vendetta à vie qui ne coïncidait en rien avec la modestie de ses origines.

Je ne cessai jamais de chercher un moyen de te parler directement – en vain. Ce n'était pas chose aisée, car je n'étais qu'un matelot ordinaire et toi un officier. Hors maladie ou blessure, un simple membre d'équipage a fort peu d'occasions de converser intimement avec le chirurgien de bord. Maintes fois, je doutai d'en avoir une autre. Mon vieil ami Brice remarqua la morosité dans laquelle j'avais sombré et, ne pouvant guère en deviner la cause, entreprit de me tarabuster à ce sujet. Bien que j'aie fort peu de tolérance pour ce genre de badinage, et que je l'en aie informé, il persista, y faisant souvent allusion à table. Un soir, alors que nous mastiquions sans appétit notre biscuit trempé d'eau croupie et saumâtre, il s'adressa à moi avec une exaspération pleine de tendresse.

« Que t'arrive-t-il donc, Joubert ? Depuis que tu as fait la cabriole avec cette sauvage, tu te comportes étrangement. Es-tu amoureux ? Ou bien souffres-tu de quelque maladie du bas-ventre ? »

Je sentis monter en moi une rage si forte que je me jetai sur lui en vue de lui asséner un coup qui lui briserait la mâchoire et mettrait fin à ses questions incessantes. Heureusement, je le manquai, car sinon j'aurais de nouveau reçu le fouet, et n'y aurais peut-être pas survécu, cette fois-ci. Mais je perdis mon seul ami, et pendant le reste du voyage, je ne laissai jamais passer une occasion de lui faire affront.

Dans les brumes épaisses de l'automne, nous réaperçûmes la terre, et des cris de joie retentirent dans les rangs de l'équipage fatigué. Nous avions atteint notre destination, l'archipel Alexandre. Le but de notre expédition était d'acheter des fourrures aux indigènes, que nous emporterions à Macao pour les vendre aux Chinois. Sur chaque île où nous débarquâmes, nous fîmes savoir que nous souhaitions acquérir leurs peaux de castor, de phoque, de loutre, d'ours, d'élan et de loup en échange d'armes à feu, de clous en fer, de couteaux, de couvertures et d'alcools. Mais à chaque fois, nous apprîmes que toutes leurs plus belles peaux avaient été vendues à un autre bateau seulement quelques semaines plus tôt, ne laissant pour nous qu'un piètre assortiment de marchandises de qualité inférieure. Nous n'eûmes pas plus de chance sur les îles de la Reine-Charlotte. Et donc, avec l'hiver qui approchait et nos ambitions mercantiles bien peu satisfaites, nous mîmes le cap sur la Chine, espérant vendre là-bas le peu de fourrures que nous avions réussi à nous procurer. Lorsque nous quittâmes l'Alaska, une chape de plomb hivernale barrait le ciel, et l'océan était devenu grincheux et cruel.

Au cours des semaines suivantes, c'est à peine si je t'adressai un mot, mais je pensais constamment à toi. Un passage est une entreprise périlleuse. Chacun se déroule différemment, certains mieux que d'autres, et il n'y en a pas deux pareils. Tu étais jeune quand tu l'avais fait, et pas encore totalement initié. Puis il y avait eu le coup de mousquet. Peut-être celui-ci avait-il interrompu le procédé, empêchant sa finalisation. Et désormais, bien que tu ne sembles garder aucun souvenir de ta vie antérieure, tu étais assailli de cauchemars toutes les nuits. Que restait-il de toi ? Je brûlais de te parler plus longuement, mais dans l'immédiat, je ne pouvais que te regarder de loin en prenant mon mal en patience. Avec le temps, tu te défis de tes hésitations et montras plus d'assurance dans ton travail. Les souvenirs enfouis de ton art remontaient à la surface au gré de ce qui était demandé de toi, un par un et non tout d'un bloc. Peut-être, me disais-je, ceux de ton autre vie, celle d'avant, finiraient par te revenir de la même façon.

Il y a maint moment d'oisiveté sur un navire lorsque celui-ci est en mer. Lorsqu'il est ainsi laissé à lui-même, l'esprit d'un homme peut se tordre comme une vieille corde. Aussi un marin conçoit-il mille façons de se distraire : il joue aux cartes et aux dés, chante et danse, raconte des histoires et des plaisanteries, sculpte du bois flotté et noue des cordages, et invente des motifs avec lesquels orner son corps. Depuis notre traversée des mers du Sud, les tatouages étaient devenus une sorte d'obsession chez les officiers comme chez les matelots. Avant le passage, Joubert était considéré comme le meilleur artiste à bord, sur papier comme sur peau. Il n'était pas rare qu'un matelot m'approche pour me demander de lui tatouer un monstre marin dans le dos, ou le nom de sa bien-aimée sur l'épaule. Mais on venait aussi me voir sans idée spécifique en tête, poussé simplement par le désir de sentir la piqûre satisfaisante de l'aiguille sur sa peau. Chaque fois qu'on me laissait ainsi le choix du motif, j'aimais à dessiner l'image d'un œil, tel que ceux tatoués sur la peau des habitants de mon île. Après que j'en eus exécuté plusieurs, ils devinrent un objet d'admiration au sein de l'équipage, qui y voyait un souvenir de notre périple, la deuxième expédition seulement de cette ampleur par un vaisseau français. Même certains des officiers vinrent m'en demander un tatouage. La tendance à la superstition de l'âme du marin est telle qu'ils prenaient ce motif pour un présage de bonne fortune.

Par un calme dimanche après-midi, alors que nous arrivions à proximité de la côte de Formose après qu'une tempête particulièrement furieuse avait assiégé le navire pendant deux jours, j'étais dans la cale, en train de tatouer l'image d'une baleine sur le dos de Mozoly à la lumière d'un sabord, lorsque tu t'approchas de nous. Tu t'arrêtas pour observer ma technique, comme si j'étais lancé dans quelque procédure médicale. Tu me posas des questions. Tu me regardas tremper l'aiguille dans l'encre et l'enfoncer dans la peau de Mozoly. Tu m'expliquas qu'elle en pénétrait les couches superficielles pour aller déposer l'encre si profondément dans le corps qu'elle y restait de façon permanente. Mozoly cachait sa douleur, avec la fierté d'un vieux loup de mer. Le tatouage terminé, il s'en alla, endolori mais souriant, faire admirer son nouvel ornement à ses compagnons de bord. Tu me demandas si je pouvais dessiner l'un de mes tatouages sur ton omoplate. Un œil ? Non, répondis-tu, la Vierge Marie. Tu reconnus avoir prié celle-ci pendant la tempête, et lui avoir promis que si le navire était épargné, tu ferais graver son image sur ta personne.

Après le départ de Mozoly, tu ôtas ta chemise et t'assis sur une chaise devant moi de telle façon que ton omoplate se trouvait juste sous mes yeux. Je trempai l'aiguille dans l'encre de Chine et entrepris de percer ta peau de petits trous bleus. Lorsqu'on se fait tatouer, il faut du temps pour se faire à la piqûre de l'aiguille. Mais une fois habitué, on apprend à ignorer cette sensation, voire à l'apprécier.

« Dites-moi, docteur, dis-je quand je te sentis accoutumé à la douleur, cela fait quelque temps que vous êtes grandement tourmenté dans votre sommeil. J'ai entendu vos souffrances – nous les avons tous entendues. Quels sont ces cauchemars qui vous tourmentent ainsi ?

— J'avoue, répondis-tu, qu'il m'est agaçant de savoir que je fais pareil raffut. Les rêves en eux-mêmes sont étranges et confus. Souvent, je n'en garde aucun souvenir, et quand j'en ai, ce ne sont que des bribes. Ils semblent se dérouler sur cette île où le garçon a été tué.

« Koahu, dis-je. Le garçon s'appelait Koahu.

— Koahu, répétas-tu. Je n'arrive pas à me sortir ce Koahu de la tête.

— Peut-être, repris-je en trempant l'aiguille dans l'encre avant de la plonger dans la peau de ton omoplate avec autant de douceur que possible, peut-être y a-t-il une raison à cela.

— Cette raison n'est sûrement rien de plus qu'un sentiment de culpabilité. Mais c'était un accident. Comment puis-je être coupable si c'était un accident ?

— Peut-être est-ce plus que de la culpabilité. » Je poursuivis mon travail tout en parlant : trempage de l'aiguille dans l'encre, perforation de la peau, tache bleu nuit. « Peut-être que si vous repensez à ce moment, vous vous souviendrez d'un détail qui pourrait vous aider à comprendre ce qui s'est passé. Peut-être n'est-ce pas un sentiment de culpabilité qui vous importune, mais autre chose ; quelque chose d'étrange, de miraculeux par sa nature. »

Tu regardais droit devant toi maintenant, les yeux perdus dans l'obscurité de la cale.

« Je suis chirurgien. J'ai vu beaucoup de corps sans vie. Bon nombre d'hommes sont morts sous ma garde, parfois même dans mes bras. Et pourtant, le souvenir de ce garçon continue de me hanter.

« Peut-être est-ce plus qu'un souvenir qui vous hante, docteur. N'avez-vous pas envisagé la possibilité… »

Je m'interrompis, attendant que les mots me viennent.

« Quelle possibilité ?

— La possibilité que le garçon… Que le garçon… »

Je ne savais pas comment continuer, aussi plongeai-je l'aiguille dans ta peau ; mais dans ma nervosité, je l'enfonçai trop profondément. Tu tressaillis. Je retirai l'aiguille, mais du sang avait commencé à sourdre du trou percé.

« Je croyais que vous saviez ce que vous faisiez ? t'exclamas-tu sèchement.

— Pardonnez-moi, fis-je en essuyant la goutte écarlate.

— Il faut que je saigne la plaie.

— Attendez, je vous en conjure, j'ai presque terminé. Et ça ne se reproduira pas.

— Si vous parliez moins, peut-être travailleriez-vous mieux. Et pour sortir pareilles fadaises ! Vous perdre ainsi en vaines conjectures ! »

En silence, je me remis au travail. Le moment propice était passé, et pourtant j'étais si près de mon but que je ne pouvais pas m'arrêter là.

« Ce que j'essaie de suggérer, continuai-je aussi calmement que possible, c'est que, peut-être, la cause de ces cauchemars récurrents est que… vous n'êtes pas qui vous croyez être. Ou plutôt, vous êtes *plus* que vous ne le réalisez. Peut-être, sur l'île, avez-vous deviné quelque chose des coutumes des indigènes. Peut-être votre curiosité vous a-t-elle mené à une sorte d'échange, totalement inattendu, un échange d'âmes – comprenez-vous ce que j'essaie de vous dire ? Peut-être Koahu est-il *en* vous. Peut-être *est-il* vous. »

Le tatouage était terminé. Je versai de l'eau de mer dessus pour le nettoyer et rafraîchir ta peau rougie. Je n'avais pas dessiné la Vierge Marie, comme tu me l'avais demandé. J'avais dessiné un œil, le plus bel œil que j'aie jamais tracé. Je savais que tu serais furieux, qu'il y aurait des conséquences, mais je voulais que cet œil soit là chaque fois que tu apercevrais un reflet de toi-même. Aussi longtemps que tu serais en vie dans ce corps, cet œil serait là et te renverrait ton regard dans le miroir, te rappelant notre conversation. Je t'en donnai un petit à tenir, et en positionnai un deuxième derrière toi pour que tu puisses voir ton omoplate.

« Qu'avez-vous fait ? t'exclamas-tu, l'air horrifié. Où est la Vierge Marie que j'ai demandée ? Pourquoi avez-vous dessiné cet horrible symbole païen ?

— Pour te rappeler qui tu es, répondis-je, déterminé à te forcer à entendre mon message. Ce garçon *est* toi. C'est *toi*, tu es ce garçon. Je vous ai vus effectuer un passage, de mes propres yeux, et j'en ai fait un aussi, car je ne pouvais pas te laisser faire cela tout seul. » Tu ne répondis rien, mais je perçus un durcissement en toi. Tu étais devenu parfaitement immobile. « Je suis Alula. Je suis celle qui t'aime. Je t'ai suivi. J'ai changé de corps aussi. Je suis là avec toi. » Tu te levas, pris ta chemise et, me tournant le dos, l'enfilas avec brusquerie. Le moment était passé, je le voyais bien, mais je ne pouvais plus m'arrêter. Pas tant que je ne t'aurais pas dit tout ce que tu avais besoin de savoir. « Quelque chose t'est arrivé pendant le transfert, quelque chose est allé de travers. Tu ne t'en souviens pas, ou peut-être ne t'en souviens-tu que dans tes rêves. Mais c'est là qui tu es : Koahu. Ne l'oublie jamais. Tu as fait un passage, et tu dois en faire un autre. La Loi dit qu'il ne peut y avoir de passage sans retour. Je suis Alula, et je ne t'abandonnerai jamais. » Tu ne disais toujours rien, continuant simplement à boutonner ta chemise. « Il faut que nous retournions sur l'île avant qu'il ne soit trop tard. »

Ce n'est qu'une fois ta chemise boutonnée que tu te retournas vers moi, pour déclarer d'une voix tremblante :

« Vous serez puni pour cela, Joubert, croyez-le bien. Vous êtes un fou et un imbécile, et vous venez d'humilier l'homme même qui vous a sauvé la vie. »

Puis tu t'éloignas dans l'obscurité sans même un regard en arrière.

Plus tard ce jour-là, Icard, le maître d'équipage, vint me voir.

« Qu'as-tu dit à Roblet ? me demanda-t-il.

— Rien d'important.

— Quoi que cela ait été, il s'est plaint au capitaine. Tu as interdiction de lui réadresser la parole. Si tu le fais, tu recevras le fouet – et cette fois, Roblet ne sera pas là pour soigner tes plaies. »

Notre malchance ne fit qu'empirer à Macao. Quelques semaines seulement avant notre arrivée, l'empereur de Chine avait accordé aux Russes un monopole sur le commerce de fourrures. Après un mois infructueux de réparations sur le navire, avec des fourrures de mauvaise qualité qui se gâtaient dans la cale et, sur le pont, des humeurs qui ne s'en sortaient guère mieux, nous continuâmes notre route vers la colonie française d'île de France[1], au large de la côte orientale de l'Afrique.

1. Actuelle île Maurice.

Nous mouillâmes à Port-Louis pendant onze semaines, pour laisser passer le pire des tempêtes estivales, et tandis que les marins faisaient ribote dans les tavernes et maisons closes du port, je m'abandonnai de mon côté à la mélancolie, car je voyais dans ce que je découvris sur cette île – la pauvreté, la maladie, l'esclavage – un présage de l'avenir qui attendait la nôtre. Durant tout ce temps, c'est à peine si je te vis. Avec les autres officiers, vous étiez hébergés chez les fonctionnaires coloniaux et les riches planteurs, et invités aux bals et déjeuners dans leurs propriétés des collines environnantes.

Nous reprîmes la mer à la fin de la saison des tempêtes, et c'est seulement lorsque l'île de France ne fut guère plus qu'une tache d'encre bleue à l'horizon que je remarquai ton absence. Je descendis te chercher dans l'infirmerie, mais n'y trouvai que Reynier.

« Roblet ? dit-il. Il a décidé de rester sur l'île de France. Ils avaient grand besoin d'un chirurgien. Peut-être puis-je vous aider ? »

Je me détournai de lui en masquant toute indication de la peine qui m'étreignait le cœur. J'allai m'asseoir tout au fond de la cale, au milieu des rats et de l'eau croupie, car au moins là, je pouvais être seul et laisser mon cœur pleurer en paix. Lorsque, peu après, le maître d'équipage siffla pour annoncer le changement de quart, je réussis je ne sais comment à reprendre mes esprits et à monter dans les haubans jusqu'au nid-de-pie. Je ne saurais dire comment je fis cela sans tomber – car tomber était ce que je souhaitais. Je voulais me briser la nuque, me noyer, être avalé par une baleine. Mais mon corps agit au mépris de mon cœur. J'escaladai l'échelle de corde et, debout sur cette plate-forme, balayai du regard la mer et le ciel.

C'était le crépuscule. Devant le navire, qui suivait un cap sud-sud-ouest, un soleil tropical était en train de sombrer dans l'océan. Il aurait été si facile d'imiter cet orbe doré, de sauter de mon perchoir tout là-haut sur le mât d'artimon et de disparaître sous l'eau, pour m'enfoncer dans ma propre nuit éternelle. Le navire serait très probablement arrivé bien loin avant qu'on ne remarque mon absence. Derrière moi, encore en vue mais désormais grosse tout au plus comme une tête d'épingle, entre l'infini de l'océan et celui du ciel, se trouvait l'île de France, que nous avions quittée le matin même. Même si je pouvais encore la voir de mes propres yeux, elle était déjà aussi inatteignable que si elle avait été à l'autre bout du monde. Je la regardai jusqu'à ce qu'elle ne soit guère plus qu'une illusion d'optique. Et même là, je gardai les yeux fixés dessus, jusqu'à ce que la futilité de la tâche s'impose à moi : elle avait disparu, et toi avec.

Le navire poursuivit sa route. Dans le ciel crépusculaire, l'étoile du soir brillait sans faillir. Une fois de plus, je me demandai : devrais-je me laisser tomber à l'eau ? Céder au désir de néant ? La mer semblait m'inviter à la rejoindre, me promettant une paix éternelle. Mais je ne succombai pas à son appel. À la place, je fis un serment. Je ne saurais dire à qui : à toi, à moi, aux dieux ou simplement à l'étoile du soir qui brillait, pure et solitaire, dans le ciel rougissant devant moi. À qui ou à quoi, je ne saurais véritablement dire, mais je fis un serment. Et je ne tombai pas.

Lorsque, enfin, plusieurs semaines après, nous arrivâmes à Marseille, je me mis immédiatement à la recherche d'un moyen de retourner chez nous en passant par l'île de France. Cela faisait déjà plus d'un an que nous avions quitté Oaeetee.

Dans l'étouffante chaleur d'août, je fis tous les bureaux d'agents maritimes du Vieux-Port en quête d'un bateau à destination des mers du Sud. Lorsque je leur dis où je souhaitais me rendre, certains rirent ouvertement de ma stupidité ; d'autres me regardèrent avec mépris ou pitié. Il n'y avait, appris-je, aucun navire en partance pour cette région. L'expédition du *Solide* dans ces eaux avait été la toute première à être lancée de ce port, et elle avait fait perdre une fortune à ses investisseurs. De plus, la France entière était désormais prise dans l'étau de la Révolution. Le républicanisme avait essaimé dans toute l'Europe, et les monarques du continent se préparaient à la guerre. Les voyages d'exploration, qui avaient captivé l'imagination publique pendant une génération, présentaient désormais fort peu d'intérêt pour la toute jeune République. Si je voulais me rendre dans les coins les plus reculés de cet océan, me dit-on, il me fallait m'engager sur un bateau faisant le commerce des fourrures, du bois de santal ou de l'huile de cachalot, car ces vaisseaux parcouraient le globe à la recherche de leurs marchandises, et s'aventuraient parfois jusque dans les mers du Sud.

Mais avant de pouvoir retourner là-bas, il me fallait te retrouver. J'échafaudai un plan : j'allais regagner l'île de France, où j'espérais recroiser ton chemin et te convaincre de venir avec moi ; puis, ensemble, nous chercherions du travail à bord d'un bateau en partance pour les Indes, puis d'un autre à destination des îles aux épices[1], d'un autre encore se rendant à Formose ; et ainsi, nous finirions par voguer de nouveau dans nos eaux natales. Je soupçonnais qu'il me faudrait plusieurs mois pour te retrouver, et peut-être plusieurs

1. Actuelles Moluques, en Indonésie.

années pour regagner notre île. Chaque fois que cette pensée s'invitait dans ma tête, elle me plongeait dans le désespoir, et seule la détermination la plus résolue m'empêchait de me laisser aller complètement à la dérive : qu'importait, me disais-je, s'il nous fallait dix, quinze ou même vingt ans pour revenir ? L'essentiel était que nous arrivions, après tout, et que nous fassions réparation à la Loi que nos actes avaient enfreinte.

Je repris donc une vie de marin. Je trouvai un bateau à destination de l'île de France et t'y cherchai. Je m'enquis du chirurgien Roblet dans toutes les tavernes de Port-Louis. J'appris que quelques semaines plus tôt seulement, tu t'étais engagé à bord d'un navire en partance pour la côte de Coromandel, et je m'arrangeai donc pour trouver du travail à bord d'un bateau à destination de cette colonie indienne. Arrivé là-bas, j'appris que tu avais pris un poste à bord d'un navire en partance pour la côte de Malabar.

Ainsi commencèrent les années de recherche : plus de dix ans à traquer les rumeurs de ta présence de port en port, à sillonner les mers et les océans, à demander après le chirurgien Roblet dans tavernes et cafés, à passer de table en table, de marin en marin, à poser les mêmes questions, encore et encore, de sorte que ma quête de toi devint mon régime de vie, ma raison d'être, toute mon existence. Je cessai de compter le nombre de fois où j'engageai la même conversation, et où je reçus la même réponse : « À quoi ressemble-t-il ? » À cette question, je n'avais pas de réponse bien précise à donner. Physiquement, tu ne te distinguais ni par ta taille ni par ton poids, tu avais les yeux bleus et les cheveux bruns comme tant de nos compatriotes, et tu n'étais affligé d'aucune difformité visible. Tu étais en possession de tes deux yeux et de tes deux oreilles ; ton nez et ta bouche n'étaient ni grands ni petits, ta peau n'était grêlée par aucune maladie, et la somme de tes doigts et de tes orteils était égale à vingt. Je ne pouvais pas dire : « Il a sur l'omoplate un tatouage représentant un œil », car à l'exception des aides-chirurgiens, les simples matelots avaient fort peu d'occasions de voir un officier dévêtu. Mais je te connaissais une particularité qui ne serait jamais oubliée par tout homme ayant navigué avec toi. Aussi répondais-je : « Son apparence n'a rien de spécial ; c'est un homme comme les autres. Mais chaque nuit, dans son sommeil, il souffre de telles terreurs qu'il est connu pour hurler comme les Furies. » Et ainsi, dans chaque port où je me rendais, je trouvais rapidement quelqu'un qui avait récemment navigué avec un homme correspondant à cette description, ou connaissait quelqu'un qui l'avait fait, et qui attestait, avec un mélange de rancœur et de compassion en proportions variables, que la pauvre âme tourmentée avait été relevée de son poste au port le plus proche, les marins étant tellement enclins à la superstition que, confrontée à ce genre de comportement nocturne, la moitié de l'équipage était convaincue qu'une puissante malédiction s'était abattue sur eux.

En plus d'être superstitieux, les marins sont également des conteurs talentueux. Lorsqu'une histoire passe de bouche en bouche, chacun y ajoute son ingrédient personnel. Aussi ne tardai-je pas à remarquer que les récits à ton sujet avaient commencé à prendre de l'ampleur. La première fois que cela arriva, j'étais sur l'île de Gorée, en Afrique. J'entrai chez un marchand de rhum pour m'enquérir de toi. Un jeune homme déclara avoir navigué avec toi l'année précédente, et savoir que tu étais ensuite parti pour l'Argentine. Un autre marin, un vieux loup de mer, affirma quant à lui qu'il t'avait eu pour compagnon de bord sur un tout autre navire quelques semaines plus tôt seulement, et que tu étais à présent en route pour la Nouvelle-Galles du Sud. Je commençai à rencontrer ce genre de rapports contradictoires de plus en plus fréquemment, jusqu'à ce que je comprenne qu'un mythe était né à ton sujet, et que les marins, comme ils en ont coutume lorsqu'ils tuent le temps en buvant et en jouant aux cartes, avaient ajouté ton histoire au recueil de légendes qu'ils transportent dans la bibliothèque de leur esprit – celle d'un homme de médecine atteint d'une affliction spirituelle sans remède, d'un chirurgien souffrant d'un tel mal qu'aucun navire ne voulait le garder. Plus la légende prenait de l'ampleur, plus tu t'éloignais de moi. À force, j'eus le sentiment de ne plus chercher un homme, mais de poursuivre un fantôme qui était tout à la fois partout et nulle part. La légende du chirurgien maudit continua de grandir et, au fil du temps, les histoires à ton sujet devinrent plus sensationnelles et variées. À Montevideo, j'entendis parler d'un médecin nain doté de dons de guérison miraculeux, dont les démons étaient si puissants que le bateau sur lequel il naviguait s'était retrouvé pris dans un maelstrom vengeur qui avait tué tout le monde à son bord, excepté le médecin lui-même – et le conteur de l'histoire. Puis, quelques mois seulement plus tard, à Zanzibar, un autre marin – un Maure – me parla d'un médecin grand de sept pieds, à la formidable crinière rousse, dont les terreurs nocturnes s'étaient avérées une telle malédiction pour un navire à destination de Ceylan que le vaisseau s'était retrouvé encalminé pendant plusieurs semaines et que lorsque, enfin, un autre bateau était tombé sur eux, tous à son bord étaient morts de faim et de soif ; tous, du moins, sauf le chirurgien lui-même – et le conteur de l'histoire.

Et donc, sachant que c'était une chose que de poursuivre un homme, et une tout autre que de courir après une légende, je décidai, plusieurs années après l'aube du nouveau siècle, alors que la France n'était plus un royaume ni même une république mais un grand empire s'étendant d'un bout à l'autre de l'Europe, de renoncer à ma quête de toi pour en commencer une autre. Au cours des années suivantes, je naviguai sur plusieurs navires sillonnant les zones les plus reculées des océans, ces navires qui faisaient le commerce des fourrures, du santal et de l'huile de baleine, dans l'espoir incertain que l'un d'eux passe un jour près de notre île, et que je réussisse à convaincre le capitaine d'y jeter l'ancre. Au fil des ans, je dus faire une bonne dizaine de tours du globe, et à deux occasions au moins, nous nous approchâmes de l'île ; mais jamais à moins, estimai-je, de plusieurs centaines de lieues. La première fois, mon bateau se rendait de Lima au port de Manille, vers l'an 1805 ; comme il avait récemment jeté l'ancre à l'île de Pâques pour s'approvisionner en eau fraîche, nous continuâmes sans nous arrêter. La seconde fois fut en 1811, à bord d'un baleinier de Nantucket. Lorsque la vigie annonça terre au nord-nord-ouest, je regardai le capitaine sur le pont de dunette, à l'affût d'une réaction. Là encore, il n'y en eut pas : le navire ne dévia pas de son cap vers le nord en quête de la prochaine baleine. Je fus soudain pris d'un besoin si maladif de voir mon île que je me précipitai vers le bastingage à bâbord pour essayer d'entrevoir la terre, mais celle-ci était invisible depuis le pont. Je commençai à monter dans les haubans dans l'espoir de l'apercevoir depuis le nid-de-pie. Le maître d'équipage m'ordonna de redescendre sur le pont, mais je feignis de ne pas l'entendre. Arrivé sur la plate-forme, j'expliquai à la vigie stupéfaite que je n'en pouvais plus d'être en mer et que je souhaitais me repaître les yeux de la terre ferme – pareille folie est connue de tous les marins. L'homme m'expliqua que ce qu'il avait pris pour la terre n'était rien de plus qu'un banc de sombres nuages orageux à l'horizon. Lorsque je regagnai le pont, dans un état de profond découragement, ce fut pour trouver le maître d'équipage qui m'attendait. Il prononça une peine de douze coups de fouet, qui me seraient donnés au prochain quart de midi.

Les deux fois, je perçus sa proximité : je reconnus la forme de l'océan et du vent, la couleur du ciel, l'odeur de l'air, le spectacle du firmament la nuit. Mais un matelot a autant d'influence sur les déplacements d'un navire qu'une puce sur ceux d'un chien. Ce pouvoir de décision réside entièrement entre les mains du capitaine. Et je n'aurais jamais ce pouvoir, car je n'étais que simple matelot, et mes perspectives étaient celles d'un simple matelot. Ma place dans le monde des hommes devait être mon destin.

Les années passèrent. Je sillonnai en long en large et en travers toutes les mers et tous les océans du monde. Lorsque je devins trop vieux pour travailler sur le pont, je cuisinai dans la coquerie. Puis, un jour, je devins trop vieux même pour cela. Au printemps 1814, alors que l'Empire français s'effondrait et que son empereur entamait son premier exil, je me retrouvai échoué, telle une baleine, sur une île de l'autre côté de l'Atlantique : Nantucket, dans le Massachusetts. La fin de notre jeunesse nous prend invariablement par surprise, et j'avais eu peu d'indications, en arrivant dans ce port célèbre à bord du baleinier *Illumination*, que ce serait là ma dernière circumnavigation. Je passai l'été à chercher une place à bord d'un autre baleinier, pour chaque fois me voir répondre par un Quaker à triste mine que son équipage était au grand complet.

Je pris donc des postes sur d'autres navires, effectuant des trajets plus courts entre la côte atlantique et les Caraïbes. Je sombrai dans la mélancolie. Je travaillais plus dur que n'importe quel autre marin, et quand je ne travaillais pas, je buvais. *Il ne peut y avoir de passage sans retour*. La formule me hantait jour et nuit. À présent que j'étais d'un âge trop avancé pour naviguer sur de longues distances, comment allais-je faire ? Comment pourrais-je retourner sur mon île avant de mourir, à moins de faire un autre passage ? J'étais coincé : pour me racheter de mon premier péché, j'allais devoir en commettre un deuxième. Il valait mieux accepter qu'il n'y aurait pas de retour. Après tout, nos trahisons n'avaient pas entraîné la fin du monde. Je commençai à douter de la Loi. Peut-être se trompait-elle. Peut-être avait-elle été inventée par des humains au lieu d'être transmise par les dieux dans le but de réguler la circulation des âmes, de préserver l'ordre des identités, de prévenir le chaos que créeraient des passages sans entraves. Je commençai à envisager qu'il puisse ne pas y avoir de conséquences à un passage sans retour ; sauf que cette idée était tout autant cause de tourment que la précédente. Si c'était vrai, cela voulait dire que tous mes efforts pour te retrouver et retourner sur notre île avaient été en vain. J'aurais finalement mieux fait de me jeter à la mer.

Et donc, ma foi en la Loi ainsi ébranlée, la tentation de procéder à un autre passage n'était jamais bien loin de mes pensées. Un seul regard implorant d'une malheureuse dans une maison de passe ou d'un garçon enchaîné dans la cale d'un négrier entre Baltimore et La Nouvelle-Orléans, et je sentais mon âme commencer à vibrer. Ç'aurait été une bagatelle que de faire un passage avec pareils désespérés, de troquer ma vieillesse contre leur jeunesse, mais cela aurait aussi été futile, car le résultat ne m'aurait pas rapproché de ma destination. Seul un passage avec un capitaine de navire aurait pu m'avancer quelque peu. Je brûlais encore du désir de rentrer chez moi, mais pour ce faire, j'avais besoin de devenir quelqu'un qui possédait le pouvoir de décider de l'itinéraire d'un navire. Pareille chose était plus facile à dire qu'à faire, car combien d'occasions a-t-on de regarder un tel individu dans les yeux ? Un capitaine de navire devait être un homme dur, peu enclin à regarder longuement dans les yeux qui que ce soit, même son épouse, sans parler d'un membre de son équipage. Plonger les yeux dans ceux d'autrui sans interruption pendant les quelques minutes nécessaires à un passage est révélateur soit du plus profond amour, soit de la plus grande haine ; or, s'il est du devoir de chaque marin de gagner l'amour de son capitaine, il est dans l'intérêt de ce dernier de refuser de l'accorder. Je n'avais jamais croisé le regard d'un capitaine plus de quelques secondes ; le soutenir plus longtemps ne m'aurait attiré que des ennuis.

Avec l'âge, il me devenait de plus en plus difficile de trouver du travail, et je pouvais rester échoué dans un port ou dans un autre – Nantucket, Baltimore, Caracas, La Havane ou Port-au-Prince – pendant des semaines, voire des mois à la suite. Chaque fois, je m'installais pour passer le temps dans divers cafés, tavernes, tripots et maisons closes, et j'attendais, avec un paquet de cartes réservé spécifiquement à pareilles occasions, qu'un capitaine de navire s'assoie à ma table pour entamer une partie de whist, telle l'épeire nocturne qui chaque nuit tisse sa toile pour attendre patiemment en son centre l'insecte de passage, et la défait chaque matin. Mais jamais l'araignée ne captura sa mouche.

J'écoulai les tous derniers jours de ma vie dans le port de La Nouvelle-Orléans en Louisiane. Ayant pratiquement renoncé à l'espoir de procéder à un autre passage, j'avais eu juste assez d'argent de côté pour m'acheter une petite barque, et je consacrais mes journées à aller et venir sur l'eau pour m'acquitter des commissions qu'on me confiait en échange de quelques pièces, de la ville à telle plantation ou de telle plantation à la ville, du rivage à tel navire ou de tel navire au rivage, ou bien pour transporter personnes ou marchandises d'une rive à l'autre du fleuve. La nuit, je buvais et jouais aux cartes, continuant à tisser ma toile quotidienne, bien que ce soit plus par goût pour l'alcool, les femmes et le jeu que pour toute raison supérieure.

Un lundi de juillet 1825, j'étais dans l'arrière-salle d'une auberge, en train de jouer pour quelques pièces au mort, cette variante du whist, avec deux autres bateliers. C'était la fin de l'après-midi, et dehors, une grosse pluie d'été avait vidé les rues, accompagnée de coups de tonnerre qui menaçaient de fendre le ciel en deux : un puissant orage tropical. Le fracas des lourdes gouttes de pluie sur le toit de tôle, semblable aux applaudissements d'un public à l'opéra, rendait toute conversation impossible. D'un bout à l'autre de la pièce, d'étincelantes gouttelettes filtraient à travers le métal rouillé au-dessus de nos têtes, et tombaient avec un bruit sourd sur le sol couvert de sciure.

Au milieu de ce tintamarre, la porte s'ouvrit et un homme entra, vêtu d'un costume de laine fort peu adapté au climat, tellement trempé qu'il semblait tout droit sorti d'un baptême à la rivière. Je ne le reconnus pas ni, à en juger par leur expression, mes compagnons. Il resta un moment dans l'entrée pour s'accoutumer à l'obscurité, des ruisselets d'eau coulant de ses manches et du bas de son manteau. Il portait à chaque main une sacoche en cuir usée et visiblement lourde, ce qui indiquait un individu aux moyens modestes, car un homme plus riche aurait engagé un porteur pour s'occuper de ses bagages, et en aurait eu davantage.

Il n'avait pas encore bougé de devant la porte ouverte, indifférent à l'attention qu'il attirait, les yeux perdus dans le vide de l'obscurité comme s'il venait d'y voir une apparition. Il avait le comportement non d'un pécheur, mais d'un homme envers lequel on avait grandement et longuement péché. Mince de corps, il avait la lèvre supérieure ornée d'une moustache fine et le menton d'une barbiche clairsemée. Les cheveux d'un blond filasse qui dépassaient de sous son chapeau large lui tombaient jusqu'au col. Même sale et trempé, son costume était de toute évidence de bonne qualité, bien taillé et bien ajusté ; le genre de costume que seuls portaient, sur le port de La Nouvelle-Orléans, les héritiers des riches plantations en amont et les jeunes Yankees fortunés récemment installés dans la ville.

Le whist étant un jeu qui se joue mieux à quatre, je me réjouis de voir arriver un nouveau venu pour faire de notre triangle un carré. Je l'interpellai en anglais pour l'inviter à se joindre à nous, mais il resta où il était sans répondre ni quitter des yeux l'obscurité, comme s'il soutenait le regard de quelque terrible démon que lui seul voyait. Je réessayai en espagnol sans plus de résultat, et enfin en français. Cette fois, il tressaillit, comme si je l'avais brutalement sorti d'une transe hypnotique. Puis il me demanda, dans le français le plus parfait – le genre de français qu'on entendait rarement par là-bas – à quel jeu nous jouions. Au mort, lui répondis-je, mais nous préférerions faire un boston[1] s'il était disposé à se joindre à nous.

Sans ajouter un mot, il s'assit et nous commençâmes une partie. Il jouait sans talent ni chance, et ne donnait aucune indication d'avoir envie de gagner. Il déposait ses cartes machinalement, plus comme un automate que comme un homme, en y prêtant à peine attention. Il fallait constamment lui rappeler que c'était son tour, ce qui suggérait que ses pensées étaient aussi distantes que sa personne était proche. Après la partie, alors que mes compagnons s'en allaient, il leur demanda de lui rendre son argent – il devait avoir perdu un dollar ou plus en très peu de temps. En guise de réponse, mes deux amis éclatèrent de rire, voyant dans sa requête une tentative d'humour. Leur réaction le plongea dans un état de découragement encore plus grand.

Lorsque nous fûmes seuls, je décidai de satisfaire ma curiosité à son sujet et lui demandai s'il venait de voir un fantôme, car il avait la contenance d'un homme ayant fait pareille rencontre. Il m'assura qu'il n'avait rien vu de tel. Il ne lui fallut que très peu d'encouragements de ma part pour se lancer – avec hésitation d'abord, puis, une bouteille de rhum aidant, avec une confiance grandissante – dans un récit de sa vie, aussi bien récente que passée, dont voici un résumé :

Il s'appelait Jean-François Feuille. Ce même après-midi, me dit-il, il s'était avancé à pied dans les eaux boueuses du Mississippi, fermement décidé à ne pas revenir vivant sur

1. Autre variante du whist.

le rivage. Mais une fois totalement immergé, il avait changé d'avis et, au prix d'un immense effort, avait réussi à ressortir du fleuve malgré la force du courant et le poids supplémentaire de son costume de laine trempé, qu'il avait justement revêtu pour prévenir pareil ravisement. Ainsi, me dit-il d'un ton morose, il s'était montré doublement couard, en revenant par lâcheté sur sa décision de commettre un acte lâche. Il m'intriguait, et je l'interrogeai sur sa provenance.

Feuille était le plus jeune fils d'un riche et ambitieux fermier de Bordeaux. Je lui dis que j'étais moi-même de Toulon et il parut vaguement réconforté par ce lien de compatriote. Bien que son père ait envisagé pour lui une carrière dans les ordres, il avait développé dans son enfance une passion pour les tableaux ornant les murs de son église paroissiale. La désapprobation de son père n'avait fait qu'attiser les flammes de son ardeur et, à l'âge de seize ans, contre la volonté du *paterfamilias*, il était parti à Paris, déterminé à devenir artiste. Grâce à une lettre de recommandation écrite par une connaissance aristocratique de la famille, il avait étudié sous la tutelle du maître Anne-Louis Girodet de Roussy-Trioson. De son propre aveu, il s'était révélé être un élève zélé et consciencieux mais pas particulièrement doué, et à la fin de ses études, il avait passé plusieurs années improductives à vivre aux crochets des uns et des autres à Paris, obtenant lui-même peu de commissions.

Lorsque la rumeur du succès de certains portraitistes français en Amérique avait commencé à se répandre en France, Feuille avait pris la décision d'émigrer. Ayant hérité d'une modeste somme à la mort de son père, il avait également vendu tout ce qu'il possédait (c'est-à-dire pas grand-chose) et s'était payé une place à bord d'un navire à destination de La Nouvelle-Orléans, déterminé à se faire un nom dans le Nouveau Monde. Son émigration n'avait cependant pas entraîné la moindre amélioration de sa fortune ; celle-ci s'en était même trouvée pire encore. Il souffrait, se plaignit-il, d'une profonde timidité qui l'avait empêché de se créer le cercle de connaissances et d'amis nécessaire pour prospérer dans son métier. Pour ne rien arranger, il avait perdu une grosse partie de son héritage, si modeste soit-il, en jouant aux cartes durant sa traversée de l'Atlantique. En débarquant, il avait découvert qu'un compatriote, Jean Joseph Vaudechamp, était arrivé de France un mois plus tôt seulement et s'était installé dans un atelier du Vieux Carré, le quartier français de la ville. De plus, à la différence de Feuille, Vaudechamp était doté d'un tempérament affable et d'un capital conséquent ; il avait placé dans l'*Orleans Gazette* des annonces vantant sa renommée parmi les familles royales d'Europe, et avait meublé et décoré son logement à la façon des ateliers d'artistes parisiens, avec un divan, du papier peint vermillon sérigraphié, des meubles Ancien Régime, des tentures en velours et, au mur, un portrait encadré d'or d'une jeune femme dodue – sa sœur, mais le malin Vaudechamp laissait entendre à ses clients potentiels qu'il s'agissait, en fait, d'une femme noble à laquelle il avait voué une passion hélas non réciproque.

Feuille avait, de son côté, dans les quelques semaines qui s'étaient écoulées depuis son arrivée, dépensé presque tout ce qui lui restait de la fortune de son père, et était désormais au bord de la ruine. Tout était perdu, conclut-il, y compris son honneur, car même s'il avait l'argent pour retourner en France, ce serait dans le rôle d'un raté.

J'avais eu l'occasion, au cours de ma vie dans le corps de Joubert, de rencontrer de nombreux infortunés qui avaient connu les pires coups du sort. Aucun d'eux n'avait porté sa croix avec si peu de grâce. Je me risquai à lui faire remarquer que tout n'était peut-être pas perdu ; que, s'il en faisait le choix, il pourrait peut-être entrapercevoir le soleil caché derrière les nuages qui assombrissaient son horizon. Non, insista-t-il avec acharnement, au contraire : tout, absolument tout était perdu. Il était maudit, s'écria-t-il, la tête entre les mains, maudit et damné, et il ne souhaitait pas vivre un jour de plus.

Alors que j'écoutais le peintre me raconter ses malheurs, je sentis sourdre en moi un mélange très inattendu d'émotions, que je ne peux décrire que comme un mépris envieux. Quelles merveilles aurais-je pu accomplir dans sa situation, me disais-je, doté comme il l'était d'un corps jeune et beau, d'un esprit éduqué et d'une bonne place dans la société. Conséquence naturelle et presque immédiate de ce sentiment, une idée germa dans ma tête qui, en dépit de tous mes efforts pour l'en chasser, colonisa rapidement mes pensées, comme si chaque effort pour l'éliminer ne faisait qu'en hâter le triomphe. Imaginez la scène : lui et moi, seuls à l'exception de l'aubergiste, qui essuyait des verres avec une expression d'ennui à l'autre bout de la pièce vide. L'orage désormais terminé, remplacé par un soleil éclatant qui déversait sa lumière par l'unique et petite fenêtre de l'auberge.

Ce n'était pas un capitaine de navire. Ce n'était même pas un marin. En fait, me confia-t-il, il avait eu le mal de mer pendant toute sa traversée de l'Atlantique. Mais je me mis brusquement à désirer la chose même dont il ne voulait plus. S'il n'aime pas sa vie, me dis-je, je l'aimerai à sa place.

Parfois, les meilleurs plans nous viennent déjà entièrement conçus, comme un don du ciel. Ce fut le cas en cette occasion. Je dis à Feuille que tout ce qu'il avait à faire pour revigorer sa fortune, c'était peindre un portrait pour faire la promotion de ses talents, qu'il pourrait ensuite exposer pour attirer d'autres clients. Il faudrait que ce soit un portrait d'une physionomie remarquable, qui retiendrait l'attention de tous les passants par sa virtuosité. Je proposai de lui commander pareil portrait de moi-même, car je touchais à la fin de ma vie et souhaitais faire immortaliser mon apparence, telle qu'elle était. Après, je le laisserais avec plaisir exposer le tableau dans son atelier pendant un moment, le temps qu'on lui passe d'autres commandes. Au début, il refusa mon offre – de fait, il manifesta un entêtement fort désagréable. Je dus insister à plusieurs reprises et franchement le cajoler pour qu'il accepte, ce qui n'était qu'une preuve de plus de sa stupidité, car ma suggestion était à l'évidence aussi avisée que généreuse. Mais enfin, il y consentit, non sans afficher une expression dubitative. Il me soupçonnait de vouloir l'exploiter, mais n'arrivait pas à deviner comment exactement. Je lui donnai ce que j'avais gagné au cours de notre partie de cartes – quelque trois ou quatre dollars –, puis vingt dollars de plus comme garantie de ma sincérité, et pour qu'il puisse acheter le matériel nécessaire à la tâche convenue. Nous fixâmes même une date – le lendemain – et une heure – deux heures de l'après-midi. Pour célébrer la conclusion de notre marché, je nous servis deux derniers verres de rhum, terminant la bouteille.

Puis vint le moment de génie. Il approcha son verre de ses lèvres avec une avidité qui laissait deviner un penchant pour l'alcool. Je posai la main sur son bras pour l'empêcher de le lever davantage.

« Les yeux, dis-je en me penchant vers lui, sont la clef. Rendez-les bien, et vous pouvez exposer l'âme d'un homme. Rendez-les mal, et il vous aura totalement échappé. »

Il acquiesça d'un hochement de tête.

« Les yeux sont l'élément le plus important de n'importe quel visage, et le plus difficile à peindre », avoua-t-il.

J'avais encore la main posée sur son bras. Je le sentis tenter une nouvelle fois de porter son verre à ses lèvres, mais l'en empêchai. Je lui demandai s'il avait une préférence concernant la couleur des yeux qu'il peignait : préférait-il peindre des yeux bleus, par exemple, ou des yeux bruns ? Il y réfléchit un moment puis me répondit que d'après son expérience, les yeux sombres étaient généralement plus faciles à peindre, car ils présentaient souvent une moins grande variété de nuances en leur sein que les yeux bleus ou les yeux verts, et qu'il était plus aisé de reproduire leur teinte.

« Ah, fis-je, dans ce cas, je veillerai à avoir les yeux marron demain. »

Feuille m'adressa un regard perplexe et me demanda de répéter ce que je venais de dire.

« Dans ce cas, je veillerai à avoir les yeux marron demain, répétai-je, pour qu'il vous soit plus facile de les peindre.

— Mais vous avez les yeux bleus, me répondit-il.

— Ils sont bleus aujourd'hui, mais demain ils seront marron.

— Par quelle magie auront-ils changé de couleur du jour au lendemain ?

— Il n'y a pas de magie là-dedans, répondis-je. Je suis capable, en peu de temps, de faire virer leur couleur du bleu au brun. »

Cela stupéfia visiblement le pauvre homme.

« Est-ce là quelque plaisanterie à mes dépens ?

— Point du tout, c'est juste une faculté que je possède depuis la naissance, tout comme certains contorsionnistes ont la capacité de se plier en quatre, ou comme d'autres sont capables de parler plusieurs langues sans les avoir apprises.

— Comment y parvenez-vous ?

— Je me concentre simplement pendant trois ou quatre minutes, et leur couleur change.

— Vous faites cela les yeux fermés ?

— Bien au contraire, cela ne peut se produire que les yeux grands ouverts.

— Pouvez-vous m'en faire la démonstration ?

— Bien sûr, répondis-je. Je n'irai pas jusqu'à dire que c'est bête comme chou, mais ce n'est vraiment pas très compliqué. Tout ce que cela demande, c'est la plus extrême concentration mentale. Vous devez me regarder droit dans les yeux, sans détourner le regard. Voulez-vous essayer tout de suite ? » Il hocha vigoureusement la tête. « Très bien, fis-je. Soyez très attentif. »

{*113*} ☞

JEAN-FRANÇOIS FEUILLE

Naissance 1797
Premier passage 1825
Second passage 1838
Date de décès inconnue

Si le mauvais caractère de Joubert avait été pénible, il y avait au moins eu chez lui quelque chose de résolu : sa nature obstinée, son corps fiable, ses habitudes de vieux marin, son éthique de travail et sa détermination infatigables. Feuille était différent. C'était un homme à l'esprit faible et aux appétits considérables : un glouton, un dilapidateur, un *débauché**. S'il n'était pas rancunier comme Joubert, c'était à cause de sa prodigalité. Même avant notre passage, j'avais détecté en lui une certaine dissipation. Après, je ne pus m'empêcher de m'y laisser embourber. J'avais désormais jeunesse, beauté, éducation, talent et même un certain prestige social, et pourtant, à tous autres égards, l'homme que j'étais désormais était inférieur à celui que j'avais été. Là où Joubert avait fait preuve de ténacité, Feuille se laissait facilement décourager ; là où Joubert avait été enjoué, Feuille était maussade ; là où Joubert s'était fait des amis, Feuille collectionnait les ennemis ; là où Joubert avait été plein de ressources, Feuille était incompétent et désorganisé. Pour toujours après cela, ce fut comme si la partie de moi qui était passée dans son corps et la partie de moi qui s'y trouvait déjà étaient constamment en lutte. J'étais l'otage d'impulsions que je peinais à maîtriser.

Au cours d'un passage, on entre dans un corps et on hérite de ses capacités et de ses incapacités, de ses appétits et de ses inclinations. Mais on entre également dans un esprit. Lorsque je procédai au passage avec Feuille, j'apportai tous les souvenirs que j'avais accumulés au cours de mes deux vies précédentes. J'héritai également d'un corpus de nouveaux souvenirs, ceux de ce nouveau *moi* ; de tous ses plaisirs et ses afflictions, ses qualités et ses défauts. Comme mon nouvel hôte craignait plus la douleur que Joubert l'avait jamais fait ! Et comme son besoin de plaisir était plus grand !

Le passage lui-même, bien qu'il se soit déroulé et achevé sans problème, avait été décidé sur un coup de tête. Il était à peine terminé qu'une partie de moi le regretta. Je voyais Joubert, devant moi, avec la même expression désorientée dans les yeux qu'Alula avant lui : la confusion d'une âme tombée en embuscade – une âme qui savait que *quelque chose* lui était arrivé, sans savoir précisément *quoi*. Car une fois que le passage a commencé, ses effets sont si étranges et si plaisants que bien rare est la volonté qui a la force d'y résister. Théoriquement, pourtant, c'est simple : pour éviter un passage, il suffit de détourner le regard. Mais peu de ceux qui en ont entamé un peuvent dire non à ses plaisirs séducteurs. C'était une triste affaire que de contempler l'homme que j'avais été, le corps dans lequel j'avais vécu pendant plus de trente ans, désormais assis en face de moi avec cette expression de stupeur sur le visage. Je pris tout l'argent qu'il avait en sa possession – il était trop hébété pour ne serait-ce que murmurer un mot de protestation –, puis lui souhaitai bonne chance et m'en fus. Sachant exactement combien d'argent il avait caché dans l'esquif où il dormait, je gagnai le bord du fleuve, trouvai l'embarcation et pris le reste.

Presque aussitôt après avoir quitté ce café de La Nouvelle-Orléans, je réalisai l'ampleur de mon erreur. J'avais fait quelque chose de mal, peut-être même de diabolique, et malgré tous mes efforts, je n'arriverais jamais à me débarrasser de la culpabilité qui me suivait comme une ombre. Mon premier passage avait été motivé par mon amour pour toi, mais la raison du second était plus nébuleuse. Il ne fallut pas longtemps à l'énormité de mon méfait pour s'imposer à moi. Car tant que j'avais été Joubert, il était resté une possibilité, si infime fût-elle, que réparation fût faite à la Loi. Maintenant que j'étais Feuille, cette possibilité n'existait plus. À présent, il n'y aurait jamais de passage retour. J'avais jeté par la fenêtre toute chance de voir la Loi préservée. Elle était définitivement profanée, et j'en étais la coupable. Mais, raisonnai-je à part moi, une chose ne peut être cassée qu'une fois. Elle peut ensuite être cassée et recassée, le résultat restera le même.

Je t'oubliai également, Koahu ; ou plutôt, je fis tout mon possible pour t'effacer de mes pensées. Je changeai mes croyances pour mieux servir mes intérêts. La Loi, me disais-je, n'était que la superstition d'un peuple arriéré. Un passage n'allait pas – ne pouvait pas – causer la fin du monde. La Loi était simplement une invention humaine, imaginée par des hommes qui cherchaient à asseoir leur puissance et contrôler les autres. La Loi ne servait qu'à limiter nos libertés. Je renonçai à ma foi en elle et cédai à toutes les libertés qui se trouvaient à ma portée ; et ce faisant, je devins un être terrible : un charmant baratineur qui ne cherchait qu'à assouvir ses désirs les plus primaires.

Je commençai à faire la tournée des villes du Sud américain, me présentant comme le meilleur portraitiste de France et proposant aux planteurs, marchands, officiers et autres éminences la possibilité de voir leur image, ou celle de leur famille, de leur maison, de leurs bêtes et même de leurs esclaves s'ils le souhaitaient, immortalisée à jamais par l'application d'huile sur une toile. Où que j'aille, des hommes prospères me donnaient des sommes ridicules pour m'asseoir dans une pièce avec eux, leur épouse et leurs filles pendant des heures, des jours d'affilée, tandis que le soir, je dépensais leur argent en femmes, parties de cartes, alcools et viandes rôties.

Ordinairement, un portraitiste arrivait chez son sujet avec une toile où tout était déjà peint à l'exception du visage. Si le sujet était une femme, la toile représentait la silhouette d'une femme en son centre, avec un grand espace blanc à l'endroit où serait son visage. Pour le tarif de base, l'arrière-plan était une scène arcadienne. Pour un supplément, le client ou la cliente pouvait spécifier les détails du portrait. Il ou elle pouvait demander que l'arrière-plan soit une scène classique ou bucolique, qu'un chien soit inclus sur les genoux du sujet, qu'un élément particulier – une paire de mains élégantes, un bijou, un vêtement – soit représenté. Tout cela était sujet à négociation, et chaque détail générait un profit supplémentaire pour le portraitiste.

C'est ainsi que je rencontrai la femme qui allait devenir mon épouse, Hortense Michaux, fille unique du veuf Desire Michaux, propriétaire d'une plantation reconnue. Celui-ci entra un jour d'un pas nonchalant dans l'atelier que je louais à Lafayette et me dit : « Je souhaite immortaliser ma fille. » Elle ne pouvait pas voyager, m'expliqua-t-il, aussi devrais-je me déplacer moi-même jusqu'à sa plantation, quelque cent cinquante kilomètres en amont de La Nouvelle-Orléans, dans la paroisse de Saint-Jacques. Je n'y manquerais de rien, me promit-il, et je serais payé le double de mes honoraires habituels.

Je quittai La Nouvelle-Orléans par bateau à vapeur deux jours plus tard, en compagnie de Desire. Je me rendis rapidement compte que dans le corps de Feuille, je souffrais d'une forme particulièrement violente de ce mal qui touche les marins d'eau douce : le mal de mer. C'était un miracle que j'aie réussi à traverser l'Atlantique. Desire m'aida à oublier mes tourments en me parlant de lui – son principal sujet de conversation. Il était né dans une famille qui cultivait la canne à sucre depuis déjà deux générations, et avait épousé une cousine qui était morte en couches. C'était un fanfaron alcoolique, déplaisant en tout point hormis un : il aimait sa fille unique plus que tout au monde.

Lorsque je rencontrai enfin Hortense, sur la véranda de la maison de maître, elle était assise. Je ne fus pas tant frappé par sa beauté que par l'impression de bonté innée et sincère qui émanait d'elle. Le fauteuil qu'elle occupait avait des roulettes au bout de chaque pied et des poignées qui dépassaient du dossier. Elle avait été atteinte de poliomyélite étant enfant et ne pouvait pas marcher. Je déroulai la toile que j'avais préparée à l'avance, représentant une femme sans visage vêtue d'une robe de soirée en soie nacrée. Hortense, cependant, insista pour que je peigne ce qu'elle appelait son « fauteuil roulant », avec en arrière-plan une scène de la plantation. Lorsque je prévins Desire que cela ajouterait plusieurs jours à mon séjour et plusieurs dizaines de dollars à mes honoraires, il me répondit : « Prenez votre temps, mon garçon, prenez votre temps » et me donna une claque sur l'épaule, avant de se répéter dans un français tout déformé par son accent acadien, qui donnait quelque chose comme « Pronay votrah toe ». Il était très fier de savoir parler français, mais presque chaque fois qu'il le faisait, je hochais la tête et souriais sans comprendre un mot de ce qu'il disait. Cela importait peu. En pareilles occasions, un hochement de tête et un sourire étaient tout ce qu'il attendait de moi.

La plantation de Desire Michaux n'était pas la plus grosse de la paroisse, mais pas non plus la plus petite. La maison de maître lui avait coûté quarante-huit mille dollars, aimait-il à se vanter. C'était une construction de deux étages et demi avec des galeries couvertes de six mètres de large sur tous les côtés, soutenues par des colonnes cannelées. Les pièces aux proportions imposantes étaient lambrissées de vieux chêne et de bois de rose, et remplies de meubles hors de prix et de portraits anciens. Hortense, me dit Desire, était déterminée à faire de sa demeure un trésor d'œuvres d'art, de statues et de livres. L'édifice comptait une bibliothèque régulièrement augmentée des derniers volumes publiés en Europe, une salle de musique dotée d'un piano à queue fabriqué à New York, une cave à vin fournie uniquement en crus français, et une pièce souterraine dédiée à la punition des esclaves. Les pelouses séparant la maison de la levée au bord du fleuve étaient plantées de magnolias, d'orangers et d'énormes chênes tordus ruisselants de mousse espagnole. La demeure était entourée d'un assortiment de dépendances : une cuisine, des logements pour héberger les amis de passage, un colombier, des écuries, une serre où poussaient des orchidées et une cave pour entreposer les gros blocs de glace livrés en hiver par des bateaux descendant le fleuve depuis le Canada. La plantation, déclarait fièrement Desire, était entièrement autosuffisante et ne manquait de rien.

Un bosquet de cyprès séparait ces bâtiments des quartiers d'esclaves, lesquels étaient organisés en quatre rangées de six baraques doubles sans vitres aux fenêtres, abritant chacune deux familles. Au centre de ce village d'esclaves, un bouquet de grands platanes poussait autour d'un clocher qui sonnait matin, midi et soir, rythmant une routine qui avec le temps me devint aussi familière que les battements de mon propre cœur. Derrière les quartiers d'esclaves se trouvait le moulin à sucre ; derrière le moulin, les champs de canne ; et plus loin encore, l'impénétrable bayou louisianais.

C'était dans le salon de la maison qu'Hortense et moi nous retrouvions chaque matin après le petit déjeuner. Tout en peignant, je lui racontais des histoires. Je lui décrivis une enfance passée dans une famille appauvrie par la Révolution, alors qu'en réalité mon père avait énormément profité des bouleversements de cette époque. J'évoquai pour elle le temps passé comme aide de camp de Napoléon pendant les Cent-Jours, la bataille de Waterloo et l'entrée des Prussiens dans Paris, alors qu'en réalité j'avais, grâce à de la famille bien placée et une maladie fictive, réussi à éviter complètement l'armée. Elle avait une fascination pour le sang bleu, aussi lui parlai-je des portraits que j'avais peints de certains des plus illustres personnages d'Europe, en journée, tandis que je passais mes soirées à faire ribote avec certains des artistes et conspirateurs les plus célèbres du continent. Un ramassis de mensonges. Les artistes et conspirateurs avec qui j'avais riboté avaient besogné dans l'anonymat quasi complet, la misère et la maladie. Mais avec sa sensibilité romantique, Hortense gobait toutes les histoires que je lui racontais, jour après jour pendant que je peignais, et soir après soir à la table du dîner.

Parfois, ce sont les plus quelconques qui sont les plus audacieuses. Le soir de notre dernière séance de pose, qui était également la veille de mon départ, Hortense me remit une enveloppe parfumée en gage de son estime, me suggérant de la lire au cours de mon trajet vers La Nouvelle-Orléans. Bien entendu, je l'ouvris dès que j'eus regagné mes quartiers. C'était un poème sur les fleurs intitulé « Le Bouquet d'amour ». Il mentionnait la pensée, le gardénia, la fleur de pommier, le bleuet et le myosotis. Il comparait la bruyère et le houx, faisait l'éloge du lierre et de la violette aux dépens de l'amaryllis et de la passiflore, et terminait sur l'étoile de Bethléem. Je dus aller à la bibliothèque de La Nouvelle-Orléans consulter un livre sur le sujet pour déchiffrer le message. Elle m'avait écrit une déclaration d'amour en code. Je ne fus que trop heureux de feindre la réciprocité. Hortense avait beau avoir grandi sans mère et avec un rustre pour père, elle était devenue, je ne sais comment, une âme tendre et fervente. Aussi délicate que quelconque, vieille fille en âge quand je la rencontrai, mais encore presque une enfant dans son cœur, elle avait développé pour moi une passion obstinée à laquelle son père, qui ne lui refusait rien, ne put s'opposer, malgré l'antipathie qu'il vouait à toute l'humanité, hormis sa fille, et aux artistes en particulier. Le vieux Desire, un homme tellement attaché aux usages de l'Ancien Régime français qu'il portait encore chaussures à boucles et bas de soie, était peut-être stupide mais il n'était pas facile à berner. Lorsqu'il me regardait, il voyait un mystère si méprisable qu'il ne valait même pas la peine d'être résolu. Il ne me tolérait que par égard pour Hortense. Le soir précédant notre mariage, alors que nous buvions du bordeaux en fumant des cigares, il me dit que sa fille, qui depuis l'enfance était d'un tempérament mélancolique, n'avait jamais été aussi heureuse. Il abattit sa large main sur mon épaule encore mince et ajouta : « Tant que ma fille reste heureuse, vous êtes le bienvenu chez moi. »

À la plantation de Desire, le moindre souhait de sa fille était exaucé. La grande majorité de ses caprices découlait de son amour du beau. Hortense aimait l'art plus que moi. Elle-même peignait – des paysages représentant la plantation et ces environs, tous luxueusement encadrés et accrochés aux murs de la maison. Son style était celui d'une enfant précoce : un peu d'aptitude et une absence totale de sens artistique. Lorsqu'elle jouait du piano, elle était tellement attentive à ne pas faire d'erreurs qu'elle ralentissait pratiquement jusqu'à l'arrêt à chaque passage difficile. Quand elle chantait, avec beaucoup de travail, elle parvenait presque à chanter juste. Elle était abonnée à des revues littéraires qui arrivaient par la poste des mois après leur publication, et elle y sélectionnait, parmi les vers des poètes français et anglais les plus connus du moment, de longs passages à apprendre par cœur. Après dîner, elle aimait ainsi à nous réciter longuement des vers de Lamartine ou Byron ou, quand elle était d'humeur plus audacieuse, un de ses propres poèmes, sur lesquels elle travaillait laborieusement, avec une infinie patience. Elle avait une préférence pour les textes évoquant les merveilles naturelles d'Europe ; des paysages qu'elle ne verrait jamais de ses propres yeux. Son style récitatif oscillait entre l'apprêté et l'emprunté. Ici et là, elle hésitait ou omettait un mot crucial ; devenant alors écarlate, elle attrapait son livre et cherchait rapidement la page concernée pour se reprendre. Ses invités, aussi courtois envers leur hôtesse qu'ils étaient insensibles aux charmes de la poésie lyrique, l'écoutaient avec une attention bienséante. Laissant poliment vagabonder leurs pensées jusqu'à ce qu'il soit clair que la récitation touchait à sa fin, ils applaudissaient alors et faisaient abondamment l'éloge d'une Hortense rougissante, s'émerveillant de son talent et de celui des poètes les plus renommés d'Europe, de sorte que l'un semblait indistinguable de l'autre. Si je n'étais pas amoureux d'Hortense, il aurait été faux de dire que je la haïssais. Mon attitude relevait plus de l'égoïsme bienveillant. J'étais, avant tout, ravi de laisser derrière moi la vie de portraitiste itinérant.

L'éclat de la jeunesse se fane, comme chacun sait, mais la beauté s'attarde plus longtemps sur certains visages que sur d'autres. Une petite dizaine d'années après mon passage, je n'étais plus le fringant héros romantique que j'avais prétendu être dans ma jeunesse. Durant ce laps de temps, je n'avais pas fait grand-chose, hormis m'adonner sans retenue à tous les plaisirs que peut offrir à un homme oisif la vie dans une plantation : à savoir, pour l'essentiel, manger, boire et traiter de haut les domestiques. En conséquence, j'étais devenu obèse. Mon crâne s'était dégarni, ne conservant que quelques touffes de cheveux disgracieuses. J'avais la peau marbrée de couperose. Mes dents, qui s'étaient cariées les unes après les autres, avaient été arrachées et remplacées par des dents en or. Je souffrais de goutte et j'étais, qui plus est, à peine capable de me lever d'une chaise. Hortense, dans son fauteuil à roulettes en rotin, passait ses journées à se soucier de mon bien-être tandis que je me dérobais à ses attentions. Entre les repas, j'aimais siroter de grandes quantités de rhum additionné de menthe et de limonade sur la véranda, dans la lumière mouchetée du soleil, en observant la vie de la plantation et en me livrant tout entier à des réflexions toxiques, jusqu'à l'heure du repas suivant.

Au fil des années, mes pensées se mirent à tourner de façon de plus en plus obsessionnelle autour d'un sujet en particulier : mon prochain passage. J'avais déjà profané la Loi deux fois, et dépassé un point de non-retour lors de la deuxième. J'avais perdu toute chance de me racheter, et pourtant le monde n'en avait pas été détruit. Au contraire, il paraissait plus intact que jamais. Il n'y avait rien qui puisse m'empêcher de procéder à un autre passage, hormis l'absence d'un nouveau corps. Assis sur la véranda, je réfléchissais constamment à cette question, observant, étudiant et ourdissant ma fuite de cette prison-dans-une-prison où j'étais piégé. J'étais déterminé à ce que mon prochain passage ne se fasse pas aussi impulsivement que le premier. Tout ce qu'il me fallait, c'était trouver un corps adéquat avec lequel procéder, et un moyen d'y parvenir.

Lorsque je repérai la jeune fille pour la première fois, alors qu'elle traversait le jardin en compagnie de sa mère, Berthe, une fille de cuisine, elle ne devait pas avoir plus de douze ou treize ans. J'étais assis à ma place habituelle, en train de siroter mon mélange glacé de rhum, de limonade et de menthe. Je remarquai sa réserve, sa grâce languide, le calme imperturbable qu'elle exsudait. Elle était tellement retenue qu'elle donnait l'impression d'exister dans une bulle de savon qui pouvait éclater à n'importe quel moment. Sauf que cela ne se produisait jamais. Elle faisait donc toujours l'effet d'un vague miracle. Ne l'ayant jamais vue auparavant, je me renseignai sur elle. Elle s'appelait Jeanne. Elle avait été prêtée à une plantation voisine pendant quelques années. Elle était plus pâle de peau que les esclaves des champs et l'on supposait que son père était Desire, car des rumeurs faisaient de Berthe sa favorite. Les champs étaient épargnés aux métis, qui travaillaient dans la maison.

À la suite de cela, je commençai à la voir souvent. Bien qu'elle ne me prête jamais la moindre attention, j'avais fait d'elle l'objet de ma fascination. J'étudiais chacun de ses faits et gestes. Elle semblait à la fois proche et lointaine, comme si elle savait tout ce qu'il y avait à savoir et y était indifférente.

Hortense devina rapidement l'intérêt que je portais à Jeanne, et lui voua pour cela une haine intense. En dépit de mon hideuse apparence, son amour pour moi brûlait toujours, peut-être parce qu'il n'avait jamais trouvé sa satisfaction. Elle demanda à son père de bannir la jeune fille de la maison, mais ce fut l'un des rares caprices auxquels Desire ne céda pas. Il alla même jusqu'à me défendre, déclarant y voir la preuve que j'avais le sang chaud d'un vrai Français, une preuve qu'il était content d'avoir, car il avait souvent douté de ma virilité. Je niai tout, bien entendu. En vérité, Hortense avait toutes les raisons d'être jalouse, mais elle se trompait sur la nature de mon désir. L'éclat de bronze de la peau de Jeanne, sa réserve, sa jeunesse… Lorsque je la regardais, ce n'était pas de la concupiscence que je ressentais, car mon corps bouffi n'était plus capable de tels élans de passion. J'avais l'impression de la reconnaître. Elle me rappelait la jeune fille que j'avais été moi-même, des vies plus tôt.

Pendant huit mois de l'année, le dîner à la plantation de Desire – toujours une affaire alambiquée – était servi sur la véranda. Les Michaux *père et fille** aimaient faire étalage de leurs origines françaises, et le repas suivait invariablement la coutume continentale, avec des plats proposés les uns après les autres plutôt que tous en même temps, dans de la vaisselle de Limoges, accompagnés de vins de Bordeaux servis dans des verres en cristal. À pareilles occasions, assis au bout d'une longue table face à Hortense, Desire Michaux était exubérant. Il aimait avoir un public et nous étions toujours fidèles à l'appel, Hortense et moi, mais aussi le contremaître, Champy, et la plupart du temps des invités, familles de planteurs voisines venues pour une journée ou deux, ou visiteurs montés de la ville pour séjourner chez lui quelques jours ou semaines.

Après un verre, Desire aimait se lancer dans une longue dissertation choisie parmi une poignée de thèmes de prédilection, et aucune conversation n'était entamée. Il se considérait comme un philosophe amateur, en particulier sur le sujet des races : les nègres, leurs défauts, et les avantages que leur apportait la servitude. Concernant l'esclave de race pure, il avait peu à dire : l'esclave de pure race n'atteindrait jamais la rédemption humaine à cause de la malédiction de Cham, mais pouvait quand même recevoir la rédemption divine, qui ne dépendait pas de l'homme mais de la miséricorde de Dieu. Mais le métis était-il sujet à la même malédiction ? Il y avait assurément, admettait-il, de nombreux exemples de métis en Louisiane qui avaient prospéré dans leur liberté, ce qui indiquait qu'ils possédaient des qualités susceptibles, en certaines circonstances, de se rapprocher de celles d'un homme blanc. Mais le métis était-il capable de rédemption humaine ? Il continuait sur ce thème soir après soir, faisant souvent allusion à l'un des métis présents – Jeanne comprise –, lesquels avaient tous appris à se montrer parfaitement ignorants de la nature de la conversation tenue par les maîtres qu'ils servaient. Le discours se terminait toujours par sa conclusion habituelle : l'état bestial du nègre était mieux pour lui que l'ennui existentiel de la vie de l'homme blanc.

À force de l'entendre se répéter au fil des ans, il était possible de suivre le cours de son argument en ne lui prêtant qu'une attention minimale, et de savourer par ailleurs un moment de parfaite solitude. Il valait mieux, quand Desire avait bu, rester concentré sur son assiette. Comme le contenu de celle-ci était ma source principale de plaisir, je n'étais que trop heureux d'observer cette règle. Je n'avais mis en doute ses théories raciales qu'une seule fois et l'avais aussitôt regretté. Il avait vu mon intervention comme une contestation de son inattaquable autorité. La violence de sa riposte avait été telle qu'il ne s'était arrêté qu'en voyant Hortense fondre en larmes. Cela avait été un épisode extrêmement déplaisant, et j'avais décidé de ne jamais en provoquer d'autre. Mais le défi avait pris racine dans mes pensées, et était arrosé tous les soirs par les monologues de Desire.

Et pendant ce temps-là, je poursuivais ma propre triste métamorphose en un être de plus en plus horrible à regarder. Je supportais à peine de voir mon reflet dans un miroir – et la maison en était remplie. J'avais un appétit pour les sucreries qui n'était jamais assouvi, et une plantation de canne à sucre n'est pas un endroit pour un bec sucré. Soumis aux conséquences d'un mélange de gourmandise et de paresse, mon corps continua d'enfler, et mes dents de se gâter. Chaque rage de dents entraînait une expédition nauséeuse en aval, chez les dentistes de La Nouvelle-Orléans, avec de larmoyants adieux de la part d'Hortense et un cortège de domestiques pour piloter mon corps monstrueux entre les écueils du monde extérieur. Finalement, par souci d'expédience, les quelques dents qui me restaient furent toutes arrachées d'un coup.

Lorsqu'on me traîna hors du cabinet à la fin de l'opération, mes mâchoires valaient le prix de plusieurs esclaves.

Au fil des ans, j'observai la transformation de la jeune fille en une jeune femme au port fier et digne. Sa ressemblance avec celle que j'avais été ne fit que croître. Je regardai Jeanne devenir mon double, mon portrait, ma sœur. Bien sûr, elle ne me prêtait jamais la moindre attention. Les seuls signes qu'elle donnait d'avoir conscience de mon existence étaient ceux strictement nécessaires à l'accomplissement de ses tâches. Je commençai, dans le secret de mes pensées, à envisager la perspective de procéder à mon prochain passage avec la jeune esclave qui me servait tous mes repas. Mais si je devais investir un nouveau corps, je souhaitais éviter de faire la même erreur que lorsque j'avais investi celui-ci. J'étais perdu, à la dérive dans cette plantation de Louisiane, et ce dont je rêvais, c'était d'une renaissance, tant au plan moral que physique. Jeanne devint le symbole du nouveau départ que je désirais si ardemment. Et comme je ne souhaitais pas vivre dans l'esclavage, avant de procéder à un passage avec elle, il me faudrait obtenir sa liberté.

Libérer un esclave n'était pas si simple. J'avais le choix entre l'acheter moi-même et l'affranchir, ou organiser son évasion et l'exposer au risque d'être capturée et punie. Dans la pièce souterraine de cette même maison où, chaque soir, nous nous réunissions pour nous repaître, les esclaves récalcitrants subissaient d'innommables sévices. J'étais déterminé à éviter pareil sort. Cependant, n'ayant pas d'argent, je n'étais pas en mesure de l'acheter personnellement – et même si je l'avais pu, l'acte aurait causé plus de problèmes qu'il n'en aurait résolu. Car chaque fois que Jeanne se trouvait à proximité, Hortense tournait un regard furieux dans ma direction, envieuse de l'attention que je vouais à la jeune femme ; elle-même n'avait jamais reçu de moi que de la politesse. Parfois, lorsqu'elle me surprenait à dévorer Jeanne du regard, elle entrait dans une rage incontrôlée et, en larmes, implorait son père de se séparer de l'esclave. Desire répondait qu'il n'avait nulle part où l'envoyer, hormis le marché aux esclaves. « Alors envoyez-la au marché aux esclaves, papa ! » suppliait-elle, consciente que c'était le bannissement de sa fille, et de sa propre demi-sœur, qu'elle réclamait de lui.

Un soir d'automne 1838, au dîner, alors que les lucioles clignotaient tendrement dans l'obscurité du jardin en contrebas et que le monde entier était doux et serein, Desire finit par céder après un énième accès de fureur d'Hortense. Jeanne nous servait, aussi impassible que jamais. Elle n'était qu'à quelques pas de lui, à portée de voix, lorsqu'il annonça :

« Si vraiment cela te fait plaisir, je vais la vendre. »

Hortense leva le regard, les yeux ronds de stupéfaction joyeuse.

« Qu'avez-vous dit, papa ?

— Jeanne. Si vraiment cela te fait plaisir, je vais m'en séparer. »

La nouvelle m'inspira une panique soudaine que j'eus peine à masquer. Je tournai aussitôt le regard vers Jeanne. Elle ne cligna même pas des yeux, ni ne vacilla, ni ne sursauta. Elle ne trahit absolument aucune émotion. Desire aurait aussi bien pu parler de quelque lointaine inconnue. Nous aurions aussi bien pu être en train de discuter des réparations à apporter au clocher ou du prix du sucre.

Hortense, en revanche, était ravie. Elle ne dit rien, ne souhaitant pas jubiler ouvertement, mais elle ne pouvait s'empêcher de rayonner de satisfaction. Enfin, son triomphe était en vue. Il lui avait fallu des années pour convaincre son père de vendre sa fille métisse. Son souhait était désormais exaucé et, dans son esprit, sa responsabilité était d'accepter la victoire avec autant de grâce que possible. Les signes de sa joie étaient subtils, cantonnés à l'animation de son regard, aux modulations de sa voix, à la vivacité de ses mouvements. Le jugement avait été rendu, et il n'y avait plus lieu d'en parler.

Comme d'habitude, une fois le madère servi et les cigares allumés, Hortense prit le livre qu'elle nous lisait chaque soir. C'était un roman, nous avait-elle assuré, qui était très en vogue dans toute l'Europe. Elle reprit sa lecture à l'endroit où elle s'était arrêtée la veille, la scène où Victor Frankenstein escalade le mont Anvert pour voir la mer de Glace :

« *Hélas ! pourquoi l'homme se glorifie-t-il d'avoir des sensations supérieures à celles de la brute, puisqu'elles ne servent qu'à multiplier ses besoins ? Si nous étions bornés à éprouver la faim, la soif et le désir, nous serions presque libres ; mais nous sommes émus par le moindre vent, par un mot prononcé au hasard, ou par le souvenir que réveille ce mot.* » Elle marqua un temps, puis continua : « *Voulons-nous nous reposer ? Un rêve a le pouvoir d'agiter notre sommeil. Voulons-nous quitter le lit ? Une seule pensée peut troubler la journée. Sentir, concevoir, ou raisonner ; rire ou pleurer ; s'abîmer dans le malheur, ou bannir les soucis, n'est qu'une seule et même chose ; car il y a une fin, ou au chagrin, ou à la joie. Les jours ne peuvent se ressembler ; rien ne peut durer ; tout est variable !*[1] »

Plus tard ce soir-là, alors que je passais pesamment devant la porte des appartements de Desire, je remarquai qu'elle

1. Extrait de *Frankenstein, ou le Prométhée moderne* de Mary Shelley, dans sa première traduction, celle de Jules Saladin pour la librairie Corréard, 1821.

était entrouverte. Entendant un murmure de voix, je m'arrêtai pour regarder discrètement par l'entrebâillement et vis la mère de Jeanne, Berthe, agenouillée aux pieds de Desire qui était assis ; elle le suppliait en pleurant de ne pas se séparer de Jeanne. « Allons, allons, dit-il en lui caressant tendrement les cheveux. Allons, allons. »

Au dîner, le lendemain, alors que Jeanne et Berthe nous servaient toutes les deux, Desire annonça qu'il avait décidé de vendre non seulement Jeanne, mais aussi Berthe. Encore une fois, la jeune Jeanne ne trahit aucune émotion, mais sa mère saisit le bord de sa jupe et s'enfuit en sanglotant. Ses pleurs inconsolables continuèrent pendant des heures jusqu'à ce que, au milieu de la nuit, la voix de Desire retentisse, ordonnant qu'elle soit amenée au cachot et mise aux fers pour qu'il puisse dormir en paix.

Je savais qu'Hortense veillerait à ce que je n'aie aucune occasion d'approcher Jeanne avant son départ. Si je voulais procéder à un passage, la meilleure chose à faire était d'échafauder un plan qui me permettrait de partir avec elle et sa mère de façon crédible. La veille de leur départ pour La Nouvelle-Orléans en compagnie du contremaître, rassemblant le peu de courage que j'avais à ma disposition, je mis mon plan à exécution : je me hissai à contrecœur jusqu'à la plus haute marche de l'escalier majestueux et, après plusieurs minutes d'hésitation, me livrai aux cruautés de la gravité de telle façon que mes dents de devant sautèrent dans ma chute. Alors que, la bouche en sang, je serrais mes dents en or dans mon poing, il fut décidé que j'irais à La Nouvelle-Orléans à la place de Champy, ferais soigner mes dents, puis m'occuperais de vendre Jeanne et Berthe au marché aux esclaves.

Je serais absent une semaine. Je n'oublierai jamais la détresse dans les yeux d'Hortense lorsqu'elle m'embrassa sur la joue. Peut-être avait-elle compris, d'une façon ou d'une autre, que nous ne nous reverrions pas.

Alors que j'étais assis avec les deux femmes dans le boghei qui allait m'amener jusqu'à la jetée, Desire s'approcha et me remit les titres de propriété de Jeanne et Berthe en me chuchotant que je pouvais les vendre séparément si j'en tirais un meilleur prix. Il repartit sans dire adieu à sa fille – qui, comme d'habitude, ne révélait rien de ses pensées ou de ses sentiments – ni à la mère de celle-ci, dont l'angoisse se lisait clairement sur son visage.

Le trajet en bateau jusqu'à La Nouvelle-Orléans prit le reste de la journée et une bonne partie de la suivante ; un voyage tressautant et nauséeux sur le vapeur *Phoenix*, dont la chaudière, trop puissante pour sa fragile ossature, nous secoua d'un terrible tremblement pendant toute notre descente du fleuve entre les champs de canne en feu, d'où une épaisse fumée montait en tourbillons tout autour de nous dans le ciel. Je passai le trajet dans un brouillard de laudanum pour atténuer la douleur dans ma bouche, qui ne faisait qu'aggraver mon mal de mer.

Arrivé dans le port de La Nouvelle-Orléans, je pris deux chambres dans un hôtel près du fleuve avant de me rendre immédiatement chez un agent maritime pour trouver deux places à bord du prochain navire en partance pour la France. Un bateau à vapeur à destination de Marseille devait partir trois jours après, me dit-on, aussi achetai-je immédiatement deux billets de première classe à son bord. Puis je retournai à l'hôtel retrouver Jeanne et Berthe, enfermées dans la chambre où je les avais laissées. Je les rassurai sur le fait qu'elles ne seraient pas vendues, et leur montrai les billets que je venais d'acheter.

Nous passâmes les deux jours suivants à multiplier les courses en vue de notre voyage. J'allai chez le dentiste faire remplacer mes dents en or cassées par des neuves, que je fis facturer à la plantation de Desire. Puis je mis en gage un assortiment d'objets précieux que j'y avais volés. J'accompagnai la mère et la fille chez divers marchands de confection créoles, pour leur acheter robes, bagages et toutes fournitures dont elles auraient besoin pour leur voyage, et je fis facturer le tout à la plantation de Desire. J'achetai également un petit marteau, que je fis lui aussi facturer à la plantation. Le matin de notre départ, nous regagnâmes nos chambres après le petit déjeuner et je dis aux deux femmes que l'heure était venue pour elles de fuir vers la liberté. Je sortis tout l'argent que j'avais et le plaçai sur la table à côté de la fenêtre. J'ôtai mon alliance, ma chevalière et ma montre à gousset, et les posai à côté. Je sortis mes vieilles dents en or de ma poche et les ajoutai au butin, dont je fis une petite pile. Tout cela, leur dis-je, était à elles, et elles s'en montrèrent ravies.

« Avant que je vous accorde votre liberté, ajoutai-je, il reste une dernière petite affaire à régler ; après quoi, vous serez libres de partir. » Je me tournai vers la mère. « Berthe, j'aimerais que vous me laissiez seul avec votre fille un petit moment. »

Berthe me regarda d'un air implorant, les yeux remplis de larmes.

« J'insiste, fis-je. Je ne peux pas vous laisser partir tant que vous ne m'aurez pas accordé une heure en tête à tête avec votre fille. Je vous promets qu'il n'arrivera rien de contraire aux bienséances. »

Berthe laissa échapper un unique sanglot avant de reprendre son sang-froid. Elle regarda tristement sa fille, qui lui rendit son regard avec tout autant de tristesse.

« Je t'en prie, Maman, dit Jeanne d'une voix tremblante, fais ce que monsieur demande. »

Les deux femmes s'étreignirent, puis Berthe sortit avec un lourd soupir, les joues mouillées de larmes. Jeanne resta debout au milieu de la pièce, avec une expression qui ne révélait rien de ses émotions. Je pris mon dernier flacon de laudanum et en avalai le contenu.

« Maintenant, Jeanne, dis-je en m'asseyant sur l'une des deux chaises en bois courbé que j'avais placées face à face, voici ce que je veux que tu fasses. » Je l'attrapai par le poignet et l'attirai près de moi, avant de lui tendre le marteau que j'avais acheté la veille. « Je veux que tu utilises ce marteau pour casser toutes mes dents et les récupérer, en veillant à n'en laisser aucune me tomber dans la gorge. » Une expression de panique passa sur son visage. « Oui, ça va faire mal, mais ce n'est pas ton problème. Je ne vais pas me mettre en colère contre toi. Je ne vais pas te punir. Je veux que tu le fasses. En fait, j'insiste pour que tu le fasses. Allez. »

Je tendis le visage vers elle et ouvris grand la bouche, comme chez le dentiste deux jours plus tôt. Si Jeanne eut la moindre hésitation, elle n'en montra évidemment rien. Elle se contenta de lâcher un petit soupir nerveux et se mit au travail. Je fis un tel vacarme que Berthe entrouvrit la porte pour voir ce qui se passait. Je lui fis signe de la refermer avec un grognement et, d'un autre, exhortai Jeanne à continuer. Sa tâche terminée, elle rinça les dents en or dans un verre d'eau, sans rien dire, et les plaça avec le reste des richesses obtenues grâce à la générosité involontaire de Desire Michaux.

J'étais aussi perclus de douleurs qu'après une flagellation, et je restai plusieurs minutes courbé sur ma chaise, la bouche dégoulinante de sang. Certes, j'aurais pu me préserver en procédant au passage avec Jeanne avant d'arracher les dents en or de la bouche de Feuille, mais j'étais déterminé à ne pas infliger de souffrances inutiles à la jeune fille, étant donné la cruauté de ce que je m'apprêtais déjà à faire. Cela allait être un passage aveugle, et elle allait hériter d'un corps brisé, mais j'apaisai ma conscience en me disant qu'au moins ce serait le corps d'un homme libre, d'un homme blanc, d'un homme riche. On supposerait qu'il avait été la victime d'un vol violent.

Je pouvais entendre Berthe se tracasser derrière la porte. Ma bouche ensanglantée, enflée et palpitante de douleur m'empêchait de parler, aussi fut-ce par des gestes et des grognements que j'intimai à Jeanne de s'asseoir sur une des deux chaises. Puis je fermai la porte à clef.

{53}

JEANNE DUVAL

Naissance 1822
Premier passage 1838
Second passage 1864
Date de décès inconnue

Par une froide journée, peu avant Noël 1864, vers midi, j'entendis frapper à ma porte. Je vivais, à l'époque, dans une petite chambre que je partageais avec une chiffonnière aux Batignolles, un morne faubourg ouvrier hors des murs de Paris. Ce jour-là, j'étais seule, ce qui, à ce stade avancé de ma vie, était la façon dont je passais la plupart de mes journées, étendue sur le lit ou sur un divan en lambeaux dans un coin de la pièce, réduite à l'infirmité par la vérole. J'étais, depuis quelques mois, paralysée du côté gauche de mon corps. La simple tâche de répondre à la porte était au-delà de mes capacités.

Lorsque la porte s'ouvrit, je discernai dans la pénombre du palier les silhouettes de deux femmes minces. Entrant dans la pièce avec leurs larges robes, elles l'égayèrent comme deux bouquets retournés, l'un d'iris mauves et l'autre de lys blancs. Je les invitai à s'asseoir sur le divan, dont elles s'approchèrent avec hésitation avant d'accepter mon invitation. Dans la lumière d'un gris de perle qui entrait dans la pièce par l'unique fenêtre aux vitres sales, je remarquai avec quel raffinement elles étaient habillées. Pour se protéger du froid, elles étaient drapées de fourrures de renard et d'hermine, dont elles ne se défirent pas en entrant car, en dépit du poêle, il faisait à peine plus chaud à l'intérieur qu'à l'extérieur. La femme vêtue de mauve avait le visage caché derrière un voile, qu'elle ne releva pas. L'autre avait des traits jeunes et d'une rare beauté, avec une peau d'albâtre et de grands yeux turquoise très écartés. Sous le petit chapeau qu'elle était en train d'enlever se trouvait une abondance de cheveux châtains, noués en deux chignons sur sa nuque, avec des anglaises qui lui couvraient les oreilles. La chevelure de l'autre était, comme son visage, cachée par son voile et, lorsque je l'invitai à l'ôter, elle me répondit très poliment qu'elle préférait le garder si cela ne me dérangeait pas.

Mes visiteuses se présentèrent. Celle vêtue de mauve qui avait refusé d'enlever son voile s'appelait Mademoiselle Edmonde, et celle qui était jolie m'indiqua se prénommer Mademoiselle Adélaïde. Elles parlaient à tour de rôle, d'un ton timide et hésitant, presque dans un murmure, comme impressionnées par une grande occasion. Elles ne me donnèrent pas leur nom de famille mais il était évident, à leur tournure, leur habillement, leurs manières et leur parler, qu'elles étaient de la plus haute extraction, et que le genre de pièce où je vivais leur était inconnu. Elles se dirent soulagées de m'avoir enfin trouvée, car certaines personnes me croyaient déjà morte, tandis que d'autres affirmaient que j'avais quitté Paris pour retrouver les cieux tropicaux de mon pays natal.

« Comme vous le voyez, je suis encore bien vivante et présente, répondis-je. Je crains de n'avoir que du *tilleul** à vous offrir. »

Lorsqu'elle vit la difficulté que j'avais à me lever de mon matelas, Mademoiselle Adélaïde me proposa de faire chauffer l'eau et de préparer l'infusion. Tandis qu'elle s'affairait, je demandai à Mademoiselle Edmonde la raison de leur venue. Elle m'expliqua qu'elles étaient des lectrices de Charles Baudelaire et qu'elles souhaitaient rencontrer sa muse, la femme qui lui avait inspiré ses plus beaux poèmes. Leur engouement pour Charles était tel qu'elles avaient fondé une société consacrée à son œuvre, à laquelle elles avaient, tout naturellement, donné le nom de Société Baudelaire. Elles avaient écrit à Charles chez son éditeur à Bruxelles, m'expliquèrent-elles, mais n'avaient reçu aucune réponse. Aussi avaient-elles commencé à se renseigner auprès de ses amis – Courbet, Manet, Champfleury, Madame Sabatier, etc. – pour essayer de me retrouver. Elles avaient même, dans ce but, fait appel aux services d'un détective privé.

Mademoiselle Edmonde termina son récit alors que Mademoiselle Adélaïde s'approchait d'elle avec la théière et trois tasses. Je fus gênée : je ne possédais pas deux tasses qui se ressemblent ni de soucoupes à mettre dessous. Mais à en juger par leurs sourires, mes tasses les intéressaient fort peu. Elles me regardaient comme si j'étais une pièce d'exposition au musée, sans rien dire, attendant ma réaction. Je pris plusieurs petites gorgées d'infusion avant de dire enfin :

« Ainsi, Charles a des lecteurs ?

— Oui, répondit Mademoiselle Edmonde de derrière son voile, mais nous sommes plus que des lecteurs : nous sommes des adeptes, des acolytes, des disciples. Nous sommes peut-être peu nombreux, mais notre dévotion n'a pas de limites. Nous sommes déterminés à veiller à ce que son œuvre resplendisse à jamais. Nous tenons Monsieur Baudelaire pour un grand génie.

— Plus grand qu'Hugo ?

— Incontestablement.

— Donc, Charles avait raison. »

Je tendis une main gourde pour prendre un morceau de sucre.

« Laissez-moi vous aider, dit Mademoiselle Edmonde en prenant ma tasse pour y laisser tomber un morceau de sucre avant de mélanger le breuvage.

— Qu'attendez-vous de moi ? » demandai-je.

Les deux jeunes femmes se regardèrent un moment avant de sourire.

« Nous voulions seulement vous rencontrer et en apprendre davantage sur vous, répondit Mademoiselle Edmonde. Personne ne sait rien de vous, hormis ce qui se trouve dans les poèmes.

— C'est déjà trop.

— Je vous en prie, insista Mademoiselle Adélaïde en me regardant tristement de ses grands yeux verts, nous nous sommes donné beaucoup de peine pour vous trouver. Parlez-nous de vous. Racontez-nous votre histoire. Nous ne trahirons pas votre confiance. Nous pourrons peut-être même vous prêter assistance, rendre le restant de vos jours plus confortable. »

Je réfléchis un moment.

« Connaissez-vous le tableau de Courbet qu'on appelle *L'Atelier du peintre* ? » dis-je enfin.

Mademoiselle Edmonde me répondit qu'on l'avait emmenée le voir au palais du Louvre lorsqu'elle était enfant, et que beaucoup des personnes qui y étaient représentées avaient été des amis de ses parents.

« Je vais vous dire quelque chose à propos de ce tableau que vous ignorez peut-être, repris-je : j'y figurais autrefois. Moi, Jeanne Duval, simple esclave qui sait à peine lire ou écrire, j'y étais peinte au milieu des hommes les plus brillants de France : Champfleury, Proudhon, et les autres. Charles y figure aussi, assis sur la droite du tableau, un livre entre les mains. Initialement, j'étais représentée debout à côté de lui. Qu'avais-je fait pour mériter pareil honneur ? J'étais sa muse : sa *grande taciturne**, sa Vénus noire. » Je soupirai alors que des souvenirs que j'avais longtemps lutté pour réprimer commençaient à refaire surface. « Et pourtant, quand Charles m'a parlé du tableau, je suis entrée dans une telle fureur que dès le lendemain, il est allé trouver Courbet pour lui dire qu'il fallait m'en enlever, m'effacer et repeindre par-dessus. Courbet a obtempéré, mais si on y regarde d'assez près, on distingue encore les contours de mon image, flottant tel un fantôme derrière l'épaule droite de Charles alors qu'il lit. » Je regardai les deux femmes bien en face. « C'est le souvenir que je souhaite laisser de moi : celui d'un fantôme.

— Ne désirez-vous pas ce que vous méritez ? me demanda Mademoiselle Edmonde de derrière son voile.

— Et qu'est-ce donc ?

— L'immortalité.

— L'immortalité est une malédiction. »

Mes deux interlocutrices restèrent un moment silencieuses, puis Mademoiselle Adélaïde redemanda, du ton le plus adorable et le plus implorant qu'il m'ait été donné d'entendre :

« Je vous en prie, madame, racontez-nous votre histoire. »

Je n'avais jamais soufflé mot de l'histoire de ma vie à qui que ce soit hormis toi, Koahu, mais à présent que je vivais dans l'ombre de la mort, je cédai à la tentation de m'épancher enfin.

« Très bien, dis-je. Mais je vous préviens, cela me prendra la journée. C'est un récit plein d'éléments extraordinaires auxquels, pour beaucoup, vous ne croirez pas. Vous me tiendrez pour folle mais votre opinion, je peux vous l'assurer, n'est d'aucune importance à mes yeux. Si je dis quelque chose qui vous donne envie de protester, je vous prierai de garder votre indignation pour vous. Et vous devez me promettre solennellement que vous ne répéterez jamais ce que je vais vous raconter ni ne le mettrez par écrit. »

Les deux femmes acceptèrent mes conditions. Après qu'elles eurent envoyé leur cocher nous chercher des petits gâteaux et du café, j'entrepris de leur raconter le conte de l'albatros.

Je leur parlai d'abord de toi et moi, Koahu et Alula, et de notre vie sur l'île. Je leur fis le récit de nos passages respectifs avec Joubert et Roblet, et de notre séparation ultérieure. Puis je leur racontai mon passage avec Feuille, et la vie de ce dernier dans la plantation de Desire. Enfin, j'évoquai mon passage avec la jeune esclave Jeanne. Les deux femmes m'écoutèrent, assises côte à côte, en se tenant par la main.

Après que je leur eus raconté tout cela, je demandai à faire une pause. Je n'étais pas habituée à pareils efforts, et j'avais la tête qui tournait. C'était déjà le milieu de l'après-midi. Le ciel n'allait pas tarder à s'assombrir. Les deux demoiselles attendirent dans un silence respectueux, en mâchant leurs gâteaux et en sirotant leur café poliment, dans la crainte que je révoque le privilège que je leur avais accordé. Mais à présent que j'avais commencé, je ne pouvais plus m'arrêter.

Les mots jaillissaient de ma bouche les uns après les autres, comme les perles d'un collier.

Je repris mon histoire dans les moments qui avaient suivi mon passage avec Jeanne. Lorsqu'on vient d'intégrer un nouveau corps, expliquai-je, il y a toujours une période de familiarisation avec celui-ci – avec son passé et ses idiosyncrasies. La façon dont l'âme adhère à son nouveau réceptacle n'est jamais tout à fait la même. Qui plus est, les souvenirs du corps ne sont pas tous disponibles immédiatement. En réalité, dans les premières heures, il en revient à flots, sous l'effet des innombrables stimuli extérieurs : visions, sons, odeurs. Dans les jours qui suivent, ce torrent de souvenirs se ralentit, pour ne plus être au troisième jour qu'un mince filet. Mais certains souvenirs sont si profondément enfouis qu'ils peuvent revenir des semaines, des mois, voire des années après un passage.

Ayant tout juste intégré le corps de cette jeune fille dans cette chambre d'hôtel de La Nouvelle-Orléans, je me retournai pour regarder une dernière fois mon corps précédent, celui de Feuille. Assis devant moi, il offrait une apparence épouvantable, la bouche encroûtée de traînées de sang séché après l'extraction de ses dents en or, juste avant notre passage. Dans ses yeux bleu-gris, une nouvelle âme s'éveillait, hébétée et craintive, ignorant totalement ce qui venait de lui arriver. La culpabilité que m'inspirait le vol que je venais de commettre fut l'aiguillon qui me poussa à l'action. Je rassemblai toutes nos possessions, y compris l'argent et l'or qui allaient nous lancer dans nos nouvelles vies, et sortis dans le couloir, où Mère attendait anxieusement. En me voyant, elle éclata en sanglots et me serra dans ses bras. Sa vue et le contact de son corps déchaînèrent en moi un déluge de souvenirs si vif et si intense que je manquai m'évanouir. Je repris mon calme et lui dis de ne pas pleurer mais de se réjouir, car nous étions désormais libres.

Au cours de notre traversée vers Marseille, je me familiarisai avec mon nouvel esprit et mon nouveau corps, ravie d'être débarrassée tant de la vénalité que du mal de mer qui m'avaient affectée quand j'étais Feuille. Et je découvris l'extraordinaire pouvoir qui réside dans le corps d'une jeune femme désirable. Comme le nombre d'hommes à bord surpassait largement celui des femmes, beaucoup d'entre eux concentraient sur moi leurs attentions avec un zèle infatigable. Plus d'une fois, l'idée me traversa l'esprit de procéder à un nouveau passage avec l'un d'eux, car il serait sûrement plus avantageux pour moi d'être un homme blanc qu'une femme noire, mais à présent que j'étais redevenue femme, je n'aspirais aucunement à la masculinité. Après Feuille, il y avait quelque chose de rédempteur à être Jeanne. Malgré une tendance à sombrer parfois dans la mélancolie, elle était posée et résiliente. Les terribles cruautés dont elle avait déjà été témoin dans sa jeune vie l'avaient dotée d'un détachement qui lui servait de carapace. Aussi, dans son corps, restai-je indifférente aux galanteries dont je faisais l'objet. Les hommes qui tombèrent amoureux de moi à bord de ce paquebot ne furent que les premiers d'une longue série de soupirants malheureux. Pour ma part, je ne suis tombée amoureuse qu'une seule fois dans ma vie, et c'était de toi, Koahu. Je restai pour l'essentiel dans notre cabine, à m'occuper de Mère, qui fut terriblement malade pendant tout le trajet et se languissait de la plantation. Les rares moments où je m'aventurais hors de la cabine, je jugeai prudent de prendre un protecteur, pour me défendre des excès de mes admirateurs les plus ardents. Je choisis dans cette optique Louis Meyerbeer, un homme d'affaires basé à Lyon. D'âge mûr, père de sept enfants, il était loquace, avisé et d'une politesse sans faille. Il s'asseyait à côté de moi à chaque repas et m'offrait toutes sortes de conseils utiles pour tirer parti de ma liberté toute fraîche. Il m'encouragea à gagner Paris, la plus extraordinaire des villes selon lui. Là, je pourrais cultiver mes talents et utiliser ma beauté à mon avantage, car une femme jolie et douée avait de meilleures perspectives d'avenir à Paris, affirma-t-il, qu'à peu près partout dans le monde. Je le trouvai extrêmement convaincant ; la jeune femme en moi brûlait de découvrir la vie et la société, et, comme j'avais depuis longtemps renoncé à l'espoir de te retrouver un jour, Koahu, ou de trouver un moyen de regagner Oaeetee, je décidai de suivre ses conseils.

Arrivée à Marseille, je trouvai le port tout aussi sordide que lors de mon dernier séjour, dans le corps de Joubert, plus de vingt ans plus tôt. Et donc, à peine quelques jours plus tard, chaperonnées par Louis, nous remontions le fleuve en bateau à vapeur en direction de Lyon. Là, nous prîmes congé de Louis et continuâmes jusqu'à Paris en diligence : un trajet d'un peu plus d'une semaine. Bien que nous ayons acheté des places à l'intérieur de la voiture, plusieurs de nos compagnons de route s'opposèrent à nous côtoyer de si près, et ma mère et moi fûmes obligées de voyager sur le toit, à côté du cocher. Où que j'aille, je me voyais l'objet de toutes les curiosités. Je pouvais attirer une foule sur la seule base de ma couleur de peau et de ma liberté, car l'esclavage n'était pas encore aboli dans le royaume.

Ce ne fut pas différent à Paris, où je pouvais réduire des pièces entières au silence rien qu'en y entrant. Le Paris que nous découvrîmes n'était pas la ville moderne aux larges boulevards, aux gares ferroviaires et à l'éclairage au gaz que nous connaissons maintenant, mais un endroit sombre, humide, gothique. C'était le vieux Paris, celui du dernier roi de France ; un Paris plus intime, où les pauvres vivaient au-dessus des riches, où des enfants aux pieds nus grouillaient à chaque coin de rue, où les rats allaient et venaient à l'air libre, et où des ruisselets d'eaux usées coulaient au milieu de ruelles sinueuses. Les nuits étaient éclairées par des chandelles et par la lumière des étoiles et de la lune. La misère était constamment exposée aux regards et l'opulence se cachait derrière les hauts murs des hôtels particuliers. Lorsqu'il pleuvait, les rues étaient inondées, et les Parisiens se réfugiaient sous les arcades pour inspecter les vitrines de magasins. Le dimanche, après la messe, partout dans la ville, les gens se rassemblaient autour d'une guitare pour chanter et danser. Dans ces moments-là, j'étais heureuse, car je me rappelais comment, à la plantation de Desire, mes semblables s'étaient regroupés autour d'un banjo le dimanche après-midi, pour chanter et danser sur leurs propres chants, et je me sentais proche d'eux, malgré la distance qui nous séparait.

J'étais une belle jeune femme de seize ans, et je me trouvai immédiatement assaillie d'hommes. Les plus doués d'entre eux – rêveurs et conspirateurs ambitieux, comploteurs professionnels et amateurs, dévoreurs de mots et d'idées – avaient été nourris toute leur enfance d'histoires d'aventure napoléonienne, pour arriver à l'âge adulte dans une société qui rejetait la nouveauté. Leur nostalgie des splendeurs impériales allait jusqu'à inclure un goût pour les beautés à la peau sombre. Ils ne souhaitaient pas m'épouser, mais me considéraient comme la maîtresse idéale à se partager. Mes admirateurs nous aidèrent à trouver un logement dans un respectable immeuble de rapport, payèrent mes visites chez couturiers, chapeliers et bottiers, ainsi que mes leçons de maintien, de chant et de comédie. Je progressai dans tous les arts, excepté un : je ne sus jamais apprendre à lire ou à écrire. C'étaient là des compétences qui n'accompagnaient pas l'âme d'un corps à l'autre. Malgré tous mes efforts, ces taches noires qui dansaient sur la page ne s'immobilisaient jamais assez longtemps pour me permettre de les interpréter.

Lorsque, quatre ans après mon arrivée à Paris, je rencontrai Charles, nous étions tous les deux à l'apogée de nos pouvoirs. Je menais une vie d'aisance en tant que maîtresse de Félix Tournachon, qui serait plus tard connu sous le simple nom de Nadar, célèbre pour ses photographies et pour sa passion des montgolfières. C'était l'un des hommes les plus turbulents et les plus magnétiques qu'il m'ait été donné de connaître, et il était complètement incapable de se limiter à une seule femme. Cet élégant défaut mis à part, il était parfaitement charmant et respectueux. Mais il avait déjà, en quelques courts mois, commencé à se lasser de moi. En prévision, j'étais à l'affût de mon prochain bienfaiteur.

Je faisais partie d'une troupe qui se produisait dans un théâtre près de la porte Saint-Antoine, sous le nom de scène Berthe, en hommage à ma pauvre mère qui ne s'était jamais remise de notre émigration et était morte de solitude. Je jouais le rôle d'une esclave dans une farce destinée à divertir et à être oubliée dès le baisser du rideau. Après la pièce, Gaspard vint me voir en coulisses, accompagné de Charles qui le suivait comme un nuage de pluie. Nous nous rendîmes tous trois dans une taverne de la rue des Lampes. Je ne parlai pas beaucoup, me contentant d'écouter d'une oreille distraite la conversation des deux hommes. Je remarquai que

Charles cherchait un moyen de m'impressionner. Il avait le front haut, le menton fuyant et les yeux comme deux gouttes de café. Le peu de beauté dont il jouissait était quelque peu gâtée par son amertume, qui se trahissait dans ses yeux et le pli de ses lèvres. Sous ses cheveux bruns, son visage était agité de toutes sortes de tics, et sa démarche était saccadée. Il dépensait des sommes astronomiques en vêtements de la plus haute qualité : des bottes cirées, un pantalon noir, un sarrau bleu d'ouvrier comme c'était la mode à l'époque, une chemise au col souple d'un blanc éclatant, une cravate rouge, des gants roses et un long boa en chenille écarlate, comme les femmes de la classe ouvrière aimaient à en porter. Il refusait de se couvrir la tête d'un chapeau, comme le faisaient tous les autres hommes sans se poser de questions, et portait à la place les cheveux longs, avec l'ombre d'une moustache sous le nez et un soupçon de barbe au menton. Être beau et choquer tout à la fois, tel était son but, le but de tous les dandys, et Charles comptait parmi les dandys les plus grands et les plus choquants de Paris.

Je remarquai qu'il m'observait avec une fascination qui confinait à la muflerie. Enfin, après que Félix et lui eurent discuté pendant un temps, il me demanda d'où je venais.

« Ce n'est pas la peine de lui demander, intervint Félix, elle ne te répondra pas. Elle ne révèle jamais rien sur elle-même.

— Une femme d'intrigues », fit Charles avec un mince sourire. Le faisceau de son regard se braqua sur moi, et je le ressentis au creux de mon estomac. « Mais vous n'êtes pas d'ici, n'est-ce pas ? Je l'entends dans votre accent.

— Non, admis-je, je ne suis pas d'ici.

— Alors, d'où venez-vous ? » Je n'avais jamais dit à personne qui j'étais ni d'où je venais. Il valait mieux laisser libre cours à l'imagination. « Allons, insista-t-il d'un ton cajoleur, pourquoi en faire un tel secret ? À moins que vous ne préfériez que je devine ? Je suis très doué à ce jeu. Je ne me trompe jamais.

— Oh, vraiment ? fis-je, feignant l'intérêt. Je vous en prie, essayez.

— Fais attention à ce que tu proposes, intervint Félix. Charles est un grand voyageur.

— Ah bon ? fis-je.

— Oui, continua-t-il en se tournant vers Charles. Tu devrais lui raconter une de tes formidables histoires. »

Mais Charles ne l'écoutait pas. Son attention était entièrement rivée sur moi.

« Laissez-moi deviner.

— Faites donc, je vous en prie, répondis-je.

— Mais si je devine juste, il vous faudra l'admettre. » Je hochai la tête avec un sourire. Il plissa les yeux et m'étudia un moment. « Il y a un certain nombre de possibilités : Arabie, Sumatra, Haïti, Pondichéry, et même le Mexique, à la rigueur, bien que votre chevelure soit peut-être trop ondulée pour une Mexicaine.

— J'ai connu des Mexicaines aux cheveux ondulés, intervint Félix.

— Cela arrive, en effet, répliqua Charles, mais je crois qu'aucune de ces hypothèses n'est tout à fait juste, en réalité. Je pense savoir exactement d'où vous venez.

— Je suis tout ouïe, répondis-je.

— Vous venez de Maurice.

— Où est-ce ?

— C'est une île au large de la côte est de l'Afrique. Jusqu'à récemment, elle s'appelait l'île de France. » Je souris tristement à ce souvenir – c'était là que je t'avais vu pour la dernière fois. Je n'avais pas su qu'elle avait changé de nom. « Vous vous trahissez ! s'exclama-t-il. Êtes-vous impressionnée ?

— Je ne pourrais l'être davantage. Comment avez-vous deviné ?

— J'y étais récemment, répondit-il, et dès que je vous ai vue, votre apparence m'a rappelé cette colonie insulaire. Combien de temps y avez-vous vécu ?

— Oh, j'en suis partie très jeune. Je ne me rappelle presque rien.

— Raconte-lui l'histoire que tu as racontée au club des Haschischins, à l'Hôtel de Pimodan », fit Félix.

Il se tourna vers moi pour m'adresser un clin d'œil, comme si j'étais sur le point de jouir d'un rare privilège.

« Elle est plutôt longue, protesta Charles.

— Racontez-la, dis-je, soulagée de voir l'attention se détourner enfin de moi. Si c'est une aussi bonne histoire que l'affirme Félix, je serais ravie de l'entendre.

— Très bien. » Il s'éclaircit la voix comme s'il se préparait à se lancer dans un discours longuement répété. « Mon beau-père, qui était militaire, souhaitait me voir faire carrière dans le droit ou le suivre dans le service diplomatique, commença-t-il. Mais j'étais un enfant triste, trop enclin à la solitude et jaloux de l'amour que ma mère avait pour lui. Je lisais insatiablement, dévorant tous les livres qui me tombaient sous la main : romans, nouvelles, poésie, essais, absolument tout. Vers l'âge de douze ans, je lus une œuvre d'Hugo, qu'un camarade d'école m'avait prêté. Je crois que c'était *Le Dernier jour d'un condamné.* Puis, très rapidement, j'enchaînai avec tout ce que je pus trouver de sa main : *Les Orientales, Notre-Dame de Paris, Lucrèce Borgia.* Et soudain, je décidai que je ne voulais rien faire de ma vie hormis écrire. Même si je n'étais pas certain de savoir ce que je voulais écrire exactement.

» Je suis sûr que mon cher père, eût-il encore été de ce monde, se serait montré fier de ma décision, mais mon beau-père s'y opposa. *Tu finiras pauvre, amer et fou*, me prédit-il. Pour me guérir de ma folie, il décida de m'envoyer en Inde. Ce plan comportait pour lui un double avantage : s'étant débarrassé de moi, il aurait enfin pour lui toute l'attention de ma chère mère, d'une part ; et de l'autre, cela m'endurcirait et ferait de moi un homme – du moins le croyait-il. Il m'acheta un billet pour Pondichéry à bord d'un navire dont le capitaine était un ami à lui, et prit des dispositions pour qu'un poste de clerc dans l'administration coloniale m'attende à mon arrivée, malgré mon manque total de formation et d'aptitudes pour ce type de travail. J'étais encore assez jeune pour souhaiter faire plaisir à mon beau-père, aussi me pliai-je à ses projets.

» J'eus le mal de mer durant toute la traversée. Lors d'une tempête en particulier, alors que nous doublions le cap de Bonne-Espérance, je fus tellement malade et malheureux que j'envisageai de me jeter par-dessus bord, dans le maelstrom tourbillonnant de l'océan. Mais à cet instant, je songeai à mon beau-père, et pris conscience qu'il se réjouirait certainement de ma mort. Aussi resserrai-je ma prise sur le bastingage et survécus-je à la tempête.

» Lorsque nous arrivâmes à Port-Louis, c'était la saison des pluies. Les dégâts causés par la tempête à notre navire rendaient des réparations nécessaires, et l'on me dit que notre séjour à Maurice durerait probablement entre deux et trois semaines. Au début, je pris une chambre dans une auberge délabrée près du front de mer, fréquentée seulement par des hindous, des Cantonais et des créoles, mais le temps était si lourd et humide, l'hôtel en si piteux état, que très vite je décidai d'aller chercher du répit dans les hauteurs. Laissant mes bagages à l'hôtel, je mis dans un sac du pain, du vin et *Voyage en Orient* de Lamartine, et me lançai à pied sur une route qui semblait aller en direction de l'arrière-pays montagneux, lequel en cette saison était perpétuellement couvert de brume et de nuages.

» Il pleuvait. Je me retrouvai rapidement trempé, ainsi que mon livre, et je commençai à revenir sur ma décision de m'aventurer dans la nature, pour laquelle je n'ai, de toute façon, pas grande affection. Peu de temps après, je fus rattrapé par un âne tirant une charrette, et fus reconnaissant lorsque le véhicule s'arrêta et que son conducteur, assis sous une bâche de toile qui le maintenait assez au sec pour qu'il puisse fumer une pipe, me demanda ce que je faisais à marcher seul sur cette route sous la pluie. Je fus stupéfait de me voir adresser la parole dans un français parfait, bien qu'ancien, ponctué de prononciations désuètes qui seraient aujourd'hui en France tournées en ridicule, et teinté d'un accent provençal, bien que le vieil homme ait la peau aussi basanée que les créoles. Je lui répondis que j'étais piégé sur l'île et que je voulais gagner les montagnes pour échapper à la chaleur de la ville. Il me dit qu'il se rendait lui aussi dans les hauteurs et m'invita à faire route avec lui.

» Je montai dans sa charrette et m'assis à son côté. Il avait le visage hagard, et si ridé, qu'il ressemblait à l'une de ces tortues dont on dit qu'elles peuvent vivre sept mille ans. De grandes et maigres mèches de cheveux blancs couronnaient son crâne par ailleurs dégarni. De sa mâchoire pendait une longue barbe grise qui lui arrivait jusqu'au nombril. Les indigènes de Port-Louis étaient vêtus avec plus de civilité que lui : son pantalon en loques était troué au genou et sa chemise n'avait pas de manches. Sur son épaule nue, je remarquai un vieux tatouage bleu-vert d'un œil grand ouvert, qui s'était estompé avec les années. En dépit de son apparence sauvage, il exsudait la gentillesse et la bonhomie. Je n'oublierai jamais le pétillement de ses yeux. Il s'appelait Roblet, me dit-il. Il était né à Marseille. Lorsque je lui demandai son âge, il me répondit qu'il ne savait pas en quelle année nous étions, mais qu'il se souvenait d'avoir vu le jour en 1762. Je lui dis que nous étions en 1841, et qu'il avait donc soixante-dix-neuf ans. Il secoua la tête d'un air incrédule. “Donc, cela fait un demi-siècle”, murmura-t-il, plus pour lui-même qu'à mon intention. »

Heureusement, Charles était trop absorbé par son récit pour remarquer la stupéfaction que mon visage avait dû trahir face à cette révélation, malgré ma prodigieuse capacité à masquer mes émotions. Je ne dis rien, mais jamais n'avais-je prêté attention aux paroles de quiconque comme je le fis au reste de son récit.

« Au début, nous continuâmes de monter vers les hauteurs dans un silence presque complet, tandis que mon compagnon tirait sur sa pipe de tabac parfumé qui, me dit-il, était mélangé à du haschisch. Au bout d'un moment toutefois, il me demanda comment je m'étais retrouvé sur cette île, et je lui racontai mon histoire : j'avais dix-neuf ans et j'étais en route, contre mon gré, pour les Indes orientales françaises. Puis je demandai à Roblet comment il en était venu à vivre sur cette île tropicale.

» “Mon ami, me dit-il, ma vie est à peine croyable, et si vous me permettez de vous en faire le récit, vous considérerez certainement que j'ai perdu la raison." Je lui assurai que non, et lui promis que j'étais un public particulièrement bienveillant. Le vieillard s'interrompit et me regarda du coin de l'œil un moment, comme s'il me jaugeait. Enfin, alors que l'âne qui tirait notre charrette s'engageait sur l'étroit et caillouteux sentier qui menait dans les montagnes, il se lança dans sa chronique. "Jeune homme, me dit-il, vous qui paraissez si instruit, si cultivé, si avide de savoir, vous connaissez peut-être le concept de métempsycose ?" Je lui répondis qu'il me semblait que cela faisait référence à la croyance, chez les Orientaux, que l'âme renaissait après la mort. Il marqua un temps, les yeux fixés devant lui, mais dans le vide, comme s'il était plongé dans une profonde méditation. "Oui, reprit-il enfin, c'est là le point de vue oriental. Mais il existerait une autre sorte de métempsycose qui n'est pas décrite par les sages orientaux. C'est la métempsycose des vivants. Je n'y ai eu affaire qu'une seule fois, et d'après ce que vous venez de me dire, je sais désormais que c'était il y a exactement cinquante ans. Je suis chirurgien de formation et, dans ma jeunesse, j'exerçais mon métier dans la marine marchande. L'incident que je m'apprête à vous raconter s'est passé alors que nous naviguions sur l'océan que les cartographes appellent le Pacifique, bien qu'il soit tout sauf cela. Notre navire, le *Solide*, avait découvert une île jusqu'alors inconnue. Les indigènes l'appelaient Oaeetee. Ils pratiquaient une étrange sorte de métempsycose des vivants, si l'on peut dire, qu'ils appelaient *le passage*. La chose se fait assez simplement, exigeant seulement que deux personnes se regardent dans les yeux pendant plusieurs minutes. Alors que j'étais sur cette île, je plongeai les yeux dans ceux d'un garçon tout juste un peu plus jeune que vous, décidé à faire l'expérience de ce rare phénomène par moi-même. Après coup, je n'en gardai aucun souvenir, hormis dans mes rêves ; mais quels rêves ! Je devrais plutôt les qualifier de cauchemars. Mes terreurs nocturnes étaient telles que je devins un paria à bord de chaque navire où je m'engageais. Mais j'avais trop changé pour retourner en France, aussi décidai-je à la place de m'installer ici et de me consacrer au bien-être des indigènes et des créoles.

— Si vous ne vous rappelez pas votre métempsycose, demandai-je, comment pouvez-vous être sûr qu'elle a bien eu lieu ?

— Un autre marin, un certain Joubert, avait vécu la même chose. Plus tard, il tenta de m'expliquer ce qui s'était passé, mais je refusai de l'écouter. C'est lui qui m'a tatoué ceci, ajouta-t-il en me montrant du doigt l'œil dessiné sur son omoplate. Et, ce faisant, il m'expliqua ce qui s'était passé. Bien entendu, je suis un enfant des Lumières, un homme de science et de raison, qui ne jure que par le mesurable et le vérifiable. Je crus le pauvre homme fou et décidai de l'éviter. Peu après, nous nous séparâmes ; ici même, sur cette île. J'étais content de ne plus jamais avoir à le croiser, ou à réfléchir à ses propos. Ce n'est que bien plus tard, après des années de tourments nocturnes quotidiens, que ce que j'avais balayé comme les divagations d'un aliéné commença à prendre les dimensions d'une vérité qui défiait la raison. Et donc, depuis tant d'années maintenant, quand je descends à Port-Louis pour m'approvisionner, je suis aux aguets de ce Joubert, fort de la conviction qu'il me cherche, lui aussi. Deux, voire trois fois par semaine, j'épluche les listes de noms sur les registres de bateaux. Mais comme je suis un vieil homme désormais, lui aussi doit l'être, et il est peu probable qu'il travaille encore sur des navires au long cours.

Et pourtant, je continue d'aller à l'agence maritime consulter les registres, en attendant patiemment.

— En attendant quoi ? demandai-je.

— Qu'il vienne me retrouver."

» À l'écoute de son récit, j'avais senti un frisson d'excitation me parcourir l'échine, comme celui qu'on savoure à la lecture d'un bon roman – nul besoin de croire à ce qui est dit pour le ressentir. Je demandai à Roblet s'il avait déjà tenté pareil passage, comme il l'appelait. "Oh, j'ai essayé, dit-il, mais je n'ai jamais réussi à convaincre qui que ce soit de me regarder dans les yeux plus d'un bref instant." Je lui répondis que son récit avait piqué ma curiosité et que si cela l'intéressait toujours, j'étais disposé à m'y prêter. Bien sûr, je n'accordais pas le moindre crédit à ses élucubrations, mais j'y voyais malgré tout une amusante aventure à tenter. Roblet parut ravi de cette perspective, m'assénant une claque joviale sur l'épaule comme si nous étions brusquement les meilleurs amis du monde. Sa cabane ne se trouvait plus qu'à une ou deux heures de route, me dit-il. Si j'étais prêt à continuer le trajet avec lui, nous pourrions nous livrer à l'expérience dès notre arrivée là-bas. "Elle n'a aucun des luxes auxquels doit être habitué un gentleman parisien, mais elle est propre, et le toit me tient au sec", ajouta-t-il.

» Peu de temps après, au coucher du soleil, nous arrivâmes à hauteur d'une hutte de chaume rudimentaire au pied du volcan qui domine l'île. L'âne qui tirait notre charrette s'arrêta devant. Il pleuvait, et la jungle verdoyante autour de nous était enveloppée d'une épaisse brume grise qui estompait tout, hormis le crépitement de la pluie. Le vieux médecin descendit de son siège et porta à l'intérieur les caisses de provisions qu'il avait achetées à Port-Louis, en m'intimant de le suivre. Il alluma des chandelles et attisa un feu pendant que je trouvais un endroit où m'installer sur le sol de terre battue. Je m'assis en tailleur, et Roblet fit de même juste en face de moi. Il nous servit deux gobelets de rhum et nous trinquâmes à la métempsycose. "Êtes-vous prêt ?" me demanda-t-il. J'acquiesçai avec une impatience nerveuse. Il me dit que tout ce que j'avais à faire était de plonger les yeux dans les siens, sans détourner le regard, tandis qu'il ferait de même.

» Et ainsi, nous nous lançâmes. Au début, je ressentis un certain malaise, comme c'est le cas chaque fois qu'on regarde quelqu'un droit dans les yeux, surtout quand cette personne est un inconnu, ou presque. Cela ne dura cependant pas longtemps, et très vite, je commençai à perdre toute notion de ce qui m'entourait, de sorte que ses yeux, bien qu'à distance raisonnable de moi, devinrent la seule chose que je pouvais voir. Cela fut suivi par une sensation extrêmement agréable, comme si l'intérieur de mon corps n'était plus de chair et de sang, mais un verre de champagne fraîchement servi, plein de bulles qui remontaient et s'échappaient par le haut de mon crâne pour atteindre le ciel. Elle se poursuivit, de plus en plus légère et plaisante, plus que tout stupéfiant que j'aie jamais pu connaître. Le vin, le haschisch, le laudanum, l'opium même n'y sont pas comparables. »

Charles s'arrêta et baissa les yeux sur ses mains, posées jointes sur la table entre nous.

« Lorsque je rouvris les yeux, je gisais par terre depuis quelque temps déjà. Roblet aussi était étendu au sol, non loin de moi, bien qu'au début je ne me rappelle pas qui il était. Je ne me rappelais pas non plus où je me trouvais ni comment j'étais arrivé là. Lorsque je me penchai sur l'inconnu à côté de moi pour voir s'il dormait, je remarquai qu'il avait les yeux ouverts, la respiration haletante, et fixait le plafond au-dessus de lui avec une expression de terreur dans le regard. “Que s'est-il passé ?” lui demandai-je, mais au lieu de répondre, il se contenta d'ouvrir et de refermer la bouche comme s'il voulait parler mais en était incapable.

» Lentement, péniblement, je me relevai. Je regardai par l'unique fenêtre de la hutte. Le monde extérieur était une palette des bleus pâles précédant l'aube, et une fine brume planait délicatement au-dessus du sol. Mon sens de l'équilibre m'avait abandonné : je titubais comme un ivrogne. Je trouvai une cruche d'eau et en bus avidement quelques gorgées. Le vieil homme clignait des yeux, pantelant. Je m'accroupis pour le prendre dans mes bras et le déposai sur le lit voisin. Puis je lui versai lentement le contenu d'un gobelet d'eau dans la bouche. Comme le feu n'était plus que braises, je l'alimentai avec du bois pris sur une pile à côté de la cheminée, le tisonnai et soufflai dessus, et très vite, il se remit à flamber. Je m'assis dans un fauteuil à bascule devant l'âtre et fermai les yeux, me réveillant peu de temps après, trempé de sueur, hanté par le vague souvenir d'un cauchemar. Roblet était dans la position exacte où je l'avais laissé, allongé sur le dos sur son matelas, les yeux fixés au plafond, écarquillés et clignotants, la respiration lourdement haletante. Ses lèvres articulaient des mots que je n'arrivais pas à déchiffrer. Une fois de plus, je lui donnai à boire, et laissai la cruche d'eau à côté de son lit. Convaincu que je ne pouvais rien de plus pour lui, je sortis dans la lumière du matin. Ne sachant que faire, je me mis en marche, reprenant le chemin qui m'avait amené là la veille.

» Je suivis le sentier dans un état second, méditant sur les événements des vingt-quatre heures précédentes tout en redescendant les collines luxuriantes en direction de Port-Louis. Je n'aurais pu dire que j'avais le sentiment d'être une personne différente, mais je ne pouvais pas non plus prétendre être celle qui avait quitté la ville la veille seulement.

» Alors que je m'enfonçais de plus en plus profondément dans les bois, cerné d'arbres immenses, j'avais l'impression de voir tout ce que je voyais par les yeux d'une autre personne. La forêt que je traversais, par exemple, m'avait semblé le jour d'avant n'être rien de plus qu'un ennuyeux amas de pourriture verdoyante. À présent, c'était devenu une forêt de symboles qui veillaient familièrement sur moi, une sorte de temple vivant dont les colonnes me murmuraient parfois à l'oreille quelque mot inintelligible. Les odeurs, les couleurs et les sons se répondaient comme des échos lointains, fusionnant pour former une unité sombre et profonde, aussi vaste que la nuit. Lorsque, enfin, plusieurs heures plus tard, je regagnai Port-Louis, j'avais compris ce qui avait changé en moi. Je ne poursuivrais pas mon voyage vers l'Inde. À la place je retournerais à Paris, et consacrerais ma vie à la poésie. »

Charles était arrivé au terme de son récit.

« Et donc, lui demandai-je, tremblant de façon incompréhensible à l'idée que je t'avais peut-être enfin retrouvé, mais m'efforçant de cacher mon excitation, que pensez-vous de l'histoire de ce vieil homme ?

— Je pense que c'était un fou et que, l'espace d'un moment, je me suis laissé convaincre de croire à ses divagations.

— Vous n'avez remarqué aucun changement en vous depuis ?

— Le seul que j'ai remarqué est l'affliction même dont Roblet se plaignait : des cauchemars. À cause d'eux, je me réveille au milieu de la nuit en hurlant de terreur. Mais qui sait, peut-être sont-ils dus au temps que j'ai passé en mer, ou à quelque mystérieuse maladie tropicale, à moins que ce soit le vieillard lui-même qui m'ait maudit en m'affligeant de son propre mal. »

Nous quittâmes la taverne peu après, marchant tous trois un moment avant que Charles ne nous abandonne pour retourner à son appartement sur l'île Saint-Louis.

Le lendemain, je reçus une lettre anonyme contenant un poème qui faisait l'éloge de ma beauté. Je demandai à Félix de me le lire.

« Ce ne peut être que Charles », dit-il. Je souris. « L'idée ne semble pas te déplaire, remarqua-t-il, et je souris de nouveau. Es-tu amoureuse de lui ?

— Je suis incapable d'être amoureuse de quelque homme que ce soit.

— Tu me rassures. C'est une chose que d'être aimée d'un poète – une excellente chose d'ailleurs. Mais c'en est une autre que d'en aimer un. Si tu étais amoureuse de lui, je t'interdirais de le revoir. Mais s'il est amoureux de toi, va à lui, ma chère, avec ma bénédiction. »

Et donc, après quelque cinquante ans, nous nous étions retrouvés, et un nouveau chapitre de notre histoire commença : dix-sept ans de vie commune. À cette époque, Charles avait de l'argent, ayant hérité à sa majorité de la moitié de la fortune de son père décédé. Il aimait la dépenser sans compter. C'était une de ces sommes incommodes, assez large pour paraître inépuisable à un jeune homme, mais assez petite pour que ses aînés craignent de le voir en venir rapidement à bout. Il la dilapidait impulsivement en achats d'œuvres d'art, d'antiquités et, surtout, de cadeaux pour moi.

J'étais son oiseau exotique, sa créature d'exposition, son joyau le plus précieux. Pendant qu'il me courtisait, il m'installa dans mon propre appartement, sur l'île Saint-Louis. L'immeuble se trouvait à quelques pas de l'Hôtel de Pimodan, où il vivait lui-même : un modeste hôtel particulier du dix-septième siècle, sis quai d'Anjou, qui avait été transformé en appartements et donnait sur le fleuve et la rive gauche. Un essaim de jeunes dandys et de riches excentriques y résidaient. Charles y louait un appartement de trois pièces au dernier étage, et il entreprit de le remplir d'objets rares, d'antiquités d'origines douteuses et de tableaux trop grands pour trouver leur place sur ses murs. Finalement, son beau-père fut obligé d'intervenir pour mettre le holà à la dissipation de sa fortune. Ce qu'il en restait fut placé en fidéicommis, et Charles reçut dès lors une modeste somme tous les mois. Pour n'importe qui d'autre, celle-ci aurait été largement suffisante. Mais vivre modestement lui était inconcevable. L'idée de gagner de l'argent par des moyens conventionnels – comme, un par un, la plupart de ses amis commençaient à le faire – ne lui traversa même pas l'esprit. Il avait déjà une profession : il écrivait, traduisait et lisait.

Par souci d'économie, j'emménageai avec lui. Il n'y a rien de plus fatal à la passion que lorsque deux amants s'enchaînent l'un à l'autre. Contraint par la modicité de sa rente, il entreprit de revendre les objets qu'il avait accumulés si insensément, pour découvrir que la majeure partie d'entre eux ne valait rien. Rapidement, il devint évident qu'il n'avait plus les moyens de payer le loyer de son appartement au Pimodan. Nous déménageâmes dans un autre appartement.

Entre sa rente, les subsides que sa mère lui envoyait à contrecœur en réponse à ses lettres presque quotidiennes pour lui quémander de l'argent, celui que me donnaient mes admirateurs et le crédit qu'il accumulait sans la moindre intention de rembourser qui que ce soit, nous vécûmes, pendant les quelques années suivantes, constamment en mouvement, passant d'un meublé miteux à un autre. Charles avait toujours en tête quelque nouvelle méthode pour tenter de s'enrichir mais, en pratique, il avait aussi peu de talent pour gagner de l'argent que pour l'économiser. Il le dépensait en vêtements, vin, haschisch, laudanum et surtout livres, le plus grand de ses vices.

T'ayant déjà perdu une fois, je ne souhaitais pas voir cela se reproduire. Le souvenir de la réaction qu'avait eue Roblet lorsque je lui avais parlé de son passage, toutes ces années auparavant sur le navire, était encore brûlant dans ma mémoire. Je résolus d'être douce avec Charles, de ne pas le faire fuir avec ce que je savais en le lui mettant de force sous le nez, mais de le mener délicatement vers ce que je voulais partager avec lui. C'est ce que je fis en lui racontant des histoires lorsqu'il se réveillait la nuit, rongé par ses épouvantes habituelles. Il adorait mes histoires. Au milieu des nombreux surnoms qu'il inventa pour moi – sa Vénus noire, son cygne noir, sa géante, sa *grande taciturne* – il m'appelait parfois sa Shéhérazade. Il disait que j'étais la conteuse la plus talentueuse qui lui ait été donné de connaître, et que si j'étais née homme ou héritière, j'aurais fait un excellent écrivain. Pour ma part, je ne m'intéressais pas à des livres que je ne pouvais pas lire. J'étais secrète et attachais beaucoup de prix à la discrétion ; pour moi, écrire était une sorte de maladie, et les écrivains étaient méprisables et indignes de confiance, car ils ne savaient pas garder leurs histoires pour eux.

Quand je racontais les miennes, c'était une activité nocturne destinée à réconforter et consoler, ainsi qu'éduquer. Lorsqu'il se réveillait en hurlant, trempé de sueur, je demandais à Charles de quoi il avait rêvé, et je jouais le rôle d'interprète. De cette façon, au fil des ans, je réussis à lui parler de Koahu et Roblet, d'Alula et Joubert. Pendant longtemps, j'évitai de mentionner que j'étais Alula et Joubert, et lui Koahu et Roblet. Je voulais que l'idée vienne de lui. Il écoutait mes histoires avec gratitude ; elles étaient pour lui une sorte de baume qui apaisait ses nerfs à vif. Mais il ne les prit jamais au sérieux. Il y voyait de brillantes improvisations, des fantaisies exotiques, et rien de plus. Quant à sa propre anecdote au sujet de Roblet, il cessa de la raconter. À la place, inspiré par moi, il commença à improviser lui aussi des histoires. Dans ces récits forgés de toutes pièces, il n'était pas rentré en France à la première occasion après son arrivée à l'île Maurice, mais avait continué de sillonner l'Orient. Il y parlait de la vie en mer, des tropiques, de voyage, d'exil et d'aventure ; des histoires inventées pour impressionner les impressionnables des salons de Paris, dont beaucoup n'étaient jamais partis bien loin de la capitale. Il mentait avec délectation au sujet de voyages fictifs en Inde, à Ceylan, à Sumatra, en Chine, à Tahiti et aux îles Sandwich, prétendant avoir voyagé pendant des années et connu toutes sortes d'aventures et de privations. Il y avait toujours un public enthousiaste pour écouter ses improvisations ridicules, et en gober avidement chaque mot. Des traces de mes histoires filtraient dans ses poèmes aussi – un albatros, un tamarinier, une mer agitée par la tempête –, mais comment aurais-je pu lui tenir rigueur de tout cela ? Je voyais en lui une figure tragique : un homme qui avait oublié son passé et qui, en l'oubliant, s'y était perdu. Cela m'aidait à lui pardonner ses défauts : ses mensonges, ses vanités, ses inconstances, ses fourberies, ses rages et son égocentrisme.

Dix-sept ans passèrent ainsi, dix-sept années de débrouille, de déménagements, de disputes, de réconciliations, de séparations, de retrouvailles, encore et encore, chaque fois différentes et pourtant toujours pareilles. Notre vie commune continua sa marche titubante, saison après saison, année après année, de plus en plus nomade et désespérée. Un à un, les rêves de célébrité littéraire de Charles furent soufflés ; et chaque échec affûtait un peu plus la lame de son amertume. Où qu'il aille, il se faisait des ennemis. Ses poèmes se vendaient mal ; le seul recueil qu'il réussit à publier fut mis au pilon ; ses articles de journal étaient payés une misère ; ses idées de roman ou de pièce de théâtre ne menaient jamais à rien de plus que quelques notes griffonnées dans un calepin. Et pendant ce temps, nous déménagions de meublé en meublé, de pension en pension – toujours un peu plus sordide que les précédents – en restant constamment à l'affût de notre prochain hébergement en vue du jour où le propriétaire de celui où nous étions commencerait à nous harceler pour obtenir paiement de nos arriérés. Ainsi, tous les quelques mois ou toutes les quelques semaines, nous nous trouvions sous un autre toit, sous un autre nom ou une autre combinaison de nos noms d'avant, en mouvement perpétuel, essayant de garder une longueur d'avance sur créanciers et huissiers, et nous enlisant de plus en plus profondément dans la dette et le besoin.

Pendant que nous livrions ainsi nos batailles personnelles, la ville changeait autour de nous. Le vieux Paris de notre jeunesse était démantelé brique par brique, pierre par pierre, par la pioche d'ouvriers basanés venus du Sud. La capitale devint un étrange et inhospitalier carnaval de nouveautés. Même la nuit avait été vaincue, avec les lampes à gaz installées le long de chaque boulevard et chaque rue, et la nouvelle « Ville lumière » étincelait désormais aussi irrésistiblement après le coucher du soleil que durant le jour.

Notre amour était marqué par les récits, mais avec le temps, Charles finit par se lasser des miens. Au lieu de le réconforter, ils commencèrent à l'exaspérer. Vint un temps où, lorsqu'il se réveillait paniqué au milieu de la nuit et que j'essayais de l'apaiser, il en était agacé. Certains sujets, certains mots même, devinrent interdits : île, navire, âme, passage. Au début, par peur de le perdre, je me conformai à ses volontés, mais plus tard, lorsque je compris que je l'avais déjà perdu, je me départis de ma retenue. Je devins plus insistante : tu es Koahu et moi Alula, lui répétais-je encore et encore, laisse-moi te le prouver. Mais lorsque je lui proposais de procéder à un passage, il balayait mes paroles comme un parent qui refuse de prendre au sérieux les fabulations d'un enfant. Il répondait à mes provocations avec un mépris de plus en plus virulent, sa fureur décuplée par la vérole, dont nous souffrions tous deux, et par les importantes quantités de laudanum qu'il buvait pour calmer ses douleurs.

Puis vinrent les séparations. Au début, il disparaissait quelques jours de suite ; plus tard, ses absences durèrent des semaines ou des mois. Il se mit à changer d'hébergement sans me dire où il allait. Je le cherchais et finissais toujours par le trouver, en demandant à ses amis où il était, en regardant dans ses cafés et ses tavernes préférés ou simplement en arpentant les rues. Je ne pouvais m'empêcher de lui rester loyale, même face à son rejet total. Je me sentais responsable de lui, comme si j'étais sa protectrice.

Aussi est-il naturel que ce soit une de mes histoires qui ait eu raison de nous. Cela arriva par une de ces nuits désargentées où il n'avait bu ni vin ni laudanum, et avait les nerfs à fleur de peau. Un cauchemar le réveilla. Je lui demandai de quoi il avait rêvé. Il ne voulut pas me répondre. Je lui reposai la question et il m'ordonna de me taire.

« As-tu rêvé d'une île ? » lui demandai-je.

Il se tourna vers moi en plissant les yeux d'un air haineux et me répondit :

« Répète ce mot et je te le ferai regretter.

— As-tu rêvé d'un grand voilier ? » Pour la première fois depuis que je le connaissais, il me gifla. L'impact me donna le tournis, mais je ne me laissai pas réduire au silence. « As-tu rêvé d'une île ? » Il me décocha une autre gifle. « As-tu rêvé que tu regardais un autre homme dans les yeux ? » Une troisième gifle. « As-tu rêvé d'un grand voilier ? »

Désormais fou de rage, Charles arracha sa ceinture de son pantalon et entreprit de me battre tandis que, recroquevillée à ses pieds, je me protégeais la tête de mes bras. Mais je refusai de me taire. Il déchira le dos de ma robe et continua de me fouetter, en me maudissant et en me traitant d'esclave. Lorsqu'il cessa enfin pour s'affaler sur le divan, le sang coulait en chauds filets des plaies qui me zébraient le dos. Je l'interrogeai encore sur son rêve, mais il était exténué. Ce fut la première et la dernière fois qu'il me battit. Je me relevai péniblement et gagnai la pièce voisine en titubant pour me laisser tomber sur le lit, où je m'évanouis. Lorsque je me réveillai le lendemain matin, il était parti, et je ne me lançai pas à sa recherche.

Je me retrouvai démunie : une femme noire seule à Paris, qui n'était plus de la première jeunesse ni même de la seconde. Je commençai à travailler dans un hôtel à La Chapelle qui louait ses chambres à l'heure. Là, je rencontrai un Haïtien qui se croyait mon frère. Je lui dis que c'était impossible, mais il insista, m'assurant qu'il m'aimait d'un amour fraternel et souhaitait prendre soin de moi. C'était un chiffonnier, et il m'invita à vivre avec lui, ici, aux Batignolles. Peu après mon emménagement, Charles partit à Bruxelles, fuyant ses créanciers, ses censeurs et ses ennemis. Il m'écrivit une fois, pour me parler de son projet d'y faire publier ses poèmes interdits et de les introduire sous le manteau en France. Mais bien sûr, il n'en résulta jamais rien.

Maintenant, conclus-je à l'intention de Mademoiselle Edmonde et de Mademoiselle Adélaïde, ma santé défaille. Je suis partiellement paralysée du côté gauche de mon corps. Je perds la vue dans mon œil gauche. Je n'ai pas de clients, et dépends entièrement de mon frère. Et sinon, je reste allongée sur ce matelas, à me remémorer le passé, résignée à ne plus jamais faire de passage, à ne jamais retourner sur mon île, à accepter la fin, quelle qu'elle soit, que le sort me réserve.

Enfin, j'avais atteint la fin de mon récit. Il faisait désormais très sombre, la seule lumière dans la pièce provenant d'une lampe à huile qui brûlait sur une table basse entre nous. Les deux jeunes femmes sortirent de la rêverie où elles avaient passé l'après-midi, me remercièrent de leur avoir raconté mon histoire, et se levèrent pour partir. Mademoiselle Adélaïde tisonna les braises dans le poêle et y ajouta plusieurs morceaux de charbon. Mademoiselle Edmonde ouvrit sa bourse et déposa plusieurs billets de cent francs à côté de la lampe, malgré mes faibles protestations. Je les remerciai et m'excusai de ne pouvoir les raccompagner à la porte. Alors qu'elles s'apprêtaient à sortir, Mademoiselle Adélaïde hésita. Elle se retourna vers moi et m'observa un moment. Puis elle s'approcha et s'assit au bord du lit, tout près de moi. Elle se pencha sur moi et je sentis son regard parcourir mon visage, s'en repaître presque. Elle leva une main et, d'un doigt léger, suivit délicatement les contours de mon nez, de mes joues, de mes lèvres. Mademoiselle Edmonde se tenait immobile derrière elle, le dos à moitié tourné. Mademoiselle Adélaïde baissa lentement la tête jusqu'à ce que ses lèvres touchent les miennes, et m'embrassa avec langueur et tendresse.

« Vous êtes encore une belle femme, murmura-t-elle, une très belle femme. »

Puis elle se redressa et rejoignit sa compagne. Elles ouvrirent la porte et, dans un froufrou de soie, disparurent.

Plusieurs jours plus tard, on frappa de nouveau à la porte. C'était le cocher de Mademoiselle Edmonde. Il me remit une enveloppe cachetée, mais je lui dis que je ne savais pas lire. Il l'ouvrit et m'en lut le contenu à voix haute : c'était une invitation, sollicitant le plaisir de ma compagnie à quatre heures de l'après-midi le lendemain, à une adresse dans le quartier de Lorette. Une voiture me serait envoyée pour m'y amener et me ramènerait chez moi par la suite. La lettre était signée « Mademoiselle Edmonde de Bressy ».

Le lendemain, j'arrivai devant un hôtel particulier. Le cocher m'aida à descendre du boghei et m'installa dans un fauteuil sur roues qui, avec l'aide d'un majordome, fut porté à l'intérieur du bâtiment, dans un vestibule décoré et meublé avec un faste qu'il ne m'avait pas été donné de voir depuis ma jeunesse. J'attendis en silence, en examinant mes alentours. Chaque surface était exquisément ornée. Chaque mur portait une œuvre d'art. Chaque objet brillait de mille feux. Mademoiselle Edmonde et Mademoiselle Adélaïde apparurent peu après, approchant de front, accompagnées par le murmure conspirateur de leurs robes de soie. Comme précédemment, Mademoiselle Edmonde avait le visage voilé. Après les formalités habituelles, elles me demandèrent de me joindre à elles pour un tour de la résidence.

Avec Mademoiselle Adélaïde qui poussait mon fauteuil, nous nous lançâmes dans une inspection du rez-de-chaussée du bâtiment, passant de pièce en pièce, décorées toutes dans un style différent, mais chacune aussi richement que la précédente. Tout en avançant, Mademoiselle Edmonde m'expliqua ce que nous voyions, me décrivit les pièces des étages supérieurs et ce qu'elles contenaient, et me donna également une brève description des autres propriétés en sa possession. Lorsque notre tour s'acheva, nous étions revenues à notre point de départ sans avoir vu la même pièce deux fois, la résidence étant construite autour d'une cour centrale. Je m'étais vu décrire une fortune qui comprenait plusieurs autres propriétés du même acabit, à Paris et en province. La mère de Mademoiselle Edmonde était morte en couches ; son père avait hérité d'une fortune bancaire à laquelle il avait ajouté des intérêts dans les chemins de fer. Il était décédé un an plus tôt seulement. Il n'y avait pas d'autres héritiers. La fortune était assez vaste pour que trois hommes consacrent leur vie à la gérer, laissant Mademoiselle Edmonde libre de vivre comme elle l'entendait.

« Madame Jeanne, me dit-elle, vous êtes sûrement curieuse de savoir pourquoi nous vous avons invitée ici, et pourquoi je vous parle de mes affaires en si grand détail. Mademoiselle

Adélaïde et moi-même avons été profondément touchées par l'histoire que vous nous avez racontée lors de notre dernière entrevue. En fait, je crois que l'on peut dire que nous n'avons parlé de rien d'autre ou presque depuis. Nous aimerions vous faire une proposition, mais pour cela, il faut d'abord que vous voyiez quelque chose. »

Elle porta les mains à son voile et le releva. Lorsque la physionomie cachée derrière s'offrit enfin à mon regard, je fus effrayée par ce que je vis. Elle était grotesquement défigurée. À peine avais-je posé les yeux dessus qu'elle rebaissa son voile.

« Vous comprenez, continua-t-elle, pourquoi je dissimule mon visage. C'est le résultat d'un accident impliquant une chandelle dans ma chambre lorsque j'étais enfant. J'ai regretté plus d'une fois de n'avoir pas été entièrement dévorée par cet incendie, mais l'eussé-je été, jamais je n'aurais eu la joie de rencontrer Adélaïde. » Les deux femmes se tournèrent l'une vers l'autre et s'étreignirent les mains. « Ce n'est pas une décision que nous avons prise à la légère. La semaine qui vient de s'écouler s'est passée, en grande partie, en discussions profondes. Mais maintenant, nous sommes du même sentiment elle et moi, et nous vous parlons aujourd'hui d'une seule voix. Cela a toujours été pour moi un rêve, que dis-je, une obsession, d'imaginer ce que cela ferait d'occuper un autre corps, et surtout un autre visage. Cela explique mon amour pour la peinture et la littérature. Dans notre caractère réside notre destin, d'après Shakespeare. Et pourtant nos corps, et en particulier nos visages, sont si étroitement liés à l'idée que les autres se font de nous qu'on pourrait dire, surtout pour une femme, qu'ils ont une influence tout aussi grande sur notre destinée. Notre visage influence la perception qu'autrui a de nous, et cette perception, à son tour, influence notre caractère. La richesse aussi détermine notre vie, ainsi que le statut social. Mais alors que le caractère est malléable, et que la richesse et le statut social d'une personne peuvent évoluer dans un sens ou dans l'autre, notre corps est un fait accompli. Nous devons en accepter les limitations, nous devons vieillir avec, nous ne pouvons l'échanger contre un autre. Du moins, normalement.

» Madame Jeanne, les beautés de votre corps ont été immortalisées en vers et en peinture. Vous avez inspiré d'immenses œuvres d'art. Les hommes qui vous ont connue rêvent encore de vous aujourd'hui. Bien que votre corps ne soit plus celui qu'il fut, il reste néanmoins désirable ; c'est un bijou dont la patine ne fait qu'ajouter à sa rareté. Votre visage reste celui d'une grande beauté, qui a vécu une vie singulière. Ma proposition est simple. Peut-être en avez-vous déjà deviné la teneur. Je souhaite vous offrir mon corps, ainsi que la moitié de ma fortune, en échange du vôtre. Si j'avais le choix, j'opterais sûrement pour un corps plus jeune, en meilleure santé, mais je ne l'ai pas. Un passage avec vous est le seul qu'il me sera jamais donné de faire. J'aimerais saisir cette chance, même si cela signifie que je vivrai moins longtemps. Je ne suis pas amoureuse de la vie elle-même. Je ne désire pas vivre longtemps. Je préfère mener une vie de sensualité et de plaisir. Je renoncerais volontiers à ce corps et à la moitié de la fortune que me vaut ma naissance pour être embrassée par Mademoiselle Adélaïde comme elle vous a embrassée la semaine dernière, même si ce n'est que pour quelques courtes années. »

J'en croyais à peine mes oreilles.

« Vous souhaitez effectuer un passage avec moi ?

— Oui. À une condition. Je ne veux pas qu'il s'agisse d'un passage aveugle. Je dois pouvoir me rappeler mon ancien corps, et emporter avec moi tous mes souvenirs. Je dois pouvoir me rappeler qui je suis, qui nous sommes, après. Pouvez-vous me promettre cela ? »

Je lui assurai qu'un tel passage était en effet possible, même quand on s'y livrait pour la première fois.

Lorsque la voiture repartit, plusieurs heures plus tard, elle était chargée de bagages, et il y avait deux femmes à son bord : Madame Jeanne et Mademoiselle Adélaïde.

{63}

EDMONDE DE BRESSY

Naissance 1845
Premier passage 1864
Second passage 1900
Décès 1900

« Croyez-vous à la métempsycose ? »

C'était le milieu de l'après-midi par une belle journée de fin mars 1900, et je me trouvais dans la voiture-salon de l'Overland Limited, un train de voyageurs exploité par la compagnie Union Pacific, qui traversait à grande vitesse le Midwest américain. Par la fenêtre, une prairie saupoudrée de neige étincelait sous le soleil hivernal. J'étais perdue dans mes rêveries, assise dans un des fauteuils en cuir avec sur les genoux un livre choisi au hasard dans la petite bibliothèque de la voiture, lorsque j'entendis ces mots répétés en français d'une voix profonde et séduisante.

« Madame, croyez-vous à la métempsycose ? »

Je levai les yeux et découvris un bel homme au teint olivâtre assis dans le fauteuil en face du mien. Doté d'une épaisse moustache à la gauloise pour laquelle il était bien trop jeune, vêtu d'une veste d'intérieur pourpre et d'un turban carmin, il me regardait fixement avec des yeux brillants comme de la laque japonaise. Il était étrange, songeai-je, qu'il s'adresse ainsi à moi en français.

« Je vous demande pardon ? lui dis-je.

— La métempsycose : croyez-vous à l'existence d'une telle chose ?

— La transmigration des âmes après la mort ? Jeune homme, je suis à peu près certaine que cela ne vous concerne pas.

— Au contraire, je suis très concerné : j'en ai fait mon métier ! Voyez, je m'appelle Hippolyte Balthazar, dit-il en me tendant la main par-dessus l'allée centrale du wagon et en refusant de la baisser jusqu'à ce que je n'aie d'autre choix que de la lui serrer. Enchanté de faire votre connaissance.

— Madame Edmonde Duchesne de Bressy, répondis-je, regrettant immédiatement de lui avoir donné mon nom.

— Je suis orientaliste.

— Qu'est-ce que c'est que cela ?

— Voyons, un spécialiste des races orientales ! Je porte un intérêt tout particulier à la question de la métempsycose, et je viens de terminer une tournée de conférences aux États-Unis et au Canada, où j'ai longuement traité de ce sujet. »

Une partie de moi avait été prise d'une antipathie immédiate pour Monsieur Balthazar. Une autre était déjà sous son charme. Mon premier instinct fut de me lever pour quitter aussitôt la voiture, mais dans le confinement des voyages en train ou en bateau, il est nécessaire de faire preuve de diplomatie avec les autres passagers. Ce n'est pas un menu désagrément que de devoir éviter quelqu'un pendant toute la durée d'un long voyage à cause d'un simple affront ou d'une remarque agacée.

« Madame de Bressy, continua-t-il, à force d'étudier les arts orientaux de la méditation, je suis devenu expert dans la perception de l'aura. Croyez-vous à cette notion, madame ?

— Monsieur, vous ne cessez de m'interroger sur des sujets auxquels je n'ai jamais accordé une seule pensée. »

Il bondit de son fauteuil pour venir s'asseoir à côté du mien.

« Madame, reprit-il, j'ai immédiatement remarqué votre aura. Voyez ! C'est une aura absolument remarquable, peut-être la plus remarquable qu'il m'ait été donné de rencontrer, plus même que celle du président William McKinley, avec qui j'ai dîné il y a seulement quelques mois, et qui possède une aura véritablement magnifique. »

Il continua dans cette veine pendant encore quelque temps, puis proposa de me lire mon aura – à titre gracieux, bien entendu – ; une offre que je refusai avec plus de fermeté que de politesse. Mais cela ne l'empêcha pas d'insister, malgré mes prières, jusqu'à ce que je me résolve à quitter la voiture-salon ; et alors même que je me penchais pour prendre appui sur mes pieds et me relever, il me dit quelque chose qui m'arrêta net :

« Madame, il y a une issue au labyrinthe de miroirs dont vous êtes prisonnière. »

Je restai assise un moment dans le fauteuil, à regarder le jeune homme sans savoir quoi répondre, puis je soulevai mon voile et lui dis, très lentement et assez bas pour que lui seul puisse m'entendre :

« Monsieur Balthazar, comme vous pouvez clairement le voir, les miroirs ne me sont d'aucune utilité. Si vous m'adressez de nouveau la parole, je veillerai à ce que vous soyez expulsé de ce train. »

Je me levai et, feignant une détermination tranquille, m'éloignai en direction de mon compartiment, où je passai une fin de journée et une nuit agitées. *Une issue au labyrinthe de miroirs*... La formule ricochait dans ma tête.

Le lendemain matin, je ne m'aventurai pas hors de mon compartiment, mais demandai qu'on m'y serve mon petit déjeuner. Après celui-ci, un steward se présenta à ma porte avec un seau en argent où se trouvaient une bouteille de champagne et une flûte.

« Avec les compliments de Monsieur Balthazar, qui sollicite le plaisir de votre compagnie dans le wagon-restaurant pour le déjeuner. »

Je renvoyai le steward avec verre et bouteille intacts mais, malgré tout, j'hésitai toute la matinée à accepter l'invitation de Balthazar. Lorsque arriva midi, ma résistance commençait à faiblir. Cet étrange jeune homme était doté du pouvoir tout aussi étrange de me pousser à ce que je ne souhaitais pas faire. À une heure, je me dirigeai vers le wagon-restaurant. J'y trouvai Balthazar assis seul à une table pour deux, un petit sourire satisfait dansant sur ses lèvres pleines.

« Voyez ! » s'exclama-t-il, rayonnant de plaisir. Il se leva pour me saluer, me baisa la main et m'aida à m'asseoir avant de réintégrer sa place. « Je suis honoré que vous ayez décidé d'accepter mon invitation, madame.

— La curiosité a eu raison de moi. Vous semblez avoir une capacité à influencer mes actes que personne d'autre ne possède. Comment se fait-ce ?

— Au cours de mes études, j'ai appris l'art de l'hypnotisme auprès d'un derviche soufi au Caire. Je suis expert en la technique, madame. J'ai hypnotisé les plus grands de ce monde, sans parler de certains membres des familles royales les plus illustres d'Europe.

— Je vois. » Il était impossible de ne pas se laisser charmer par cet homme. « Et c'est donc avec l'hypnose que vous forcez les gens à faire ce dont ils n'ont pas envie ?

— Aucun hypnotiste n'est capable d'une chose pareille, madame. Ce n'est pas l'hypnotiste qui hypnotise, c'est son sujet qui souhaite être hypnotisé.

— Êtes-vous en train de me dire que je voulais venir déjeuner avec vous depuis le début ?

— Évidemment. Vous l'avez dit vous-même. La curiosité a eu raison de vous. Peut-être aussi d'autres envies, plus profondément enfouies en vous. Nous sommes tous écartelés par des sentiments contradictoires. Il y a des choses que nous voulons sans le vouloir, mais nous les voulons quand même.

— Et que veux-je de vous ?

— Si je devais deviner, je dirais du réconfort. C'est ce que veulent la plupart d'entre nous.

— Si je suis comme la plupart des gens, pourquoi vous intéresser particulièrement à moi ?

— Vous n'êtes pas comme la plupart des gens. Bien au contraire, madame, vous êtes extrêmement intéressante. Vous avez une présence unique. Vous vous comportez avec la dignité et la grâce d'une âme ancienne.

— Et je suppose que vous vous considérez comme un expert en la matière ?

— Sans l'ombre d'un doute ! J'y ai consacré ma carrière. J'en ai fait l'œuvre de ma vie. »

Je dois admettre que je fus fort amusée qu'un homme si jeune parle de l'œuvre de sa vie. Pourtant, malgré mon voile, je me sentais plus exposée que d'habitude par l'acuité de son regard.

« Alors laissez-moi vous poser cette question, finis-je par tenter. Une telle chose existe-t-elle vraiment ?

— Une âme ? Assurément.

— L'œuvre d'un certain Anglais aboutit à une conclusion différente.

— Monsieur Darwin ? Je suis entièrement d'accord avec toutes ses idées. Cet homme est un génie. Mais au sujet de l'âme, il n'a rien à dire.

— Et vous, qu'avez-vous à dire sur le sujet ? »

Il caressa un instant sa moustache de Gaulois en réfléchissant à sa réponse.

« Je n'ai personnellement rien à ajouter au corpus des connaissances qui existent déjà sur le sujet. Mais je suis d'accord avec le poète perse qui a dit : *L'âme est une chose qui dépasse la somme de son intelligence et celle de ses émotions, qui dépasse la somme de ses expériences, encore qu'elle les parcoure toutes les trois comme des veines de métal brillant.* » Il se pencha vers moi, en levant l'index pour souligner ses mots suivants : « *C'est une faculté interne qui reconnaît les mystères mouvants de l'univers parce qu'elle est faite de la même substance.* »

Et donc Balthazar entreprit de me raconter sa vie, qui, malgré son jeune âge, regorgeait de péripéties et de variété. C'était un plaisir que d'écouter ses histoires, qui s'enchaînaient et se suivaient comme autant de chevaux de carrousel en bois peint. Il les racontait avec tout le talent de ces conteurs qu'à l'époque on pouvait encore voir exercer leur métier dans les cafés et les tavernes, de San Francisco à Pékin. Son existence brève mais compliquée pouvait se résumer ainsi : il était le fils d'une duchesse hongroise, célèbre pour sa beauté, et tombée amoureuse d'un peintre maritime arménien. Sa mère était morte en couches quand il avait huit ans. Dans son enfance, il avait reçu, selon ses termes, la meilleure éducation possible, comprenant de la poésie soufie, *Les Mille et Une Nuits*, les écrits des anciens Grecs et l'algèbre des grands mathématiciens musulmans. C'était un esprit universel : en ce moment, me dit-il, il était en train d'écrire la musique d'un ballet qui représenterait la synthèse de tous ses enseignements. Il parlait sept langues : le français, le russe, le magyar, l'anglais, l'italien, l'arménien et le grec ancien. Il avait appris l'hypnotisme et le mesmérisme auprès de neurologues français et de mystiques orientaux, et affirmait être un maître des arts yogiques et tantriques. Il était impossible de déterminer si c'était un ingénieux escroc ou s'il croyait vraiment à ses ridicules assertions.

Et maintenant, conclut-il, il rentrait en Europe, puis gagnerait Alexandrie pour remonter le Nil jusqu'à Khartoum, où il allait assister au mariage de sa sœur avec un prince éthiopien. Après cela, déclara-t-il, il avait l'intention de s'installer à Paris, où il était déterminé à se faire connaître comme hypnotiste. C'était l'œuvre de sa vie, me dit-il, que d'aider les autres.

« Et en quoi puis-je vous aider, madame ? me demanda-t-il, en se penchant vers moi et en ouvrant grand ses yeux bruns, tout en mâchant un entremets au marron glacé.

— Donnez-moi la paix, répondis-je, me surprenant une fois de plus à céder à des désirs incontrôlables et jusqu'alors ignorés. Donnez-moi la consolation. Libérez-moi de ce fardeau qui pèse sur mon cœur, je vous en conjure.

— Quelle est la nature de ce fardeau ?

— Il a pour nom le désespoir. »

Ce soir-là, je dînai avec mon compagnon de voyage, Lucien, qui avait sa propre cabine. Le plaisir de sa compagnie fut pour moi teinté d'amertume, car j'avais dans l'idée que c'était la dernière fois que je le voyais, et j'avais pour lui une grande affection.

Le lendemain matin, après le petit déjeuner que je pris seule dans mon compartiment, on frappa à ma porte. C'était Balthazar. Il entra avec un sourire, referma la porte à clef et s'assit dans le fauteuil. J'étais déjà étendue sur l'étroite couchette, le dos appuyé à une pile de coussins.

« Pouvons-nous commencer ? » demanda-t-il après un échange de civilités.

J'acquiesçai.

« Je vais compter à rebours à partir de dix, et quand j'arriverai à un, vous serez endormie. Puis, lorsque je vous poserai une question, vous relèverez les paupières et me regarderez dans les yeux. Vous répondrez aussi honnêtement que possible. » Il compta lentement, sans me lâcher du regard. Son compte à rebours terminé, il me demanda, de la voix la plus douce qu'on puisse imaginer : « Parlez-moi du plus beau jour de votre vie.

— Le plus beau jour de ma vie a été le 22 mars 1881, il y a presque exactement dix-neuf ans. C'est le jour où j'ai enfin réussi à rentrer chez moi.

— C'est-à-dire ?

— À Oaeetee. C'est une petite île au milieu du Pacifique Est, entre les îles Sandwich et l'archipel des Marquises.

— C'est là que vous êtes née ?

— D'une certaine façon, oui.

— Et vous en êtes partie quand vous étiez jeune ?

— Oui, sans réaliser combien de temps il me faudrait pour revenir.

— Combien de temps vous a-t-il fallu ?

— Des vies entières. »

Balthazar hésita.

« Combien de vies ?

— Je touche à présent à la fin de ma cinquième. »

Il se redressa.

« Ceci n'est pas un jeu, Madame Edmonde, me dit-il avec un agacement mal dissimulé. L'hypnotisme n'est pas quelque chose qui se pratique à la légère ou dans un esprit de frivolité.

— Je ne cherche pas à être frivole, répliquai-je. Je suis tout à fait sincère. Il m'a fallu quatre-vingt-dix ans pour regagner mon île. »

Il plissa les yeux, pencha la tête de côté et fit entendre un claquement de langue, perdu dans ses pensées.

« Quelle est cette étrangeté ? Hier, vous m'avez dit ne pas croire à la métempsycose ni à l'existence de l'âme.

— La métempsycose est la transmigration des âmes après la mort. De ce fait, ce n'est pas de métempsycose que je parle, car la mort n'y joue pas de rôle. J'appelle cette pratique un "passage". »

Il réfléchit un moment à ce que je venais de dire, puis son visage s'éclaira d'une joie épiphanique. Il s'agenouilla à côté de moi et prit mes mains dans les siennes.

« Voyez ! J'étais certain que votre âme était exceptionnelle – et en voici la preuve ! » Il me baisa les doigts avec ravissement. « Je vous en prie, madame, faites-moi l'honneur de me raconter vos vies. Chacune d'elles. »

Je sus que je tenais presque ma proie. Mais je savais également que tromper l'escroc ne serait pas facile. J'allais devoir gagner sa confiance pour faire tomber ses défenses, et il n'y a pas meilleure manière pour tranquilliser un charlatan professionnel que de feindre la naïveté.

« Très bien, dis-je. Mais mon récit prendra toute la journée, et je ne tolérerai aucune interruption. »

Je commençai au début, avec l'histoire d'Alula et Koahu.

Le 22 mars de l'an 1881, debout sur le pont de l'*Equator*, une goélette marchande qui faisait la liaison entre Tahiti, les îles Marquises et Oaeetee, je croyais sincèrement que mon long voyage de plusieurs vies était enfin sur le point de s'achever. Car c'était le jour où je regagnais l'endroit que j'avais quitté si inconsidérément, l'endroit où j'avais rêvé de revenir chaque minute depuis. Le voile que je portais en public masquait davantage qu'un visage défiguré ; il cachait aussi plus d'un siècle de souvenirs. À trente-six ans, n'étant toujours pas mariée, j'étais vue comme une vieille fille. Heureusement, ma considérable fortune me protégeait de l'ostracisme, car la plus petite indication de richesse peut transformer, comme par enchantement, un défaut en idiosyncrasie et l'impudence en excentricité. Mais l'argent ne soulage pas toutes les détresses.

Plusieurs heures avant que la vigie lance « Terre en vue ! », j'avais perçu tout autour de nous des indices de notre approche : j'avais reconnu la forme des nuages et l'odeur des vents. Les étoiles dans la nuit, les brises, la façon dont les vagues dansaient à la surface de l'eau : autant de signes que mon retour était imminent. Je reconnaissais ces poissons volants au dos carmin, avec leurs deux paires de nageoires surdéveloppées, qui manifestent leur simple joie d'être en vie par de grands bonds hors de l'eau. Lorsque, enfin, l'île apparut, infime tache bleue à l'horizon, mon cœur se mit à battre follement. Lorsque j'aperçus des sternes au loin devant nous, plongeant et replongeant dans l'océan en quête de nourriture, il manqua s'échapper de ma poitrine. Plus nous approchions de l'île, plus j'en reconnaissais les contours : le rocher en forme d'obélisque à sa pointe sud, que nous appelions la Grue noire, les innombrables vallées et collines boisées, la cascade connue sous le nom de Larme d'argent, les pilastres en forme de clocher et, se profilant au-dessus de tout cela, les montagnes.

Ma joie était mêlée d'appréhension car, sur le chemin, j'avais vu assez des autres îles pour craindre le pire pour la mienne, et pour son peuple. J'avais appris qu'Oaeetee était gouvernée par un roi du nom de Mehevi, mais que c'étaient les Français qui l'avaient placé sur le trône, et qu'il n'était roi que de nom. L'île, pendant presque la moitié de mon absence, avait fait partie de l'Empire français.

Alors que le navire s'amarrait à une jetée qui s'avançait dans la mer depuis la plage même d'où j'étais partie toutes ces années plus tôt, je fus contente de porter un voile, car je ne souhaitais pas qu'on devine les larmes qui, dessous, roulaient sur mon visage défiguré.

J'avais à peine mis pied à terre que je fus assaillie par une nuée de jeunes enfants. À l'évidence, la vue d'une femme toute vêtue de noir, en robe d'amazone, haut-de-forme et voile, était inhabituelle pour eux. Je me maudis de n'avoir pas pensé à emporter des caramels à leur offrir. Un fonctionnaire de l'administration locale les écarta et me conduisit à l'intérieur du bureau de douane, sis dans un des cabanons de tôle alignés sur le quai. Il y faisait insupportablement chaud. L'employé s'installa derrière un bureau bancal et se présenta comme le lieutenant Perrault. Transpirant à grosses gouttes, il se pencha sur un gros registre, murmurant les mots à part lui à mesure qu'il les griffonnait. Je fus interrogée sur mon identité et mes intentions. Je répondis, sincèrement, que j'étais une femme fortunée qui avait fait sa cause de l'instruction des enfants autochtones, et que j'avais l'intention de fonder une école. Cela le fit sursauter. Il s'adossa à sa chaise comme si je venais de lui annoncer une nouvelle inquiétante. Alors qu'une ride désapprobatrice se figeait sur son front, je sortis de mon sac à main plusieurs lettres d'introduction, écrites par d'importants personnages de la colonie de Nouvelle-Calédonie pour me recommander au roi Mehevi et au résident général de l'île. Avec l'impeccable instinct de survie universellement partagé par les fonctionnaires coloniaux, il les refusa, me conseillant à la place de prendre une chambre au seul hôtel de l'île, l'Hibiscus, et d'y patienter jusqu'à ce qu'on m'envoie de plus amples instructions. En attendant, ajouta-t-il, je ne devais sortir des limites de Louisville en aucune circonstance.

« Ce n'est pas un endroit pour une femme non mariée, conclut-il, quels que soient son âge ou son apparence. »

Je ressortis du bureau de douane, traversai un vaste espace de terres inoccupées et entrai dans Louisville, suivie par un porteur chinois qui poussait mes bagages sur un chariot. Qualifier Louisville de bourg eût été un enjolivement. En 1881, c'était à peine un village : une triste agglomération de cabanes en tôle et de petites maisons en bois blanchies à la chaux, reliées entre elles par des chemins de terre battue, à laquelle le terme vague d'« établissement humain » aurait mieux convenu, bien que la seule chose qui y soit véritablement établie soit la fine couche de poussière, due à la saison sèche, qui recouvrait tout. Derrière Louisville se dressait la colline d'où j'avais aperçu le navire de Marchand, quatre-vingt-dix ans plus tôt. Et derrière cette colline, revêtues d'une ombre violette, les montagnes.

Louisville comptait une population de moins de cent étrangers, français pour la plupart : soldats, gendarmes, fonctionnaires, prêtres, marchands, quelques épouses, une dizaine d'enfants, un ou deux vagabonds vivant de ce qu'ils trouvaient sur la plage, et des fermiers. Parmi eux évoluaient une poignée d'Anglais, d'Allemands et d'Américains qui avaient le monopole des rares boutiques et commerces, ainsi que quelques travailleurs et marchands chinois. Quant aux insulaires eux-mêmes, ils s'étaient convertis au christianisme et étaient installés dans une mission près de la plage, à l'extérieur de Louisville.

Je commençai à descendre une rue principale bordée de modestes locaux commerciaux : un magasin général, un bureau de poste, une taverne et une banque, à côté de laquelle se trouvait l'Hibiscus. Derrière l'hôtel se dressaient une école et une petite église d'adobe dotée d'une flèche. Plus haut sur la colline, on pouvait voir des résidences aux murs de bois blanchis à la chaux et à la toiture pentue en feuilles de pandanus, avec de petits jardins poussiéreux bordés de clôtures en bois blanc. L'Hibiscus lui-même était une auberge sans prétention, avec des chambres à louer à son seul étage.

Cette nuit-là, je ne trouvai pas le sommeil, non seulement à cause du flot de souvenirs de jeunesse qui me revenaient, mais aussi à cause des hommes qui ne cessaient de monter et descendre lourdement l'escalier pour présenter leurs hommages, à en juger par les sons qui me parvenaient à travers les murs, aux femmes occupant les chambres voisines. M'étant enfin endormie alors que le ciel blanchissait à l'est, je fus réveillée deux ou trois heures plus tard par des coups lourds frappés à ma porte. C'était le lieutenant Perrault, venu m'apporter une lettre arborant l'en-tête de Sa Majesté Mehevi, roi d'Oaeetee. Celui-ci m'invitait au palais royal l'après-midi même. Le lieutenant proposa de m'y accompagner.

Ce matin-là, je flânai dans Louisville, une promenade qui ne dura pas plus d'un quart d'heure avant que j'aie fait le tour de ses rues et ruelles. Après le déjeuner, Perrault m'emmena au palais royal en boghei. Je lui demandai où étaient tous les natifs de l'île, comme on en voyait si peu dans les rues. Il me répondit que les indigènes n'avaient accès à Louisville que sur permission, et qu'après le coucher du soleil un strict couvre-feu était appliqué. Hormis le roi et sa suite au palais, aucun n'avait le droit de rester pour la nuit à Louisville. Nous passâmes devant l'église et la cabane attenante, qui servait à la fois de presbytère et d'école pour une vingtaine d'enfants européens. Les enfants oaeetiens, m'informa Perrault, allaient à l'école de la mission. Je demandai si je pouvais visiter celle-ci. Il me répondit qu'elle se trouvait en dehors de la ville, et m'était donc interdite d'accès sans le consentement du roi.

Le palais n'avait rien de très palatial. C'était une simple structure en bois de deux étages, à peine plus grande que l'Hibiscus, elle aussi blanchie à la chaux, avec pour seul signe de distinction des colonnes qui en faisaient intégralement le tour. Elle se dressait presque au sommet d'une colline donnant sur Louisville et sur un majestueux jardin à la pelouse soigneusement taillée, orné d'arbres à pain, de goyaviers, de mimosas et de délicates sensitives. Un peu plus haut sur la colline, assez près pour permettre la surveillance, se dressait un autre bâtiment dans la même veine, aux proportions plus modestes toutefois, et dont seule la façade était dotée de colonnes. C'était la demeure du résident général, premier représentant de l'Empire français.

Nous descendîmes du boghei. Un domestique ouvrit les imposantes portes sculptées qui menaient à l'intérieur du palais, et nous fûmes guidés vers une antichambre. Lorsque j'y eus pris place, le lieutenant Perrault me demanda d'ôter mon voile par respect pour Sa Majesté royale. Je refusai.

« Le roi y verra une impertinence », dit Perrault sans plus insister, avant de s'en aller.

Il y avait une demi-douzaine de natifs de l'île avec moi dans cette antichambre, qui attendaient leur tour de présenter une requête au roi. Bientôt, Perrault réapparut et m'invita à entrer dans la salle d'audience royale. Je lui montrai du doigt les solliciteurs qui étaient là depuis plus longtemps que moi, mais il secoua la tête. « Ils ont l'habitude d'attendre », me dit-il. Les portes en teck s'ouvrirent et je le suivis dans une longue pièce blanche, au plafond haut et aux larges fenêtres ouvertes par où les plantes du jardin palatial tendaient leurs vrilles. Au fond de cette vaste pièce étaient assis trois hommes, celui du milieu plus en hauteur que les deux autres. Je m'approchai d'eux, la soie de ma robe froufroutant et la semelle en cuir de mes souliers claquant sur le parquet avec ostentation.

L'homme du milieu était le roi Mehevi. L'uniforme militaire de Sa Majesté royale, raidi de dentelle et de broderies dorées, décorait une poitrine large et puissante, et sur son cœur étaient fièrement étalées toutes sortes de rubans de soie et médailles. Son cou semblait plus large que sa tête, et le sommet de son crâne rasé était caché sous un vaste bicorne sur lequel ondulaient des plumes de paon. Une large bande sur son visage était tatouée d'une tempe à l'autre, alignée sur ses yeux dont le blanc ressortait d'autant plus dans ce cadre d'encre bleue. Le trône lustré sur lequel il était assis était orné d'or et d'argent et sculpté de scènes bibliques. À sa droite se trouvait le colonel Mirabelle, résident général, arborant des favoris gris et l'uniforme opalescent des officiers supérieurs de la Marine française. À sa gauche était assis un homme chauve aux épaules tombantes, portant un col romain, une longue soutane noire et une calotte violette. Perrault le présenta comme l'archevêque d'Oaeetee, Monseigneur Fabien.

Le colonel Mirabelle me demanda la raison de ma venue sur l'île. Je décrivis longuement ma vocation de répandre la bonne parole parmi les indigènes païens. Monseigneur Fabien me demanda quelle expérience j'avais en éducation. Je parlai de mes années passées à enseigner aux enfants indigènes de Nouvelle-Calédonie. Le colonel Mirabelle me demanda comment j'en étais venue à me retrouver là-bas. Je répondis que, tout en n'ayant jamais été une radicale, je m'étais autrefois trouvée mêlée à la Commune, mais que mes années passées en déportation m'avaient fait comprendre que seul le salut en Jésus-Christ pouvait apporter le bonheur véritable. Je tendis mes lettres de recommandation, qui furent prises, sur un signe du roi, par le lieutenant Perrault, debout à côté de moi. Monseigneur Fabien me demanda si j'étais informée des activités menées par leurs missionnaires, et je répondis que leur mission était réputée, et que je ne souhaitais pas empiéter sur leur travail, mais plutôt enseigner aux enfants qui vivaient encore dans un état de nature. Le colonel Mirabelle me demanda comment j'avais l'intention, moi, une femme, de communiquer avec des sauvages qui n'avaient toujours pas renié leur langue, leurs mœurs et leurs coutumes primitives, et que même les plus fervents serviteurs du Christ n'avaient pas réussi à amener dans le sein de la civilisation. Je répondis que j'avais appris à parler la langue indigène en Nouvelle-Calédonie, et que je m'étais également familiarisée avec leurs usages et leurs traditions. À ce moment-là, le roi Mehevi, qui tout ce temps avait gardé le silence, se contentant d'observer et d'écouter notre conversation, fit entendre une sorte de reniflement méprisant. Le colonel Mirabelle me demanda comment je comptais financer mon œuvre, et je répondis que j'étais l'héritière d'une fortune conséquente, et que j'avais l'intention de m'en servir pour répandre le message du Christ dans les régions les plus reculées du monde.

Enfin, l'interrogatoire parvint à son terme et le résident général comme l'archevêque se turent. Le roi Mehevi n'avait toujours pas prononcé un mot. C'est alors qu'il se décida à prendre la parole, de la voix la plus charmante et la plus melliflue qu'il m'ait été donné d'entendre, et dans un français aussi pur que celui parlé dans n'importe quel salon parisien :

« Madame, pourquoi portez-vous un voile devant le roi ? N'avez-vous pas été informée que cela était interdit ?

— Votre Majesté, répondis-je, mon voile n'a pas pour objet de vous faire offense, mais de vous protéger.

— Comment cela ?

— Il masque une difformité qu'il vaut mieux que vous ne voyiez pas.

— Je suis mieux placé, sûrement, pour savoir ce qu'il me faut voir ou ne pas voir.

— À tout autre sujet, je me rangerais à votre avis, Votre Majesté.

— Dans ce cas, retirez immédiatement cette chose.

— Très bien, Votre Majesté. »

Je soulevai mon voile et regardai les visages du résident général et de l'archevêque se renfrogner de dégoût. Celui du roi, en revanche, ne changea pas. Il continua à me regarder du haut de son trône, avec une expression impénétrable. Puis, des profondeurs de sa gorge magnifique, j'entendis monter un gloussement. Celui-ci grossit et se transforma en un rire cruel, une dérision ouverte et démesurée qui ne prit pas fin, comme la plupart des rires, mais continua de résonner dans toutes les salles du palais et jusque dans les jardins au-dehors. Il se tourna vers ses compagnons comme s'il s'attendait à les voir se joindre à lui et, sans surprise, ils comprirent le message et se mirent également à rire, avec hésitation tout d'abord, mais rapidement, à gorge déployée. Lorsque, enfin, leur hilarité se calma, le visage du roi reprit son impassibilité.

« Baissez votre voile, madame, dit le colonel Mirabelle. Et je vous en prie, gardez-le baissé en notre présence à l'avenir. »

Mehevi se pencha pour lui murmurer à l'oreille, et l'officier lui chuchota quelque chose en réponse. Il fit de même avec Monseigneur Fabien, et obtint un résultat similaire. Puis le colonel Mirabelle s'adressa à moi :

« Son Altesse royale, le roi Mehevi, souverain d'Oaeetee, va réfléchir à votre demande. Vous resterez confinée à Louisville jusqu'à ce que vous receviez son royal consentement. Bonne journée, madame. »

Sur ces mots, je fis la révérence et quittai la pièce, ainsi que le palais d'ailleurs, sans que plus personne ne m'adresse la parole ni moi à quiconque d'ailleurs, pour rentrer à pied à l'Hibiscus.

Et donc j'entrepris d'attendre la décision du roi. Jour après jour, je restais dans ma chambre, les yeux fixés sur les murs chaulés et rugueux, ou bien je sortais me promener quelques minutes dans le bourg, hors duquel il m'était interdit de m'aventurer. Jour et nuit, j'entendais des pas lourds passer dans l'escalier devant ma chambre, alors que des hommes bottés montaient de la taverne rendre visite aux quatre filles de l'île qui occupaient les chambres voisines. Alors que je souriais à l'une d'elles un matin, je me risquai à lui adresser la parole. Elle s'appelait Rahama. Elle parlait à peine le français, compris-je rapidement ; aussi, après m'être assurée que personne ne pouvait nous entendre, commençai-je à m'adresser à elle dans la langue de l'île. Lorsqu'elle me répondit, je me rendis compte que cette langue avait beaucoup évolué dans les quatre-vingt-dix ans qui s'étaient écoulés depuis que je l'avais employée pour la dernière fois, mais pas au point que je ne la comprenne pas. Lorsqu'elles apprirent que l'étrange nouvelle venue française savait d'une façon ou d'une autre parler leur langue, les autres femmes de l'étage commencèrent à m'approcher. Elles me demandèrent comment il se faisait que je connaisse leur langue. Je répétai pour elles le mensonge que j'avais donné au palais : que je l'avais apprise en Nouvelle-Calédonie, où une forme différente en était pratiquée.

Les jours passaient au ralenti. Je brûlais d'échapper aux restrictions auxquelles j'avais été soumise, de marcher pieds nus sur la terre de mon pays, de nager dans ses eaux sans l'encombrement d'une robe de femme blanche, de retrouver mon peuple, d'apprendre ce qu'il était advenu de lui et de la Loi. Mais alors que j'allais toucher à l'assouvissement des désirs de mon cœur, on m'avait passé les fers. Même si je n'avais pas de chaînes visibles autour des chevilles, j'étais une prisonnière. J'avais pris le silence du palais non pour un signe qu'on m'avait oubliée, mais que j'étais attentivement observée. J'imaginais le roi, le résident général et l'ecclésiastique en train d'hésiter sur ce qu'ils devaient faire de moi.

Consciente de devoir prouver que j'étais digne de confiance, je ne dépassais pas les limites qui m'avaient été imposées.

Après plusieurs jours à tourner ainsi en rond, je m'assis au bureau de ma chambre pour écrire une lettre à Mathilde. Mais à peine avais-je tracé les mots *Ma chère Mathilde** qu'un flot de souvenirs m'envahit l'esprit, m'interrompant dans ma tâche.

Après son passage avec Charles en Belgique seize ans plus tôt, Mathilde et moi étions revenues dans notre demeure en bord de Seine sur l'île Saint-Louis. J'avais repris la gestion de mes diverses affaires ainsi que de la Société Baudelaire. Pendant une courte période, Mathilde parut enchantée de son nouvel environnement, et me souriait parfois avec un semblant d'affection. À présent que nous étions enfin réunies, je voyais dans ces moments l'occasion d'évoquer un retour à Oaeetee. Même si je savais que la Loi était irrémédiablement brisée depuis longtemps, je me sentais un devoir, plus fort encore que mon désir lancinant de revoir notre pays, de retourner là-bas ne serait-ce que pour observer les ravages que nos actions avaient pu causer, et les réparations qu'il nous était possible d'offrir. Mais dès que j'abordais la question, le sourire de Mathilde s'effaçait, et son habituelle maussaderie en prenait la place. Elle prétendit, lorsque je l'interrogeai avec douceur sur le sujet, ne rien se rappeler de son passage ni de sa vie précédente dans le corps de Charles. Je ne doutai pas un instant que le passage avait bien eu lieu, en dépit de ses dénégations. J'en avais une preuve suffisante : peu après, elle s'était mise à faire des cauchemars toutes les nuits, comme Charles avant elle.

Après plusieurs mois, Mathilde mit au monde un fils. Elle l'appela Lucien. J'attendis encore quelques mois supplémentaires avant d'aborder une fois de plus le sujet de notre retour. « Lucien est trop jeune pour entreprendre pareil voyage », répondit-elle. Mais je ne réussis jamais à lui faire admettre l'idée qu'un passage avait bien eu lieu. Elle avait l'esprit trop pragmatique pour ne serait-ce qu'envisager cette possibilité, malgré la conviction dont je faisais preuve. Avec le temps, elle en vint à voir dans mes récits les divagations d'une folle, exactement comme Charles. Je lui donnai la nouvelle que ce dernier avait écrite juste avant, et qu'il avait intitulée « L'Éducation d'un monstre », mais elle ne réussit à en déchiffrer que quelques lignes, et résista à toutes mes tentatives pour la lui lire à voix haute. Comme Charles avant elle, elle opposa une fin de non-recevoir à mes propositions de procéder à un passage avec elle puis de le refaire dans le sens inverse, pour lui prouver que je disais la vérité. Tout cela n'était que sorcellerie pour elle, magie noire, œuvre du diable. Il n'y a rien qui puisse forcer quelqu'un à vous regarder dans les yeux, après tout – j'ai perdu assez de temps à essayer d'en trouver le moyen. L'œil est une chose insaisissable, qui glisse entre les doigts si on tente de l'immobiliser. Il ne fallut pas longtemps pour que la simple évocation de ce sujet provoque chez elle une grimace de mépris ; je choisis donc de l'éviter. Je décidai qu'il me fallait être patiente avec elle. Tout comme mon voile, son visage était une surface vierge derrière laquelle elle vivait une vie soigneusement cachée à mon regard.

Quant à Charles, il ne se remit jamais totalement du passage. Les médecins diagnostiquèrent une crise névralgique causée par une syphilis avancée, mais je savais que c'était le résultat du passage. Parfois, le choc de recevoir une nouvelle âme est trop fort pour un corps affaibli par l'âge et la maladie. Sa mère le ramena à Paris et le plaça dans une clinique. Là, il passa ses derniers jours assis dans un grand fauteuil, le teint pâle, l'œil hagard. Il était incapable de marcher, ou même de s'asseoir à un bureau, et d'une mauvaise humeur qui le poussait fréquemment à des paroxysmes de rage. Je ne saurais dire pourquoi, il avait perdu au cours du passage l'usage de la parole. Son vocabulaire se limitait désormais à un seul mot qu'il répétait encore et encore : « Crénom ! » Malgré tous ses efforts, malgré tous les médecins et experts consultés, c'était là toute l'étendue de ses capacités d'expression. Crénom. Tantôt il le gémissait, tantôt il le ricanait et, avec de petits cris de colère ou de plaisir, s'en servait pour traduire le moindre de ses besoins, la moindre de ses pensées.

Il continua de vivre ainsi pendant plus d'un an, sa santé se détériorant lentement jusqu'à ce qu'il ne lui reste plus qu'un œil entrouvert, et que sa tête tombe trop lourdement sur son épaule. Dans cet œil, telle une lueur qui s'estompe, la mémoire faisait le guet. Ses derniers jours, à l'été 1867, furent cruels, et il fut inhumé dans la crypte familiale au cimetière du Montparnasse, à côté de son beau-père ; sa mère les y rejoindrait des années plus tard.

Tout en attendant que Mathilde estime Lucien en âge de voyager, je continuai, pour m'occuper, à gérer la Société Baudelaire. Celle-ci servait désormais la double fonction de bibliothèque destinée à la préservation des écrits de Charles, et d'association caritative pour jeunes poètes dans le besoin. J'achetai l'Hôtel de Pimodan, où j'avais vécu avec Charles dans le corps de Jeanne, pour en faire le siège de la Société. Nous y vivions tous trois, à l'étage. Mais j'entamai également mes préparatifs pour notre voyage à venir dans les mers du Sud. Je devins la première femme à intégrer la Société de Géographie, boulevard Saint-Germain. Dans cette petite salle de lecture, je lus tous les livres et articles de magazine que je pus trouver au sujet d'Oaeetee et des îles avoisinantes des mers du Sud. Je dévorai les descriptions des indigènes et de leurs coutumes, examinai les illustrations, et lus attentivement les rapports de missionnaires et les témoignages dans les journaux.

Et donc nous adoptâmes des vies parallèles, Mathilde et moi : ensemble mais séparées, aussi têtues l'une que l'autre. Elle se consacrait corps et âme à l'éducation de Lucien tandis que de mon côté, avec le même dévouement, je préparais notre retour futur. Aussitôt que j'abordais le sujet du voyage, Mathilde l'esquivait. Lucien était encore trop jeune, disait-elle, et nous devions attendre, à tout le moins, qu'il ait appris à marcher, puis à parler, puis à lire. Et pendant tout ce temps, je montai intégralement une expédition imaginaire, avec affrètement d'un navire et de son équipage, et assez de provisions pour tenir plusieurs années.

Lucien était le pont qui maintenait un lien entre nous. Je veillais de loin, poliment, à ce qu'il ne manque de rien. Dès le début, il nous considéra comme ses deux mères. Mathilde était pour lui *Maman**, naturellement, mais pour je ne sais quelle raison, il prit l'habitude de m'appeler *Mère**. Au début, nous n'y vîmes que la confusion naturelle d'un enfant. Chaque fois qu'il le faisait, Mathilde le reprenait : j'étais sa tante, lui expliquait-elle, pas sa mère. Mais sur ce point, le garçon refusa d'apprendre, même quand Mathilde le grondait. Dès qu'elle avait disparu dans une autre pièce, il venait me demander de le prendre dans mes bras, terminant sa supplique par ce mot magique, « Mère », auquel je ne pouvais jamais résister, et je le berçais pendant qu'il suçait son pouce.

Mais cette scène de bonheur domestique, évocatrice d'une paix et de liens familiaux tels que je n'en avais pas connu depuis des générations, ne devait pas durer. À l'été 1870, alors que Lucien n'avait que trois ans, les Prussiens, qui souhaitaient faire de l'ancien Empire romain germanique une nation allemande moderne, poussèrent l'empereur de France Napoléon, deuxième du nom mais se faisant appeler Napoléon III, à leur déclarer la guerre. L'empereur se trouva humilié, l'Empire capitula et une nouvelle République – la Troisième – fut proclamée. Les Prussiens continuèrent d'avancer sur Paris et, à l'hiver 1870, le plus froid de mémoire de Parisien, ils assiégèrent la ville. Jamais je n'avais été témoin de pareille disette. Lorsque je me rendais à la Société de Géographie ou en revenais, je devais contourner des carcasses agonisantes qui tremblaient de froid dans le caniveau, ou voir des enfants affamés courir après des rats pour les rapporter à manger chez eux. Aussi, nous ouvrîmes, Mathilde et moi, notre demeure à tous ceux qui avaient besoin d'aide, la transformant d'abord en cantine de fortune, puis rapidement en infirmerie, en crèche et en école.

Enfin, le gouvernement décida de capituler face aux Prussiens. Les Parisiens refusèrent de suivre et se révoltèrent, et le siège devint la Commune. D'un bout à l'autre de ces bouleversements, notre porte resta ouverte. La cantine, l'infirmerie, l'école et la crèche de fortune accueillaient désormais les Communards et leurs familles. À la fin du printemps, à l'époque des cerisiers en fleur, les soldats de la Troisième République, qui combattaient désormais les Communards au lieu des Prussiens, percèrent les remparts de la ville. Au cours de la semaine suivante, les plus beaux monuments de Paris furent incendiés et ses murs rougis du sang des rebelles. Des dizaines de milliers de Communards furent fusillés à vue, et des dizaines de milliers d'autres faits prisonniers. Je fis partie de ces derniers.

Comme tant d'autres, je fus condamnée à vingt ans de travaux forcés et déportée en Nouvelle-Calédonie, laissant à Mathilde la gestion de mes affaires. Je partis en exil persuadée que je ne reverrais jamais ni elle, ni Lucien, ni Paris, ni Oaeetee. Mon séjour au bagne de Nouvelle-Calédonie comprit des années de privations et de cruauté. Mais j'y connus aussi des miséricordes inattendues. Les bagnardes instruites devinrent des institutrices, chargées d'enseigner aux enfants indigènes la lecture, l'écriture et l'arithmétique. Je me plongeai à corps perdu dans mon travail pour mieux oublier mes souffrances.

Trois ans après notre exil, nous reçûmes la permission de faire venir nos familles en Nouvelle-Calédonie pour qu'elles y vivent avec nous. J'envoyai une lettre à Mathilde pour l'inviter à me rejoindre. De là, lui écrivis-je, nous pourrions prendre un bateau pour Oaeetee, plutôt que de retourner en France. Sa réponse arriva plusieurs mois plus tard. Elle avait décidé de décliner mon invitation, proposant à la place de rester à Paris pour continuer à gérer mes affaires en mon absence. Elle n'avait jamais appris à lire ou écrire avec aisance, mais tout au long de ces années, elle avait administré mes biens avec une compétence sans faille. Plus tard, lorsqu'il serait en âge, Lucien lui servirait de secrétaire.

Après dix ans d'exil, les Communards se virent accorder l'amnistie. J'étais libre de retourner en France. Mais je me sentais trop près d'Oaeetee pour ne pas continuer de l'avant, aussi écrivis-je de nouveau à Mathilde pour l'exhorter à me rejoindre. Une fois encore, elle déclina. Aussi partis-je seule de Nouméa, d'abord à destination de Sydney, puis d'Auckland, d'où je pourrais, enfin, prendre un bateau pour ma destination finale. Je semblais être, comme d'habitude, destinée à la solitude.

Après une semaine de captivité volontaire à l'Hibiscus, je ne supportais plus l'emprisonnement que le roi m'avait imposé. Au matin du dimanche suivant, le 3 avril 1881, j'eus enfin le courage de désobéir aux ordres de Sa Majesté. Sachant qu'elle se trouvait à quelques minutes à pied du bourg, je décidai de visiter la mission. Je quittai l'Hibiscus à une heure où je savais que la plupart des gens seraient à l'église, et par la porte de derrière, réservée normalement au personnel de l'établissement. Rapidement, j'entrai dans des champs en friche truffés de cocotiers et d'arbres à pain, de chèvres, de porcs et de quelques buffles. Je m'approchai d'un bâtiment trapu en briques que je supposai être la prison. Il avait peu de fenêtres, et de l'intérieur me parvenaient des gémissements affligés. Puis je tombai sur une petite église en bois, d'où j'entendis émaner les incantations d'un curé, suivies du chant d'une congrégation aux harmonies si riches et réconfortantes que je m'arrêtai un moment pour l'écouter, les larmes aux yeux.

Peu après, je passai l'entrée de la mission et regardai autour de moi. Le complexe avait été bâti à l'emplacement exact du cimetière où, jusqu'à un siècle plus tôt, nos sages avaient été enterrés. Je n'avais mis les pieds sur ces terres autrefois sacrées qu'en de rares occasions, et toujours à l'invitation expresse de Fetu, pour accomplir quelque rituel. Nos cérémonies les plus saintes et les plus secrètes s'y étaient tenues, protégées des regards par la forêt luxuriante. Mais là où auparavant abondaient les arbres, se trouvaient désormais quatre rangs de six cabanes de deux pièces chacune, aux fenêtres dépourvues de vitres. Au centre de ce village, désert à l'exception de quelques chiens galeux couchés à l'ombre, de grands arbres à pain avaient été plantés autour d'un clocher.

Je m'avançai vers la plus proche de ces cabanes. Ses murs étaient faits de bambou et son toit de feuilles de pandanus. Je regardai par la fenêtre ouverte. Au début, mes yeux étant accoutumés au soleil éblouissant, je ne vis que des ténèbres. Je soulevai mon voile pour y voir plus clair et une chaleur étouffante s'écrasa contre mon visage. Le sol de l'habitation, terre nue, était recouvert de nattes de paille. Des pièces de *tapa*, cette étoffe végétale faite d'écorce battue, étaient tendues pour délimiter l'endroit où les habitants de la cabane dormaient la nuit. Je regardai ainsi dans plusieurs de ces habitations jusqu'à ce que, par la fenêtre de l'une d'elles, une odeur fétide me parvienne aux narines, celle d'un corps qui n'avait pas été lavé depuis une éternité. Lorsque mes yeux s'accoutumèrent à la pénombre, je distinguai, dans un coin de la pièce, la silhouette d'une personne allongée sur le flanc, à même le sol sous un morceau d'étoffe, le dos tourné à moi. Je passai le seuil, m'approchai et m'agenouillai près du corps pour me pencher sur lui. C'était un très vieil homme. Je ne voyais pas son visage, mais comme il ne bougeait pas, je supposai qu'il dormait. Seules ses jambes, qui dépassaient de sous le *tapa*, étaient visibles. Je soulevai doucement l'étoffe et vis qu'il était dans un état de décrépitude avancée, les muscles fondus, les articulations gonflées, la peau couverte de lésions. Il paraissait au seuil de la mort. Je l'entendis murmurer quelque chose. Ne comprenant pas ce qu'il disait, je baissai la tête pour mieux l'entendre et me rendis compte qu'il répétait les mots suivants, telle une incantation :

« Je me réjouis de ta venue, esprit, et t'implore de me guider vers le monde des esprits.

— Je ne suis pas un esprit, répondis-je dans la langue de l'île, incapable de déterminer si c'était à moi ou à quelque être imaginaire qu'il s'adressait. Je suis une créature du monde réel. »

Les paupières du vieil homme se soulevèrent lentement. Il avait le blanc des yeux jaunis et ses iris, autrefois bruns, semblaient couverts d'un voile grisâtre.

« Je ne te vois pas », reprit-il après un moment. Je compris qu'il était aveugle. « Mais je t'entends, et je sais que tu es un esprit.

— Et pourtant, j'ai un corps, tout comme vous. »

Je pris sa main dans la mienne en guise de preuve.

« Alors tu es un esprit déguisé. Tu as pris forme corporelle, mais tu n'es pas de ce monde.

— Pourquoi m'accusez-vous de pareille tromperie ?

— Parce que tu parles la langue des ancêtres. »

Le vieillard mourant devant moi avait reconnu dans mon parler celui de sa jeunesse.

« C'est vrai, reconnus-je, je parle la langue de nos ancêtres.

— D'où viens-tu ? » me demanda-t-il.

Je réfléchis un long moment. D'où venais-je ?

« Je viens du monde des esprits, finis-je par répondre, exactement comme vous l'avez dit.

— Ha ! » Il eut un petit rire, presque imperceptible. « Je le savais. En la matière, je ne me trompe jamais. »

Il fut pris d'une longue quinte de toux. Lorsqu'elle fut passée, il murmura quelque chose d'une voix encore plus basse que précédemment, si basse que je dus soulever mon voile et approcher mon oreille de ses lèvres. Il répéta sa question :

« Et es-tu venue pour nous venger ?

— Venger qui ?

— Mon peuple – *ton* peuple. Le peuple de l'albatros.

— Contre les étrangers ? » Je lui donnai la réponse que je supposais qu'il voulait entendre. « Oui, dis-je en lui prenant la main pour la serrer dans les miennes. Oui.

— Comment t'appelles-tu ? » demanda-t-il.

Je marquai un temps avant de répondre.

« Mon nom est Alula. »

Le vieil homme écarquilla les yeux de surprise et sa bouche s'élargit en un sourire stupéfait.

« Donc, tu es revenue ? s'exclama-t-il, instantanément revigoré par cette nouvelle. Fetu avait raison, finalement !

— Oui, répondis-je, les larmes aux yeux. Et comment vous appelez-vous ?

— Mon nom est Koroli.

— Koroli, le fils de Nani ?

— Oui, c'était le nom de ma mère. »

La main que je tenais, je l'avais déjà tenue, quatre-vingt-dix ans plus tôt, lorsque le vieil homme rabougri devant moi n'était qu'un nouveau-né.

À cet instant, nous fûmes interrompus par une sonnerie de cloches en provenance de la tour voisine et, peu après, nous pûmes entendre les rires d'enfants libérés retentir dans la mission alors que les fidèles sortaient de l'église. La messe venait de se terminer.

« Sauve-toi ! chuchota précipitamment Koroli. Sauve-toi vite. Ne laisse personne te voir ici. Il y a des ennemis partout autour de nous.

— Mais j'ai besoin de parler davantage avec vous.

— Oui, oui, répondit-il, nous parlerons, mais pas maintenant. Reviens ce soir, tard, après la tombée de la nuit. Je t'attendrai. Nous parlerons alors. Mais là, sauve-toi tant que tu le peux, et fais attention à ce qu'on ne te voie pas. »

Alors que je ressortais de la mission pour regagner Louisville, tous les individus que je croisai me regardèrent comme si c'était la première fois de leur vie qu'ils voyaient pareille créature. Hormis le curé, en soutane noire, ils étaient tous habillés à l'identique : les femmes, d'une tunique de mousseline blanche, et les hommes, d'une chemise et d'un pantalon de la même étoffe.

Je passai le reste de la journée à faire les cent pas dans ma chambre à l'Hibiscus. Enfin, bien après le coucher du soleil, je retournai à la mission. Le portail d'entrée était fermé, mais un garçon m'attendait, qui me guida vers un trou dans la clôture, caché derrière un mimosa. À l'intérieur de l'enceinte, le garçon me prit par la main pour m'emmener dans le noir presque complet jusqu'à une clairière au milieu d'un bosquet d'arbres à pain, près de la cabane du vieil homme. L'obscurité et le silence régnaient tout autour, percés seulement par la douce lumière des chandelles brûlant dans les cabanes et le son, porté jusqu'à nous depuis quelque endroit éloigné, de voix chantant en harmonie une triste mélopée.

Le vieil homme m'attendait au clair de lune. Il était allongé sur le *tapa* qui l'avait couvert plus tôt et semblait quelque peu revigoré par rapport à l'état presque cadavérique où je l'avais trouvé. Il s'était fait amener là sous le prétexte que le moment était venu pour lui de passer dans le monde des esprits, et qu'il souhaitait mourir seul, à la vue des esprits dans le ciel. Je lui dis que je l'avais tenu dans mes bras une fois, quelques jours seulement avant mon départ. Il me répondit que bien qu'il ne se souvienne pas personnellement de moi, il se rappelait avoir entendu les anciens parler de moi dans son enfance, dans l'attente de mon retour.

« Pourquoi as-tu attendu si longtemps ? Tous les anciens nous ont quittés. »

Je lui racontai ce qui s'était passé à l'époque du passage ; qu'il y en avait eu deux, en réalité, qu'Alula y avait procédé avec Joubert et Koahu avec Roblet. Il ne fut pas surpris par cette information, et me révéla que le sage Fetu avait deviné que c'était ce qui avait dû se produire. Je lui expliquai ensuite tout ce qui m'était arrivé dans le corps de Joubert ; que le passage de Koahu avec le chirurgien Roblet avait dû être inachevé, et comment je m'étais retrouvée séparée de ce dernier. Je lui parlai de Jean-François Feuille, de Jeanne Duval, et enfin je lui racontai ma propre histoire, ainsi que celle de Charles et de Mathilde. Lorsque je fus au bout de mon récit, Koroli secoua la tête avec stupéfaction.

« Tu as beaucoup vu et beaucoup souffert. Mais laisse-moi te conter ce qui nous est arrivé après ton départ. »

Et il entreprit, de sa voix basse et éraillée, de me faire son récit.

« Dans les heures qui suivirent ton départ, les anciens ne soupçonnèrent pas qu'il y avait eu un passage, et encore moins deux. Koahu était mortellement blessé. C'était tout ce qu'ils savaient. Personne ne remarqua l'absence d'Alula. Ce n'est que le lendemain qu'elle fut découverte, errant sur la plage, perdue et désorientée. On l'amena à Fetu, qui parla avec elle dans sa hutte pendant tout un après-midi. Lorsqu'il en ressortit enfin, il déclara que deux passages avaient eu lieu. Tu avais gravement porté atteinte à la Loi, déclara-t-il, tout comme Koahu. Il était inutile de vous punir, car l'âme qui habitait désormais vos corps n'avait commis aucun crime. Alula devait être traitée par tous comme si rien ne s'était produit. Nous n'avions d'autre choix que d'espérer et attendre le retour de ceux qui avaient procédé au passage. "Ils connaissent la Loi, dit Fetu, et lorsqu'ils se rendront compte de leur erreur, ils reviendront. De cela, je suis certain." Ta trahison avait grandement blessé Fetu, car tu avais été sa préférée, mais il résolut de veiller sur la nouvelle Alula, de la soigner, de lui enseigner les us et les coutumes de notre peuple, de lui expliquer ce qui lui était arrivé, et d'attendre patiemment que, par ton retour, tu rendes son ordre naturel au monde.

» Hélas, le corps de Koahu ne se remit jamais du coup de mousquet. Plusieurs jours après le festin, il mourut de sa blessure. Cela causa une grande tristesse parmi nous, car nous comprenions ce que signifiait sa mort : il n'y aurait pas de passage retour. La Loi était irrémédiablement enfreinte.

» Mais nous continuâmes à attendre ton retour. Au fil des ans, d'autres bateaux arrivèrent, mais tu n'étais sur aucun d'eux. Certains voguèrent simplement au large sans s'arrêter. D'autres jetèrent l'ancre pour commercer avec nous. Très vite, il n'y eut plus que les enfants pour s'extasier à leur vue. Lorsque des étrangers descendaient à terre, eux aussi portaient des mousquets. À présent que nous connaissions la puissance de ces derniers, nous faisions plus attention à ne pas les surprendre. Ils faisaient du troc avec nous : en échange d'eau, de viande et de fruits, ils nous donnaient des clous et des marteaux, des miroirs et des perles. Ils nous expliquaient par gestes qu'ils chassaient le phoque et nous demandaient où on pouvait les trouver.

» L'incident qui avait causé la mort de Koahu fut rapidement oublié. Le peuple se réjouissait de la venue de chaque bateau. De nouveaux mondes paraissaient s'ouvrir à nous. Tout semblait possible, et tout ce qui était nouveau devenait désirable. Le peuple s'enhardit. Les femmes commencèrent à ignorer les ordres d'Otahu, nageant avec audace jusqu'aux navires pour y acheter miroirs, perles de verre et tissus. Les hommes s'y rendaient avec leurs pirogues remplies de cochons, de volailles et de noix de coco. Les marins leur apprirent à fumer du tabac et à boire du rhum. Mais de tout ce qu'ils avaient à offrir, rien n'avait plus de prix aux yeux du peuple que leurs mousquets. Ceux-ci pouvaient tuer et mutiler mieux que n'importe quelle lance, et ce de très loin. Et tandis que la pratique du passage était une discipline qui demandait de nombreuses années d'entraînement dès le plus jeune âge, la magie des étrangers résidait dans un simple objet.

» Ce fut une femme qui, la première, en obtint un, qu'elle brandit au-dessus de l'eau comme un trophée alors qu'elle regagnait le rivage en nageant d'un seul bras. Il suscita la convoitise parmi le peuple et fut étudié de près par les anciens, mais ceux-ci eurent beau imiter de près les étrangers, il ne produisit ni tonnerre ni éclair. Ils ne comprenaient pas comment faire fonctionner la magie. Aussi Fetu procéda-t-il à un passage avec Alula pour explorer les souvenirs de Joubert, et apprit-il que pour que la magie du mousquet opère, une balle de plomb et de la poudre à canon étaient nécessaires. Dès lors, quand un bateau approchait, Fetu y envoyait les femmes avec l'ordre d'en rapporter plus que des colifichets. Elles devaient se procurer des munitions.

» Une des femmes ne revint jamais du bateau qu'elle avait gagné à la nage. Une autre fois, un des hommes resta sur le navire et s'en alla avec. Avec chaque bateau qui jetait l'ancre, l'autorité d'Otahu et de Fetu, de la Loi elle-même, s'affaiblissait. Des enfants naquirent qui ne pouvaient pas être unis par le sang aux autres enfants. Bientôt, telle une pierre sous une cascade, la Loi se trouva lentement réduite à un grain de sable, jusqu'à ce que même ce grain se retrouve emporté par l'eau.

» Puis le vent commença à tourner. D'abord, les visiteurs chassèrent les phoques jusqu'à ce qu'il n'en reste plus un seul en vie. Puis les maladies s'abattirent sur nous. Certains trouvaient sur leur peau des plaies qui refusaient de guérir. Jour après jour, Fetu appliquait onguents et teintures, mais les plaies grossissaient, se multipliaient, s'ouvraient comme des fleurs, laissaient couler des larmes, comme les malheureux qui en étaient affligés, et lorsque le malade mourait enfin, c'était un soulagement que ses souffrances soient enfin terminées.

» D'autres remarquèrent une toux qui ne voulait pas passer. Au fil du temps, celle-ci devenait plus large et plus profonde, puis s'accompagnait d'un râle, et leurs poumons semblaient se remplir lentement d'eau. Ils finissaient par se noyer dans toute cette eau. Fetu soignait les malades du mieux qu'il pouvait, sans exprimer ses pensées, mais celles-ci se lisaient clairement sur son visage renfrogné : c'était là le châtiment de la Loi pour notre sacrilège.

» Fetu eut une longue vie, plus longue que la plupart d'entre nous. Chaque fois qu'un autre bateau apparaissait, il faisait bon accueil à tous ceux qui posaient le pied sur l'île, dans l'espoir que l'un d'eux soit l'âme qu'il attendait. Mais il n'y eut pas de retour. Il finit par mourir un matin, en la seule compagnie d'Alula. Elle revint au village en larmes, et nous dit qu'il était mort d'une de ces mystérieuses nouvelles maladies, avant qu'ils aient eu le temps de procéder à un passage. La ligne de succession était rompue à jamais. En tant que favorite de Fetu, Alula s'autoproclama notre nouvelle sage.

» Entre-temps, j'avais grandi, et j'avais presque atteint l'âge d'homme. J'étudiais l'art du passage depuis plusieurs années. Fetu avait été un bon professeur, et il était mort alors que je me préparais à procéder à mon premier passage sans assistance. Par respect pour Fetu, décréta Alula, il n'y aurait pas d'autre passage pendant douze lunes. Ce n'était pas dans notre tradition, mais comme elle était la nouvelle sage, le peuple respecta sa décision. Alula était crainte pour son mauvais caractère. Tout affront, réel ou imaginé, la plongeait dans une rage qui durait des jours. Lorsque douze lunes furent comptées, les jeunes gens, ayant perdu leur appétit pour les rigueurs de l'instruction, ne cherchèrent pas à reprendre leur éducation. Et donc l'enseignement du passage se perdit, et jamais je n'en fis sans assistance.

» Après les phoquiers, d'autres navires vinrent, en quête d'huile de baleine ou de bois de santal. Soit les marins ne restaient qu'un jour ou deux, lorsqu'ils étaient pressés, soit ils s'attardaient plusieurs semaines, quand le besoin de repos et de réparations se faisait sentir. Ils s'ébattaient avec les femmes, et faisaient du troc avec nous ; ou ils s'enivraient, et il arrivait qu'un coup de mousquet parte et soit cause de chagrin parmi nous. De temps en temps, l'un de nous s'en allait avec un navire, pour ne revenir que des années plus tard, s'il revenait. Parfois, un autre procédait à un passage avec un étranger et quittait ainsi l'île. Lorsque cela se produisait, la réaction d'Alula était différente de celle de Fetu. Elle insistait pour qu'après pareil passage l'ancien corps soit sacrifié. Après cela, elle ostracisait la famille de l'intéressé, l'obligeant à aller vivre à l'autre bout de l'île, où les arbres à pain sont moins nombreux. Et donc nous apprîmes à nous taire sur le sujet des passages.

» La calamité suivante à s'abattre sur nous fut la mort d'Otahu, dont les poumons, comme ceux de tant des nôtres, se remplirent lentement d'eau jusqu'à ce que lui aussi se noie de l'intérieur. Avant de mourir, il désigna son enfant préféré, sa fille Fayawaye, pour lui succéder, comme c'était la tradition.

» Le premier étranger à rester vivre parmi nous arriva alors que j'avais fondé ma propre famille. Séduit par la vie facile que nous menions, comparée à celle d'un marin, il sauta du navire alors que celui-ci commençait à partir, et nagea jusqu'au rivage. Nous l'accueillîmes comme l'un des nôtres. Il se maria et engendra des enfants mais, plusieurs années plus tard, il se joignit à l'équipage d'un autre bateau et retourna dans son pays lointain. Après lui, il y en eut d'autres. Ils nous firent découvrir leurs coutumes, et nous nous habituâmes à eux.

» Puis vinrent les missionnaires – une dizaine de prêtres français. Entre-temps, j'étais devenu grand-père. Ils prirent possession de cet endroit, notre terre sacrée, et détruisirent les vénérables statues qui marquaient les tombes. À la place, ils fondèrent cette mission, et élevèrent des murs tout autour.

Ils nous apprirent à nous habiller, à planter des légumes et à lire leur livre sacré. Encore et encore, ils nous exhortèrent à renoncer à notre Loi, promettant leur paradis en échange. Plusieurs parmi nous se laissèrent convaincre, surtout ceux qui étaient touchés par les nouvelles maladies apportées par les étrangers. Ils allèrent vivre dans la mission. Mais les curieux vêtements qu'on leur faisait porter leur irritaient la peau, les légumes qu'ils plantaient se flétrissaient, et leur livre sacré n'avait aucun sens. Et surtout, à la mission, il leur était interdit de chanter nos chants et de danser nos danses. Aussi revinrent-ils vivre parmi les leurs, et nous attendîmes que les missionnaires repartent.

» Alula était désormais une très vieille femme, une ancienne. Toutes ces années, son passage avec Joubert et celui de Koahu avec Roblet avaient été au cœur des prêches qu'elle nous tenait. À chaque nouveau sermon, sa colère devenait plus véhémente : elle attribuait toutes nos infortunes à ton impétuosité. Et pendant ce temps, le peuple continuait de péricliter et de mourir de maladies étranges et nouvelles, pour lesquelles nous n'avions pas de remèdes.

» La connaissance du passage se perdait un peu plus avec la mort de chaque ancien. Alula vivait désormais toutes ses journées allongée. Tout le peuple savait que sa mort serait celle de la dernière personne capable d'enseigner cette pratique. Nous l'implorâmes de procéder à un dernier passage avant de mourir. Enfin, dans un murmure, elle demanda à ce qu'un enfant lui soit amené : le plus robuste et le plus vigoureux des enfants de l'île. À l'époque, Mehevi n'avait que cinq ans. C'était un garçon impertinent et impérieux, mais plein de force et jamais malade. Lorsqu'on l'amena à elle, Alula lui indiqua un morceau de *tapa* qui contenait un objet sacré. Mehevi y trouva un couteau en fanon de baleine, délicatement gravé de scènes issues des vieilles légendes de nos dieux. Sur l'ordre d'Alula, tout le monde sortit de la hutte à part elle et Mehevi. Quand ce dernier ressortit à la lumière du soleil, les mains rouges et luisantes, il y avait sur son visage une expression de triomphe terrible que je n'oublierai jamais. D'une main, il tenait le couteau, trempé de sang. De l'autre, il brandissait les yeux d'Alula, qu'il avait arrachés selon la tradition. La nouvelle cheffe, Fayawaye, alla s'agenouiller devant lui en signe de respect, et les autres personnes présentes suivirent son exemple. Mehevi était notre nouveau sage.

» Il était désormais communément admis qu'il n'y avait plus d'espoir de restaurer la Loi. Et donc le peuple se divisa naturellement en deux camps. D'un côté, il y avait ceux qui, craignant encore la Loi, insistaient pour que nous rejetions les étrangers et toutes leurs coutumes, et retournions à la Loi avec une dévotion renouvelée. Ils se rappelaient les prophéties des anciens, et lorsqu'ils observaient, autour d'eux, combien d'entre nous étaient touchés par la maladie, ils croyaient y voir la réalisation de ces prophéties. De l'autre, se trouvaient ceux qui estimaient que la Loi était désormais désuète et qu'il était temps de laisser derrière nous les vieilles mœurs pour nous adapter aux nouvelles. Les étrangers nous avaient montré combien nous étions isolés et arriérés. Nous devions saisir la nouvelle vie qui s'offrait à nous, tourner le dos au passé et regarder vers l'avenir avec espoir.

» Puis la Marine française arriva. Trois bateaux faits de pierre et crachant de la fumée atteignirent nos côtes. Véritables visions de cauchemar, ils étaient complètement différents des navires sur lesquels les étrangers avaient vogué jusqu'alors. Une chaloupe gagna notre rivage et l'amiral déclara que l'île appartenait à Louis-Philippe, roi de France. D'énormes mousquets à bord des bateaux tonnèrent pour fêter l'occasion. Plus tard, nous apprîmes qu'on les appelait des canons, pas des mousquets, et que les armes portées par les soldats français n'étaient plus des mousquets non plus, mais des fusils.

» Des nuées de soldats s'abattirent sur l'île et commencèrent à construire un quai, une caserne, une prison. Les navires repartirent plusieurs mois plus tard, mais certains des soldats restèrent. Et depuis, les bateaux vont et viennent, mais les soldats sont toujours là, à construire, toujours construire : couper des arbres, déterrer des pierres, poser des fondations. Par la suite, ils créèrent une infirmerie, un tribunal, un bureau de douane, des maisons pour y vivre, des remises pour y entreposer des objets, des potagers pour y faire pousser des légumes, des magasins pour y vendre des produits, et surtout, ils créèrent des routes. Après eux, d'autres étrangers arrivèrent : fonctionnaires et ouvriers, fermiers et hommes d'affaires, enseignants et commerçants, épouses et enfants. Ils construisirent un village, lui donnèrent le nom de Louisville, et s'y installèrent. Ils prirent possession des terres basses et en ôtèrent tous les arbres. Ils montèrent des palissades tout autour et, lorsque le peuple escaladait celles-ci ou prenait une de leurs bêtes, ils nous tiraient dessus, ou bien des soldats venaient nous chercher pour nous conduire en prison. Les arbres à pain, les bananiers et les cocotiers furent eux aussi entourés de clôtures, et les étrangers firent pousser de nouvelles plantes, comme de la canne à sucre, du coton et du riz. Notre cheffe, Fayawaye, alla se plaindre aux Français des souffrances du peuple. Les Français l'insultèrent, la menaçant de la mettre en prison si d'autres animaux étaient volés ou si le moindre dommage était fait à la propriété d'un Français. Elle revint auprès du peuple et lui expliqua que les terres dont les Français avaient pris possession n'appartenaient plus à tout le monde. Le peuple n'avait jamais envisagé les choses sous cet angle auparavant. C'était pour lui une idée étrange que la terre puisse être divisée en petits morceaux, et que ces morceaux deviennent la propriété d'une personne ou d'une autre, qui pouvait en faire ce qu'elle voulait, y compris empêcher les autres de s'en servir.

» Le peuple parla longtemps, pendant des lunes et des lunes, des nouveaux usages que les Français avaient apportés, et réfléchit à un moyen de les forcer à faire un compromis, ou même tout bonnement à repartir. Mais à nous tous, nous possédions six vieux mousquets rouillés et bien peu de poudre, tandis que les Français avaient fusils, pistolets et canons, et la possibilité d'enfermer le peuple dans des cellules sans fenêtres avec une porte en fer qu'on ne pouvait ouvrir qu'avec une clef.

» Lorsque les Français eurent vent du complot préparé par certains dans le peuple, ils approchèrent Mehevi, qui était devenu un jeune homme impétueux. Mehevi était fasciné par les usages des étrangers. Avec son esprit vif, il avait appris à parler leur langue. Il n'évoquait jamais ni Alula ni la Loi. Les Français lui dirent qu'Oaeetee avait besoin d'un roi, un grand et puissant guerrier. Ils lui proposèrent de le sacrer roi, de lui construire un palais et de respecter en lui le seigneur de toute l'île et de son peuple. Mehevi accepta, et leur dit qu'il était en réalité le monarque légitime d'Oaeetee, et que son trône avait été usurpé par Fayawaye ; et en guise de preuve, il leur montra la plaque que Marchand avait laissée sur l'île toutes ces années auparavant, qu'il tenait d'Alula et qu'elle-même avait reçue de Fetu. Les Français furent contents d'entendre cela, et y virent la preuve que leur plan était vertueux et juste.

» Et donc la division au sein du peuple s'accentua : ceux qui tenaient à la Loi et souhaitaient la rétablir se réunirent autour de Fayawaye, tandis que ceux qui préféraient les nouvelles mœurs et souhaitaient renoncer à la Loi se rassemblaient autour de Mehevi. Au fil des ans, le peuple de Fayawaye quitta les basses terres et se replia de plus en plus haut dans les montagnes, où la vie était plus froide et plus dure, ainsi qu'à l'autre bout de l'île, où ils pouvaient continuer à pratiquer les anciennes mœurs en paix. On en vint à les connaître simplement comme le peuple des hautes terres. Les autres, ceux qui souhaitaient vivre selon les nouveaux usages, devinrent le peuple des basses terres. Leur chef était le roi Mehevi qui, de son palais, se forgea une réputation de cruauté et de terrible irascibilité.

» À l'exception de Mehevi dans son palais, la mission était le seul endroit où les Français autorisaient les habitants des basses terres à résider. Avec le temps, ceux-ci furent rejoints par ceux qui ne pouvaient plus supporter le froid des montagnes ou la faim de l'autre côté de l'île. Les malades venaient à l'hôpital de la mission en quête de guérison. Tous étaient invités à rester à la mission aussi longtemps qu'ils le souhaitaient, et à manger la nourriture offerte par les prêtres, à condition de renoncer à leur nudité, à leurs chants et à leurs danses, et de travailler aux champs du matin au soir, tous les jours sauf le dimanche, où on attendait d'eux qu'ils aillent à la messe.

» Les maladies continuèrent de se propager. Il y avait de moins en moins de gens des hautes terres, et les Français étaient toujours à se plaindre d'eux, les accusant de venir voler dans leurs fermes. Ils vivent toujours là-bas, et Fayawaye est encore leur reine, mais c'est une vieille femme maintenant.

» Pour ma part, j'ai vécu avec le peuple des hautes terres pendant des années. Quand j'en regardais d'autres partir, j'étais déterminé à ne jamais les rejoindre. Mais lorsque je suis devenu vieux et que je suis tombé malade, je n'ai pas pu continuer à vivre dans les montagnes. Alors, le cœur empli de honte, je suis moi aussi venu habiter à la mission. Mais maintenant que je sais que tu es revenue, maintenant que je t'ai raconté mon histoire, maintenant que je sais que le peuple de l'albatros sera vengé, je peux mourir en paix. Je suis las de cette vie, et prêt à me joindre au souffle divin. »

Le lendemain de mes retrouvailles avec Koroli, au matin, j'entendis frapper trois coups secs à la porte de ma chambre d'hôtel. En l'ouvrant, je trouvai devant moi le lieutenant Perrault, une enveloppe à la main. C'était une convocation au palais.

Je fus de nouveau introduite dans la grande salle d'audience, sauf que cette fois, le roi Mehevi était seul sur son trône. D'un geste, il m'indiqua d'avancer. Je m'approchai et lui fis la révérence.

« Madame Edmonde, dit-il d'un ton apaisant.

— Votre Majesté », répondis-je en inclinant la tête.

Il sourit.

« Relevez votre voile, je vous prie.

— Mais...

— Je vous en prie, madame, passez-moi ce caprice. »

Je repoussai le tulle noir par-dessus ma tête et regardai le roi droit dans les yeux, en m'efforçant de garder mon sang-froid, car en dépit de son attitude rassurante, je sentais en lui une tension qui luttait pour s'échapper. Il se leva de son trône et descendit de l'estrade, les mains jointes derrière son dos.

« Je tiens de source sûre que vous avez désobéi à mes ordres, me dit-il.

— Comment cela, Votre Majesté ?

— Hier, vous vous êtes rendue à la mission.

— Oui. Je pensais qu'il me serait utile de me familiariser avec les conditions dans lesquelles vivent les indigènes.

— Utile ?

— Pour des raisons pédagogiques »

Un petit rire forcé sortit des profondeurs de sa gorge, comme s'il feignait patiemment de croire une enfant.

« À tel point que vous avez décidé d'y retourner une seconde fois, après la tombée de la nuit ? »

Il semblait que j'avais été suivie.

« Je n'arrivais pas à dormir. J'avais besoin de marcher.

— Et vous avez eu une longue conversation avec ce vieil imbécile de Koroli.

— Oui.

— Que vous a-t-il dit ?

— Je n'ai pas compris grand-chose. Son dialecte était presque impossible à décrypter.

— Alula, assez de faux-semblants. » Je fus doublement surprise – non seulement de l'entendre m'appeler par ce nom, mais aussi parce qu'il s'était adressé à moi dans la langue des indigènes de l'île. « Je sais qui tu es. Je sais pourquoi tu es là. » Je comprenais maintenant pourquoi il avait voulu voir mon visage : pour étudier mes réactions. Je restai muette. « Sais-tu qui je suis ?

— Vous êtes le roi Mehevi, répondis-je en français.

— Je suis le roi, c'est vrai. Mais je suis également quelqu'un d'autre. Peux-tu deviner qui ?

— Non, je suis désolée. »

Nous continuâmes à parler en deux langues différentes.

« Si. Réfléchis.

— Pardonnez-moi, Votre Majesté. »

Il s'interrompit un moment, puis tenta une approche différente, avec un sourire hypocrite.

« C'est moi, Joubert, dit-il. Joubert : tu connais très bien ce nom, n'est-ce pas ? » Ses mots étaient teintés d'une note menaçante. « Il ne sert à rien de te cacher, Alula. J'ai parlé avec Koroli moi-même ce matin. Il m'a tout dit : ce qu'il t'avait raconté, ce que tu lui avais raconté, toi. Il semblait persuadé que tu étais venue venger le peuple. Tu n'es sûrement pas assez bête pour croire à cela ? »

Je me forçai à rester aussi impavide que possible, mais intérieurement, je réfléchissais à toute vitesse. Me mentait-il ? Soumettait-il chaque nouveau venu au même traitement ? Ce fut l'intuition et le souvenir de ce que Koroli m'avait dit à son sujet qui me retinrent de dévoiler ma véritable identité.

« Et donc, je ne peux que me demander : pourquoi es-tu revenue ? Tu ne crois tout de même pas que la Loi peut être réparée, si ?

— Votre Majesté, répondis-je enfin en oaeetien, d'une voix lente et hésitante comme si j'avais du mal à parler la langue, et en déguisant mes mots d'un accent, avec tout le respect que je vous dois, je ne sais pas de quoi vous parlez. »

Il tendit le bras pour poser la main sur mon épaule, en repliant les doigts autour de mon cou.

« Assez de faux-semblants. Je sais tout. Toi aussi. »

Il était si proche de moi à présent que je sentais la chaleur de son haleine à chaque mot.

« Le pauvre homme était si proche de la mort qu'il hallucinait, repris-je en repassant au français. Je n'ai fait que le réconforter du mieux que j'ai pu.

— Pourquoi es-tu revenue ? » rugit-il en resserrant sa prise sur mon cou.

Je laissai échapper un hoquet, tant de surprise que de douleur. Il était si proche de moi à présent que je voyais mon reflet dans ses yeux. Avec un brusque accès de panique, je me rendis compte qu'il cherchait mon regard. Essayait-il de procéder à un passage avec moi ? Je fixai les yeux sur l'arête de son nez.

« N'es-tu pas la cause même des malheurs de ton peuple ? continua-t-il. N'est-ce pas toi qui as détruit la Loi par ton imprudence ? Alors, pourquoi es-tu *vraiment* là ? Pour semer encore davantage le chaos ? Pour anéantir le peu d'espoir qu'il lui reste ? N'as-tu pas déjà fait assez de dégâts ? »

Il s'interrompit, attendant ma réponse.

L'étau de sa main se resserra. Un hoquet de peur m'échappa.

« Je vous en prie, sanglotai-je, Votre Majesté… »

Ses lèvres étaient incurvées en une terrible grimace.

« Pensais-tu vraiment pouvoir te cacher derrière cette face abominable ? Croyais-tu qu'elle te protégerait ? » Il tourna mon visage d'un côté puis de l'autre, pour mieux l'étudier.

« Tu es une créature profondément hideuse. Tout comme moi. » Il me rapprocha de lui pour essayer de capter mon regard, mais je le maintins rivé entre ses deux yeux. « Regarde ce que tu as fait à ton peuple, vois l'horreur de la vie de tes compatriotes. Ne sont-ce pas tes actes qui ont causé leurs malheurs ? Regarde ce que tu m'as fait, à moi ! Oui, je suis un monstre, ce que le vieux t'a dit est vrai. Je suis cruel et je suis vindicatif, il n'a pas menti. Mais je suis *ton* monstre. C'est toi qui m'as créé ! Et chaque cruauté que je commets est le résultat de ta cruauté à toi ! » Nos corps étaient désormais comme soudés. « Tu m'as volé ma vie, et tout ce temps, j'ai attendu ton retour. Devons-nous maintenant réparer la faute que tu as commise il y a quatre-vingt-dix ans ? » Je tremblais de tout mon corps. « Dois-je t'imposer la pénitence que tu mérites pour ton péché ? » Sa bouche se tordit d'un sourire mauvais. « Ce n'est pas à toi que revient la vengeance ; c'est à moi !

— Votre Majesté ! suppliai-je d'une voix étranglée, prise de panique.

— Avoue, chuchota-t-il, me dominant de toute sa taille. Tu es Alula. Ton refus de me regarder dans les yeux ne fait que le confirmer. Hoche simplement la tête, et je te lâcherai aussitôt. » Je gardai les yeux résolument fixés entre les siens. « Regarde-moi ! » hurla-t-il, secoué par le plaisir de sa rage.

Je sentais ma force vitale m'échapper petit à petit. Si des coups impérieux n'avaient pas été frappés à la porte, j'aurais peut-être péri à cet instant précis. Mehevi s'écarta brusquement de moi et, me tournant le dos ainsi qu'à la porte, mit une distance plus convenable entre nous. Je rabaissai mon voile et lissai ma robe.

Ce fut le colonel Mirabelle, résident général, qui passa le seuil, son casque colonial sous le bras. Mehevi s'était rassis sur son trône.

« Qu'y a-t-il, colonel ?

— Votre Majesté m'a fait mander ?

— Je n'ai rien fait de tel, mais peu importe. Cette femme quittera l'île par le prochain bateau. En attendant, elle doit rester assignée à résidence. » Il se détourna de moi avec une expression de dégoût. J'avais à peine ouvert la bouche pour protester qu'il explosa : « Comment osez-vous prendre la parole sans ma permission ! » Il fit signe à Mirabelle. « Faites-la disparaître de ma vue immédiatement. »

Alors que le colonel m'escortait hors de la pièce, Mehevi se mit à se frotter vigoureusement le front, comme en proie à une profonde agitation. De mon côté, j'agrippais ma gorge et tremblais avec une violence que je peinais à contrôler.

Dehors, le lieutenant Perrault attendait dans le boghei pour me ramener à l'Hibiscus. Nous fîmes la plus grande partie du trajet en silence. Je tremblais encore lorsqu'il prit enfin la parole.

« Ne soyez pas trop déçue, dit-il alors que nous arrivions en vue de l'hôtel. Il est comme cela avec tous les nouveaux venus. » Je lui jetai un coup d'œil incrédule. « Oh, oui. Tous ceux qui arrivent sur l'île sont soumis au même interrogatoire – *Je sais qui tu es, je sais pourquoi tu es là*, etc. » Il me sourit tristement. « Et vous n'êtes pas la première à vous en faire chasser. Le dernier résident général avait à peine posé pied sur la terre ferme que Mehevi l'avait renvoyé. Il est complètement fou. »

Il fut interrompu par un son étrange et mélancolique : de la musique chorale comme celle que j'avais entendue la veille à la mission. Au bout de la rue principale, une foule d'insulaires, vêtus de mousseline blanche, se dirigeaient à pas lents vers l'humble petite cathédrale de Louisville.

« Un cortège funèbre, m'expliqua Perrault.

— Qui est mort ?

— Quelqu'un de la mission, un très vieil homme du nom de Koroli. Le dernier des anciens. Ils ont trouvé son corps ce matin. Sous les tropiques, les morts sont vite enterrés. » Alors que nous observions la funèbre procession, il fit entendre un claquement de langue désapprobateur. « C'est très étrange, dit-il. Apparemment, lorsqu'on a trouvé son corps, il n'avait plus d'yeux. »

J'étais censée rester sous surveillance dans ma chambre d'hôtel jusqu'au départ d'un navire à destination de Valparaíso deux semaines plus tard. Mais ma rencontre avec Mehevi m'avait laissé des doutes quant à la probabilité que je reste en vie jusque-là. Je craignais que le roi ne me fasse assassiner avant. Je passai la nuit à échafauder un plan d'évasion. Le lendemain matin, lorsque Rahama vint me rendre visite, je lui confiai un message à apporter à Fayawaye. *Alula est enfin revenue sur l'île*, disait-il. *Elle est retenue prisonnière par Mehevi à l'hôtel Hibiscus, et souhaite s'échapper pour rejoindre votre peuple.*

« Il est très important que Fayawaye reçoive ce mot rapidement, lui dis-je. Rapportez-moi sa réponse. Et surtout, veillez à ce que personne ne sache rien de tout ceci. »

Deux jeunes gendarmes étaient chargés de s'asseoir à tour de rôle sur une chaise en bois devant ma porte à l'Hibiscus, et ainsi somnolaient ou contaient fleurette aux femmes de l'étage par périodes de douze heures. Trois jours plus tard, je reçus une réponse de Fayawaye m'exhortant à fuir immédiatement, et me promettant de me retrouver dans les montagnes le lendemain. En pleine nuit, je m'évadai silencieusement par l'escalier à l'arrière du bâtiment, qui n'était pas gardé, accompagnée de Rahama et n'emportant que ce que nous pouvions porter sur notre dos. Au clair de lune, nous courûmes aussi longtemps que nous le pûmes, puis nous continuâmes en marchant. Lorsque le soleil se leva, nous étions déjà en plein cœur des montagnes.

Le soleil était à son zénith lorsque nous nous arrêtâmes pour nous reposer près d'un ruisseau, à l'endroit où ses eaux s'accumulaient au creux d'une roche. Là, Fayawaye nous attendait, avec ceux du peuple des hautes terres en qui elle avait le plus confiance. Fille d'Otahu, c'était désormais une vieille femme, proche de la mort.

« Maintenant, je peux mourir le cœur tranquille », dit-elle en s'avançant vers moi.

Après que nous eûmes échangé une étreinte, une jeune femme s'approcha de nous. Fayawaye me la présenta comme Faïmana, sa petite-fille, arrière-petite-fille d'Otahu. Elle était destinée à devenir la prochaine cheffe du peuple des hautes terres. S'agenouillant devant moi, Faïmana me souhaita la bienvenue et m'appela Ne'Alula : Alula la seconde.

« Le peuple attendait votre retour depuis longtemps », me dit-elle.

Alors que j'étais présentée au reste des personnes assemblées, plus d'une larme coula, jusqu'à ce que Fayawaye déclare qu'il était temps de nous remettre en marche, au risque sinon d'être découverts par les Français. Nous entreprîmes de monter encore plus haut dans les montagnes, la joie au cœur. Enfin, j'étais de retour parmi les miens. J'y resterais pendant dix-neuf ans.

Par un matin ensoleillé de 1900, alors que je me baignais dans une cascade de montagne, je fus prise de l'intuition soudaine qu'on m'observait. Je regardai autour de moi et vis au bord de l'eau un homme blanc, très blanc, d'une blancheur presque spectrale, qui semblait âgé d'une trentaine d'années et portait un costume beige et un casque colonial. Son visage était orné d'un monocle et d'une moustache rousse recourbée et pommadée avec expertise. Derrière lui, une mule chancelait sous le poids d'un énorme bât. Nous nous regardâmes avec surprise un moment avant qu'il ne prononce le dernier mot que je m'attendais à entendre.

« Mère. »

Puis il rougit.

Il n'y avait jamais eu qu'une seule personne qui m'ait appelée ainsi.

« Lucien ? »

Et à cet instant, je le reconnus : le visage de l'enfant surgit sous celui de l'adulte, derrière ses yeux vert pâle, notamment, et trente ans de séparation s'évaporèrent en un instant.

Ce soir-là, nous nous assîmes autour d'un grand feu de joie allumé en l'honneur de Lucien, dans une clairière perdue au fond des bois, entourés de mon peuple bien-aimé. Celui-ci nous regarda et nous écouta, les yeux écarquillés d'émerveillement, tandis que nous discutions jusque tard dans la nuit. L'occasion ne fut marquée tout d'abord que par la joie de nos retrouvailles. Je racontai à Lucien mes années passées dans les hautes terres, que j'avais consacrées à instruire mon peuple au sujet de la Loi et à tenter de rétablir l'enseignement du passage aux enfants. Lucien m'expliqua qu'il était désormais écrivain, et employé par la Société de Géographie pour parcourir le monde. Il écrivait des articles qu'il renvoyait en France pour qu'ils soient publiés dans magazines et journaux. Il était venu à Oaeetee exprès pour me trouver. En France, me révéla-t-il, mes exploits m'avaient apporté une certaine notoriété.

« Quels exploits ? demandai-je.

— Eh bien, la vie de sauvage que vous menez, la façon dont vous avez échappé à la police et dont vous fomentez la rébellion. » J'étais horrifiée d'apprendre cela. « À Paris, vous êtes connue dans certains cercles comme la Reine des cannibales. »

À ces mots, le peuple rit.

« Mais je ne suis rien de tel, protestai-je. Et mon peuple n'est pas cannibale. »

J'entrepris de lui décrire les plaisirs et les rigueurs de la vie en montagne.

« La vérité importe peu en la matière, me répondit-il. C'est la légende qui compte. Et d'après cette légende, vous êtes à la tête de la rébellion coloniale la plus ancienne et la plus tenace de tout l'Empire. Même le vieux roi Mehevi est curieux à votre sujet. »

La curiosité n'était pas une qualité que j'associais volontiers au roi, qui avait lancé plusieurs expéditions punitives contre mon peuple au fil des ans, en conséquence desquelles nous avions enduré de terribles privations. Celles-ci, ajoutées aux maladies et à la pauvreté naturelle de notre environnement, avaient gravement réduit nos effectifs.

« Qu'est-ce que Mehevi a à voir avec tout cela ? »

Lucien m'expliqua qu'à son arrivée sur l'île il s'était vu accorder une audience avec le roi, au cours de laquelle le monarque s'était enquis, comme le voulait l'usage, des intentions qui l'amenaient sur l'île.

« Je sais pourquoi vous êtes là, avait dit le roi. Je sais pourquoi vous êtes venu.

— Donc, vous savez pour Madame de Bressy », avait répondu Lucien.

À cet instant, me rapporta Lucien, le comportement de Mehevi avait changé.

« Bien sûr, avait-il dit. Je sais depuis le début.

— Vous savez pour Alula ? Et Koahu ?

— Oui ! s'était exclamé le roi. Oui, oui, je sais, bien sûr que je sais. Mais il y a certains aspects de l'histoire qui restent nébuleux pour moi. Dites-moi tout ce que vous savez, jeune homme. »

Alors, me dit Lucien, il avait entrepris de relater au roi dans quelles circonstances j'avais connu sa mère, tout ce qu'il y avait à savoir sur Charles, Jeanne et la Société Baudelaire, et les histoires que j'avais racontées à Mathilde au sujet de Koahu et Alula.

« Tu lui as tout raconté ?

— Je n'aurais pas dû ? » Il venait de discerner la détresse sur mon visage, que même mes cicatrices ne pouvaient cacher. « Mais vous ne croyez pas à ces superstitions primitives, n'est-ce pas ? »

Je compris que sa mère lui avait appris à être aussi sceptique qu'elle-même.

« Ce n'est pas une question de croyance, mais de faits. Toutes ces choses sont réellement arrivées.

— Eh bien, répliqua-t-il, vous n'avez plus à vous soucier de Mehevi. Il est tombé gravement malade. »

Le lendemain de leur conversation, m'expliqua-t-il, le roi avait semblé sombrer dans une sorte de folie, et devait désormais garder le lit. Le mal dont il souffrait était inconnu du médecin. La nouvelle de sa maladie prit le peuple par surprise, car Mehevi était célèbre pour sa constitution robuste, mais la révélation suivante le surprit encore plus : les Français avaient immédiatement profité de la maladie du roi pour le déclarer inapte à gouverner et – prenant appui sur le traité que Mehevi avait signé avec eux toutes ces années plus tôt – avaient annexé l'île. Le nouveau gouverneur, qui n'était autre que l'ancien résident général, s'était installé dans le palais royal, désormais rebaptisé Hôtel du Gouvernement, tandis que le roi, qui ne l'était plus que de nom, était relégué à la demeure du résident général, désormais rebaptisée en palais royal.

« Quelle est la nature de la maladie qui a touché le roi ? » demandai-je.

Lucien me répondit qu'il semblait avoir sombré dans une sorte de transe dont on ne pouvait plus le sortir. Il n'était plus capable que de prononcer un seul mot, une exclamation qu'il ne cessait de répéter, à la grande gêne du prêtre qui veillait sur lui : *Sacrilège !** Il le criait si fort et si souvent que cela avait hâté son détrônement. Le roi passait désormais ses jours et ses nuits à crier « *Sacrilège ! Sacrilège !* » depuis la confortable chambre royale où son état d'affaiblissement le cantonnait.

Un frisson me parcourut le corps. Je pensais à Charles, qui avait crié « Crénom ! », encore et encore, jusqu'au jour de sa mort.

« Dis-moi, repris-je. Lorsque tu l'as rencontré la première fois, comment le roi a-t-il réagi lorsque tu lui as parlé du passage et de moi ?

— Il a été fasciné, et a considéré que c'était une histoire digne d'être racontée dans le plus grand détail.

— Et comment – remémore-toi bien la scène avant de me répondre – son comportement a-t-il changé en écoutant l'histoire que tu lui racontais ? »

Lucien prit un moment pour explorer ses souvenirs.

« Peut-être, finit-il par répondre, y a-t-il eu un changement, mais ç'a été subtil. Cela n'a pas tant été dans ses paroles que dans son langage corporel. Oui, maintenant que j'y réfléchis, il y a eu un changement dans son attitude. Particulièrement dans ses yeux. Son regard est devenu plus inquisiteur et insistant, comme s'il cherchait le mien. Mais je n'ai pas pu le lui rendre.

— Pourquoi ?

— Il y avait quelque chose dedans qui me rendait nerveux, quelque chose d'effrayant. Et de toute façon, ajouta-t-il, Maman m'a toujours appris à ne pas regarder trop longtemps dans les yeux quelqu'un que je ne connais pas. »

Je demandai à Lucien sa promesse solennelle de ne jamais répéter une bribe de ce qu'il venait de dire à quiconque. Lorsque nous allâmes enfin nous coucher, je fus incapable de fermer l'œil. Je ressortis de mon lit et allai me promener au clair de lune. J'étais profondément angoissée par ce que m'avait raconté Lucien – par la perspective que Mehevi, l'âme de Joubert, soit lâchée sur le monde. Car j'étais sûre que Mehevi avait procédé à un passage avec quelqu'un – quelqu'un qui avait l'habitude d'émailler son langage du mot « *sacrilège* ». Mais pourquoi ?

En arrivant sur l'île, et depuis presque vingt ans que j'y habitais de nouveau, j'avais eu la quasi-certitude que j'y mourrais, qu'il n'y aurait pas d'autre passage pour moi. J'avais goûté assez longtemps au fruit amer de la vie. J'avais causé trop de dégâts. J'avais trop perdu. Mais l'apparition de Lucien venait d'anéantir tout cela. Je nourrissais non pas tant la crainte mais le pressentiment qu'un mal terrible allait être lâché sur le monde ; un mal dont j'étais responsable. Et si la mise en garde de la Loi s'était finalement vérifiée – mais pas de la façon que j'avais imaginée ? Et si, lorsque j'avais procédé à ce passage avec Joubert plus d'un siècle auparavant, j'avais en effet semé les germes de la destruction du monde, exactement comme l'avait prophétisé la Loi ? Et si Mehevi était la fleur maléfique de mon péché – une âme sans conscience, animée seulement par la rage et adepte des formes les plus ésotériques du passage, libre de parcourir le monde, poussée par des désirs terribles et inconnaissables ? Et si j'étais la seule personne au monde à même de brider sa soif de vengeance ?

C'est ainsi que, quelques jours après notre rencontre à la cascade, après des adieux empreints de tristesse, nous quittâmes les montagnes pour gagner les basses terres, et que je retournai à Louisville pour la première fois depuis dix-neuf ans. En chemin, j'orientai la conversation vers le sujet qui me préoccupait le plus : le passage de Mehevi. Je demandai à Lucien de se remémorer son arrivée. Avait-il rencontré qui que ce soit, à Oaeetee ou sur le navire qui l'avait amené, qui avait pour habitude de s'exclamer « *Sacrilège* » ? Après un moment de réflexion, il répondit :

« Je me rappelle bien le capitaine du navire qui m'a amené ici. Ses jurons étaient une source d'hilarité constante parmi son équipage, et les passagers également. À longueur de journée, on pouvait l'entendre s'écrier "*Sacrilège ! Sacrilège !*" » Il me regarda. « Croyez-vous que cela soit lié à la maladie du roi ?

— Peut-être », répondis-je. Mais bien sûr, mes pires soupçons venaient d'être confirmés. J'étais convaincue que Mehevi avait volé le corps de l'homme en question. « Lorsque nous arriverons à Louisville, je serai sûrement arrêtée et mise en prison. J'ai toutes les raisons de penser que je serai bannie de l'île. Pendant que la justice suit son cours, j'aimerais que tu fasses quelque chose pour moi. Vois si tu peux apprendre où il est possible de trouver ce capitaine. »

La nouvelle de mon retour s'était répandue rapidement. Aux abords de Louisville, qui s'était bien agrandie depuis mon départ presque vingt ans plus tôt, une foule s'était rassemblée le long des rues, composée de natifs de l'île comme d'étrangers, pour assister au spectacle de la reddition de la Reine des cannibales. Avec Lucien, nous marchâmes d'un pas décidé jusqu'au nouvel Hôtel du Gouvernement, accompagnés sur le dernier tronçon du trajet par une escorte de gendarmes à cheval. Dès notre arrivée, je fus menottée et confiée à la garde de deux gendarmes. En théorie, j'étais en état d'arrestation, mais il n'y avait toujours pas de prison sur l'île pour les femmes européennes, aussi fus-je de nouveau placée en détention à l'Hibiscus, dans la même chambre que dix-neuf ans plus tôt. L'hôtel avait à peine changé depuis tout ce temps. Seul le visage des femmes qui y travaillaient à l'heure était différent.

Le lendemain, on devait m'emmener voir le gouverneur, qui était également le magistrat de l'île. Mais lorsque son aide de camp – qui n'était plus le lieutenant Perrault, reparti depuis longtemps, mais un certain lieutenant Thibault – frappa à ma porte et vit que je ne portais qu'un *tapa*, à la mode des natives de l'île, il m'escorta chez le marchand de confection – en passant par la banque, où une somme conséquente était encore déposée à mon nom. Là, j'achetai des vêtements dignes d'une dame européenne : une chemise, une culotte bouffante, un corset, un busc, un cache-corset, un premier jupon, une tournure, un deuxième jupon, une jupe, un corsage, des bas, des souliers en cuir, un chapeau, des gants, une ombrelle, une chemise de nuit, un voile et une malle pour ranger tout cela.

Le lendemain, on m'escorta de nouveau jusqu'à l'Hôtel du Gouvernement. Le gouverneur, qui n'était plus le colonel Mirabelle d'il y avait dix-neuf ans mais un certain colonel Marie-Georges Duhamel, m'informa que j'allais être déportée à mes frais, accompagnée de Lucien, sur une goélette quittant Oaeetee trois jours après à destination des îles Sandwich, puis de San Francisco. Je demandai à voir Mehevi, le roi déchu. Le gouverneur refusa.

« Sa Majesté royale, Mehevi, roi d'Oaeetee, ne reçoit pas de visiteurs », me dit-il.

Je regagnai ma chambre à l'Hibiscus et passai les jours suivants sous les verrous. Les filles qui travaillaient dans les autres chambres en furent chassées. Cette fois, il ne serait pas possible de tromper la vigilance des gardes.

Privée de ma liberté, je devins comme un lion en cage. Lucien vint enfin me voir le deuxième jour de mon incarcération ; il s'excusa pour la précarité de ma situation et me promit la liberté dès que nous aurions quitté l'île.

« Qu'as-tu appris au sujet du capitaine du navire ? lui demandai-je.

— Il a quitté l'île il y a une semaine, sur le même bateau.

— Et quelle était sa destination ?

— Marseille. »

Mes pires craintes étaient réalisées. J'allais devoir quitter l'île. Procéder à un nouveau passage. Retourner en France. Prendre la responsabilité du monstre que j'avais créé.

J'ouvris les yeux dans mon sixième corps et battis plusieurs fois des paupières. Derrière la fenêtre, les océaniques prairies d'Iowa que le train traversait en sifflant étaient inondées de la lumière dorée du crépuscule. Madame Edmonde était assise en face de moi, le corps oscillant au gré des mouvements du train. Son visage était empreint de l'expression hébétée que je connaissais si bien désormais – celle du poisson qu'on vient de tirer de l'eau, après qu'il a cessé de se tortiller en vain pour la regagner : les yeux écarquillés et bouche bée, comme s'il ne comprenait pas tout à fait la curieuse mésaventure qui lui était arrivée. Sauf qu'avec les cicatrices qui la défiguraient, c'était à un étrange et monstrueux poisson qu'elle ressemblait, une de ces créatures qui vivent dans les profondeurs les plus ténébreuses de l'océan.

Personne n'est plus difficile à hypnotiser qu'un hypnotiste. Ce n'était que vers la fin de mon récit que j'avais senti la résistance de Balthazar mollir quelque peu, et la possibilité d'un passage se faire enfin jour. Le changement avait été presque imperceptible, mais je l'avais perçu : alors que je lui racontais mon histoire, sans détourner mes yeux des siens, j'avais senti cette montée de désir familière, cette étrange agitation de l'âme qui souhaite s'échapper de sa cage, que nous ressentons tous à un moment ou à un autre, surtout lorsque nous sommes sous le charme d'un conteur.

Et à présent je l'avais sous les yeux, ce corps qui n'était plus le mien, qui était désormais habité par l'esprit ébahi de ce jeune homme. Elle ouvrait et fermait lentement la bouche.

Je me penchai vers elle pour écouter ce qu'elle disait, si tant soit peu qu'elle disait quelque chose. Au bout d'un moment, je discernai le mot, sans aucune doute possible. « Voyez ! murmurait-elle. Voyez ! Voyez ! »

{*153*}

HIPPOLYTE BALTHAZAR

Naissance 1876
Premier passage 1900
Deuxième passage 1917
Décès 1917

« Il m'a dit qu'il m'aimait et voulait m'épouser. »

Ses mots, s'ils furent soufflés d'une voix rauque, tenaient presque du miracle. C'étaient les premiers qu'elle prononçait depuis presque trois semaines. Nous étions à la vingt-troisième minute de notre première séance. Il lui avait fallu tout ce temps pour répondre à la question que je lui avais posée au début de celle-ci : *Qu'est-ce qui vous amène ?* J'avais patiemment attendu sa réponse depuis. Elle baissa les yeux sur ses mains, qu'elle tordait nerveusement sur ses genoux. Deux larmes roulèrent précipitamment sur ses joues pour aller s'écraser doucement sur sa jupe en laine. À tous autres égards, elle était parfaitement calme.

Elle se racla la gorge.

« C'était l'un des hommes les plus mutilés que j'aie pu voir, continua-t-elle d'une voix plus claire. Il était dans un état effroyable. » Un autre temps de silence. « Il avait les plus horribles brûlures, le corps couvert de cloques. Il n'allait manifestement pas survivre. Les médecins et les autres infirmières l'avaient laissé pour mort. » Les mots commençaient à couler plus librement. « Lorsqu'un patient est une cause perdue, il n'y a souvent rien à faire hormis lui administrer des analgésiques et se concentrer sur les hommes qui ont une chance de s'en sortir. Mais j'ai quand même pris sur moi de m'occuper de lui. Il était dans le service depuis deux jours, sous une grosse dose de morphine, mais il souffrait encore le martyre. Et malgré cela, chaque fois que j'étais avec lui pour changer ses bandages, il me parlait. La peau de ses lèvres avait été brûlée et déchiquetée par cette attaque au mortier, mais malgré la douleur, il parvenait, je ne sais comment, à chuchoter. Je devais approcher mon oreille de sa bouche pour discerner ses mots. Il avait juste besoin de raconter à quelqu'un, n'importe qui, ce qui lui était arrivé. Pas seulement comment il avait été blessé, mais qui il était, d'où il venait. Il était australien, et ce n'était qu'un enfant, en vérité. Il avait dû mentir sur son âge lorsqu'il s'était enrôlé. Je ne comprenais pas quelles raisons pouvaient pousser quelqu'un à l'autre bout du monde à se porter volontaire pour affronter un enfer pareil. Je me rappelle même le nom de sa ville natale : Ballarat. Parfois, quand je ne parviens pas à dormir, j'essaie de me représenter le genre d'endroit que cela peut être. Je l'imagine plat, ensoleillé et très calme, avec de grands arbres qui se balancent sous le vent.

— Vous parlez anglais ?

— Je parle quatre langues. Mon père était diplomate. »

Je baissai les yeux sur mes notes. *Madeleine Pernety,* lus-je. *Infirmière volontaire depuis mai 1916. Née en 1898 à Saigon, Indochine. Père français, fonctionnaire colonial, décédé ; mère indochinoise, décédée. Symptômes de choc des tranchées et de névralgie. Admise le 10 février 1917.*

« Qu'avez-vous répondu, quand il vous a déclaré son amour ?

— Je lui ai répondu : "C'est ce qu'ils disent tous, quand…" et j'ai dû m'interrompre avant d'aller plus loin. Mais c'était trop tard. Il a deviné ce que j'allais dire.

— Et qu'alliez-vous dire ?

— "Quand ils sont sur le point de mourir." Mais il a fini ma phrase à ma place, de toute façon. »

Elle était allongée sur le divan devant moi, mais elle n'était pas vraiment là. Elle était de retour au chevet de ce soldat, en train de revivre le moment. Son souvenir d'un incident qui avait eu lieu des semaines plus tôt était, à cet instant, plus réel pour elle que le fait d'être allongée sur un divan de cuir dans le cabinet de consultation d'un psychanalyste à l'asile militaire de Villejuif, dans la banlieue de Paris.

« Et que s'est-il passé ensuite ?

— Je l'ai laissé pour m'occuper d'un autre patient qui entre-temps avait commencé à faire beaucoup de bruit. » Un autre long silence. Je restai muet. « Puis nous avons entendu les sifflements des premiers tirs de mortier et brusquement, tout a été en feu. Le service des blessés graves était installé dans une grange reconvertie, voyez-vous. Je me suis jetée dans un coin et roulée en boule ; j'étais convaincue que j'allais mourir. Quand ça s'est terminé, c'est à peine s'il restait quelque chose du service. La grange s'était effondrée. Mais j'en suis sortie indemne. Pas une égratignure. » Elle se redressa et se tourna vers moi. « Pas une égratignure, docteur. J'ai eu les oreilles qui bourdonnaient pendant quelques heures, et c'est tout. L'Australien est mort, comme tous les autres – douze soldats, deux infirmières et un chirurgien. J'ai été la seule à survivre. Et brusquement, c'était fini.

— Et vous avez fait votre première crise la nuit même.

— Oui. »

Depuis le début de la guerre, j'avais traité des dizaines d'hommes atteints du choc des tranchées, peut-être plus de cent, mais Madeleine Pernety était la première femme à passer ma porte. Les femmes n'étaient pas censées souffrir de ce mal, et pourtant Madeleine en présentait tous les signes classiques : catatonie, insomnie, nausée chronique. Et des tremblements, par crises d'un quart d'heure ou plus, qui devenaient si violents qu'il fallait la maîtriser.

« Ce n'est sûrement pas le premier soldat à mourir sous votre garde. Qu'est-ce que celui-ci avait de spécial pour que vous ayez tant de mal à oublier ?

— Je ne sais pas.

— Est-ce parce qu'il vous a dit qu'il vous aimait ?

— Non, cela arrive tout le temps. »

Ses mains recommencèrent à s'agiter nerveusement.

« À quelle fréquence exactement ?

— Je suppose que j'ai entendu des hommes me dire qu'ils m'aimaient une bonne vingtaine ou une trentaine de fois.

— Et vous, mademoiselle Pernety, avez-vous déjà dit à un homme que vous l'aimiez ?

— Une seule fois. » Un autre long silence. Je surveillai ma montre : quatre minutes. « Nous étions fiancés. Puis la guerre a commencé, et il a été appelé sous les drapeaux. Il est mort en avril 1915. À Ypres.

— Et donc, dès que vous avez été en âge de le faire, vous vous êtes engagée vous-même – en hommage, je suppose, à l'homme que vous aviez aimé.

— Oui.

— Cela vous dérange-t-il qu'un homme vous dise qu'il vous aime ?

— Oui, beaucoup.

— Pourquoi ? Parce qu'il est mourant ?

— Parce que je n'ai pas d'amour à lui donner en retour. »

J'attendis de voir si elle avait quelque chose à ajouter, mais elle semblait être parvenue à une sorte de calme. Même ses mains étaient au repos. En termes cliniques, c'était un signe encourageant. Nous approchions de la fin de notre séance.

« Mademoiselle, la méthode que j'utilise pour traiter mes patients est l'hypnose. Savez-vous de quoi il s'agit ?

— Est-ce la même chose que le mesmérisme ?

— C'est le nom qu'on donnait autrefois à la pratique, mais de nos jours, elle n'est appelée ainsi que dans les cirques. Son nom scientifique est l'hypnotisme. Il semble avoir un effet thérapeutique sur mes patients. Dans une minute, je vais vous plonger dans une transe hypnotique. C'est pendant que vous serez dans cette transe que nous allons accomplir le travail intense qui va permettre de vous guérir. Après, vous ne vous souviendrez de rien. M'autorisez-vous à y procéder ? »

Je ne peux qualifier l'expression qui se dessina sur son visage que de confiance implorante. Je lui expliquai qu'une fois hypnotisée elle resterait dans cet état un quart d'heure avant que je ne mette fin à sa transe. Dorénavant, je la mettrais sous hypnose à chaque début de séance. Le but, lui dis-je, était qu'elle atteigne un état de profonde relaxation qui soulagerait ses névroses.

Et ainsi commença le passage. Pendant un quart d'heure, je me promenai dans les couloirs de son esprit : une enfance heureuse à Saigon, gâchée par la mort prématurée de ses parents (son père de la grippe et sa mère, peu de temps après, de chagrin), une jeunesse solitaire passée dans l'orbite d'une famille indifférente en France, et un amour passionnel à quinze ans. Au cours de mes années de pratique clinique, j'étais tombé sur les vestiges calcinés de plus d'un amour coupé en plein élan. Mais la qualité de celui de Madeleine était différente : c'était là une femme qui avait aimé de toute son âme et de tout son être. C'était un amour si rare et si profond que je me surpris à souhaiter rester là pour me chauffer à ses braises. Et en même temps, je l'appréhendais avec un émerveillement mêlé d'effroi : un amour de cette amplitude était assez puissant pour tout brûler sur son passage, ne laissant que des cendres derrière lui.

J'étais en train de rédiger mes notes sur ma séance avec Madeleine lorsqu'on frappa à ma porte. C'était le chef de clinique.

« Désolé de vous déranger, docteur, mais le programme de votre après-midi a changé. Vous avez rendez-vous avec un officier. Il affirme vous connaître. » Il baissa les yeux sur son porte-bloc. « Aristide Artopoulos.

— Artopoulos ! Oui, nous sommes de vieux amis. » Un pincement de culpabilité m'étreignit le cœur. J'avais reçu plusieurs lettres de lui depuis le début de la guerre, chacune me conjurant de venir le voir. Incapable de décider comment y donner suite, je les avais toutes ignorées, mettant ma réponse en suspens avec l'intention d'y revenir un jour, mais sans savoir quand. « Où est-il maintenant ?

— Je lui ai dit que vous aviez un emploi du temps déjà chargé, ce qu'il n'a pas très bien pris. Comme il insistait, je vous l'ai mis à deux heures cet après-midi. Désolé d'abréger votre pause-déjeuner.

— Merci, Julien.

— Je dois vous mettre en garde, professeur. N'espérez pas reconnaître votre vieil ami. Il est dans un sale état. »

Il ne se passait pas un jour sans que j'aie une pensée pour Artopoulos. Le mot *ami* peinait à couvrir la nature du lien qui nous avait unis par le passé. Il avait été un temps où nous étions plus des frères qu'autre chose, avec tout ce qu'une relation fraternelle peut avoir de malaisé ; mais depuis presque trois ans que la guerre avait commencé, je ne l'avais vu qu'une ou deux fois, par hasard, lorsqu'il était en permission. Qu'était-il devenu ? Quel effet la guerre avait-elle eu sur lui ? Attrapant mon manteau, je sortis me promener dans le parc, assailli par les souvenirs d'une amitié révolue dont les débuts remontaient à mon retour à Paris, dix-sept ans plus tôt.

Quelques secondes après mon passage avec Madame Edmonde dans le train, j'avais décidé qu'il me fallait disparaître. On nous avait vus discuter longuement ensemble dans la voiture-salon et, avec ma veste d'intérieur en velours, mon turban et ma moustache à la gauloise, j'attirais l'attention. Je souhaitais éviter tout risque qu'on soupçonne sa maladie soudaine d'être attribuable à notre récente rencontre. La dernière chose que je voulais était de me retrouver coincé dans une prison du Midwest.

Je commençai à fouiller dans les affaires de Madame Edmonde, dont j'avais évidemment une connaissance intime, les ayant mises moi-même dans ses valises. Je savais où elle gardait son argent liquide, ses bijoux, et un billet à ordre pour une somme assez conséquente qu'elle avait rédigé à mon nom la veille au soir. Je pris presque tout, en laissant cependant à Lucien de quoi rentrer à Paris en ramenant Edmonde. Alors que j'avais la main sur la poignée de porte, ma conscience me piqua comme une guêpe énervée. J'envisageai de laisser un mot à Lucien, mais pour lui dire quoi ? Je lui infligeais un choc terrible, je le savais, mais je ne pouvais pas prendre le risque d'être retenu. Après tout, ce n'était pas pour lui que j'avais quitté l'île. Je ne souhaitais pas retourner à Paris dans la peau d'Edmonde. Mehevi, ou quelle que soit son identité désormais, serait à l'affût de cette dernière. Il ne penserait pas à se méfier de Balthazar. Je n'avais d'autre choix que de fuir. Je me retournai pour jeter un dernier regard à ce visage grimaçant, où se lisaient les souffrances de cinq vies. C'était dans son corps que j'avais enfin pu rentrer chez moi, mais mon attachement envers elle avait des raisons bien plus profondes. En termes de patience, de persévérance et de bonté, Edmonde avait été ma plus belle incarnation. À présent, elle était dans un triste état – encore un passage aveugle. La honte me submergea. Qu'étais-je devenue ? Je n'étais guère plus qu'une vulgaire criminelle, une fripouille qui volait la vie des autres – et tout ça pour quoi ? Je me consolais avec la pensée que le corps que j'avais volé était celui d'un charlatan. Mais il était indéniable que j'étais devenue, désormais, une sorte de prédateur. Je pouvais en rejeter la faute sur Mehevi, mais comme j'étais moi-même responsable de ce qu'il était devenu, cela revenait au même.

Je dus me rappeler, alors, comme je l'ai fait quantité de fois depuis, qu'il y avait un objectif unique et nécessaire à mon existence : si j'avais, comme l'avait prophétisé la Loi, déclenché un cataclysme, si lent soit-il à se faire sentir, je me devais d'essayer de le prévenir. Ma détermination ainsi renforcée, je fuis le lieu du crime.

Je retournai à ma propre cabine en deuxième classe, que je partageais avec un agent d'assurances et deux jeunes gens. Je m'assis à ma place et feignis de m'assoupir. En réalité, je subissais le déferlement de souvenirs qui accompagne la prise de possession d'un nouveau corps, lorsque chaque stimulus fait remonter, de profondeurs insoupçonnées, une série de souvenirs jusqu'alors en latence. C'est une sensation étourdissante, terrassante même, qu'il vaut mieux affronter dans le calme et la solitude. Vers l'heure du dîner, un employé de train apparut pour faire nos lits. J'attrapai ma mallette et me repliai dans les toilettes à l'extrémité de la voiture, comme si ma seule intention était de me changer pour le dîner. Là, je me débarrassai de ma veste en velours et de mon turban, rasai ma moustache et, dans le noir, descendis du train à l'arrêt suivant. Le lendemain matin, au bureau de poste de Junction City, Kansas, je dictai un télégramme à destination de Mathilde à Paris :

BIENTÔT DE RETOUR SOUS NOM D'HIPPOLYTE
BALTHAZAR STOP LUCIEN RENTRE
SÉPARÉMENT AVEC NOUVELLE EDMONDE STOP
MÉFIE-TOI DE TOUT NOUVEAU VENU STOP

La conséquence de ce détour imprévu fut qu'il me fallut plusieurs semaines de plus que je ne l'espérais pour atteindre Paris. Lorsque j'arrivai enfin, c'était le début du mois de juin et Paris était désormais une ville éblouissante peuplée de deux millions d'âmes. En cet été 1900, il n'y avait pas meilleur endroit où se trouver dans le monde. Les rues étaient bondées et traversées en tous sens de fils de télégraphe, tandis que le sol en dessous était criblé de carrières, de tunnels de métro et de conduites d'égout. On ne pouvait plus marcher tranquillement au milieu des rues, car elles étaient désormais encombrées d'omnibus, de tramways, de diligences, de cabriolets, de vélocipèdes, de luxueuses calèches et pour les aventuriers aux poches pleines, de voitures sans chevaux.

La vie s'était accélérée : là où on menait auparavant son existence au pas ou au trot, les gens prenaient désormais des trains souterrains pour se rendre d'un endroit à un autre. Les galeries marchandes du temps jadis avaient été supplantées par de gigantesques magasins employant des milliers de caissiers. Les marchés de la ville recevaient des produits acheminés de tout le pays par train. Si l'on souhaitait communiquer avec quelqu'un à l'autre bout de la ville, il n'était plus nécessaire d'attendre toute la journée ou toute la nuit pour avoir une réponse ; un réseau de tubes pneumatiques pouvait remettre un message sur papier bleu presque instantanément. Dans les foyers aisés, il y avait le téléphone et, dans les plus belles maisons, on pouvait écouter en direct des opéras sur un théâtrophone.

La ville s'était également agrandie. Les terres vides qui autrefois la séparaient de ses remparts étaient désormais occupées. D'autres quartiers encore avaient été démolis et remplacés par de larges boulevards étincelants de lumière électrique. Des milliers de cheminées crachaient leur fumée dans l'air, de sorte que les rues étaient fréquemment enveloppées de brume. Paris était devenu nettement plus fuligineux, mais aussi, étonnamment, plus beau, comme une de ces grandes dames dont chaque ride ne fait que la rendre plus resplendissante. Les femmes portaient des plumes d'autruche, les hommes des monocles. Kiosques à journaux et colonnes Morris faisant la promotion des derniers spectacles à voir étaient disséminés dans toute la ville. Les hommes ne se soulageaient plus dans le caniveau mais dans des *vespasiennes**, venues remplacer les colonnes mauresques du siècle précédent. À chaque coin de rue, des titis crasseux étaient plongés dans quelque complot de quartier. Et au-dessus de tout cela se dressait une grande tour de fer qui semblait n'avoir d'autre raison d'être que de proclamer la splendeur de l'époque.

Des millions de personnes étaient venues de tous les pays pour voir de leurs propres yeux les merveilles de l'Exposition universelle, un hymne à celles du monde entier. Ils s'extasiaient sur des miracles modernes tels qu'un moteur Diesel qui fonctionnait à l'huile d'arachide, des films parlants, des escaliers roulants et un appareil capable d'enregistrer le son, appelé le télégraphone. Grisés par l'ambiance de frivolité et de plaisir, ils empruntaient des gondoles sur le fleuve ou un trottoir roulant électrique pour passer de palais carnavalesques en pavillons construits pour l'occasion, et admirer des panoramas des plus beaux paysages du monde, des dioramas de la vie dans les colonies, la plus grande des grandes roues jamais construites, un gigantesque globe représentant les constellations du ciel nocturne et, dans le pavillon russe, une matriochka de la taille d'un cheval contenant quarante-neuf copies d'elle-même imbriquées les unes dans les autres, dont la plus petite n'était pas plus grosse qu'un pois. Chaque dimanche, pendant tout l'été et une bonne partie de l'automne, les foules applaudissaient les athlètes qui s'affrontaient dans le cadre des Jeux olympiques. *Plus vite, plus haut, plus fort* n'était pas simplement la devise de ces jeux, c'était aussi le credo d'un nouveau siècle. Et pourtant, je ne pouvais m'empêcher d'être nostalgique du Paris plus lent, plus petit, plus doux, que j'avais connu des décennies plus tôt.

Je pris une modeste chambre dans une pension de famille du quartier du Sentier et m'enfonçai dans cet océan humain sans me faire remarquer. L'Hippolyte Balthazar dont j'avais pris le corps n'était guère plus qu'un musicien de scène, un acteur de vaudeville, un escroc qui tirait parti des faiblesses humaines, mais j'étais déterminé, avec les ressources dont j'avais hérité, à me réinventer, même si je n'arrivais pas encore à imaginer quelle forme prendrait ma prochaine métamorphose.

En attendant que l'inspiration me vienne, j'avais d'autres affaires plus pressantes à régler : je me mis en quête de Mathilde, de Lucien et d'Edmonde. Peu après mon arrivée, par un beau matin, je frappai à la porte de la Société Baudelaire, quai d'Anjou. L'endroit avait peu changé depuis que j'en étais parti, dans le corps d'Edmonde de Bressy. Un homme que je ne connaissais pas m'ouvrit. Je demandai à voir Mathilde.

« Madame Roeg n'est pas présente, me répondit-il.

— Et Lucien ?

— Monsieur Roeg non plus.

— Edmonde ?

— Madame de Bressy n'a pas mis les pieds ici depuis un certain temps.

— Eh bien, y a-t-il qui que ce soit de présent ?

— Monsieur Artopoulos.

— Puis-je le voir ?

— Qui dois-je annoncer ?

— Hippolyte Balthazar.

— Et quelle est la nature de votre visite ? »

Tout au fond de moi, dans le creux de mon estomac, je sentis que je devais choisir mes mots avec prudence.

« Je souhaite adhérer à la Société. »

Il recula, ouvrit la porte plus grand et m'invita à entrer.

« Veuillez attendre ici », me dit-il avant de s'éloigner dans le couloir.

Cela faisait trente ans que j'étais parti de cet endroit. Tout était exactement comme je l'avais laissé : l'escalier, les rideaux, le carrelage en mosaïque, les tapis, les lustres et les meubles en acajou. Mais je n'avais pas le luxe de me complaire dans la nostalgie. J'étais inquiet – pour Mathilde et Lucien, bien sûr, mais aussi à cause de Mehevi.

Après quelques minutes d'attente, un homme grand et replet vêtu d'un élégant costume noir, d'une chemise blanche bien repassée et d'un foulard fit irruption dans la pièce. Il arborait une moustache retroussée et un monocle. Lorsqu'il posa les yeux sur moi, l'espace d'une fraction de seconde, il se figea de tout son corps, avec l'expression – yeux écarquillés, bouche bée – d'un homme confronté à une apparition, avant de reprendre vivement ses esprits. Il s'approcha pour serrer la main que je lui tendais, l'enveloppant chaleureusement des deux siennes, et se présenta comme Aristide Artopoulos. Il était, me dit-il, le président de la Société Baudelaire.

« J'étais sur le point de sortir déjeuner, continua-t-il d'une voix retentissante. Me feriez-vous le plaisir de vous joindre à moi ? Cela nous donnera une chance de discuter de Baudelaire tout à loisir. »

Mon inclination naturelle me portait à refuser son invitation, mais je n'eus pas le temps de répondre qu'il m'avait déjà pris par le bras pour m'entraîner. Il y avait quelque chose en lui auquel il était difficile de résister. Et puis, quel mal pouvait-il y avoir à déjeuner avec cet homme si cela me permettait de l'interroger ? Je le suivis dehors et montais après lui dans le boghei qui l'attendait.

Nous traversâmes la ville pour nous rendre à la Maison dorée, et Artopoulos parla pendant tout le trajet, invariablement de lui-même. J'attendis patiemment une occasion d'orienter la conversation vers le sujet de Mathilde et Lucien. Au restaurant, il demanda un salon privé et, lorsque nous fûmes installés, un essaim de serveurs s'abattit sur nous. Il commanda – sans me consulter une seconde – du homard Thermidor pour nous deux, accompagné d'une bouteille de Chablis Les Clos.

L'histoire de sa vie jusqu'à cet instant pouvait se résumer ainsi : il était né à Alexandrie dans une dynastie d'armateurs grecs. Il avait été envoyé dans un pensionnat suisse, puis avait étudié les lettres anglaises et françaises à Cambridge. Étant le dernier-né de quatre garçons, il s'était vu épargner le devoir de perpétuer l'entreprise familiale et avait été libre de consacrer son existence à la Muse, comme il le formula lui-même, avant d'ajouter qu'en dépit de sa passion pour la littérature il n'avait aucun talent dans ce domaine.

« Comme tant d'autres, conclut-il, j'ai développé une obsession malsaine pour Baudelaire, et donc naturellement, j'ai décidé de devenir membre de la Société consacrée à la préservation de son œuvre et de son héritage. »

Enfin, je tenais mon occasion.

« Comment se fait-il que vous en ayez pris le poste de président ? demandai-je.

— C'est une histoire assez sombre, j'en ai peur. Voyez-vous, la précédente présidente a disparu. Techniquement parlant, je suis actuellement le seul membre de la Société – et donc son président par défaut. »

Cette information tira la sonnette d'alarme dans ma tête. Mathilde était peut-être la personne la plus raisonnable que j'aie jamais connue. Elle n'était pas du genre à disparaître sans une bonne raison. J'allais devoir procéder avec prudence.

« Comment cela, elle a disparu ? Comment peut-on disparaître de nos jours, avec les journaux, les télégrammes et les passeports ?

— Cela se produit plus souvent qu'on pourrait le croire. Il y a tout le temps des gens qui disparaissent. » Il mastiqua son homard d'un air pensif. « Je crains le pire, hélas.

— Vraiment ? répondis-je, souhaitant le pousser à rester sur ce sujet sans trahir l'importance que celui-ci avait pour moi.

— Mon ami, vous êtes arrivé à la Société Baudelaire à un moment curieux de son histoire. À son apogée, vers 1870, la Société comptait cinquante et un membres. C'étaient les plus beaux esprits littéraires de Paris, et ils étaient tous dévoués à l'œuvre et à la mémoire de Baudelaire. Leur sainte patronne était la fondatrice de la Société, Madame Edmonde de Bressy. Malheureusement, elle s'est impliquée dans la Commune et a été envoyée en exil, pour ne jamais en revenir. Elle a laissé la Société aux bons soins de sa dame de compagnie, Mathilde Roeg. Madame Mathilde venait, à ce que j'ai compris, d'un milieu peu recommandable. Je l'ai un peu connue : elle était pratiquement illettrée. Je ne comprends pas très bien comment elle en est venue à présider une organisation aussi prestigieuse, mais on m'a dit que c'était la compagne la plus fidèle de Madame de Bressy. » Il se pencha vers moi pour continuer sur le ton de la confidence. Une fois de plus, je fus frappé par le charme qu'il exsudait : dans sa bouche, ma propre histoire était aussi captivante qu'un roman-feuilleton.

« La rumeur a même couru qu'elle avait été une prostituée avant que Madame Edmonde prenne sur elle de l'élever dans la société. » Il se réadossa à son siège. « Madame Mathilde gérait les affaires de la Société jusqu'à très récemment, mais je crains bien qu'elle ait fait n'importe quoi. Nos finances sont dans un état lamentable. Pour autant que je puisse en juger, il ne reste presque plus rien de la fortune de Madame Edmonde. Elle a été entièrement dilapidée. »

La colère gronda en moi devant l'insinuation mensongère que Mathilde était capable d'une telle incompétence, mais je gardai mes sentiments pour moi.

« Lorsque j'ai adhéré à la Société, il y a seulement quelques semaines, elle ne comptait plus que trois membres : Madame Roeg, son fils, Monsieur Lucien, un vagabond professionnel, et la tristement célèbre Madame Edmonde, qui vivait parmi les sauvages dans les mers du Sud. Lucien était parti l'y chercher, car personne ne l'avait vue depuis vingt ans. Il semble que non seulement il l'ait trouvée, mais qu'il ait réussi, d'une façon ou d'une autre, à la persuader de rentrer avec lui en France. Hélas, Lucien et Edmonde ont tragiquement péri sur le chemin du retour. »

Il va sans dire que cette nouvelle me fit l'effet d'un coup de tonnerre, mais j'avais la chance d'occuper le corps d'un véritable histrion. L'attention avec laquelle m'observait l'homme assis en face de moi était palpable. À l'exception d'un infime haussement de sourcils et d'un petit grognement de vague intérêt, je veillai à ne rien laisser paraître. J'attrapai le verre devant moi, y prit une gorgée mesurée, le reposai et inclinai la tête de côté comme si j'écoutais simplement une curieuse histoire au sujet de personnes que je n'avais jamais rencontrées. Intérieurement, j'étais sous le choc.

« C'est terrible !

— Ils étaient à bord d'un train reliant Nantes à Paris, dans la même cabine. Madame de Bressy avait récemment été victime d'une sorte d'attaque cérébrale, ai-je été amené à croire. Lucien était censé s'occuper d'elle. Il semble qu'il l'ait tuée avec un couteau à steak, avant de retourner l'arme contre lui. »

J'avais le cœur qui battait la chamade.

« Pourquoi aurait-il fait une chose pareille ? réussis-je à souffler.

— C'est ce que toute la société parisienne aimerait savoir. C'est une histoire incroyable, n'est-ce pas ? Même si, à mon avis, il ne faut pas s'étonner qu'un homme élevé par deux femmes ait eu des tendances hystériques. »

L'expression sur son visage était difficile à déchiffrer. Si j'avais mieux connu l'homme, je l'aurais peut-être qualifiée de triomphante. Dans ce corps, soupçonnai-je, derrière ces yeux surprenants, était tapie une malveillance que je connaissais bien : Mehevi.

Artopoulos poursuivit sans se rendre compte, en apparence, du malaise qui s'était emparé de moi.

« Bien entendu, étant le seul membre de la Société, j'ai dû m'occuper des obsèques moi-même. J'ai même payé de ma poche pour leur acheter un caveau au cimetière du Montparnasse. J'ai pris la liberté de les enterrer ensemble dans une crypte couronnée d'un beau socle en marbre rose et gris au nom de la Société Baudelaire. »

Oui, les quelques doutes qui me restaient s'étaient maintenant dissipés. J'étais certain d'avoir affaire à Mehevi. Mon ennemi juré avait tendu son piège. D'une façon ou d'une autre, il était passé du corps du capitaine de navire blasphémateur à celui d'un dandy exotique – et à présent, il s'amusait follement. Avait-il deviné qui j'étais ? Le tour qu'avait pris la conversation laissait à penser qu'à tout le moins il nourrissait ses propres soupçons.

« Et Madame Roeg ? demandai-je avec autant de désinvolture que je le pus.

— Nous n'avons eu aucune nouvelle. Elle a disparu pour de bon, je crois. Pour ce que j'en sais, elle a simplement quitté sa vie pour aller vagabonder. » Il prit l'air pensif. « Cela arrive de temps en temps : un beau jour, quelqu'un décide de partir, et ne revient jamais. J'ai entendu parler de cultures nomadiques dont la religion tourne autour de ce type de pérégrination. Les aliénistes appellent cela l'automatisme ambulatoire. »

Il reporta son attention sur son homard. J'observai cet homme curieux alors qu'il mangeait. Il le faisait rapidement, s'emplissant la bouche de nourriture avant de mastiquer comme un lapin. De mon côté, j'avais perdu tout appétit. Remarquant cela, Artopoulos cessa de manger pour me regarder, sa fourchette suspendue en l'air devant sa bouche ouverte.

« Qu'est-ce qui ne va pas ? » me demanda-t-il en la reposant.

Une fois de plus, je sentis toute l'intensité de son attention.

« Pardonnez mon ignorance, mais qu'est-ce qu'un aliéniste ? » demandai-je pour détourner la conversation vers un sujet plus sûr.

Artopoulos fut visiblement surpris. Il haussa les sourcils, qui prirent la forme de deux parfaits accents circonflexes.

« Sapristi, mon brave, où avez-vous donc passé les vingt dernières années ? »

Je remarquai qu'il avait un bout de chair de homard piqué sur sa moustache.

« Pardonnez-moi. » Un alibi me vint spontanément aux lèvres – les talents hérités du menteur né. « Mon éducation se résume à quatre ans de séminaire à Rome. »

Ses sourcils se haussèrent encore plus, pour atteindre le milieu de son front.

« Extraordinaire. Et qu'est-ce qui vous a finalement poussé à quitter le séminaire ?

— Une crise de foi. »

Il éclata de rire.

« Charmant ! Et, dites-moi, quelle était la nature de cette crise de foi ?

— J'ai commencé à remettre en question le catéchisme. À douter de l'existence de l'âme. »

Il m'étudia un instant, les yeux plissés, avant de reprendre son festin.

« Eh bien, mon cher garçon, vous feriez un excellent aliéniste vous-même. Mais je peux vous assurer que je ne partage pas vos doutes.

— Vraiment ? Vous croyez que vous avez une âme qui ira au ciel, ou en enfer, en fonction de vos actes dans cette vie ?

— Je n'ai pas dit que je croyais à l'au-delà. Je crois à l'existence de l'âme, ce qui est très différent.

— Qu'est-ce qui vous rend si sûr qu'une telle chose existe, s'il n'y a pas d'au-delà ? »

Une fois de plus, Artopoulos m'examina attentivement. Puis il sembla parvenir à une décision.

« Mon cher garçon, je crois que nous allons devenir d'excellents amis. » Il fit signe à un serveur de remplir nos verres. Lorsqu'ils furent pleins, il prit une autre gorgée, faisant tourner le vin dans sa bouche avant de l'avaler. Puis il reprit son discours – car même quand on était seul avec lui, il parlait essentiellement en discours, prononçant chacun comme s'il s'adressait à une vaste assemblée. « Il n'est pas de domaine plus passionnant parmi les sciences que celui de l'aliénisme. Les aliénistes proclament que la société est enfin sur le point de résoudre les plus profonds mystères de l'homme. Un jour, disent-ils, il n'y aura plus de souffrances. Il y aura pour nos tourments moraux des remèdes aussi efficaces que ceux que nous avons pour nos afflictions physiques. » Il engouffra une autre pelletée de nourriture dans sa bouche béante, mastiqua plusieurs fois rapidement, déglutit et reprit le fil de son propos. « Pour ma part, je n'en suis pas si convaincu. Si nous n'avons pas d'âme, nous ne valons guère mieux que des animaux. Je ne suis pas différent de ce homard, par exemple, fit-il en indiquant la carcasse mutilée du crustacé. Mais qui de nous deux est en train de dévorer l'autre ? » Il eut un léger sourire. « Le simple fait que je sois en train de manger ce homard, dans ce restaurant, dans cette ville, est une preuve suffisante à mes yeux qu'il n'y a pas d'équivalence morale entre nous. J'ai une âme, et tant que je serai en vie, elle est éternelle. Vous ne buvez vraiment pas assez vite. Nous allons devoir remédier à cela. »

Avant que j'aie pu l'en empêcher, il attrapa mon verre et le remplit. Cet après-midi-là, et toujours par la suite, Artopoulos fut l'un des hommes les plus divertissants qu'il m'ait été donné de connaître, et non dépourvu d'une certaine fourberie. Il me questionna sur ma famille, mes origines, mon éducation, ma place dans la société et ma connaissance de la poésie. Le portrait que je lui peignis fut celui d'un jeune homme de bonne famille aux origines exotiques, récemment arrivé à Paris, jouissant d'une fortune héritée et d'une liberté totale, avec un goût pour le dilettantisme.

Tandis que nous poursuivions nos agapes, Artopoulos me détailla ses projets concernant la Société. Il semblait convoiter un haut statut social, et pensait que l'association était pour lui le moyen d'y parvenir. Mais d'abord, m'expliqua-t-il, il fallait la remettre d'aplomb : telle quelle, sa bibliothèque était dans un état lamentable, ses finances aussi, sa popularité si réduite qu'on pouvait désormais en compter les membres sur un seul doigt…

« À moins, mon vieux, ajouta-t-il en levant lentement un autre doigt, que je ne vous aie pas complètement découragé, et que vous souhaitiez adhérer ? »

Avais-je le choix ?

« Bien sûr, répondis-je.

— Je suis ravi de l'entendre. J'ai la ferme intention de rendre à la Société Baudelaire sa place bien méritée de plus prestigieuse association littéraire de France. Mais actuellement, j'en suis le seul membre votant. Sans un autre membre pour appuyer mes motions, rien ne peut être fait. La Société est dans un état de paralysie totale. »

Moi aussi, songeai-je à part moi. Malgré mes appréhensions, il s'employait si activement à me convaincre qu'il ne me laissait aucune possibilité de tirer ma révérence sans l'offenser. Alors que l'après-midi avançait, je finis par décider que ce n'était peut-être pas une si mauvaise chose. J'avais quitté l'île pour le retrouver, après tout, et il était apparemment bien là. Et avec les autres qui ne l'étaient plus, maintenant que ma quête était achevée, je n'avais nulle part où aller.

Après notre déjeuner, il me persuada de retourner au siège de la Société sur l'île Saint-Louis. Il voulait me montrer quelque chose, me dit-il. Il me conduisit à la bibliothèque. Tout en le suivant, j'étudiai discrètement les lieux, encore une fois stupéfait de découvrir combien si peu avait changé durant les trois décennies qu'avait durées mon absence. Arrivé à notre destination, il tira d'une étagère un mince volume relié en cuir carmin, à gaufrures dorées. Il ouvrit une page au hasard. Je reconnus immédiatement l'écriture longue et penchée.

« Une nouvelle de Charles Baudelaire, complètement inconnue du grand public. *L'Éducation d'un monstre.* »

Artopoulos testait vraiment les limites de mon sang-froid. Je dus refouler le torrent de souvenirs qui me venaient à la vue de l'ouvrage. Une fois de plus, je me sentis l'objet d'un examen particulièrement pénétrant, et une fois de plus, je fus obligé de masquer mes émotions et de simuler une parfaite ignorance. Ce ne fut pas aisé.

« C'est bien ?

— C'est peut-être ce qu'il a écrit de plus vrai. »

J'hésitai, ne sachant comment procéder.

« J'aimerais beaucoup la lire.

— Et vous verrez votre souhait exaucé, mon vieux, lorsque vous serez membre. Nous allons nous occuper de cela dès aujourd'hui. »

De la Société, nous nous rendîmes ensuite à son appartement boulevard Haussmann. Il me tint sous le charme de ses paroles jusque si tard dans la nuit qu'à son invitation je dormis dans sa chambre d'amis. Nous étions, je ne sais comment, devenus immédiatement inséparables. Mais sous la surface, quelque chose de bien plus sinistre était à l'œuvre, et j'en eus confirmation dès le lendemain quand, dans la salle Labrouste de la Bibliothèque nationale, je trouvai un article de journal sur la mort récente d'Edmonde de Bressy et de Lucien Roeg. Ce que m'en avait dit Artopoulos était totalement exact, mais il avait manqué à son compte-rendu un détail crucial : les deux corps avaient été retrouvés avec les yeux arrachés. Je laissai couler des larmes chaudes et silencieuses, là, dans la salle de lecture même. Je songeai à Koroli, le vieil homme à la mission qui, après m'avoir parlé, avait été assassiné de la même façon. Je n'en avais pas la preuve formelle, mais tout semblait l'indiquer : j'avais trouvé l'objet de ma traque. Mehevi, ou plutôt Joubert, s'était placé au centre même de la toile. Mais puisqu'il m'y avait pris, pourquoi ne m'avait-il pas achevé ? Cela allait devenir le mystère le plus persistant de notre amitié.

Pendant plusieurs années après cela, Artopoulos et moi restâmes inséparables. Nous nous retrouvions presque tous les jours pour déjeuner, généralement à la Maison dorée mais parfois aussi au Café anglais ou au Café de la Paix, et nous dînions également souvent ensemble. Nous nous envoyions plusieurs lettres par jour, soit par la poste soit par pneumatiques, et dès que cela fut possible, nous fîmes installer des téléphones dans nos demeures respectives. Nous fréquentions souvent le salon de Madeleine Lemaire rue de Monceau et celui de Laure Hayman avenue Hoche. Nous partagions une loge à l'opéra et patronnions les mêmes danseuses aux Ballets russes. Artopoulos était très porté sur les courses hippiques, et on nous voyait souvent à l'Hippodrome. En faisant jouer ses relations, il facilita mon admission au Jockey Club, malgré mes origines obscures. Le dimanche, nous allions à la chasse, prenant sa Richard-Brasier pour gagner sa propriété à la campagne, ou bien nous nous promenions à cheval sur les chemins ombragés du bois de Boulogne, saluant les grandes dames du demi-monde parisien en calèche. En été, nous allions passer des vacances à Cabourg.

Artopoulos était la personnification du gentleman moderne. Ses cigares étaient bagués à son nom, sur du papier doré. Ses chemises venaient de chez Worth ou Redfern et étaient renvoyées à Londres pour être lavées et repassées. Lorsqu'il organisait un dîner, il veillait toujours à ce qu'il y ait un valet de pied pour trois invités. À longueur d'année, il emplissait sa demeure de gros bouquets de fleurs – de préférence des chrysanthèmes – commandés chaque semaine chez Lachaume ou Lemaître. Il buvait du café acheté exclusivement à la Maison Corcellet, servi dans une petite cafetière en argent gravée à ses initiales, A.A., et accompagné de lait brûlant dans un pichet en porcelaine. Au goûter, il servait des petits-fours de chez Rebattet et des brioches de chez Bourbonneux. Et, sans jamais rien demander en retour, il fit toujours en sorte que je me sente à l'aise et bienvenu dans son monde, un monde de soirées et de bals masqués, de chasse et de canotage, de cabarets et de casinos. Sa générosité envers moi n'avait pas de limites. Son seul grief, qu'il exprima plus d'une fois pour me taquiner affectueusement, était que je ne le regardais jamais dans les yeux.

Durant toute cette période, la Société Baudelaire prospéra, grâce en grande partie au charisme et aux relations d'Artopoulos. Il en refit le brillant salon littéraire qu'il m'avait décrit lors de notre rencontre, et s'en servit pour procéder à son inexorable ascension jusqu'aux plus hauts échelons de la société. À son apogée, vers 1910, la Société pouvait se vanter de compter parmi ses membres des sommités telles que la comtesse de Chevigné, Robert de Montesquiou,

Lucien Daudet, le comte Henri Greffulhe, Antoine Bibesco et Anna de Noailles. Le livre d'or était constellé de noms et de titres tels que le duc d'Orléans, l'impératrice douairière de Russie, le roi de Grèce, le prétendant au trône de Serbie, Karageorgevich, le prince Karl Egon von Fürstenberg ou encore le banquier Bischoffsheim. Même le prince de Galles y vint un jour, invité par Odile de Richelieu.

Que voyait-il en moi ? Quelle valeur avais-je à ses yeux ? Qu'attendait-il de moi ? Il ne me le disait pas, et je ne le lui demandais pas. Pas une seule fois, nous ne tentâmes de faire tomber nos façades respectives. La vérité suspendue entre nous nous liait l'un à l'autre, soigneusement ignorée mais omniprésente. À moi, il me suffisait d'être près de lui, son ami et son allié en surface, mais sans jamais le quitter d'un œil vigilant, tel un gardien, à l'affût d'un signe qu'il risquait de commettre de nouveau le type de ravages dont je le savais capable. Je me sentais responsable de lui. Je n'eus jamais de véritable plan, et à la douce lumière de notre amitié, la violence que je savais exister en lui ne se révéla jamais. Il semblait que je puisse atteindre mon objectif simplement en restant à ses côtés. Dans toutes nos années d'amitié, il n'y eut pas de meurtre, pas d'énucléation. Fallait-il que j'attende qu'il tue de nouveau pour passer à l'acte ? Et dans ce cas, qu'aurais-je pu faire ? J'aurais sûrement dû le tuer à mon tour. Mais je ne me sentis jamais capable d'une chose pareille. Qu'aurais-je utilisé pour accomplir ce but ? Un pistolet ? Un couteau ? Du poison ? Tout cela m'était inconcevable, et étant donné la parfaite satisfaction que nous ressentions à être en compagnie l'un de l'autre, j'estimai préférable de ne rien faire.

J'avais décidé que je ne souhaitais pas mener l'existence de ce qui n'était guère plus qu'un vulgaire bateleur abusant de la crédulité des gens sans instruction au cœur brisé. Je souhaitais m'assurer une destinée plus respectable. Artopoulos avait planté le germe d'une idée dans ma tête, lors de ce premier déjeuner, et cette idée avait grandi, arrosée par les talents d'hypnotiste dont j'avais hérité, par ses encouragements et par l'intérêt que je portais moi-même à la compréhension du mécanisme permettant l'acte du passage. Je résolus de devenir un aliéniste. Je commençai à étudier la psychologie, d'abord en tant que simple auditeur de conférences, car je n'avais aucun diplôme attestant de mes qualifications. À la Sorbonne, je pris des notes méticuleuses en amphithéâtre, puis je lus tout ce que je pouvais trouver sur le sujet en bibliothèques. J'embauchai des professeurs particuliers et m'engageai bénévolement comme assistant de laboratoire. Artopoulos fit jouer ses relations pour moi, et très vite, je fus accepté comme étudiant.

Un an à peine après mon arrivée, j'étais admis en classe préparatoire aux études de médecine. En 1908, j'obtins mon doctorat et j'entamai des études supérieures en psychologie. Dès le début, j'avais décidé que mes méthodes ne seraient pas orthodoxes : j'utiliserais l'hypnose pour traiter mes patients. L'idée n'était pas neuve. Elle avait déjà été envisagée, et finalement rejetée, par la précédente génération d'aliénistes. Mais j'avais un avantage qu'ils n'avaient pas.

Au cours de ces années, j'étudiai sous la direction d'Alfred Binet au laboratoire de Psychologie physiologique. Plus tard, j'effectuai des recherches sur l'amnésie rétrograde avec Théodule-Armand Ribot, j'assistai Théodore Flournoy dans son étude de la cryptomnésie, et j'assistai aux conférences de Pierre Janet au Collège de France sur la mémoire, les traumatismes, la dissociation névrotique et le subconscient.

J'ouvris un cabinet privé pour traiter à l'aide de l'hypnose les patients souffrant de mélancolie ou de névrose. J'étais avantagé par les relations d'Artopoulos dans la haute société, et nombre de mes habitués étaient membres de la Société Baudelaire. Ma méthode était unique et controversée : d'abord, j'hypnotisais, et ensuite seulement, j'analysais. Ma réputation grandissante commença à attirer l'attention de la jeune génération. Certains cherchèrent à s'attirer mes bonnes grâces, intrigués par les progrès spectaculaires que rapportaient mes clients, et qu'eux-mêmes ne parvenaient pas à dupliquer, malgré tous leurs efforts pour m'imiter au plus près. Ils ne pouvaient pas deviner le secret de mon succès : j'utilisais l'art du passage pour regarder dans l'esprit de ceux que je traitais. Pour mes patients, il semblait y avoir quelque chose de bénéfique dans le passage, quelque chose de réparateur et d'apaisant dans le simple fait de ne plus être captifs d'une imagination hyperactive, même brièvement. Et pendant que je visitais leur corps et leur esprit, j'explorais leurs souvenirs, rêves, illusions et fantasmes, leurs secrets, faux-semblants et mensonges. Ainsi, au cours de l'analyse qui suivait le passage, je pouvais repérer chaque moment de fabulation, d'évitement, de dissimulation. J'en venais à connaître mes patients mieux qu'ils ne se connaissaient eux-mêmes. Je savais quand ils me mentaient, mais surtout, je savais quand ils se mentaient à eux-mêmes, ce qui arrivait bien trop souvent.

À cette époque, la profession d'aliéniste connaissait de profonds changements. Il devint à la mode, dans certains milieux de la haute société, de chercher l'aide d'un tout nouveau genre de médecin. En mars 1910, j'assistai au IIe Congrès de

Psychologie freudienne à Nuremberg et, en rentrant à Paris, je cessai de me faire appeler un aliéniste pour prendre à la place le titre de psychanalyste. Mais ma méthode, elle, ne changea pas.

Si c'était du charlatanisme, c'était du charlatanisme aux résultats incontestables. J'étais invité à donner des conférences à la Sorbonne, et plus tard à l'Institut de France. Je publiais des essais dans revues médicales et magazines populaires, et parfois mon nom était imprimé dans les pages mondaines du journal, généralement à côté de celui d'Artopoulos. Il me taquinait sur mes progrès – sa plaisanterie préférée était de me supplier de l'hypnotiser. Sur le ton de la plaisanterie, moi aussi, je refusais toujours avec bonhomie, en lui disant que nous étions trop proches, que je le connaissais trop bien, qu'il n'était pas assez suggestible. Mais la vérité était que je ne lui fis jamais assez confiance pour l'hypnotiser. Son amitié était comparable au fait d'avoir un tigre pour animal de compagnie : je ne m'autorisai jamais à oublier que je pouvais me faire mettre en pièces à tout moment.

Inévitablement, peut-être, je développai un intérêt particulier pour la fugue dissociative, qui à l'époque était connue sous plusieurs noms : état de fugue, fugue psychogène, automatisme ambulatoire, dromomanie. La fugue dissociative est extrêmement rare, si rare que c'est au mieux une curiosité médicale : pas vraiment le genre de trouble sur lequel un psychanalyste peut bâtir une carrière. Mais au fil du temps, après avoir publié plusieurs articles dans des revues médicales, j'en vins à être reconnu comme le spécialiste prééminent sur le sujet. Mon intérêt pour la question était, bien entendu, plus que simplement professionnel. J'avais été témoin d'une sorte d'état de fugue après chacun de mes passages aveugles. Et chaque fois, j'en avais été la cause. J'étais hanté par ce que j'avais vu sur le visage des corps que je venais de quitter, la trace physiologique de la confusion qui suit un passage auquel on ne s'attendait pas. Mais il y avait également une dimension pratique à mon intérêt : c'était une façon de rester à l'affût de Mathilde. J'espérais que, si elle était encore en vie, elle se rappellerait ce que je lui avais raconté, des dizaines d'années plus tôt, avant de partir en exil. Et si elle procédait à un passage, si elle laissait derrière elle un corps flageolant de confusion et qu'un médecin quelque part diagnostiquait une fugue dissociative, la probabilité était grande qu'étant le seul spécialiste dans ce domaine on fasse appel à moi pour la traiter. C'était peut-être un plan tiré par les cheveux, mais c'était mon seul espoir de te retrouver.

Sauf que je ne te retrouvai pas. Ce fut plutôt toi qui me retrouvas. Un matin d'hiver 1911, alors que je regardais par la fenêtre au siège de la Société Baudelaire, je vis une vieille femme bossue traverser péniblement le pont Louis-Philippe puis remonter le quai d'Anjou. Vêtue de haillons et le visage caché sous un capuchon, elle poussait une charrette remplie de vieux livres. Elle offrait un spectacle remarquable, car elle était complètement cassée en deux, et faire tourner les roues de bois sur les pavés de la rue n'était pas une mince affaire. Alors qu'elle approchait de l'entrée de la Société, elle fut rattrapée par le valet, Renand. Il était chargé de plusieurs miches de pain qui allaient être servies au déjeuner. Lorsqu'il la dépassa, la vieille femme lui dit quelque chose que je n'entendis pas. Il lui répondit brièvement en secouant la tête, puis entra dans le bâtiment. Je me rendis à la cuisine, où il était en train d'aider la cuisinière, Carlotta, et lui demandai ce que la vieille femme lui avait dit.

« Quelle vieille femme ? demanda-t-il.

— La marchande de livres à qui vous venez de parler dehors, dans la rue.

— Ah, elle ! C'est une folle, pas une marchande. Ses livres n'ont aucune valeur. Je la vois souvent traîner dans le coin. Elle me pose toujours la même question.

— Vous parlez de la vieille femme belge ? demanda Carlotta.

— Oui, Renand et moi répondîmes en même temps.

— Elle fait pareil avec moi ! Cela fait des années qu'elle me pose la question, la pauvre. J'ai de la peine pour elle.

— Quelle question ?

— Chaque fois que je la vois, répondit Renand, elle me demande si Madame Edmonde est revenue.

— Pareil pour moi », ajouta Carlotta.

Mon cœur fit un bond dans ma poitrine.

« Et que lui répondez-vous ?

— Que Madame Edmonde est morte, dit Renand, mais elle ne s'en souvient jamais. Elle a perdu la tête. »

Je ressentis un violent tressaillement, comme si on venait de me plonger dans l'eau froide.

« Je lui ai déjà demandé pourquoi elle voulait savoir cela, ajouta Carlotta. C'est difficile à imaginer, mais apparemment, Madame Edmonde et elle étaient toutes les deux communardes. »

Prenant congé aussi rapidement que je le pus sans éveiller leur attention, je me précipitai dans la rue, attrapant ma veste et mon chapeau au vol. Je regardai d'un côté puis de l'autre. La vieille femme n'était nulle part en vue. J'optai pour la gauche et courus jusqu'au bout de l'île, à l'angle où la cathédrale et l'île de la Cité se dévoilent au regard. Je l'aperçus au loin : elle s'était engagée sur le pont Saint-Louis, en direction de la cathédrale. Je courus après elle.

« Madame ! » criai-je en arrivant à sa hauteur. La silhouette bossue s'arrêta et se retourna. Cela faisait presque quarante ans que je ne l'avais pas vue. Elle avait terriblement vieilli, mais c'était bien Mathilde, sans aucun doute possible. « Madame, on me dit que vous cherchez Edmonde de Bressy.

— Oui.

— Malheureusement, Edmonde est décédée il y a quelques années.

— Je vois. En êtes-vous absolument sûr ?

— Certain, madame. Vous pouvez arrêter de la chercher.

— Merci de m'en avoir informée. »

Je reconnus son accent chantant si familier.

« Je vous en prie », répondis-je. Mathilde se retourna pour continuer sa route. « Elle a cependant réussi à procéder à un passage avant de mourir. »

Mathilde se figea un instant, puis redressa le dos. Elle se tourna de nouveau vers moi.

« Quel est votre nom, monsieur ?

— Je m'appelle Hippolyte Balthazar.

— Et quel est le mien ?

— Mathilde Roeg.

— Cela fait bien longtemps que je vous attends. »

Nous dûmes offrir un bien curieux spectacle, elle et moi, mendiante et dandy, à nous étreindre sur ce pont pendant si longtemps.

Je ne pouvais pas loger Mathilde dans mon appartement du boulevard Haussmann, car il était trop proche de celui d'Artopoulos. Je craignais la réaction de ce dernier s'il découvrait que je lui donnais asile. À la place, je lui trouvai une chambre confortable dans un hôtel à l'écart, où nous pourrions discuter tout notre content. Nous y passâmes le reste de la journée à parler. Depuis onze ans, m'apprit Mathilde, elle vivait cachée, changeant régulièrement de pension de famille et gagnant sa vie tant bien que mal en colportant des livres. Elle n'avait jamais reçu le télégramme que je lui avais envoyé du Kansas ou, si elle l'avait eu, elle ne l'avait jamais lu. Bien qu'elle vende des livres, elle ne savait toujours pas lire. Têtue comme elle l'était, elle n'avait jamais ne serait-ce qu'essayé d'apprendre. Lorsque Lucien était en voyage, m'expliqua-t-elle, elle mettait toute sa correspondance en pile sur son bureau à la Société Baudelaire, dans l'attente de son retour. En entendant cela, je ne pus réprimer un frisson d'horreur. Artopoulos devait avoir lu le télégramme. C'était le premier signe irréfutable qu'il était bien celui que je le soupçonnais d'être, et qu'il avait su qui j'étais depuis le début. Il devait m'avoir attendu, lorsque je m'étais présenté à la Société Baudelaire ce premier jour. Et depuis, il avait joué avec moi, sans jamais dire ou faire quoi que ce soit qui révèle son identité, bien qu'il doive savoir que j'avais mes propres soupçons au sujet de celle-ci.

Pourquoi s'était-il ainsi prêté au jeu ? J'ai réfléchi à cette question de nombreuses fois depuis, et ma seule réponse, tout insatisfaisante qu'elle soit, est le souvenir de ce premier regard qu'il posa sur moi le jour de notre rencontre dans le vestibule de la Société Baudelaire. Peut-être avait-il trouvé un réconfort inattendu dans notre amitié, un soulagement à ce qui autrement aurait été une solitude terrible. Et comme j'étais la seule âme au monde à vraiment les connaître, lui et ses secrets, il fit preuve envers moi de ce que je n'aurais jamais attendu de sa part : de miséricorde. Cette miséricorde s'amalgama avec sa solitude et se transforma en amour. De mon côté, je trouvai également du réconfort en lui, et l'aimai moi aussi, comme on aime un adversaire régulier, un compagnon de cellule ou un *enfant terrible**, conscient que cela est dangereux, douloureux, blâmable même, mais le faisant quand même, par fatalisme, défi ou compulsion.

Quant au mystère de la disparition de Mathilde, celle-ci ne m'en donna jamais une explication satisfaisante, mais j'ai dans l'idée que le chagrin seul n'en avait pas été la cause. La double perte – et dans des circonstances si horribles – de son fils et d'Edmonde aurait ébranlé l'esprit le plus solide, mais il y avait eu autre chose. Artopoulos venait juste d'adhérer à la Société Baudelaire, dont il était le premier nouveau membre depuis plus de dix ans. J'imagine qu'à son arrivée il avait fait preuve de l'arrogance quasi aristocratique qui le caractérisait et s'était comporté en maître des lieux, comme si Mathilde n'avait été là que pour lui chauffer la place. Quelque chose s'était passé entre eux, peu après la nouvelle du meurtre de Lucien et Edmonde, et cela avait forcé Mathilde à prendre la fuite. Peut-être Artopoulos l'avait-il attaquée, peut-être avait-il avoué son crime, peut-être était-ce une tout autre raison. Mais quelle qu'elle soit, ce fut méchant, cruel, impardonnable. Mathilde ne me raconta jamais toute l'histoire, et le peu qu'elle m'en révéla ne fut que des détails qui lui échappaient ou de vagues allusions, mais je me rappelais ma rencontre avec Mehevi sur l'île des années auparavant, et je n'eus pas besoin de davantage d'explications. Par la suite, ma vigilance en présence d'Artopoulos ne fit que croître, et je commençai à orchestrer l'attiédissement progressif, presque imperceptible, de notre amitié.

Je louai pour Mathilde un appartement rue du Faubourg-Saint-Denis, et veillai à ce qu'elle y mène une vie de pacha. J'étais fou de joie qu'en dépit de tout elle ait survécu. Je lui rendais visite tous les jours. Nous pleurâmes ensemble la perte de Lucien. Hormis Artopoulos, elle était la seule personne au monde à me connaître vraiment, mais je les gardai cachés l'un à l'autre. Une fois, je réussis à sortir de la bibliothèque de la Société Baudelaire, à l'insu de tous, la nouvelle écrite par Charles, pour la lui lire. Elle ne montra rien de sa réticence antérieure à l'écouter. Le temps, les souvenirs, nos retrouvailles, la mort de son fils, peut-être même l'ombre de sa propre mortalité, tout cela semblait avoir amolli sa position sur le sujet. Lorsque j'évoquai la possibilité de procéder à un nouveau passage, elle ne refusa pas de m'écouter comme elle l'aurait fait autrefois, mais garda au contraire l'esprit ouvert. Au bout de quelques courts mois, elle convint que le moment était venu. Elle ne cessa jamais de colporter des livres : c'était son moyen de trouver un nouveau corps. Le seul problème, se plaignait-elle souvent, était que personne ne voulait jamais regarder une vieille femme dans les yeux.

Au printemps 1913, on m'appela un jour à l'Hôtel-Dieu pour traiter une femme qui avait été retrouvée, le matin même, dans un café du boulevard Saint-Germain, en état de fugue dissociative. Je découvris Mathilde, les yeux écarquillés, murmurant quelque chose d'inintelligiblement germanique, et secouant la tête comme pour exprimer l'incrédulité – tous les symptômes de cette confusion qui s'empare, après un passage, de l'âme prise en embuscade. Je demandai au policier qui l'avait amenée ce qu'il savait des circonstances dans lesquelles c'était arrivé. Selon les témoins, me répondit-il, au moment de l'incident, elle avait été en train de dire la bonne aventure à un touriste allemand. Ce qui s'était passé exactement restait un mystère : le jeune homme avait quitté les lieux. C'était tout ce que savait le policier.

Mon soulagement qu'elle ait réussi à changer de corps fut tempéré par mon chagrin devant la disparition de celui avec qui elle avait procédé au passage. Que se rappelait-il de ses existences passées ? Quelle probabilité y avait-il que nos chemins se recroisent ? Je plaçai l'enveloppe charnelle de Mathilde dans un foyer pour personnes âgées. Elle ne se remit jamais de sa fugue, et mourut quelque temps plus tard dans son sommeil, un an avant que l'Europe ne commence à se déchirer. Elle fut enterrée dans un cimetière faubourien, sous une pierre tombale ne portant que ses initiales. J'avais réussi à cacher nos retrouvailles à Artopoulos, et j'entendais garder le secret.

Comme chez tant d'autres, le déclenchement de la guerre mit en évidence chez Artopoulos une soif de sang qui avait jusqu'alors pris le masque d'un goût pour la chasse et l'avancement social. Il s'engagea dès la déclaration des hostilités et m'exhorta à faire de même. Ayant connu les horreurs de la Commune, j'étais un peu plus circonspect, mais je me dis que je pourrais peut-être me rendre utile dans le corps de santé de l'armée. Artopoulos fit jouer ses relations pour être nommé capitaine dans la cavalerie. La guerre ne fit qu'augmenter la distance qui s'était instaurée entre nous. Alors que le conflit s'installait dans la durée, sa barbarie fit voler en éclats l'artifice de notre amitié déjà équivoque. Je trouvai du soulagement dans cette distance. Nos lettres se firent de moins en moins fréquentes et de plus en plus réservées, jusqu'à ce que finalement, nous cessions totalement de nous écrire.

L'homme qu'on amena en fauteuil dans mon bureau à deux heures cet après-midi-là, et que j'avais jadis considéré comme mon meilleur ami, était méconnaissable. Son corps, son visage, ses membres étaient tordus, distendus, secoués de convulsions : l'un des pires cas de choc des tranchées qu'il m'ait été donné de voir. La guerre l'avait détruit.

« Bonjour, Artopoulos, dis-je alors que l'infirmière me tendait son dossier.

— B-b-b-bon-j-j-jour », répondit-il péniblement tandis que je feuilletais les documents.

J'y trouvai l'information qu'il n'était que second lieutenant. Cela me surprit. Le taux de mortalité des officiers au combat était tel que les promotions étaient presque garanties, et son bataillon, posté en Champagne, était de ceux qui avaient connu les pires combats. Mais Artopoulos avait été rétrogradé, deux fois. Son dossier expliquait que plusieurs de ses hommes s'étaient plaints d'avances non sollicitées et insistantes.

L'infirmière s'éclaircit la voix. Je levai les yeux de ma lecture et me levai d'un bond, la tirant par le bras pour qu'elle me suive hors de mon bureau.

« Pouvez-vous rester ? lui demandai-je à voix basse. Au cas où son état se dégraderait ?

— Je suis désolée, docteur, répondit-elle. Je dois faire mes rondes. Mais si vous avez besoin de moi, sonnez la cloche. »

Dès que j'eus refermé la porte derrière moi, Artopoulos se leva d'un bond, sourit et, sortant une cigarette de la poche de sa chemise, se mit à fumer en s'approchant tranquillement de mon divan pour s'y laisser tomber avec satisfaction.

« Désolé pour le grand numéro, mais il n'est pas facile d'obtenir une audience avec Son Altesse ces derniers temps.

— Est-ce là une de tes farces, Artopoulos ?

— Point du tout, mon vieux. En fait, toute cette guerre est plutôt sérieuse, n'es-tu pas d'accord ? Non que tu puisses vraiment t'en rendre compte, depuis cet îlot de quiétude. »

Il me jeta un de ses sourires en coin teintés d'ironie.

« Je sais tout ce qu'il y a à en savoir par mes patients. On m'a assigné ce rôle parce que quelqu'un a pensé que je pourrais être utile ici. Et jusqu'à présent, cela a eu tendance à être le cas.

— Tu aurais pu insister pour être envoyé sur le front, je suppose, répliqua Artopoulos. Mais je ne peux pas t'en vouloir d'avoir préféré t'y soustraire. C'est l'enfer là-bas. » Il se releva et se mit à arpenter la pièce. « Balthazar, il faut que tu me sortes de cette guerre.

— Pourquoi ferais-je cela ?

— Parce que nous sommes amis », répondit-il en se tournant vers moi. Il haussa un sourcil. « Non ? »

Non, songeai-je à part moi, nous ne sommes certainement pas amis.

« Et comment envisages-tu que je fasse pareille chose ?

— Je ne sais pas. En me réformant pour raisons médicales ? Décris-moi comme un cas désespéré dont il n'y a plus rien à attendre.

— Mais tu n'es pas malade.

— Eux ne le savent pas.

— J'aimerais que ce soit aussi facile que tu le penses, mais ça ne se fera pas d'un simple trait de plume. Cela ne relève pas de mon autorité. Il y a des procédures en place, précisément pour éviter ce genre de… »

Je me rendis compte que je ne pouvais pas terminer ma phrase poliment.

« De quoi ?

— De tricherie.

— De tricherie ?! » C'était à son tour d'être interloqué. « Je suis désolé que ce soit là ton sentiment sur la question après tout le mal que je me suis donné pour te trouver », fit-il avec une note menaçante dans la voix.

Il se tut, s'arrêtant devant la fenêtre pour regarder le parc qui entourait l'asile.

« Attention à ce que personne ne te voie », lui dis-je.

Il retourna s'asseoir sur le divan. Les questions se bousculaient dans ma tête. Pourquoi était-il venu me voir, moi ? Pourquoi n'avait-il pas procédé à un passage avec quelqu'un d'autre ?

« Eh bien, puisque tu es là, parle-moi de toi. Un peu de thérapie par la parole pourrait s'avérer très utile.

— Qu'aimerais-tu savoir ?

— Explique-moi tes rétrogradations. »

Artopoulos se figea et me regarda d'un air très sérieux, comme s'il délibérait sur quelque épineux dilemme.

« Ah, oui, dit-il. Très regrettable. Je… J'essayais de… »

Il ne termina pas sa phrase, gardant la bouche ouverte comme s'il allait continuer, mais incapable d'articuler les mots qui attendaient d'en sortir. Il était visiblement tiraillé entre deux désirs égaux et contraires : celui de se révéler, et celui de rester caché. Enfin, songeai-je, le masque de la civilité va tomber. Enfin, il va me dire qui il est. Il va me dire de quoi il est capable. Il va me dire qu'en réalité il ne faisait pas du tout d'avances à ces hommes, que s'il leur avait pris le visage entre ses mains, c'était juste pour les regarder dans les yeux. Il va me dire qu'il est impossible de forcer quelqu'un à vous regarder dans les yeux, qu'un œil est une chose glissante et caoutchouteuse qu'on ne peut pas contrôler, qu'il est plus facile de le faire sauter de son orbite que de le maintenir immobile, qu'il est plus simple d'aveugler un homme que de le forcer à regarder. Et, enfin, il va me dire pourquoi il est là, et ce qu'il attend de moi. Il va me dire qu'il est responsable du meurtre de Lucien et d'Edmonde, de leurs corps aux yeux énucléés, de leurs vies coupées court. Et pour conclure, il va me dire que c'est moi, au bout du compte, le seul véritable responsable de ses crimes, moi qui ai tout commencé il y a si longtemps, quand je l'ai privé de son corps, de ses amis, de son monde.

« Il y a quelque chose qu'il faut que tu saches, finit-il par reprendre.

— Quoi donc ?

— Je sais.

— Que sais-tu ?

— Je sais que tu sais.

— Et que sais-je ?

— Tout. Tout ce qu'il y a à savoir.

— Alors, pourquoi tourner autour du pot, pourquoi ne pas simplement dire ce que tu veux dire ?

— Je ne peux pas.

— Pourquoi ?

— Parce que je ne veux pas que tu me rejettes. Parce que tu es le seul ami que j'ai. Le seul ami que j'aie jamais eu.

— Ne dis pas n'importe quoi. Tu as de nombreux amis. Beaucoup plus que moi.

— Non. Sans toi, je n'ai personne. Tu es le seul à savoir.

— À savoir quoi ?

— Tout. »

Manifestement, je n'allais rien tirer d'autre de lui. Je suppose que c'était une forme d'aveu, la seule dont était capable quelqu'un d'aussi cachottier qu'Artopoulos. J'attendis qu'il m'en dise plus, mais il restait assis sur le divan en face de moi, le regard perdu dans le vide.

« Eh bien, ton numéro t'a fait gagner douze semaines de répit ici à l'hôpital, repris-je. C'est déjà ça.

— À quoi cela m'avancera-t-il si je dois retourner au front ? La guerre ne sera pas terminée dans trois mois.

— Mais tu n'es pas malade. Donc, techniquement, tu as pris des congés que tu ne mérites pas.

— Que je ne mérite pas ? Tu crois que quiconque mérite ce qui se passe sur le front ?

— Bien sûr que non. Chaque jour, je traite des hommes – et maintenant, semble-t-il, également des femmes – dont la psyché a été détruite par ce qu'ils ont enduré là-bas. Mais il n'est pas en mon pouvoir de mettre fin à la guerre.

— Qu'est-ce qui est en ton pouvoir, alors ?

— Je peux soulager la douleur.

— Alors soulage la mienne !

— Tu n'es pas malade !

— Donc, tu refuses de m'aider ?

— Oh, je vais t'aider, ne t'inquiète pas. Je vais garder le secret sur tes simulacres. Mais je ne peux pas t'aider à échapper à la guerre. Vois-tu, je suis plutôt compétent dans mon travail. Mes patients tendent à se rétablir. Pour obtenir une démobilisation pour raisons médicales, il faudrait que tu sois trop malade pour retourner au front. C'est très rare.

Cela demanderait de ta part un immense talent d'acteur. Et la décision ne m'appartient pas. Bien sûr, je peux faire des recommandations, mais au bout du compte, c'est la Commission d'évaluation médicale qui décide. C'est eux que tu devrais convaincre, et ils ne m'aiment pas beaucoup.

— Pourquoi ça ?

— Parce que personne n'arrive à reproduire mon taux de réussite.

— Ton taux de réussite ! cracha-t-il. Dis-moi, comment parviens-tu à ce taux de réussite, exactement ?

— De la même façon que je l'ai toujours fait. J'hypnotise, puis j'analyse.

— Alors hypnotise-moi. Je te l'ai demandé suffisamment de fois – des dizaines, probablement, et tu m'as toujours envoyé paître.

— Je ne t'ai pas envoyé paître.

— Fais-le maintenant. Tu me dois bien cela, tu ne crois pas ? »

Bien sûr que je lui étais redevable. Je lui devais tout, d'une certaine façon. Mais procéder à un passage avec lui était hors de question. Évidemment, je ne souhaitais pas me trouver renvoyé dans les tranchées à sa place, qui aurait été prêt à le faire ? Mais je ne souhaitais pas plus le voir occuper ma position, coloniser ma vie.

« Eh bien, premièrement, tu n'es pas malade. Et deuxièmement, nous nous connaissons trop bien. Comme je te l'ai déjà dit à maintes reprises, je ne pense pas que tu sois suggestible.

— Oh, c'est absurde.

— Pas du tout. C'est prouvé. Tout le monde ne peut pas être hypnotisé.

— Comment peux-tu savoir que c'est mon cas ? Tu n'as jamais essayé.

— Même si je pouvais, il y a un autre problème. Vois-tu, récemment, le traitement du choc des tranchées a changé. Lorsque l'analyse ne marche pas, ils tentent l'électrothérapie.

— Donc, ils torturent les hommes pour les renvoyer dans les tranchées ?

— Exactement.

— Ah, soupira-t-il avec agacement, tu t'inventes juste des excuses. » Il s'affala contre le dossier du divan d'un air abattu. « Je te trouve très déraisonnable. Après tout, je t'ai accueilli à bras ouverts quand tu étais un moins-que-rien. J'ai pris soin de toi. Je t'ai payé tes études. Je t'ai offert ta carrière. Et la seule fois où je demande ton aide, tu me la refuses.

— Je ne te refuse rien. Je te dis simplement que je ne peux pas obtenir ta démobilisation.

— Alors hypnotise-moi, au moins ! » s'écria-t-il, assez fort pour qu'on puisse l'entendre du couloir.

La menace était revenue dans sa voix, et c'était plus qu'une note, ce coup-ci.

« Parle moins fort, s'il te plaît », lui dis-je avec un geste apaisant. Peut-être, me dis-je alors, y avait-il une solution pour me sortir de l'impasse où il m'avait acculé. « Très bien. Nous allons tenter. Mais si ça ne marche pas, ne m'en veux pas. »

Avec un soupir, je rapprochai mon fauteuil du divan et m'assis tout au bord. Je n'avais aucune idée de ce que j'allais faire. Improvisant, je sortis ma montre à gousset et l'ouvris.

« Qu'est-ce que tu fais ? demanda Artopoulos.

— Je m'apprête à t'hypnotiser.

— Pas avec ta montre ! Tu me prends pour un imbécile ? Nous ne sommes pas au cirque. Je connais ta méthode. Avec tes yeux ! Hypnotise-moi avec tes yeux, bon sang.

— D'accord, d'accord, calme-toi. Je t'en prie. »

Jusqu'à cet instant, je n'avais jamais regardé quiconque dans les yeux plus que quelques secondes sans avoir l'*intention* de procéder à un passage. Cette situation – ne pas vouloir entrer dans le corps de l'autre – était totalement nouvelle pour moi. De plus, ce n'était pas dans les yeux de n'importe qui que je plongeais les miens. C'était dans ceux d'Artopoulos. Il n'y avait rien de cet art que je connaisse et qu'il ignore.

Nos regards se cherchèrent et se trouvèrent. La clef, me dis-je, était de forcer mon âme à rester complètement immobile. Il fallait que je l'empêche d'aller vers lui. Et que j'empêche la sienne, d'une manière ou d'une autre, de venir vers moi. Mais presque immédiatement, je sentis le soubresaut en avant, le picotement, les prémices de la dispersion. Une vague de panique grandit en moi. Il fallait que j'agisse. Que j'abandonne le navire. Je détournai les yeux.

« C'est bien ce que je pensais, dis-je. Aucun effet. Inutile d'insister.

— Réessaie, répliqua sèchement Artopoulos.

— Non. Je ne crois pas que ça va marcher.

— Réessaie, bon sang, et ne détourne pas le regard !

— Je suis désolé, Aristide, c'est non. »

Il se leva pour se jeter sur moi et me gifla violemment.

« Espèce de charlatan ! rugit-il. Menteur ! Vipère ! Après tout ce que j'ai fait pour toi !

— Comment oses-tu ?! » répliquai-je en me levant à mon tour, de sorte que nous nous retrouvâmes nez à nez.

Je lui rendis sa gifle.

Il entreprit de me frapper des deux mains, les poings serrés, encore et encore, tout en m'injuriant.

« Tu es un monstre, dit-il. Un monstre malfaisant ! »

Je me protégeai la tête de mes bras, mais je ne faisais pas le poids face à lui. Sous ses coups, je reculai contre le bureau, tendis le bras derrière moi et réussis, je ne sais comment, à attraper la cloche, la sonnant vigoureusement avant que, d'un grand coup, il ne la fasse m'échapper de la main. Puis, rouge de fureur, il se jeta sur moi et nous nous retrouvâmes à rouler au corps à corps sur le bureau. Il réussit à me plaquer sur le dos. D'une main, il m'attrapa à la gorge et entreprit de m'étrangler, tandis que de l'autre, il approchait des doigts crochus d'un de mes yeux et commençait à les enfoncer dans mon orbite, autour du globe oculaire. À cet instant, l'infirmière entra dans la pièce, vit la scène et hurla. Quelques secondes plus tard, plusieurs garçons de salle arrivèrent en courant et écartèrent Artopoulos de moi pour le sangler dans son fauteuil, d'où il continua à hurler, alors qu'ils le poussaient hors du bureau et dans le couloir :

« Tu es un monstre ! Un monstre ! Un monstre ! »

Haletant et tremblant, je me frottai les yeux, la gorge, et réajustai mon col. L'infirmière me fit asseoir et alla chercher de la gaze et de l'alcool. Monsieur Julien, le chef de clinique, se précipita pour me demander ce qui s'était passé. Tandis que l'infirmière tamponnait mes blessures, je lui assurai que celles-ci n'avaient rien de bien grave, qu'aucune mesure disciplinaire n'était nécessaire, que l'accès de violence du patient n'était que l'acte d'un esprit perturbé, que ce genre de chose relevait des risques du métier, que c'était en réalité plutôt bon signe, une indication que tôt ou tard, il se remettrait complètement, mais que ce ne serait pas moi qui le traiterais, cela allait de soi, ce ne serait certainement pas moi.

Lorsque, le lendemain matin, je revis Madeleine, j'étais encore secoué par les événements de la veille. J'avais à peine mangé ou dormi, et les pensées se bousculaient dans ma tête. Cette incantation, *Tu es un monstre*, résonnait dans mes oreilles. Avait-ce été une simple insulte, ou une condamnation ? Je ne le savais pas et, encore aujourd'hui, je ne saurais trancher. C'est une expérience profondément perturbante que d'être considéré comme un monstre par quelqu'un sur qui on a porté le même jugement.

Toute ma méthode thérapeutique consistait à procéder à un passage aveugle avec le patient : c'est-à-dire, un passage dont ce dernier n'avait après coup aucun souvenir, hormis l'impression résiduelle d'un soulagement psychique plus ou moins grand. Je l'avais fait des centaines, peut-être des milliers de fois, et jamais un patient n'avait donné la moindre indication d'être conscient de ce qui venait de se produire. Mais ce jour-là, quelque chose alla de travers. Peut-être était-il inévitable que, tôt ou tard, je fasse une erreur. Peut-être étais-je épuisé, ou distrait par mes retrouvailles avec Artopoulos. Peut-être était-ce inconsciemment voulu de ma part, ou avait-ce été provoqué par Madeleine elle-même. Quoi qu'il en soit, mon intention était, comme toujours, qu'après le passage retour elle ne garde aucun souvenir de ce qui s'était passé. Mais dès que le passage initial fut achevé, je sentis que quelque chose clochait. Je devais avoir négligé un détail, ou avoir fait quelque erreur d'inattention dans ma méthode. Je m'étais malgré tout lancé dans mon exploration des pensées de la patiente lorsque, usant de mon propre corps assis dans le fauteuil en face de moi, elle prit la parole :

« S'il vous plaît, dit-elle avec ma voix, je ne veux pas y retourner.

— Pardon ?

— Je ne veux pas y retourner, répéta-t-elle avec plus de force.

— Où cela ?

— Dans mon corps. Celui de Madeleine. Ne m'y forcez pas. Je vous en prie.

— Vous voulez rester dans ce corps d'homme vieillissant ?

— Oui.

— Je ne peux pas vous laisser faire cela. »

Avec horreur, je vis Madeleine-en-Balthazar se lever de son fauteuil pour se pencher sur moi, et me murmurer très lentement :

« Vous ne pouvez pas me forcer à retourner dans ce corps.

— Je vous rappelle que vous êtes sous hypnose, et que vous vous y êtes soumise volontairement. Lorsque je vous l'ordonnerai, vous me regarderez de nouveau dans les yeux et vous réintégrerez le corps qui vous appartient. »

Balthazar s'immobilisa, comme s'il envisageait la mutinerie, mais après un long moment, il se rassit dans son fauteuil et nous nous lançâmes dans le passage retour. J'étais plus déterminé que jamais à ne laisser en Madeleine aucun souvenir de ce qui venait de se produire mais, naturellement, j'étais également perturbé. Ma confiance en mes capacités était ébranlée. La technique du passage est fondée sur une sorte de pureté mentale. Obstacles, distractions, entraves peuvent détraquer tout le processus. Une fois le passage retour terminé, Madeleine ne fit aucune remarque inquiétante, mais son expression suggérait que son état mental n'était pas celui qu'il aurait dû être. Elle me regardait avec un mélange d'étonnement et de suspicion, très différent de l'abattement qui avait caractérisé son attitude avant le passage.

« Qu'est-ce qui vient de se produire ? me demanda-t-elle enfin.

— Vous étiez sous hypnose.

— Combien de temps est-ce que cela a duré ?

— Un peu moins de trente minutes, comme nous en avions discuté.

— Et qu'est-il arrivé pendant ce temps-là ?

— Vous êtes restée dans un état de profonde relaxation du début à la fin. »

Elle n'insista pas, mais lorsque nous nous lançâmes dans la partie analyse, je la trouvai distante et réservée, et nous ne parvînmes à rien. Je mis fin à la séance plus tôt que prévu.

Un imposteur vit dans la peur perpétuelle du cataclysme de son démasquage. Quelques jours plus tard, je reçus une lettre de la Commission d'évaluation médicale. Je faisais l'objet d'une enquête, y lus-je, après la plainte d'un patient à mon encontre. Mes méthodes devaient être passées en revue la semaine suivante par un panel de trois spécialistes : Gustave Roussy, André Léri et Jacques Jean Lhermitte. Dans l'intervalle, j'étais suspendu de mes fonctions. La Commission m'était profondément défavorable, comme si ses membres avaient été sélectionnés dans le but de me discréditer. Je savais que j'avais des ennemis dans la hiérarchie militaire comme médicale, qui tous jugeaient mes méthodes suspectes. Léri, en particulier, était mon ennemi juré dans la profession ; défenseur à tout-va de l'électrothérapie, il était hostile à tout médecin qui prônait l'analyse pour traiter le choc des tranchées. Il considérait l'hypnose comme du charlatanisme. La lettre ne nommait pas le plaignant, mais je supposai qu'il s'agissait d'Artopoulos. Il allait me forcer à l'hypnotiser devant la Commission. Je serais bien son moyen d'échapper à la guerre, finalement : il prendrait mon corps, et ce serait moi qui, dans le sien, retournerais dans les tranchées. En dix-sept ans d'amitié, il n'avait jamais montré envers moi la moindre hostilité. Il n'y avait jamais eu la moindre suggestion de violence entre nous. Si l'un de nous avait souhaité faire du mal à l'autre, il aurait eu d'innombrables occasions de le faire. Étant son créateur, son seul lien avec le passé, j'avais toujours été à l'abri de sa nature vengeresse. Mais c'était terminé.

Le matin de l'évaluation, alors que je faisais les cent pas dans mon bureau, on frappa à ma porte. C'était Madeleine.

« Madame, lui dis-je, je ne m'attendais pas à vous voir ici ce matin.

— Pourquoi cela ?

— Mes rendez-vous ont tous été annulés. On vous a sûrement prévenue. J'ai été suspendu. Quelqu'un a déposé une plainte contre moi – je ne sais pas qui. Je suis censé rencontrer la Commission d'évaluation médicale dans la Grande Salle cet après-midi. Je dois défendre mes méthodes devant un panel de trois collègues. »

Elle me regarda avec une expression déconcertée.

« Ce n'est pas moi, dit-elle. Je n'ai aucun lieu de me plaindre de vos méthodes, professeur.

— Je n'insinuais rien de tel, répondis-je avec un sourire, mais je suis heureux de le savoir malgré tout.

— Le seul grief que je pourrais avoir, continua-t-elle avec hésitation, mais ce n'en est pas vraiment un, est celui auquel j'ai donné voix lorsque j'étais sous hypnose. »

Je feignis l'ignorance.

« Rappelez-moi ?

— Que si la possibilité de passer dans un autre corps existait, je souhaitais en profiter. »

Je réfléchis brièvement à la situation délicate dans laquelle je me trouvais, avant de conclure que je n'avais rien à gagner en continuant de faire l'innocent.

« Madame, je dois être honnête avec vous. La séance ne s'est pas déroulée comme prévu. Vous n'êtes pas censée vous souvenir de cela.

— Et pourtant, je m'en souviens. Je me souviens de tout. Et surtout, je me rappelle avoir pensé que je ne voulais pas revenir dans mon corps. J'étais sérieuse, professeur, et c'est toujours le cas. »

Je tentai de lui faire entendre raison.

« Je suis désolé, madame, je ne peux pas accepter votre proposition. Ce serait une farce grotesque. Avez-vous vraiment envie de renoncer à votre jeunesse, votre santé, votre beauté, pour demeurer le restant de vos jours dans le corps d'un quadragénaire célibataire ?

— Je veux vivre la vie de quelqu'un d'autre. Je ne veux plus vivre la mienne. C'est trop douloureux. Ne comprenez-vous pas ? Lorsque je me regarde dans le miroir, je me vois avec les yeux d'un autre – les yeux de l'homme qui m'aimait, l'homme que j'ai perdu, le seul homme que j'aimerai jamais. Je souffre de regarder mon propre visage. Je ne peux pas faire disparaître l'amour qui est en moi, et chaque fois que j'aperçois mon reflet, le souvenir m'en revient. Pour pouvoir vivre de nouveau pleinement, je dois quitter ce corps – sinon je serai obligée de mettre fin à mes jours.

— Mais vous avez encore tant à attendre de la vie, tant de belles années devant vous.

— Vous pensez cela ? Je suis veuve et orpheline. Sans le sou. Je n'ai qu'une éducation de base. Quelles perspectives m'attendent selon vous, si l'amour ne fait plus partie du tableau ? Faire un mariage vide de sens ? Élever les enfants d'un époux que je n'aime pas ? Me retirer dans un couvent ? Prier un dieu auquel je ne crois pas ?

— Vous pourriez rester infirmière – vous en êtes manifestement une excellente.

— Il n'y aura guère besoin d'infirmières une fois la guerre terminée. Non, vraiment, je ne vois rien dans l'avenir qui m'attend. Rien qu'un long et vaste néant. » Elle se tourna pour parcourir la pièce des yeux, et je fis de même, suivant son regard des étagères remplies de livres aux tableaux et diplômes accrochés aux murs. « Alors que, continua-t-elle, si je devais passer le reste de mes jours dans votre corps à vous, même s'ils étaient moins nombreux, ils seraient meilleurs. Je serais entourée de livres et d'opulence. Je serais instruite et ne manquerais de rien. Je soignerais des âmes et fréquenterais la haute société. Si jamais je m'ennuyais, je me replongerais simplement dans vos souvenirs, et je revivrais pour moi-même une de vos nombreuses aventures. J'imagine qu'il y a assez de souvenirs en vous pour m'occuper toute une vie durant. Et bien sûr, il y a l'avantage non négligeable que je serais un homme. » Elle se retourna vers moi, prit mes mains dans les siennes et m'adressa un regard implorant. « Qu'en dites-vous, professeur Balthazar ? Ne voulez-vous pas me délivrer, s'il vous plaît ? »

Je plongeai le regard dans ses yeux noirs et étincelants et me demandai s'il fallait que je la prévienne au sujet d'Artopoulos, de ce qui était arrivé à Edmonde et Lucien, de la Société Baudelaire et du manuscrit de Charles. Si je le faisais, changerait-elle d'avis ? Déciderait-elle que son propre corps, sa propre vie, n'étaient pas si insupportables que cela finalement ? Mais alors même que je réfléchissais à ces questions, je sentis ce frisson de plaisir familier qui accompagne les prémices du passage, et je décidai qu'elle savait déjà tout ce qu'elle avait besoin de savoir.

{177}

MADELEINE BLANC

Naissance 1898
Premier passage 1917

Balthazar était assis dans son fauteuil, tout près de moi, l'air absent et les yeux fixés dans le vide. L'espace d'un instant, je crus que j'avais fait un passage aveugle.

« Comment vous sentez-vous ? » lui demandai-je.

Il secoua légèrement la tête, comme pour se remettre d'un coup.

« Bien, je crois.

— Pas de regrets ? lui demandai-je. Pas d'hésitations ? Une fois que j'aurai passé cette porte, vous ne pourrez plus revenir en arrière. »

Par égard pour ma conscience, il me fallait faire un dernier geste de bonne volonté avant de m'enfuir à jamais.

« Non, me répondit-il, vous avez exaucé mon souhait. Je n'ai que de la reconnaissance envers vous. »

Pour m'assurer qu'il était entièrement lucide, je l'interrogeai sur son nouveau nom, son ancien nom, l'endroit où nous étions, le jour de la semaine, le nom du président de la République – il se souvenait de tout.

« Vous n'êtes pas en état de fugue dissociative, ce qui est bon signe, conclus-je. Mais je dois vous prévenir : vous allez avoir besoin de toute votre présence d'esprit. Aujourd'hui même, vous allez devoir affronter un tribunal qui va vous demander d'expliquer vos méthodes cliniques. » Alors que je disais ces mots, je vis que le souvenir de l'affaire lui revenait, et il hocha la tête pour l'indiquer. « Ils vont vous demander d'hypnotiser un homme du nom d'Aristide Artopoulos. Je vous exhorte à réfléchir un moment à l'historique de votre relation avec lui. » Il hocha de nouveau la tête alors que ses souvenirs d'Artopoulos remontaient vivement à la surface de ses pensées. « Le plus crucial est que vous ne le regardiez pas dans les yeux, ou bien il fera un passage avec vous. Et croyez-moi, ce n'est pas du tout souhaitable. »

Alors que je lui serrais la main, je réprimai un frisson à l'idée de ce qui pourrait se produire si Artopoulos venait à deviner que ce n'était pas là l'homme après qui il en avait. Je savais que je devais disparaître de nouveau. Je ne voulais pas perdre l'avantage que j'avais sur lui : il ignorait à qui je ressemblais. Je m'enfuis de l'asile militaire sans rien emporter hormis ce que j'avais sur le dos. J'attrapai un train de banlieue à destination du centre de Paris et me rendis à un atelier de chemiserie du quartier des Arts et Métiers, tenu par une famille originaire de Saigon que je connaissais depuis l'enfance. Ils ne me laissèrent pas à la rue. Je restai chez eux jusqu'après la guerre. Je brûlai mes papiers d'identité et pris le nom de famille Blanc.

À partir de ce jour, je vécus cachée – et non sans raison. Deux semaines plus tard, j'appris qu'Hippolyte Balthazar avait été assassiné dans son lit. D'après les journaux, on avait retrouvé son corps privé de ses yeux. À mon chagrin s'ajouta une bonne dose de culpabilité. Il ne pouvait y avoir aucun doute sur l'identité de son meurtrier. Comme avec Edmonde et Lucien, c'était soit Artopoulos lui-même, soit quelqu'un travaillant pour lui qui avait accompli l'acte. Je ne pouvais pas savoir s'il avait découvert ma supercherie, mais je partais du principe que oui. Quoi qu'il en soit, l'énucléation me semblait plus qu'un simple message ou une démonstration de puissance ; je l'interprétai comme une sorte de serment macabre. Dorénavant, le prix que j'aurais à payer pour ma liberté serait la torture et le meurtre d'innocents.

En temps ordinaire, pareil meurtre aurait scandalisé Paris. Mais le carnage incessant qui avait lieu à seulement un jour de route de là avait insensibilisé les Parisiens aux actes de violence individuels. La mort de Balthazar fut rapidement oubliée. Artopoulos le fit inhumer avec Edmonde et Lucien dans la crypte de la Société Baudelaire au cimetière du Montparnasse – oui, à l'endroit exact où nous devions nous rencontrer, toi et moi, vingt-trois ans plus tard. Ce n'est pas tous les jours qu'on a l'occasion d'assister à son propre enterrement. Ce furent des obsèques sans prétention, tenues par un matin trempé de pluie. Je restai à l'arrière du petit groupe rassemblé pour rendre ses derniers hommages, mon identité protégée par mon voile. Il y avait à peine plus d'une douzaine de personnes, que je reconnus presque toutes : clients de Balthazar et membres de la Société Baudelaire. Artopoulos était là, bien sûr, auprès de la tombe. Il avait renoncé à feindre les tremblements du choc des tranchées. À côté de lui se tenait une femme à la mâchoire carrée et à la présence saisissante, que je n'avais jamais vue jusqu'alors. Plus tard, j'apprendrais qu'elle s'appelait Gabrielle Chanel, plus connue sous son surnom, Coco.

Peu avant Noël 1920, au marché Saint-Quentin, j'aperçus Renand au loin, au milieu de la foule. Nos regards se croisèrent brièvement avant que je réussisse à m'esquiver. Heureusement, l'affluence de Noël fut suffisante pour me permettre de me sauver avant qu'il ne puisse me rattraper. Je faisais mes courses là depuis ma fuite de l'asile, sachant que Renand se rendait normalement au marché de la place Maubert, de l'autre côté du fleuve, pour approvisionner Artopoulos et la Société Baudelaire. Après tout, il aurait été simple pour un homme de son statut, avec ses relations, de découvrir, par lui-même ou par l'intermédiaire d'une personne dont il aurait loué les services, avec quel patient Balthazar avait pu procéder à un passage. J'avais donc toujours supposé qu'Artopoulos possédait au moins une description précise de moi. Même sans photographie, mon apparence, héritée de ma mère indochinoise, faisait qu'on me repérait facilement au milieu d'une foule de Parisiens.

Cette rencontre me laissa inquiète pendant des mois. Certaine que Renand était venu là dans le but de me chercher, je ne retournai plus jamais au marché Saint-Quentin après cela.

Je résolus de quitter la famille chez qui j'avais logé tout ce temps et de disparaître complètement. Je me mis à vivre sous terre, comme des générations de fugitifs parisiens l'avaient fait avant moi. Depuis des années maintenant, je vis dans le dédale de vieilles carrières de calcaire, d'égouts, de tunnels de métro abandonnés et de catacombes qui se déploie sous la surface de la ville. Il est assez facile d'entrer dans la vie souterraine : tout ce qu'il faut, c'est une boucle de ceinture pour soulever les grilles, et une carte de ce réseau labyrinthique. Sèches, spacieuses et tempérées, ces galeries font d'excellentes habitations. J'ai vécu confortablement dans plusieurs d'entre elles, ne déménageant que lorsque d'autres fugitifs découvraient ma cachette ou que des travaux de construction à la surface rendaient l'emplacement dangereux.

Ces dernières années, je réside dans la carrière en dessous du cimetière du Montparnasse – la grille d'accès se trouve tout près de la crypte de la Société Baudelaire. Une échelle de fer permet d'y descendre. Tous les après-midis, vers l'heure de la fermeture, je reste devant la tombe de Baudelaire jusqu'au coup de sifflet du gardien. C'est ce que je faisais quand nous nous sommes rencontrés. Quand je suis à peu près sûre qu'on ne peut pas me voir, je me cache parmi les tombes jusqu'à ce que le gardien, ayant fermé toutes les portes, retourne dans sa loge. Une fois certaine d'être seule, je sors ma boucle de ceinture, je soulève la grille et je me glisse dans ma demeure. Il y a d'autres grilles que je peux utiliser au-dehors si, pour une raison ou une autre, je n'ai pas la certitude d'être seule dans le cimetière ; mais comme elles sont en pleine rue, je ne peux le faire qu'au cœur de la nuit, et même alors, entre les sans-abri et les balayeurs de rue, je prends des risques.

Ma plus grande joie dans cette vie, et de loin, a été de te retrouver, mon cher Koahu, et de t'aimer de nouveau. Je n'ai jamais renoncé à l'espoir que nous soyons un jour réunis, toi et moi. Je n'ai jamais complètement perdu la conviction que tes cauchemars te ramèneraient à moi d'une façon ou d'une autre. Telle une araignée dans un coin sombre, je t'ai attendue. Et ma foi en toi a été justifiée. Tu es venu à moi, même si tu ne le sais pas. Quelque chose en toi m'a cherchée ; comment pourrais-tu l'expliquer autrement ? Et même si, avec tes petites lunettes rondes et ta drôle de moustache, tu as bien changé, l'âme de Koahu vit encore en toi.

Tout ce temps, j'ai essayé de garder un œil sur ce qui se passait à la Société Baudelaire. J'ai passé mes journées à faire le tour des libraires et des *bouquinistes*, à me tenir informée des rumeurs littéraires, qui regorgent toujours de scandales et de complots ; ou bien, quand le temps n'était pas clément, à me réfugier dans une bibliothèque pour feuilleter journaux et magazines, étudier les catalogues de vente aux enchères, éplucher la gazette annuelle de la Société Baudelaire. C'est ainsi que j'appris, quelques années après la guerre, la mort d'un libraire qui, apparemment, avait mis en vente le manuscrit inédit d'une nouvelle de Baudelaire intitulée *L'Éducation d'un monstre*. Lorsque je lus que ses yeux avaient été arrachés par le meurtrier, l'identité du coupable ne fit aucun doute pour moi. Artopoulos avait fait cela pour me tourmenter, dans l'espoir de me faire sortir de ma cachette. C'était un message codé qui n'était destiné qu'à moi : *Me voici*, semblait dire le monstre que j'avais créé. *Viens m'attraper si tu l'oses. Plus tu attends, et plus je ferai de mal autour de moi. Et tu en seras seule responsable.*

C'est également dans les journaux que l'année suivante, en 1923, j'appris la mort de ce même monstre. Lui aussi fut enterré dans la crypte de la Société Baudelaire, même si cette fois il n'était pas question que j'assiste à l'inhumation. Je savais qu'il ne serait pas mort sans avoir procédé à un passage et donc, quand peu après j'appris que Gabrielle Chanel était la nouvelle présidente de la Société, je supposai naturellement qu'il avait pris son corps. Je dus cependant attendre dix ans pour en obtenir confirmation. Je l'eus lorsqu'on trouva le corps privé d'yeux d'un industriel belge dans le bois de Vincennes. Collectionneur de livres, il était venu à Paris acheter le même manuscrit jusqu'alors inconnu de Baudelaire. L'âme de Joubert vivait dans le corps de cette femme, je le savais, et continuait à me narguer.

Ces jours-ci, bloquée dans cette impasse, je mène une vie discrète. Je préfère l'obscurité à la lumière, la nuit au jour, les souterrains à la surface. J'évite la société et n'ai qu'une seule amie, la chanteuse que tu as rencontrée au Shéhérazade. Je suis serveuse là-bas. Jamais, dans aucune de mes vies antérieures, je n'ai été aussi seule que je le suis maintenant. Parfois, je regarde les gens et je brûle de vivre comme ils le font, dans la certitude de leur mortalité.

Depuis mon dernier passage, je suis assaillie comme jamais auparavant par un excès de souvenirs. Chaque endroit où je vais m'en rappelle un autre, ou le même à un autre moment, ou plusieurs endroits en même temps. Chaque odeur me rappelle d'autres parfums, chaque mélodie d'autres chansons. La moindre bouchée ou gorgée me transporte dans un autre lieu, une autre époque. Un mot, un visage, un chant d'oiseau, un nuage, et je me retrouve plongée dans un autre monde. Peut-être y a-t-il une limite naturelle à ce qu'on peut garder en mémoire, au-delà de laquelle il est tout bonnement impossible de supporter le poids de tous ces souvenirs.

J'aimerais être davantage comme toi, Koahu. J'aimerais, moi aussi, pouvoir oublier. C'est là mon septième corps. J'espère que ce sera le dernier. Dans celui de Chanel, Joubert en est à sa sixième vie, et pour ta part, tu en es à ta cinquième – mais il a sa rage et toi tes amnésies. Je n'ai que ma culpabilité pour me pousser de l'avant. J'ai perdu tout désir de procéder à un nouveau passage. Toutes mes vies, ajoutées aux centaines, peut-être aux milliers de passages auxquels j'ai procédé en tant que Balthazar, semblent avoir eu des conséquences. Je vis dans un état d'épuisement constant. Peut-être quelque chose en Madeleine contribue-t-il également à cette impression : le fatalisme que j'avais remarqué en elle.

Régulièrement, je me demande pourquoi je suis encore en vie. Je ne suis pas fière de moi. J'ai volé. J'ai causé des ravages. J'ai essayé de réparer l'irréparable, et cela ne semble avoir fait qu'empirer les choses. Le monde dont nous venons est perdu pour toujours, jamais rien ne le fera revenir. *Il ne peut y avoir de passage sans retour.* J'y pense souvent. Cela me tourmente jour et nuit. Peut-être que la fin du monde ne vient pas tout d'un coup, mais lentement, imperceptiblement, sous la forme d'un enchaînement d'événements en apparence inoffensifs, mesuré à l'aune de plusieurs générations.

S'il n'y avait pas Joubert, je serais déjà morte – et lorsque je n'aurai plus à m'inquiéter de lui et de ce qu'il est capable de faire, j'accueillerai avec bonheur mon ultime délivrance. J'aspire à la mort depuis suffisamment longtemps. Chanel se rapproche, je le sais ; parfois, j'imagine son souffle chaud sur ma nuque. Elle a un réseau d'informateurs qui me cherchent, j'en suis certaine. Peut-être Massu, ton ami au Quai des Orfèvres, en fait-il partie.

Aussitôt qu'une victime d'assassinat est retrouvée sans ses yeux, comme Vennet le bouquiniste, c'est Joubert qui mise sur mon sentiment de culpabilité, qui me nargue, qui essaie de m'attirer, qui me met au défi. Et un jour, je relèverai ce défi. Un jour, je terminerai cette histoire une bonne fois pour toutes. Tu es peut-être mon bien-aimé, mais lui est ma destinée. Je me considère comme responsable de sa personne et de tous ses actes de cruauté. Maintenant que je t'ai revu, que tu sais tout ce que tu as besoin de savoir, que tu l'as mis par écrit, peut-être mon histoire touche-t-elle enfin à sa conclusion. Peut-être peux-tu assumer les conséquences de notre faute, toutes ces vies plus tôt. Chanel ne sait rien de toi. Elle ne sait même pas avec certitude si tu es encore en vie. Mais si elle le découvre, elle voudra t'anéantir aussi sûrement qu'elle souhaite m'anéantir, moi.

Tu as le manuscrit désormais, mais il ne suffit pas. Tu dois écrire ta propre histoire : l'histoire de notre rencontre au cimetière et de tout ce qui s'est passé depuis. Tu dois également mettre sur papier mon histoire à moi, celle de mes sept vies. Ajoutes-y la nouvelle que tu as écrite lorsque tu étais Charles Baudelaire. Le vrai conte de l'albatros est l'ensemble de ces histoires. Elles nous unissent. Garde-les toujours sur toi, pour qu'elles soient la première chose que tu vois quand tu feras ton prochain passage. C'est la seule façon de t'assurer que tu n'auras pas à reconstituer le puzzle de ta véritable identité au cours d'une vie entière de cauchemars. Laisse ces histoires te guider.

Peut-être ne me crois-tu pas encore totalement. Peut-être ne me croiras-tu jamais. Je me suis habituée à ton scepticisme. Mais quand nous nous sommes rencontrés, tes cauchemars ont pris fin. Et lorsque nous avons procédé à ce passage, tu t'es vu qui te rendais ton regard. Lorsque l'occasion viendra pour toi d'en effectuer un autre, je sais que tu la saisiras. Tu l'as toujours fait. Choisis judicieusement ton héritier. Choisis quelqu'un qui souhaite mourir, ou à défaut quelqu'un qui le mérite. Un passage n'est pas une bagatelle. Chacun d'eux est le vol d'une vie, et de tout ce qui va avec.

Lorsque cette guerre sera terminée, nous nous retrouverons. Je t'attendrai à ma place habituelle : au cimetière, devant la tombe de Baudelaire, en fin d'après-midi, une cigarette à la main, juste avant la fermeture. En attendant, il ne me reste plus qu'à te dire adieu, mon bien-aimé. Adieu, bonne chance et bon voyage.

{*197*}

REMERCIEMENTS

L'auteur souhaite remercier les personnes suivantes pour l'aide qu'elles lui ont apportée dans la publication de ce roman : Mathilda Imlah et son équipe chez Picador Australie, Geordie Williamson, Chris Womersley, Susan Golomb et Mariah Stovall. Pour le soutien reçu durant sa rédaction : Anna Landragin, Marie Landragin, Armen Landragin, Odin Ozdil, Maxime Kurkdjian, Jane Rawson, Andy Maurer, John Ryan, Stuart McDonald, Jeremy Dole et Gwenola Naudin. Je suis redevable à tous mes lecteurs, et particulièrement aux encouragements et aux retours des personnes suivantes : Bruce Melendy, Rachael Antony, Lucie Thorne, Simon Bailey, Rose Mulready, Josiane Behmoiras-Smith, Patrick Witton, Rachel Blake, Hilary Ericksen, Emily Aspland, le Bro Book Club, Sally O'Brien, Piers Kelly, Luke Savage, Leon Terrill, David Carroll, Laurence Billiet, Julia Lehmann et Katrina Gill. Mes excuses à toute personne que j'aurais pu oublier dans cette liste. Merci à tous les bibliothécaires qui m'ont aidé en cours de route. Et je remercie tout particulièrement Melissa Cranenburgh. Ce roman s'inspire d'une histoire qui m'a été racontée il y a bien longtemps par Chris Wallace-Crabbe. À la mémoire de Naomi.

Pour plus d'information :

#lisez! engagé
www.lisez.com

Imprimé sur du papier issu de forêts gérées durablement.

Achevé d'imprimer en mars 2025 en Espagne par Liberdúplex